CONSTANZE WILKEN

Ein Sommer in Wales

GOLDMANN
Lesen erleben

Buch

Wie jedes Jahr verbringt die sechzehnjährige Ally Carter die Sommerferien mit ihren Eltern und ihrem zehnjährigen Bruder Simon in Cardigan Bay. Aber diesmal ist alles anders: Während einer Führung durch ein altes Herrenhaus lernt Ally den Architekturstudenten David kennen und verliebt sich in ihn. Die beiden verabreden sich für einen Nachmittag, und statt auf Simon aufzupassen, macht sich Ally zum Treffpunkt am Strand auf. Der allein gelassene Simon fährt daraufhin in das nahegelegene, geheimnisvolle Morlan House, wo er einer Geschichte über den Heiligen Gral, der dort aufbewahrt worden sein soll, auf den Grund gehen will. Simon kommt jedoch nie von seinem Ausflug zurück, am Abend wird die Leiche des Zehnjährigen in der Bucht von Cardigan Bay gefunden.

Zehn Jahre später: Allys Familie ist an der Tragödie zerbrochen. Ally stürzt sich in ihre Arbeit als Mitarbeiterin eines Reisemagazins. Eines Tages soll sie einen Artikel über Cardigan Bay und Morlan House schreiben. Der Auftrag konfrontiert Ally mit ihren Schuldgefühlen und Ängsten, doch sie weiß, dass sie sich ihnen irgendwann stellen muss. Mit dem Fotografen Nick fährt sie nach Cardigan Bay. Während sie für ihren Artikel recherchiert, macht sie jedoch eine schreckliche Entdeckung – und die Ereignisse drohen schnell zu eskalieren …

Informationen zu Constanze Wilken
und weiteren Titeln der Autorin
finden Sie am Ende des Buches.

Constanze Wilken

Ein Sommer in Wales

Roman

GOLDMANN

Sollte diese Publikation Links auf Webseiten Dritter enthalten, so übernehmen wir für deren Inhalte keine Haftung, da wir uns diese nicht zu eigen machen, sondern lediglich auf deren Stand zum Zeitpunkt der Erstveröffentlichung verweisen.

Dieses Buch ist auch als E-Book erhältlich.

MIX
Papier aus verantwortungsvollen Quellen
FSC® C014496
FSC www.fsc.org

Verlagsgruppe Random House FSC® N001967

2. Auflage
Originalausgabe August 2015

Neumarkter Str. 28, 81673 München
Umschlaggestaltung: UNO Werbeagentur München
Umschlagfoto: Masterfile/Robert Harding Images;
FinePic®, München
Karte: Peter Palm, Berlin
Redaktion: Regine Weisbrod
BH · Herstellung: Str.
Satz: omnisatz GmbH, Berlin
Druck und Bindung: GGP Media GmbH, Pößneck
Printed in Germany
ISBN 978-3-442-47962-7
www.goldmann-verlag.de

Besuchen Sie den Goldmann Verlag im Netz

Dem Andenken eines lieben Freundes
und großartigen Architekten

DAVID SHELLEY

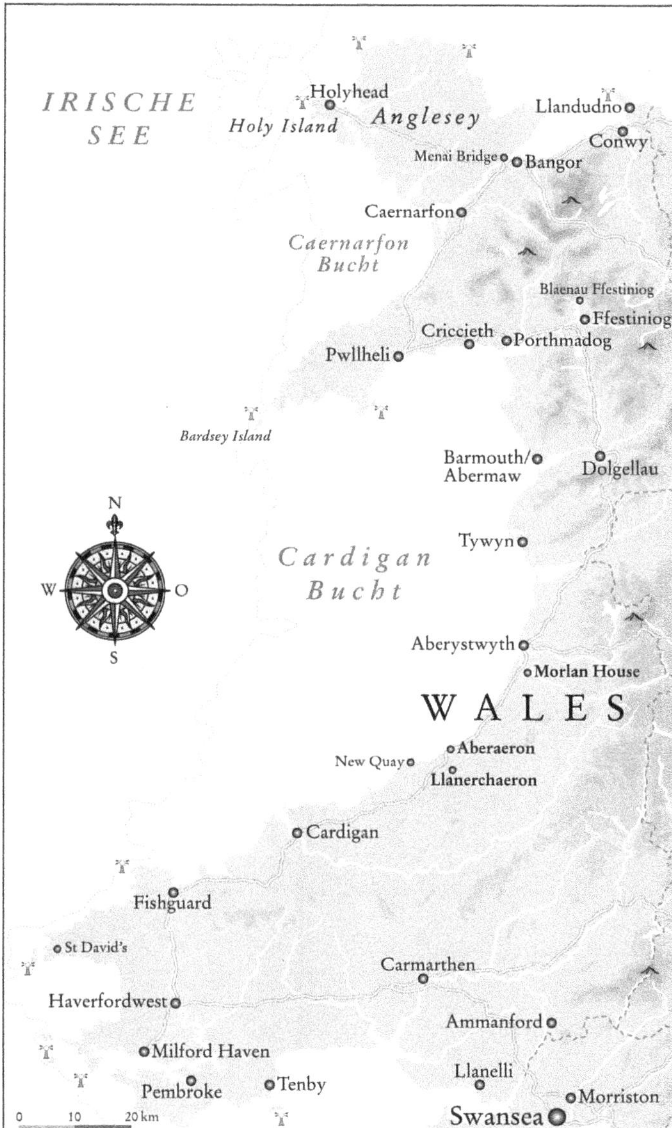
IRISCHE SEE
Holyhead
Holy Island
Anglesey
Llandudno
Conwy
Menai Bridge
Bangor
Caernarfon
Caernarfon Bucht
Blaenau Ffestiniog
Ffestiniog
Criccieth
Porthmadog
Pwllheli
Bardsey Island
Barmouth/
Abermaw
Dolgellau
N
W
O
S
Tywyn
Cardigan Bucht
Aberystwyth
Morlan House
WALES
Aberaeron
New Quay
Llanerchaeron
Cardigan
Fishguard
St David's
Carmarthen
Haverfordwest
Ammanford
Milford Haven
Llanelli
Pembroke
Tenby
Morriston
Swansea
0
10
20 km

Dann kam ein junges schönes Fräulein herein
und trug ein goldenes Gefäß in Händen,
und der König kniete demütig davor nieder
und sprach ein Gebet, und mit ihm alle anderen.
O Jesus, sagte Sir Lanzelot, was bedeutet das?
Dies ist die größte Kostbarkeit, antwortete der König,
die je ein Mensch auf Erden besessen hat.
Wenn diese Kostbarkeit zerstört wird,
dann wird auch die Runde Tafel zerbrechen,
denn wisset, was ihr hier gesehen habt,
das ist der Heilige Gral.

Sir Thomas Malory (1405–1471): *König Artus*

Morlan House, August 2002

Etwas außer Atem kam Simon am Ende der unbefestigten Straße an, die an einem Gatter vor dem Herrenhaus endete. Die Säulen vor dem Eingangsportal waren deutlich zu erkennen, genau wie die mit rotem Efeu überwucherten Mauern. Morlan House! Die Nähe zum Meer hatte dem prächtigen Haus seinen Namen gegeben. Simon wusste alles über die Geschichte des Hauses, hatte sich jedes Buch aus der Bibliothek ausgeliehen, jeden Zeitungsartikel gelesen, der auch nur entfernt die Legenden berührte, die sich um Morlan House rankten. Sollten sie ruhig über ihn lachen. Er wusste es besser, auch wenn er erst zehn Jahre alt war.

Simon Carter trank den Rest aus seiner Wasserflasche und stopfte sie zurück in seinen Rucksack. Er war weder groß noch besonders kräftig, aber wenn er sich etwas in den Kopf gesetzt hatte, konnte ihn niemand davon abbringen. Nicht einmal Ally. Er grinste, während er über das Gatter kletterte, das die Zufahrt versperrte. Seine Schwester war sechs Jahre älter und hübsch, jedenfalls sagten das die anderen Jungs. Eigentlich konnte er sie gut leiden. Sie half ihm beim Nähen der Kostüme, die er für seine Mittelalterfestivals brauchte. Oft fuhr sie mit ihm in Museen und alte Herrenhäuser und nannte ihn ihren kleinen Professor. Ally war in Ordnung.

Seit fünf Jahren war das Anwesen unbewohnt, das über vierhundert Jahre im Besitz der Jones of Paith gewesen war. Irgendwann war der letzte Nachfahre der walisischen Familie verstorben, und in den Achtzigerjahren war das Haus in fremden Besitz übergegangen. Man brauchte viel Geld, um so ein Anwesen zu unterhalten. Das war Simon bewusst. Ehrfurchtsvoll sah er an den Säulen hoch, die den Baldachin vor dem Eingang trugen. Umgeben war das dreistöckige georgianische Haus von einer ausgedehnten Parkanlage.

Dieser August hatte mit einer Hitzewelle überrascht. Simon wischte sich den Schweiß von der Stirn. Die flachsblonden Haare klebten an seinen Schläfen. Hellblaue wache Augen zierten sein schmales, meist ernstes Jungengesicht. Wenn Ally gut gelaunt war, sagte sie oft, dass er einmal eine Gefahr für die Damenwelt werden würde. Fragte er sie, was das bedeutete, lachte sie und küsste ihn auf die Wangen.

Er konnte das Meer hinter den Klippen hören. Sobald er hier fertig war, würde er zum Strand hinuntergehen und sich im Wasser abkühlen. Er liebte das Meer und war ein hervorragender Schwimmer. Neben seinen Büchern war das Schwimmen seine Leidenschaft und bewahrte ihn vor dem Los des Klassenstrebers. Ein glänzender Anstecker an seinem Rucksack war Simons ganzer Stolz. Er wies ihn als Rekordhalter in einhundert Meter Brustschwimmen der Greenwood Highschool aus.

Er sah auf seine Uhr. Vor einer Stunde hatte er den Bus aus Aberaeron hierher genommen. Ally war mit diesem älteren Typen verabredet und würde erst am Nachmittag zurück sein. Wobei David eigentlich ziemlich nett war. Sie waren zusammen segeln gewesen, und David hatte ihm nicht das Gefühl gegeben, dass er störte. Aber Simon hatte begriffen, dass Ally gern etwas Zeit allein mit David verbringen würde. Und die Gelegenheit war einfach perfekt.

Zufällig hatte er den freundlichen Mann am Strand wiedergetroffen, der ihm schon einmal einiges über Morlan House erzählt hatte, was in keinem Buch zu finden war. Sie hatten sich lose hier verabredet. Simon sah sich um. Noch war er allein. Vielleicht hatte der Mann auch keine Zeit und kam überhaupt nicht, aber wenn er schon einmal hier war, wollte er sich zumindest umsehen.

Seine Eltern waren mit Freunden verabredet, um sich Häuser anzuschauen. Das gab ihm mindestens drei Stunden, in denen ihn niemand vermissen würde. Seit Jahren fuhren sie in den Ferien ans Meer, und seine Eltern sprachen manchmal davon, sich hier ein Ferienhaus zu kaufen. Solange sie nicht für immer herziehen wollten, war es Simon gleichgültig. Es war schön hier, aber in London gab es die große Bibliothek und die Museen, die er so liebte. Nein, er wollte nicht weg aus der Stadt.

Die Sonne brannte vom wolkenlosen Himmel. Simon suchte den Schatten des Eingangsbereichs auf und sah erneut auf die Uhr. Er war zwanzig Minuten zu früh. Vor Gespenstern hatte er keine Angst. Und es gab mehrere in Morlan House. Im blauen Zimmer spukte ein weiblicher Geist, der um 1800 angeblich eine Zofe aufgeweckt hatte, deren Herrin bei einer Geburt in Lebensgefahr schwebte. Dieser Geist war später von verschiedenen Gästen im blauen Zimmer gesehen worden. Simon rüttelte erfolglos an der Klinke der Eingangstür. Es half nichts, er musste auf den Mann warten, der ihm das Haus zeigen wollte.

Die massive Tür sah nicht so aus, als wäre sie kürzlich geöffnet worden. Auch die Fenster im Erdgeschoss waren verschmutzt, stellenweise rankte der Efeu über die Scheiben. Furchtlos stromerte Simon an der Hausmauer entlang und kontrollierte die Fenster. Der letzte Besitzer hatte sich große Mühe gegeben, das Haus vor Einbrechern zu schützen. Simon rieb an einer der kleinen Scheiben, die von Sprossengittern eingefasst waren, und lugte hindurch. Das musste die Küche sein. Er pfiff durch die Zähne. Der Raum war riesig!

Hier waren sicher üppige Mahlzeiten für fünfzig oder mehr Personen vorbereitet worden. Und in der Broschüre hatte etwas von einem Mord in den Zwanzigerjahren gestanden. Dieses Detail hatte er nirgends sonst gelesen. Die Geliebte des damaligen Hausbesitzers, eine junge Amerikanerin, soll während einer ausschweifenden Party auf tragische Weise ums Leben gekommen sein. Ihr Mörder war nie gefunden worden, und in hellen Mondnächten wandelte ihr Geist angeblich an den Klippen. Simon schauderte und schrak zurück, als er im Haus eine Bewegung wahrzunehmen meinte. Es gab keine Gespenster! So ein Unsinn!

Vom Schmutz, den er von der Scheibe gewischt hatte, musste Simon mehrfach niesen. Er schnäuzte sich und ging an einer steinernen Kugel vorbei, die den Treppenabsatz zum Garten schmückte. Von der einstmals gepflegten Parkanlage waren nur der verwilderte Baumbestand, riesige Oleanderbüsche und in allen Farben blühende Rosen geblieben. Was musste es einmal schön hier gewesen sein, dachte er. Wenn Ally und er in einer anderen Zeit hier groß geworden wären, hätte er ein Pferd besessen, wäre auf die Jagd geritten, und Ally hätte in Kleidern mit bauschigen Röcken auf Teepartys den Gentlemen die Köpfe verdreht.

Er grinste und ließ den Blick über den verwilderten Rasen bis zu den Bäumen schweifen. An alten Herrenhäusern fand er vor allem die Eishäuser faszinierend, die meist abseits im Wald lagen, damit kein Sonnenstrahl das kostbare Gefriergut schmelzen konnte. Eigentlich doch schade, dass er Ally nicht mit hierhergenommen hatte. Sie interessierte sich zumindest für solche Sachen. Ihre Freundinnen sprachen über nichts anderes als Jungs und Klamotten. Aber Ally fand sein Hobby spannend. Und Wales war voller Legenden und Mythen. Was für ein Glück, dass ausgerechnet Morlan House in der Nähe ihres Urlaubsorts lag!

Simons Steckenpferd war die Gralslegende. Am meisten mochte er das Buch von Sir Thomas Malory, das er zum Geburtstag als illustrierte Ausgabe bekommen hatte. Die steckte nun in seinem Rucksack, dessen Gewicht er langsam auf den Schultern spürte. Ally zog ihn schon auf, weil er das dicke Buch immer mit sich herumschleppte. Simon wischte sich die verschwitzte Stirn und nahm den Rucksack ab.

Aus einem Seitenfach zog er ein zerfleddertes Notizheft, in das er sich die wichtigsten Eckdaten der walisischen Gralslegende notiert hatte. Durch Zufall war Simon in einem Führer über Mid Wales auf Morlan House und seinen Schatz gestoßen. Zufrieden blätterte er in dem Heftchen und frischte sein Gedächtnis auf, damit er vorbereitet war. Aber der Mann, der den Schlüssel zum Haus hatte, war auch so schon beeindruckt von seinem Wissen gewesen.

Der Heilige Gral war von Josef von Arimathäa nach Großbritannien gebracht worden. Der Legende nach hatte Josef in einem Kelch das Blut aufgefangen, welches dem gekreuzigten Christus aus der Lanzenwunde tropfte. Die geläufige Version der Geschichte war, dass der Gral von Josef von Arimathäa nach Glastonbury gebracht worden war.

Es hieß, dass die Mönche aus Glastonbury geflohen waren, nachdem ihr Kloster niedergebrannt worden war, und den Gral mit sich in die walisische Abtei von Strata Florida genommen hatten. Dort war der Kelch in den Besitz der Jones of Paith gelangt und in Morlan House versteckt worden. Zu gern hätte Simon den Keller untersucht, der aus einem verzweigten Gewölbesystem bestehen sollte. Er wollte sehen, wo der heilige Kelch angeblich versteckt worden war, und vielleicht fand er etwas, mit dem er seine Freunde beeindrucken konnte.

Als es ihm zu warm auf der Terrasse wurde, ging er auf die Bäume zu. Hinter dem schmalen Waldstück konnte er das Rauschen des Meeres hören. Es knackte im Unterholz, und ein Vogel flatterte auf. Er blickte der Krähe nach, die sich mühelos durch die Baumkronen in den Himmel schwang. Sicher gab es einen privaten Zugang zum Strand. Ein Anwesen wie dieses hatte bestimmt eine Treppe, die zum Meer hinunterführte. Und vielleicht gab es Höhlen in den Felsen, in denen die Kinder gespielt hatten. Schmugglerbanden konnten hier ihr Unwesen getrieben haben!

Zwischen den Bäumen zeichnete sich ein Pfad ab, und weil die Mücken in Schwärmen aus den hohen Gräsern aufstiegen, verschob er die Suche nach dem Eishaus und rannte durch das dichte Gestrüpp. Er musste über umgestürzte, vermoderte Baumstämme springen, Zweige zerkratzten ihm Arme und Beine, und einmal stolperte er und fiel hin. Simon war schnell wieder auf den Beinen und klopfte sich Blätter und Gras ab. Ganz deutlich war das Meer zu hören, der Geruch von Algen und Schlick hing in der Luft. Mit einem Satz war er endlich aus dem Wald heraus und stand so dicht an der steil abfallenden Klippe, dass nicht viel gefehlt hätte, und er wäre hinuntergestürzt.

Vorsichtig ging er am Klippenrand entlang und schnalzte triumphierend mit der Zunge, als er eine rostige Balustrade entdeckte, hinter der schmale Treppenstufen zum Strand hinunterführten. Als er die Bucht mit dem weißen Sand und dem verlockend in der Sonne glitzernden Meer sah, war er versucht, hinunterzulaufen und in die kühlen Fluten zu springen. Seufzend sah er auf die Uhr. Dazu war auch später noch Zeit. Er sollte besser zurück zum Haus, wo er vielleicht schon erwartet wurde.

1

London, Redaktion des Inside-Travel-Magazins, Mai 2012

Ich soll was?«, rief Ally Carter entgeistert und starrte auf den Ausdruck in ihren Händen.

»Fangen Sie am besten gleich mit dem Packen an. Hugo will den Bericht in einem Monat auf dem Tisch haben.« Chloe Parker, die Assistentin des Chefredakteurs, verzog ihre blutrot geschminkten Lippen, die ihr, zusammen mit ihrer Kaltschnäuzigkeit, den Spitznamen Bloody Parker eingetragen hatten.

Ally Carter richtete ihre Augen, die von einem intensiven Grün waren, auf die Überbringerin der Hiobsbotschaft. »Ich kann das nicht, Chloe. Ich meine es ernst. Diesen Auftrag kann ich nicht übernehmen.«

»Warum nicht? Sie haben den Bericht über Guernsey abgeschlossen, und das hier ist der nächste Artikel, den Sie für uns schreiben. Oder sind Sie krank?« Chloe Parker musterte die Redakteurin kritisch. »Dann gehen Sie zum Arzt oder …«

Allys lange braune Locken fielen ihr bis auf den Rücken, als sie aufstand und um den Tisch herum trat. »Ich werde es ihm selbst sagen. Er ist doch in seinem Büro, oder?«

»Ja, aber ich verstehe das nicht, Ally.« Chloe schoss wie eine aufgeregte Hornisse hinter Ally her, die bereits auf dem Flur war. »Da gibt man euch Redakteuren eine interessante Story, und dann wollt ihr sie nicht. Wir kämpfen hier um unsere Existenz, und Sie zicken rum! Gehen Sie ruhig zu ihm, aber ich habe Sie gewarnt!«

Bevor sie an die Tür von Hugo Lakefields Büro klopfte, prüfte die Assistentin den Sitz ihres geometrischen Haarschnitts. Doch Ally war zu aufgewühlt, um noch lange zu warten, und drängte sich an Chloe vorbei ins Allerheiligste. Wer das Büro des Inhabers von einem der renommiertesten britischen Reisemagazine betrat, wurde zuerst vom Anblick Tausender Bücher und enormer Panoramafotografien beeindruckt und musste großes Selbstbewusstsein mitbringen, um sich nicht von Lakefields imposanter Körpergröße einschüchtern zu lassen. Hugo Lakefield war ein Genussmensch. Auf der glänzenden Kirschbaumplatte stand neben einem Humidor eine geöffnete Pralinenschachtel. Aber wer glaubte, dass in diesem behäbigen Körper ein Gemütsmensch steckte, sollte sich täuschen.

Hugo Lakefield war zu Recht stolz auf sein unabhängiges Magazin, das sich seit zwei Jahrzehnten auf dem hart umkämpften Markt behauptete. Kritik prallte an ihm ab wie ein Wassertropfen an einem Pfund Butter, und er bekannte sich zu einsamen, undemokratischen Entscheidungen. Da er überdurchschnittliche Gehälter zahlte und das Magazin ein anerkanntes Karrieresprungbrett war, wurde das hingenommen.

»Was ist denn los?«, raunzte Lakefield, ohne aufzusehen.

»Entschuldigen Sie, Sir.« Ally trat näher und hielt den Bogen mit dem unliebsamen Auftrag unglücklich in den Händen.

Lakefields Schneider war ein Meister seiner Zunft, denn der dunkel gestreifte Anzug verschlankte den Zweizentnermann optisch. Intelligente graue Augen musterten Ally unter buschigen Brauen. »Ally, Sie sind noch nicht weg? Ich dachte, ich hätte mich klar ausgedrückt.«

»Doch, nein, Sir, es tut mir leid. Ich kann den Job nicht machen.« Sie legte das Papier mit der Überschrift »Cardigan Bay und Morlan House« vor Hugo Lakefield auf den Tisch. »Ich übernehme jeden anderen Job, nur diesen hier nicht. Es gibt doch sicher jemanden dafür. Ich könnte mit Megan tauschen.«

Lakefield runzelte die Stirn und lehnte sich in seinem Sessel zurück. »Warum wollen Sie diese Story nicht schreiben?«

»Persönliche Gründe, Sir«, sagte Ally leise und nestelte an ihrer weißen Bluse.

»Ach ja? Gibt es einen verflossenen Liebhaber in Cardigan Bay? Oder haben Sie Angst vor den Geistern, die durch Morlan House spuken? Stehlen Sie mir nicht meine Zeit und machen Sie sich an die Arbeit!« Seine leicht vorquellenden Augen fixierten sie.

Obwohl Ally aus Erfahrung wusste, dass jetzt der Punkt gekommen war, an dem jeder weitere Widerspruch höchst unklug war, wagte sie einen neuen Versuch. »Es hat mit meiner Familie zu tun, Sir. Es ist …« Sie suchte nach den richtigen Worten. »Es ist schmerzlich, sonst würde ich Sie nicht um diesen Gefallen bitten.«

Lakefield öffnete den Humidor und schnupperte mit geschlossenen Augen an den Zigarren. Der Tabakduft erreichte auch Allys Nase, doch sie konnte dem angenehmen Aroma heute nichts abgewinnen. Langsam nahm Lakefield eine Zigarre heraus und betrachtete sie eingehend. Plötzlich sah er sie direkt an. »Wissen Sie, was diese Zigarre kostet?«

»Nein, Sir.« Sie hatte verloren.

»Vierzig Pfund. Jedes einzelne Blatt wurde handverlesen. Ich kann mir diese Zigarre leisten, weil ich hart dafür gearbeitet habe. Ich war nicht immer so fett, wie ich es jetzt bin. Als drahtiger junger Journalist bin ich wie ein Spürhund jeder Fährte hinterhergejagt, habe mich festgebissen an den unwahrscheinlichsten Hinweisen und nie das große Ganze aus den Augen gelassen. Ich habe in einem vermoderten Loch gehaust, wurde morgens von den Schnellzügen geweckt und nachts von randalierenden Drogensüchtigen.« Er schnitt einen kleinen Teil der Zigarrenspitze ab und entzündete sie. Nachdem er einige Male an der Zigarre gepafft hatte und sein Gesicht hinter Rauchschwaden verschwand, sagte er scharf: »Mir wurde nie eine fertige Geschichte auf dem Silbertablett serviert. Aber ich habe mich nie beschwert, sondern jeden Stein umgedreht, jeden nichtsnutzigen Sekretär eines Politikers, Schuhputzer, Müllmann, ach egal, wen, ich habe alle befragt, wenn es darum ging, eine Story zu bestätigen, zu beweisen, dass mein Instinkt mich nicht getrogen hatte. Und dann hatte ich es irgendwann geschafft. Ich baute mir diesen Verlag auf, und ich bin verdammt stolz darauf! Und jetzt müssen Sie Ihren Hintern nur ins Auto bewegen und in einem Luxushotel übernachten, und da beschweren Sie sich auch noch!«

Lakefield schlug mit einer Hand auf den Schreibtisch.

»Ich beschwere mich nicht, Sir, wirklich nicht. Ich arbeite sehr gern hier …«, begann Ally.

»Finden Sie, dass Sie zu wenig verdienen?«, fragte er lauernd, denn er wusste genau, dass er übertarifliche Gehälter zahlte.

»Nein, Sir«, murmelte Ally kleinlaut und wünschte sich auf die nördlichste schottische Insel. Sie hätte ihren Chef besser kennen müssen. Man durfte bei ihm nicht mit der Tür ins Haus fallen. Und wer Hugo Lakefield auf dem falschen Fuß erwischte, hatte schlechte Karten. Sie hatte gleich zwei kapitale Fehler begangen.

»Dann gibt es nichts mehr zu sagen. Sie fahren sofort nach Wales und schreiben mir einen Artikel, der den Mythos von Morlan House so lebendig macht, dass die Leser sich von Gespenstern verfolgt fühlen und sich auf die Suche nach dem Heiligen Gral machen oder …«, er paffte genüsslich an seiner Zigarre, »… Sie suchen sich einen neuen Job.«

»Ja, ich meine, ich bin schon unterwegs«, versicherte Ally und verließ fluchtartig das Büro.

Sie zog die Tür leise hinter sich zu und wäre fast mit Chloe zusammengestoßen, die ihr ein scheinheiliges Lächeln schenkte. »Hat er Sie an eine andere Geschichte gesetzt?«

»Sie haben doch gelauscht, was fragen Sie noch!«, fauchte Ally.

»Er sagt mir sowieso alles, aber Ihrer Reaktion nach zu urteilen, fand er Ihre Verweigerung wohl genauso unsinnig wie ich.« Chloe zog ein Foto aus ihrer Mappe und reichte es Ally. »Wales kann so schön sein zu dieser Jahreszeit. Haben Sie schon einmal von Morlan House gehört?«

Mit zitternden Händen griff Ally nach der Fotografie, die ein von Efeu überwuchertes Herrenhaus inmitten eines Parks am Rande der Klippen zeigte. Es war zehn Jahre her, seit sie zum letzten Mal dort gewesen war, und es sah noch genauso aus wie damals.

»Was ist? Haben Sie einen Geist gesehen? Es soll mindestens zwei Geister dort geben, die mehrfach gesichtet worden sind.« Chloe lachte, als hätte sie einen guten Witz gemacht, doch ihr Lachen erstarb, als sie Allys bleiches Gesicht sah. »Meine Güte, jetzt reißen Sie sich mal am Riemen. Nick! Gut, dass Sie kommen.« Sie winkte einem schlanken, blonden Mann in verblichenen Jeans.

»Hi, Chloe, Ally.« Mit einem charmanten Lächeln schlenderte Nick Bellamy auf die beiden zu. Er hielt ein Kameraobjektiv in den Händen. Seiner gebräunten, wettergegerbten Haut sah man an, dass er viel Zeit im Freien verbrachte. Bellamy war ein gefragter Natur- und Architekturfotograf sowie begeisterter Surfer, der seine Hobbys zum Beruf gemacht hatte.

»Hat Ihnen schon jemand von Ihrem neuen Job erzählt, Nick? Sie fahren mit Ally nach Wales.« Chloes Handy klingelte, doch sie ignorierte es und fuhr fort: »Im Wesentlichen geht es um dieses Herrenhaus, aber drumherum stricken Sie einen Bericht über die Bucht. Sie wohnen in einem neu eröffneten Hotel in Aberaeron, über das Sie auch schreiben werden. Details maile ich Ihnen zu. Und jetzt sagen Sie mir, Nick, was ist an diesem Auftrag schlecht?«

Der Fotograf hob die Schultern. »Von mir aus, nichts. Wann geht's los?«

»Gestern.« Damit ließ Chloe die beiden stehen und nahm ein neues Telefongespräch an.

»Okay, Ally, was stinkt an diesem Auftrag? Geht's dir gut?« Besorgt griff er nach ihrer Hand. »Eiskalt!«

Langsam hob Ally den Blick von der Fotografie. »Alles in Ordnung. Zeit, erwachsen zu werden.«

»Was auch immer das heißen mag. Wir haben eine lange Fahrt vor uns und genug Zeit zum Reden. Ich muss mein Equipment zusammensuchen und noch ein paar Dinge regeln. Morgen früh um sieben Uhr bei dir.« Er küsste sie flüchtig auf die Wange und eilte davon.

Ally ging zurück in ihr Büro, das sie sich mit ihrer Kollegin Megan Watkins teilte, die jetzt an ihrem Platz saß.

»Süße, was ist denn mit dir los? Ich hab schon gehört, dass du vollkommen aus dem Häuschen warst wegen einer neuen Story.« Megans Eltern waren vor ihrer Geburt von Ghana nach England ausgewandert. Ihr Akzent war britischer als der von manchem Eliteinternatsschüler, nur ihre Hautfarbe verriet ihre Herkunft.

Megan war drei Jahre älter als Ally und hatte bereits zwei Jahre für Lakefield gearbeitet, als Ally dort anfing. Die beiden jungen Frauen waren einander sofort sympathisch gewesen und mittlerweile Freundinnen geworden. Die temperamentvolle Megan holte Ally oft aus deren Schneckenhaus, in das sie sich nur zu gern verkroch.

Ally schüttelte den Kopf und warf die Fotografie auf ihren Schreibtisch. »Ich habe überreagiert. Was soll's. Wenn ich den Job nicht mache, feuert er mich.«

»Ich fürchte, da hast du recht. Im Grunde ist Lakefield ein netter Kerl, und ich arbeite gern hier. Nur widersprechen darf man ihm nicht.« Megan grinste. »Zeig her. Was ist daran so schlimm?«

Ihre Schreibtische standen sich gegenüber, und Megan fischte mit einer eleganten Bewegung das Foto auf ihre Seite. »Ein altes Haus in …«, sie wendete das Bild, »… Cardigan Bay in Wales.«

Plötzlich verstand Megan und ließ das Bild sinken. Ihre

dunklen Augen musterten Ally voller Mitgefühl. »Da wolltest du doch nie wieder hinfahren! Verdammt, warum ausgerechnet dieses, wie heißt das … Morlan House?«

»Lakefield hat sich in die Geistergeschichten und die Legende vom Gralskelch verbissen. Ein Stück altes Holz liegt da irgendwo im Museum. Kein Mensch weiß, woher das stammt!« Ally lehnte sich an den Schreibtisch und vergrub das Gesicht in den Händen.

»Hey, wenn du das nicht kannst, red ich noch mal mit ihm. Er ist kein Unmensch. Du könntest ihm einfach die Wahrheit sagen.« Megan schob ihren Stuhl zur Seite, doch Ally rieb sich die feuchten Augen und hob abwehrend eine Hand.

»Nein. Bloß nicht! Dann wittert er gleich eine persönliche Story und will erst recht, dass ich hinfahre. Meg, das ist lieb von dir, aber ich kann nicht ewig davor weglaufen. Vielleicht ist das Schicksal. Allein hätte ich nie die Kraft aufgebracht, dorthin zu fahren.« Gedankenverloren wickelte sich Ally eine Haarsträhne um den Finger.

»Überleg dir gut, ob du dem gewachsen bist, Ally. Kein Job der Welt ist es wert, sich deswegen kaputtzumachen.« Megan stand auf, trat mit fließenden Bewegungen um den Tisch und legte die Arme um Ally. »Du kannst nicht einmal darüber sprechen. Deine Familie ist daran zerbrochen.«

Ally drückte ihre Freundin kurz und befreite sich vorsichtig aus der Umarmung. »So weiterleben kann ich auch nicht, Meg. Ich weiß nicht, wann ich das letzte Mal eine Nacht durchgeschlafen habe. Die Albträume werden nicht weniger, sondern mehr! Nick begleitet mich. Mach dir keine Sorgen.«

»Die mache ich mir aber. Ruf mich an, jeden Tag. Ich will wissen, wie es dir geht. Wenn ich nichts von dir höre, komme ich nach Wales, obwohl mir mein letzter Besuch in diesem verregneten, trostlosen, von Schafen bevölkerten Landstrich noch in den Knochen steckt.« Megan zwinkerte ihr zu, und Ally lachte.

»Als ob das Wetter in London besser wäre. Drüben hast du wenigstens frische Seeluft aus erster Hand!« Sie kannte ihre Freundin gut genug, um zu wissen, dass Megan eine Stadtpflanze war, die verdorrte, wenn man sie länger mit allzu viel Natur umgab. Dafür fühlte sich Meg in allen Großstädten der Welt zu Hause und lief erst im Menschengewimmel einer Millionenmetropole zu journalistischer Hochform auf.

Meg schob die Ärmel ihrer Bluse auf. Goldene Armreifen schimmerten auf der dunklen Haut und klimperten melodisch im Rhythmus der Bewegung. »Ich meine es ernst, Ally. Regen und Schafe werden mich nicht abschrecken.«

»Das ist lieb gemeint. Ich verspreche dir, mich zu melden. Es ist zehn Jahre her, und ich habe gelernt, damit zu leben.« Sie wich Megs zweifelndem Blick aus, denn tief in ihrem Innern wusste sie nur zu gut, dass sie die Erlebnisse von damals nicht verarbeitet, sondern nur verdrängt hatte. Was würde passieren, wenn sie nach Cardigan Bay kam?

2

Cardigan Bay, Mai 2012

Nick war die ersten zwei Stunden durchgefahren und hatte sie einem dösenden Halbschlaf überlassen. Als Ally sich ans Steuer setzte und eine Cara-Dillon-CD einlegte, protestierte Nick.

»Bei der Musik kommen mir die Tränen. Erzählst du mir jetzt, warum du nicht nach Wales wolltest?« Er stellte einen Radiosender ein, der die aktuellen Charts spielte.

Ally umfasste das Lenkrad fester und starrte auf die blinkenden Rücklichter vor ihr. Sie waren bereits auf der Autobahn nach Bristol, wo sie über die Severn Bridge nach Wales fahren würden. Allein der Gedanke an die Brücke mit dem atemberaubenden Blick über die Bucht brachte alles zurück. Sie räusperte sich. »Es ist nicht leicht für mich, Nick.«

»Wir haben Zeit.« Er streckte die langen Beine aus und warf ihr einen aufmunternden Blick zu.

Sie hatten schon bei verschiedensten Aufträgen zusammengearbeitet, und Ally schätzte seine unkomplizierte Art. Dabei war er ein hervorragender Fotograf und erfahrener Reisebegleiter, den so schnell nichts aus der Ruhe brachte. Mehr als einmal hatte sie sich bei dem Gedanken ertappt, ob aus Freundschaft mehr werden könnte, doch irgendetwas hatte sie immer zurückgehalten. Sie schätzte ihn zu sehr, entschuldigte sie ihr Zögern, und wollte nicht riskieren, den Freund zu verlieren, wenn die Liebesbeziehung scheiterte. Doch im Grunde hatte sie Angst. Sie fürchtete sich davor, sich ihren Gefühlen und Ängsten zu stellen, und das würde passieren, wenn sie sich auf jemanden wie Nick einließ.

»Wie lange kennen wir uns schon, Ally?«

Sie konnte ihn aus den Augenwinkeln lächeln sehen. Dabei bildeten sich kleine Grübchen neben seinen Mundwinkeln. »Lange genug.«

»Habe ich dein Vertrauen jemals missbraucht?«

»Nein.«

»Ich habe mich immer gefragt, warum du oft so verloren und traurig wirkst, was an dir nagt, dich so verletzlich macht, dass du dich mit einem undurchdringlichen Schutzpanzer umgibst. Anfangs dachte ich, dass es ein Mann gewesen ist, aber das ist nicht der Grund, oder?«

In der Redaktion des Inside-Travel-Magazins wusste nur Meg von ihrer Vergangenheit, aber sie schuldete Nick zumindest eine kurze Erklärung.

»Als Kind bin ich mit meinen Eltern in den Ferien nach Wales gefahren. Jeden Sommer haben wir in Cardigan Bay verbracht. Es war Tradition, dass wir nach dem Überqueren der Severn Bridge Rast gemacht haben. Mein Bruder liebte diesen kleinen Rastplatz mit den Holz…«

»Du hast einen Bruder?«, unterbrach Nick sie überrascht.

»Simon. Sechs Jahre jünger als ich. Ich habe ihn meinen kleinen Professor genannt, weil er unglaublich klug war. Er kannte jeden englischen König und jeden Kreuzzug. Sein Steckenpferd war die Gralslegende.«

Sie fühlte Nicks Blick auf sich ruhen und redete weiter. Wenn sie jetzt eine Pause machte, würde sie nicht mehr sprechen können, sondern nur noch weinen. »Er hatte ein Ritterkostüm und sogar ein richtiges Schwert und einen Schild. Ich habe ihn gerne auf die Mittelalterfeste begleitet, weil ich die Musik mochte.«

Dicke Regentropfen klatschten gegen die Windschutzscheibe, und Ally schaltete die Scheibenwischer ein. Sie fuhren mit

Nicks Range Rover, dem man ansah, dass er schon einige abenteuerliche Touren überstanden hatte, doch der Motor lief tadellos. Nick hatte das Radio leiser gedreht.

Nach einem tiefen Seufzer fuhr Ally fort: »In jenem Sommer war ich sechzehn und zum ersten Mal verliebt. Wir hatten, wie meist, ein kleines Ferienhaus in Aberaeron gemietet. Meine Eltern waren mit Freunden unterwegs, und Simon und ich sind mit dem Bus in die Bucht zum Strand gefahren. Er tat sehr geheimnisvoll und wollte unbedingt alleine los. Es hatte etwas mit einer seiner Gralsgeschichten zu tun. Mehr wollte er nicht sagen.«

Sie schluckte und blinzelte mehrmals. »Ich hätte ihn niemals allein gehen lassen dürfen! Aber ich war so verliebt, wollte David unbedingt sehen, und er ist nicht einmal gekommen. Ich war so dumm, so egoistisch! Simon war schlau und ging öfter allein in Museen oder Bibliotheken, aber das ist keine Entschuldigung! Ich hätte ihn nicht allein gehen lassen dürfen.« Ally schluchzte.

Nick strich ihr über die Schulter. »Er hatte einen Unfall?«

Plötzlich sah sie ihn an, die Augen tränennass und geweitet. »Das sagte die Polizei. Er wurde in der Bucht unterhalb der Klippen von Morlan House gefunden. Sie haben behauptet, er wäre ertrunken ...« Sie schluchzte. »Aber er war ein so guter Schwimmer! Er wäre niemals ertrunken, niemals! Wir sind oft in unbekannten Gewässern schwimmen gegangen. Er wusste, worauf man achten muss.«

»Okay. Fahr dort vorn ran. Wir machen eine Pause.«

In der Parkbucht stiegen sie aus, und Ally weinte in Nicks Armen, bis ihre Augen brannten und ihr Magen schmerzte. Ein Therapeut hatte ihr empfohlen, den Schmerz herauszulassen, aber das Weinen machte es nicht leichter, im Gegenteil. Sie musste sich dazu zwingen, aufzuhören und nicht zu schreien. Es tat so weh, auch nach zehn Jahren war der Schmerz so frisch wie damals, als der Polizist zu ihnen gekommen war. Den Blick ihrer Eltern würde sie nie vergessen – ein einziger Vorwurf. Damals war sie gestorben. Sie war mit Simon gestorben, nur durfte sie nicht mit ihm gehen, sondern musste weiterleben, ihren Körper bewegen und wie ein Roboter funktionieren.

»Es ist meine Schuld, Nick. Verstehst du? Es ist meine Schuld, dass er tot ist! Ich hätte ihn niemals allein lassen dürfen! Ich war doch für ihn verantwortlich!«, schluchzte sie verzweifelt.

Nick hielt sie so weit von sich, dass er ihr in die Augen sehen konnte. »Nein, Ally. Deine Eltern waren für ihn verantwortlich.«

»Ich war sechzehn und kein Kind! Sie haben mir vertraut, und ich habe sie enttäuscht.« Sie hatten es nie ausgesprochen, doch der Vorwurf drohte stets wie eine Gerölllawine, die jeden Moment auf sie niedergehen konnte. Nein, dachte Ally, sie war schon lange von den Steinen begraben worden.

Sie hatte die Schule mit siebzehn beendet und war danach ins Ausland gegangen, hatte in Neuseeland und Australien gejobbt. Mit jedem Kilometer, den sie zwischen sich und ihre Eltern gebracht hatte, wuchs die Hoffnung, dass es leichter würde. Stattdessen brach der Kontakt bald gänzlich ab, und aus einem Jahr wurden drei. Kurz vor ihrem einundzwanzigsten Geburtstag kehrte sie nach London zurück und fand ihre Mutter allein in einer halbleeren Wohnung. Ihre Eltern hatten sich getrennt. Ihr Vater, Harold, ein Steuerberater, war nach Manchester gezogen. Grace, ihre Mutter, hatte sich eine kleine Wohnung in Greenwich gesucht und opferte sich in einem Kinderhospiz auf.

»Ally, hör mir zu. Wir fahren jetzt dahin und machen unsere Arbeit. Wenn du es nicht mehr aushältst, fährst du zurück, und ich bring das allein zu Ende. Oder willst du jetzt schon …?« Nick kramte ein Taschentuch aus seiner Hosentasche und hielt es ihr hin.

»Danke«, murmelte Ally und wandte sich ab, um sich die Nase zu putzen. Als sie das Gefühl hatte, sich wieder unter Kontrolle zu haben, sagte sie: »Wir fahren hin. Und ich bin froh, dass ich es dir erzählt habe.«

»Gut.« Er hielt das Gesicht in den Regen. »Wir sollten einsteigen, bevor wir klatschnass sind.«

Am späten Nachmittag erreichten sie Cardigan. Die malerisch an der Mündung des Teifi gelegene Hafenstadt hatte der Bucht ihren Namen gegeben. Nick parkte oberhalb der Stadt in einer Kurve.

»Cardigan Bay …«, flüsterte Ally und trat an die kleine Steinmauer, die Touristen daran erinnern sollte, dass die Klippen mancherorts überraschend steil und abrupt abfielen.

Die dunklen Regenwolken waren an der Küste vom Wind vertrieben worden, doch hier schimmerte blauer Himmel nur stellenweise hervor. Der raue Seewind wehte Ally die Haare ums Gesicht, doch sie genoss den salzigen Geschmack auf ihren Lippen und sog die frische Luft tief in ihre Lunge.

»Hier beginnt laut meinem Reiseführer der Pembrokeshire Coast National Park«, sagte Nick neben ihr. »In fünf Tagen kann man von hier zu Fuß bis hinauf nach Borth wandern. Ich kann das Meer hören! Herrlich! Habt ihr das damals gemacht?«

»Was?«

»Seid ihr mal die ganze Küste hochgewandert?«

»Nein.« Während sie ihren Gedanken nachhing, holte Nick seine Kamera hervor und schoss in rascher Folge Fotos von Cardigan, wie es sich verschlafen zwischen dichtem Blattwerk um die Flussmündung schmiegte.

»Im neunzehnten Jahrhundert war das eine der größten Hafenstädte. Kann man sich nicht mehr vorstellen.« Nick verstaute seinen Fotoapparat. »Komm, lass uns weiterfahren. Auf diesen kurvigen Küstenpfaden braucht man für zwanzig Kilometer glatt eine Stunde, und mir knurrt der Magen. Im Talbot soll es ein sehr gutes Restaurant geben.«

»Na dann … Bestimmt ist das so ein seelenloser Designerschuppen, wie sie jetzt überall wie Pilze aus dem Boden schießen«, murrte Ally, setzte sich auf den Beifahrersitz und schlug die Wagentür zu.

»Ts, du hast dich überhaupt nicht vorbereitet. Das Talbot ist seit drei Generationen im Besitz der Darbys. Sohn Robert Darby hat das ziemlich runtergewirtschaftete Hotel vor einigen Jahren übernommen und mit einem Geschäftspartner komplett umgebaut.«

Ally hörte nur mit halbem Ohr hin, als Nick weiter über das Hotel plauderte, dessen Restaurant in irgendeinem Feinschmeckerblatt gelobt worden war. Er redete, um sie abzulenken, und sie war ihm dankbar dafür, doch die Schönheit der wildromantischen Küstenlandschaft wurde schier unerträglich. Als sie auf einem Hinweisschild »Morlan House, 2 Meilen« las, schloss sie die Augen und atmete konzentriert ein und aus.

»Wir müssen gleich da sein!« Nick klopfte ihr munter auf die Schulter.

»Ich weiß.«

Er ließ sich von ihrer Einsilbigkeit nicht beirren, sondern warf einen Blick auf die Dünen, die sich unterhalb der Steilküste entlangzogen. »Ich hätte mein Surfbrett mitnehmen sollen. Mann, was für eine Brandung!«

»Das Wasser ist doch noch viel zu kalt.« Ally zog sich die Strickjacke enger um den Körper und blinzelte in die untergehende Sonne, welche die Bucht in glühende Rot- und Orangetöne tauchte. Ihre Mutter war oft mit einer kleinen Staffelei und ihren Aquarellfarben an den Strand gegangen und hatte die verschiedenen Stimmungen eingefangen. »Das glaubt mir keiner«, hatte Grace lachend gesagt, »das ist so schön kitschig, das glaubt mir doch niemand!« Später hatte ihre Mutter all ihre Malutensilien fortgeworfen und die Bilder zerrissen. Hatte sie ihre Mutter seit jenem furchtbaren Sommer jemals wieder lachen gesehen?

»Ally, wir sind da!« Nick stellte den Motor ab und sprang aus dem Wagen. »Ah!« Er stemmte die Arme in die Hüften und schaute über die Kaimauer des kleinen Hafens von Aberaeron. Der Wasserstand war niedrig, Segelboote und Motoryachten dümpelten nebeneinander her. Auf der anderen Seite des Hafens zog sich wie eine bunte Perlenkette eine Häuserreihe den Hügel hinauf. Die Häuserfassaden leuchteten in kräftigem Kobaltblau, Rot und Grün und wirkten wie frisch gestrichen. Möwen hockten auf Pollern oder stritten sich um heruntergefallene Pommes frites.

Langsam kletterte Ally aus dem Wagen und sah sich um. In zehn Jahren hatte sich einiges in dem kleinen Hafenstädtchen verändert. Der Charme des neunzehnten Jahrhunderts war noch immer zu spüren, doch es gab zahlreiche Neubauten, vor allem die Verwandlung von winzigen Fischerhäuschen in teils protzige Ferienhäuser fiel ins Auge. Ally rümpfte die Nase und erblickte die dunkelblaue Fassade des zweistöckigen Hotels, das nun den Hafen dominierte. THE TALBOT prangte in schneeweißen Lettern auf der Front.

»Nicht zu übersehen«, meinte Ally und zog ihre Reisetasche vom Rücksitz.

»Ich find's nicht schlecht. Da hat sich jemand was getraut. War es denn vorher schöner?« Nick packte einen Fotokoffer und eine Tasche und schloss den Wagen ab.

»Ziemlich runtergekommen, aber irgendwie hat es hergepasst, und wir haben oft vorn auf der Terrasse gesessen und Tee getrunken.« Sie seufzte.

»Alles okay mit dir, Ally?«, fragte Nick besorgt.

»Hör auf, mich das dauernd zu fragen!« Sofort bereute sie ihre Heftigkeit und fügte freundlicher hinzu: »Tut mir leid. Lass uns einfach hineingehen.«

Sie überquerten die Straße, die kaum befahren war, da sie in einer Sackgasse vor der Hafenanlage endete. Ein junges Paar schlenderte an ihnen vorbei Richtung Meer. Ally erinnerte sich nur zu gut an die romantische Kulisse der Hafenanlage, wenn man zum Strand hinunterspazierte. Wie oft hatte sie sich gewünscht, dass sie ihr Verhalten von damals ändern könnte, dass sie sich nicht mit dem Studenten verabredet hätte, in den sie verliebt gewesen war. Wenn ihr jemand die Möglichkeit gäbe, eine Zeitreise zu unternehmen, um eine Sache anders zu machen, eine zweite Chance … Aber die gab es nicht.

Zur Rezeption gelangte man durch denselben Eingang, der auch in eine belebte Bar führte. Angeregt plaudernd saßen Gäste in Sesseln und auf Hockern, im Hintergrund war ein riesiger halbkreisförmiger Tresen zu sehen, sanfte Jazzmusik untermalte die entspannte Atmosphäre. Im Vorbeigehen nahm Ally moderne Gemälde und Fotografien wahr und revidierte ihre anfängliche Abneigung gegen das modernisierte Hotel.

»Nett, oder?« Nick ging voraus und wandte sich lächelnd zu ihr um.

»Lass mich erst das Zimmer und das Restaurant sehen.« Zu schnell sollte man sich nie bekehren lassen, dachte Ally.

Lounge und Rezeption waren in Weiß und Naturholztönen gehalten, und durch die großen Sprossenfenster sahen sie direkt auf das Meer. Eine große, blonde Frau kam mit einem professionellen Lächeln energisch auf sie zu.

»Sind wir offiziell vom Magazin angemeldet?«, flüsterte Ally Nick von hinten zu.

Dieser nickte und streckte der attraktiven Blondine die Hand entgegen. »Nick Bellamy, und das ist meine Kollegin Ally Carter.«

»Paige Darby, ich vertrete meinen Mann, der geschäftlich unterwegs ist und sich entschuldigen lässt.« Sie lächelte gewinnend und machte eine einladende Handbewegung zu einer Sitzgruppe. »Was darf ich Ihnen anbieten, oder möchten Sie zuerst Ihre Zimmer sehen?«

Nick warf Ally einen fragenden Blick zu, und als diese die Schultern hob, sagte er: »Einen Drink können wir vertragen.«

»Wir führen exzellenten Malt Whisky. Wäre das etwas für Sie?« Als Nick und Ally nickten, gab die Frau des Inhabers einem Kellner kurze Anweisungen und setzte sich zu ihnen. »Hatten Sie eine problemlose Fahrt? Haben Sie uns gleich gefunden? Manchmal verfahren sich Gäste, weil sie die Abzweigung hinter Swansea verfehlen.«

»Ich war schon oft hier«, sagte Ally und fügte leiser hinzu: »Aber das ist lange her.«

»Sicher haben Sie die Ferien hier verbracht? Es gibt viele Gäste, die als Kinder hier waren und später zurückkehren, wenn sie selbst eine Familie haben oder einfach weil sie ihre Erinnerungen auffrischen wollen.« Paige strahlte, sie schien ganz in ihrem Element.

Allys Miene wurde immer düsterer, und Nick räusperte sich und wechselte das Thema: »Sie haben eine Menge aus dem Hotel gemacht. Die Lage ist ja auch phantastisch! Und Morlan House ist ganz in der Nähe? Das steht ebenfalls auf unserem Plan.«

»Oh ja, der alte Kasten mit seinen Gespenstergeschichten ist eine Attraktion hier, obwohl ich das alles für überzogen halte. Architektonisch ist das Haus interessant, aber sonst – es steht seit Jahren leer, weil kein Investor Geld in ein Fass ohne Boden werfen will.« Sie hob vielsagend die Augenbrauen.

»Man könnte ein Country-Hotel daraus machen. Häuser mit Geschichte sind doch sehr beliebt«, schlug Nick vor.

»Das böte sich an. Mein Mann und sein Geschäftspartner haben sich das sogar selbst angesehen, aber die Auflagen vom Denkmalschutz sind unmöglich«, erwiderte Paige Darby.

Der Kellner servierte den Whisky zusammen mit Mineralwasser und kleinen Sandwiches. Sie erhoben gerade ihre Gläser, als Paige jemandem zuwinkte. »Das passt ja gut, da kommt Roberts Geschäftspartner. Er kann Ihnen alles über den Umbau sagen. Er ist der Architekt.« Paige warf einen Blick auf ihre

Armbanduhr. »Ich muss meine kleine Tochter von einer Geburtstagsparty abholen.« Sie erhob sich.

Höflich standen Ally und Nick ebenfalls auf und drehten sich nach dem angekündigten Herrn um.

»David, dich schickt der Himmel!« Überschwänglich begrüßte Paige einen dunkelhaarigen Mann.

In einem grauen Sweatshirt, Jeans und Segelschuhen schien er gerade von einem der Boote im Hafen zu kommen. Begleitet wurde der Mann von einem triefend nassen Jagdhund, der Anstalten machte, sich zu schütteln.

»Henry, benimm dich. Wir müssen uns von unserer besten Seite zeigen. Sie sind doch vom Inside-Travel-Magazin? David Gowans.«

Der Irish Setter setzte sich gehorsam, und David drückte Allys Hand. Sie war schon beim Klang seiner Stimme zusammengezuckt. Das durfte doch alles nicht wahr sein! Als ihre Blicke sich trafen, entzog sie ihm ruckartig die Hand.

Nach all den Jahren traf sie ihn ausgerechnet hier wieder. Warum war er hierher zurückgekehrt? Er hatte doch in Edinburgh studiert und immer betont, wie sehr er Schottland liebe. Ally starrte ihn an und brachte keine Silbe über ihre zitternden Lippen. Die schwarzen Haare waren kürzer, an den Schläfen zeigten sich erste graue Strähnen, aber seine faszinierenden braunen Augen weckten genauso beunruhigende Gefühle in ihr wie damals. Er wirkte sportlich, kräftiger, und an seinem Kinn war dieses Grübchen, das ihm etwas unverschämt Jungenhaftes verlieh. Sie hätte ihn überall erkannt. Der traurige Blick seiner dunklen Augen am Strand hatte sie in ihren Träumen verfolgt. Sie hatte ihn nie vergessen, und wie es schien, war er genauso geschockt von dem unerwarteten Wiedersehen wie sie selbst.

»Ally …«, murmelte er.

Das Schweigen dehnte sich aus, bis Nick hüstelte und einfach Davids Hand ergriff. »Alte Bekannte?«

David Gowans fasste sich und lächelte, ohne den Blick von Ally zu wenden. »Ich hätte nicht gedacht, dass ich dich jemals wiedersehe.«

»Hätte ich gewusst, dass du hier bist, wäre ich nicht gekommen«, sagte Ally mit heiserer Stimme.

Paige stieß einen theatralischen Seufzer aus. »Bitte, setzen Sie sich doch, trinken Sie einen Schluck Whisky, der wirklich gut ist und über den Schock hinweghilft. Wir sind doch alle erwachsen. David, mein Guter, kann ich dich jetzt allein lassen? Ich muss Rosie abholen! Robert hat mich im Stich gelassen.«

Sie tätschelte Davids Unterarm und bemühte sich, den nassen Hund nicht zu berühren. Ihr heller Hosenanzug war makellos, genau wie ihre Föhnfrisur. »Henry kann doch auch draußen bleiben, wie oft muss ich das sagen ...«

Henry senkte seine Schlappohren und gähnte.

»Das werde ich Rosie erzählen!«, grinste David und ließ sich in Paiges Sessel gleiten.

Schon auf dem Sprung, sagte Paige: »Natürlich sind Sie heute Abend im Restaurant unsere Gäste. Und falls Sie etwas in die Reinigung geben möchten«, ihr anklagender Blick traf Henry, »geht das aufs Haus. David, bitte ...«

»Schon gut, es ist alles in Ordnung. Ich mach das schon«, scheuchte er die leicht gereizte Frau seines Partners weg.

Ally fühlte ihr Herz bis zum Hals schlagen und fand, dass überhaupt nichts mehr in Ordnung war. Ihr sorgsam aufgebautes Leben fiel gerade in sich zusammen wie ein Kartenhaus.

3

Nick hatte sofort begriffen, wer David war, und beendete das Gespräch nach wenigen Minuten. »Seien Sie uns nicht böse, Mr Gowans, aber wir haben eine lange Fahrt hinter uns.«

»David, bitte. Natürlich. Jennifer wird euch alles Weitere erklären. Ab halb neun ist ein Tisch im Restaurant für euch reserviert.« Er verabschiedete sich und ging, gefolgt von Henry, davon.

Als Ally wenig später allein in ihrem Zimmer war, warf sie sich aufs Bett und schluchzte bitterlich. Sie hätte sich besser vorbereiten müssen, dann wäre ihr das hier erspart geblieben. Aber sie hatte nicht einmal seinen Nachnamen gekannt. Herrgott, sie war sechzehn Jahre alt gewesen und hatte sich in einen gutaussehenden Schotten verliebt. Wer fragt mit sechzehn nach dem Nachnamen seines Flirts, und wer kann ahnen, dass er ausgerechnet in Wales Teilhaber eines Hotels wird? Ob er mit Robert Darby befreundet war? Sie konnte sich nicht an einen jungen Mann mit diesem Namen erinnern. Nur David hatte sie nie vergessen. Und ihre dumme Vernarrtheit hatte ihren Bruder das Leben gekostet.

Cardigan Bay, August 2002

Das Wetter war zu schön, um durch staubige alte Häuser zu stromern und sich kaputte Mähdrescher anzusehen! Ally schmollte, seit sie am Morgen losgefahren waren. In der Bucht lockte das glitzernd blaue Meer, und ihre Eltern schleppten sie in ein Museum!

»Seht mal, da vorn kann man es sehen!«, sagte ihre Mutter und zeigte durch das Fenster auf hellgelbe Mauern, die durch dichten Laubwald schimmerten.

»Ganz toll … Aber ich wäre trotzdem lieber zum Strand gegangen. Den haben wir in London nicht, Museen schon. Wäre schön, wenn ich auch mal machen kann, was mir Spaß macht …«, murrte Ally.

Simon dagegen presste glücklich die Nase gegen die Scheibe. »Ach, Ally, das wird gut. Auf Llanerchaeron haben sie Schweine und eine alte Wäschemangel, die wir drehen können, und …«

Ally warf ihrem Bruder einen vernichtenden Blick zu, doch dann mussten sie beide grinsen. »Mein kleiner Professor. Na, dann dreh du mal schön die Wäschemangel, und ich schau mir den Park an.«

Llanerchaeron war ein alter walisischer Landsitz, auf dem die Landwirtschaft wie vor einhundert Jahren betrieben wurde. Ihre Eltern liebten Ausflüge in Herrenhäuser und Schlösser des National Trust, und manchmal fand auch Ally Gefallen daran, aber bei der Hitze wäre ein Tag am Meer einfach tausendmal schöner.

Ihr Vater stellte den Wagen auf dem Besucherparkplatz ab. Nachdem sie ausgestiegen waren, streckte Ally die Arme über den Kopf und stieß laut die Luft aus. Außer dem Kiesparkplatz, Weiden mit Kühen und Laubwald war nichts zu sehen.

»Ist es nicht wunderschön hier?« Ihre Mutter blickte sich strahlend um und zog ihren Mann in Richtung eines flachen Holzhauses, in dem man die Eintrittskarten kaufen sollte. »Oh, Harold, wir müssen hier wilden Thymian kaufen. Die sind für ihre Gewächshäuser und Pflanzen bekannt.«

Harold Carter lächelte. Er überragte seine zierliche Frau um einen ganzen Kopf. Trotz seiner Freizeithosen und dem Poloshirt sah man ihm den Büromenschen an, fand Ally. Durch die eckige Brille musterte ihr Vater alles und jeden kritisch und runzelte ständig nachdenklich die Stirn. Doch wenn er lächelte, wurde einem warm ums Herz, und Ally verstand, warum ihre Mutter ihn oft verliebt ansah. Es gab so viele Scheidungskinder in der Schule, dass Ally stolz auf die gute Ehe ihrer Eltern war. Wenn sie einmal heiratete, dann nur einen Mann, den sie auch nach Jahren noch verliebt ansehen konnte.

Simon interessierte sich nicht für so alberne Gefühlsduseleien. Er drehte den Lageplan hin und her, den sie mit den Eintrittskarten bekommen hatten, und tippte auf die Farmhäuser. »Komm, Ally, da fangen wir an.«

»Die Gärten und der Teich mit den Seerosen sind auch da?«, fragte sie.

»Ja, dahinter. Na los!«

Der Kies knirschte unter ihren Schuhen, während sie den sorgfältig geharkten Wegen hinauf zu den Wirtschaftsgebäuden der riesigen Anlage folgten. Das Herrenhaus befand sich etwas abseits hinter einer Reihe prächtig blühender Rhododendren. Simon rannte sofort in eine Scheune zu den alten Landmaschinen. Ally folgte ihm, denn sie hatte Spaß an seiner Begeisterung für Altertümliches. Vielleicht legte sich dann auch ihre schlechte Laune, weil sie nicht zum Strand durfte. Eigentlich liebte sie die abwechslungsreiche Landschaft in Wales – und vor allem das Meer. Vom Klang der auf den Strand rollenden Wellen und dem salzigen Geruch der See konnte sie nicht genug bekommen. Irgendwann, dachte sie, wollte sie in ein winziges Cottage auf einer Klippe über dem Meer ziehen. Was sie dort den lieben langen Tag machen würde, wusste sie noch nicht. Aber allein der Gedanke an einen Rückzugsort ganz für sie allein war verführerisch.

Sie nahm ein Haarband aus ihrer Hosentasche und knotete die braunen Locken lose zusammen. Auf ihr Äußeres legte sie, anders als die meisten Mädchen ihres Alters, nicht viel Wert. Andererseits wusste sie, dass sie Glück gehabt hatte. Ihr Vater sagte immer, dass sie die Schönheit ihrer Mutter und seine Sturheit geerbt hatte. Simon hingegen wurde von allen nur kleiner

Professor genannt, und Harold war stolz darauf, dass sein Sohn ein so guter Schwimmer war.

Als sie in die Scheune trat, hatte sich bereits eine kleine Touristengruppe um einen alten Pflug versammelt.

»Was man aus Filmen kennt, war hier das tägliche Brot. Zwei Ochsen oder ein Ackergaul mussten die Arbeit machen, die heute ein Traktor übernimmt«, erklärte ein junger Mann, den Ally weitaus interessanter fand als das alte Gerümpel ringsherum.

Sie hockte sich auf einen Stapel Strohballen und beobachtete den Tour-Guide, den sie auf Mitte zwanzig schätzte. Er hatte schwarzes Haar, das ihm beinahe bis auf die Schultern fiel, und goldbraune Augen, die sie hin und wieder amüsiert streiften. Jedes Mal wenn ihre Blicke sich trafen, durchfuhr sie ein unbekanntes, beunruhigendes Gefühl. Bisher war sie zweimal mit Jungen aus der Abschlussklasse ausgegangen. Deren Absichten waren spätestens nach dem dritten Date allzu deutlich geworden, und Ally hatte klar zu verstehen gegeben, dass sie nicht interessiert war. Allein der Gedanke an Thomas' aufdringliche Zunge und sabbernde Küsse jagte ihr Schauer des Abscheus über den Rücken.

Simon kam mit leuchtenden Augen zu ihr und hielt ihr eine Sichel entgegen. »Schau mal, Ally! Ist das nicht toll? Die ist zweihundert Jahre alt, sagt David. Damit haben die Leute den Rasen gemäht. Stell dir mal vor, wie die geschuftet haben!«

Ally wog das Gerät mit der verrosteten Klinge in den Händen und sah, wie David sich mit einer Familie unterhielt, bevor er sich in ihre Richtung bewegte. Sie gab ihrem Bruder die Sichel zurück. »Sei vorsichtig, Professor.«

Simon grinste. »Ich will das mal ausprobieren. Ich geh auf den Rasen!« Er wollte davonlaufen, doch eine kräftige Hand packte ihn am T-Shirt.

»Hiergeblieben, junger Mann. Darf ich bitten?« David streckte die Hand nach der Sichel aus, und Simon legte das begehrte Objekt widerwillig hinein.

Aus der Nähe betrachtet sah der Tour-Guide noch besser aus, fand Ally und rutschte von ihrem Strohballen. »Danke, sonst hätte ich womöglich zusehen müssen, wie mein neunmalkluger Bruder sich die Finger absäbelt.«

»Ich glaube, da musst du dir keine Sorgen mache. Der stellt Fragen, die meinen Collegelehrer überraschen würden.«

»Ja, aber zwischen drüber reden und es auch tun liegt ein großer Unterschied«, meinte Ally.

David sah sie mit einem Ausdruck an, der ihr die Röte in die Wangen trieb, und sie hasste es, wenn sie unsicher wurde.

»Ich bin übrigens David.« Er klopfte Simon auf die Schulter. »Und du bist?«

»Simon. Ich zeig euch draußen, dass ich das kann mit der Sichel!« Trotzig schob er das Kinn vor und sah sie herausfordernd an.

Als David zustimmend nickte, seufzte Ally: »Na los, zeig's uns, sonst gibst du ja doch keine Ruhe. Mum und Dad sind bestimmt noch im Gewächshaus. Beeilen wir uns.«

Gemeinsam gingen sie nach draußen, wo die Sonne den Zenit erreicht hatte und von einem wolkenlosen blauen Augusthimmel strahlte. Die üppigen Blumenbeete verströmten einen süßen Duft, Bienen summten, ein Hund bellte, und ein Huhn kam um die Ecke gelaufen.

»Husch, ab nach hinten!« David scheuchte das braune Huhn um die Scheune in einen Hof, an den die Stallungen grenzten.

Während Simon selig die Sichel an einigen Grasbüscheln testete, wandte sich David an Ally: »Ich studiere Architektur in Edinburgh und sammle hier Material über John Nash, einen Architekten aus dem achtzehnten Jahrhundert.«

»Hat Nash dieses Haus gebaut?« Ally betrachtete die Anlage mit neuem Interesse.

David nickte. »Auf den ersten Blick wirkt die Villa schlicht, eher wie ein toskanisches Ferienhaus, aber der Entwurf ist raffiniert, alles ist symmetrisch und perfekt aufeinander abgestimmt.

Wart ihr schon drinnen? Das Treppenhaus ist das Zentrum der Villa, und einige Wände sind rund, damit war er seiner Zeit weit voraus. Kein Wunder, dass er zum Stararchitekten des Prinzregenten wurde.« Er hielt inne und grinste. »Tut mir leid. Ich wollte dich nicht langweilen, aber Nash ist für mich einer der Größten.«

»Du langweilst mich nicht.« Aus den Augenwinkeln sah sie gerade noch, wie Simon ausholte, um einen Baumstumpf mit der Sichel zu bearbeiten. »Simon!«

David reagierte sofort, war mit einem Sprung bei Simon und packte die Hand des Jungen. »Okay, das reicht.«

»Ally, Simon, wo seid ihr?«, rief ihre Mutter aus einem der Gärten, die hinter mannshohen Mauern verborgen lagen.

»Kann ich dich anrufen?«, fragte David.

Simon verdrehte die Augen.

»Du sagst kein Wort, und ich sag kein Wort über deine Sichelaktion, verstanden?«, zischte Ally und kritzelte ihre Handynummer auf einen Kassenbon, den sie aus ihrem Rucksack fischte. Sie gab David den Zettel. »Wir sind noch drei Tage in Aberaeron.« Dann nahm sie Simons Hand und lief mit ihm zu ihren Eltern.

Simon nörgelte. »Ist doch gar nichts passiert. Damit kannst du mich nicht erpressen.«

»Na schön, wenn du meinst, dass Mum einen Luftsprung macht, wenn sie hört, dass du dir mit einer rostigen Sichel fast die Finger abgeschnitten hast, bitte …« Ally winkte ihren Eltern zu, die suchend vor dem Portal der Villa standen.

Ihre Mutter trug einen Korb voller Stecklinge und schien sehr zufrieden. Die blonden Locken hatte Grace Carter aufgesteckt und wirkte feenhaft jung in ihrem weißen Sommerkleid. Harold hatte den Arm um sie gelegt.

»Wo wart ihr denn? Wir wollen essen. Die haben ein gutes Restaurant. Die Produkte werden alle hier hergestellt«, sagte Harold.

»Wir haben uns die Landmaschinen angesehen.« Ally presste Simons Hand.

»Aua!«, protestierte ihr Bruder.

»Ist irgendwas? Habt ihr Geheimnisse vor uns?« Argwöhnisch musterte Grace ihre Kinder.

Energisch schüttelten beide den Kopf.

»Maschinen? Willst du jetzt Maschinenbau studieren, Ally?«, fragte ihr Vater. »Wäre ja schön, wenn du dich für etwas begeistern könntest.«

»Eher Architektur …«, meinte Simon mit unschuldigem Augenaufschlag.

Doch ihre Eltern waren schon zielstrebig auf dem Weg zum Restaurant, aus dem appetitliche Düfte zu ihnen zogen. Das Thema wurde fallen gelassen, und Ally entspannte sich.

Den Rest des Tages schaute Ally immer wieder auf ihr Handy, doch David meldete sich nicht. Simon neckte sie deswegen und unkte: »Der hat dich schon vergessen. Bei all den Touristen hat er genug Auswahl …«

Als ihr Telefon am nächsten Morgen klingelte, war sie gerade allein zum Meer hinuntergegangen.

»Ally, hier ist David. Llanerchaeron, gestern?«, meldete sich der Student vorsichtig.

Als ob sie ihn vergessen hätte! »Hi, David«, sagte sie betont gelassen, obwohl ihr das Herz bis zum Hals schlug.

»Ist nicht meine Art, so schnell anzurufen, aber weil ihr nur noch drei Tage hier seid … Äh, hättest du Lust, mit deinem Bruder eine kleine Segeltour zu machen? Ich habe ein Boot, also, nicht ich, mein Freund Connor hat eins, das er uns leiht. Wir können rausfahren und Delphine in der Bucht beobachten.«

Er lud Simon mit ein. Das war nett und sprach für ihn. »Gern. Segeln, Delphine, toll, Simon wird sich freuen«, erwiderte sie.

»Du nicht?«

Sie schmunzelte. »Ich auch. Wann soll es losgehen?«

»Deshalb rufe ich jetzt schon an. In einer Stunde am Pier. Wegen der Tide und weil ich später wieder arbeiten muss. Passt das?«

»Klar, wir haben Urlaub und keine Termine. In einer Stunde also.«

Vor Glück wäre sie am liebsten auf und ab gesprungen, stieß stattdessen übermütig mit den Füßen in die anrollenden Wellen und lief zurück zum Ferienhaus ihrer Eltern, wo sich alle zum Frühstück versammelten.

»Na, unsere Frühaufsteherin ist schon vom Strand zurück?«, fragte ihre Mutter und goss Orangensaft in Gläser.

»Hm, ich habe eine Delphintour entdeckt, bei der Simon und ich mitfahren könnten. Die hatten noch zwei Plätze frei. Wir müssten allerdings in einer Stunde dort sein. Wäre das in Ordnung?«

Ihre Eltern sahen sich an, und ihr Vater nickte. »Von mir aus. Brauchst du Geld? Solche Touren sind nicht billig.«

Ally stieß Simon, der einen merkwürdigen Hustenanfall bekam, unter dem Tisch an. »Zehn Pfund reichen. Simon darf umsonst mit.«

Als sie kurz darauf gemeinsam zum Hafen liefen, sagte Simon: »Soll ich wirklich mit, oder bin ich nur dein Alibi?«

Ally fuhr ihm mit der Hand durch das blonde Haar. »Nein, Professor, du bist sogar ausdrücklich eingeladen. David scheint ein netter Kerl zu sein.«

Ihr Bruder strahlte und zeigte auf eines der weißen Segelboote, die auf dem Wasser schaukelten. »Da ist er schon. Hi, David! Hier sind wir!«

David winkte, und Ally knotete sich nervös ihren Pullover fester um die Hüften. In diesem Moment war sie dankbar, dass Simon bei ihr war und sie davor bewahrte, sich wie ein verliebter Backfisch aufzuführen. Das hölzerne Boot schien in einem guten Zustand. David half ihnen an Bord und erklärte, worauf sie achten mussten.

»Der Wind kommt aber von vorne!«, bemerkte Simon. »Wie kommen wir dann aus dem Hafen raus?«

»Clever, dein Bruder, Ally«, meinte David und hielt einen Schlüssel hoch. »Dafür haben wir einen Motor.«

Ally stellte sich neben David ans Ruder und grinste. »Er wird nicht ohne Grund Professor genannt. Mach dich auf einen Fragenmarathon gefasst.«

Wenn sie gedacht hatte, dass ihn das abschrecken oder langweilen würde, hatte sie sich in David getäuscht. Geduldig beantwortete er jede Frage, die Simon zum Segeln, dem Motor, den Gezeiten, den Delphinen und was ihm sonst noch durch den Kopf schoss, stellte. Ihre Bewunderung für David wuchs in gleichem Maße wie ihre Verliebtheit, und das war nicht gut. Seufzend lehnte sie an der Reling und beobachtete einen Delphin, der immer wieder um das Boot herumschwamm, aus dem Meer sprang und seine unvergleichlichen Laute ausstieß, die wie ein aufmunterndes Lachen klangen.

Simon saß mit einer Angel am Heck und wartete geduldig darauf, dass ein großer Fisch anbiss. Bisher waren nur winzige Exemplare in seinem Eimer gelandet.

»Ich werde nicht müde, sie zu beobachten.« David gesellte sich zu ihr und warf ihr einen kurzen Seitenblick zu. »Und dich.«

»Ach, hör auf.« Verlegen strich sie über die lackierte Reling. Er war um einiges älter, und das Flirten fiel ihm leicht. Wie sollte sie wissen, was er ernst meinte und was nicht? Aber vielleicht konnte man das nie wissen. Es war ein Spiel, dessen Regeln noch neu für sie waren, aber sie war wissbegierig, und wenn sie einen Lehrer wollte, dann David.

»Du bist wunderschön, Ally.« Er drehte sich seitlich, so dass er sie ansehen konnte.

Selten um eine Antwort verlegen, versuchte Ally vergeblich, den Kloß in ihrem Hals hinunterzuschlucken. »Hm.«

»In welchem Semester bist du?«, fragte er.

»Äh, ich habe mich noch nicht eingeschrieben.« Er hielt sie für eine Studentin.

»Sie geht noch zur Schule!«, bemerkte Simon altklug von hinten.

»Danke, Simon, das hätte ich auch selbst sagen können!« Ihr Bruder hatte seine Ohren überall, aber eine Lüge hätte ihr nicht geholfen. Sie war mit ihrer Familie hier, und in zwei Tagen war der Urlaub vorbei.

David grinste. »Ist nicht immer leicht mit einem kleinen Bruder, oder?«

»Ach, na ja, manchmal könnte ich ihm schon den Hals umdrehen …«, sagte sie und hob bewusst die Stimme an.

Simon lachte.

»Ich habe keine Geschwister, dabei hätte ich gern welche gehabt.« David zeigte auf das Meer, wo zwei Delphine nebeneinander durch die Wellen sprangen. »Schau, jetzt sind es zwei.«

Es gelang David, ihr die Befangenheit zu nehmen, und die Zeit verging viel zu schnell. Nach zwei Stunden drehten sie um. David hatte Simon keine Minute spüren lassen, dass er nicht erwünscht war. Dafür schätzte Ally ihn umso mehr. Als sie in den Hafen einliefen, sprang Simon als Erster von Bord, fing die Leine auf und wickelte sie um einen Poller.

Ally stopfte ihren Pullover in eine Tasche und wäre beinahe mit David zusammengestoßen, der ihr Simons Jacke reichte. Der Mast schirmte sie vor allzu neugierigen Blicken ab, und David berührte ihren Arm.

»Ally, ich …« Er brach ab und schaute zum Kai, wo Simon mit einem Mann sprach.

»Dein Bruder ist ein großartiger Kerl. Wir hatten wirklich Spaß, findest du nicht auch?« Seine Augen ruhten auf ihr, und Ally fragte sich, ob er wusste, was seine Nähe in ihr auslöste.

Ihr Herz klopfte, dass sie glaubte, jeder müsste es hören. »Was wolltest du eben sagen, David?«, flüsterte sie.

Doch er antwortete nicht, sondern umfasste mit einer Hand ihren Nacken, so dass ihre langen Haare über seinen Arm fielen. Langsam zog er sie näher und gab ihr jede Möglichkeit, sich ihm zu entziehen. Aber der Fisch war längst im Netz, dachte Ally, schloss die Augen und spürte seine Lippen, die ihre streiften, sanft und mit einer Zartheit, die sie nicht für möglich gehalten hätte. Überrascht öffnete sie die Augen.

Sofort ließ David sie los. »Tut mir leid, aber ich habe mir das vorgestellt, seit ich dich zum ersten Mal gesehen habe.«

»Nein, nein, es muss dir nicht leidtun, es war …« Das Wundervollste, was sie je erlebt hatte, dachte Ally und spürte jede Faser ihres Körpers, als wäre sie gerade zum Leben erweckt worden.

»Ally! Kommst du jetzt?«, rief Simon.

Ertappt zuckte sie zurück und schlug mit dem Kopf gegen den Mast. »Autsch!«

David sah sie erschrocken an, doch Ally grinste. »Alles in Ordnung.«

Und noch nie hatte sie diese Worte mit solcher Überzeugung ausgesprochen wie gerade eben. »Sehen wir uns morgen?«

David legte den Kopf schief und fuhr sich durch die Haare. »Ich weiß nicht, ob das eine gute Idee ist …«

Als hätte er sie mit einem Kübel Eiswasser übergossen! Enttäuscht wollte Ally sich abwenden, doch er griff nach ihrer Hand. »Ally, du verstehst nicht. Ich mag dich sehr, viel zu sehr, aber …«

»Ich bin zu jung? Lass das meine Sorge sein. Morgen?«

Er nickte zögernd. »Um drei Uhr an der Surfstation.«

Aber er war nicht gekommen. Ally stand auf und ging zum Fenster. Sie öffnete es und hielt das Gesicht in die kühle Abendluft. Das Wetter in Wales war unberechenbar. Mit etwas Glück konnte man im Mai sommerliche Temperaturen erleben, und genauso war es möglich, dass man Windjacke und Regenschirm benötigte. Sie studierte den noch rötlich gefärbten Himmel und fragte sich, was sie erwartete.

4

Das Essen war vorzüglich gewesen, auch wenn Ally kaum etwas angerührt hatte. Sie trank den Rest Wein aus und legte die Stoffserviette auf den Tisch. Es war bereits nach elf Uhr, und sie war müde, doch sie musste noch einmal an die frische Luft und sich den Wind um die Nase wehen lassen. Vielleicht half es, ihre Gedanken zu sortieren. Bewegung hatte ihr immer geholfen, wenn ihre Nerven sie im Stich ließen. Eine Zeit lang war sie jeden Morgen um sechs Uhr aufgestanden, um zehn Kilometer zu joggen, bevor sie in die Redaktion ging. An besonders schlechten Tagen hatte sie die Joggingschuhe auch nach der Arbeit übergestreift und war gelaufen, bis sie am Ende ihrer Kräfte war. Mit der Zeit war sie etwas ausgeglichener geworden, hatte gelernt, die Erinnerungen, die sie wie böse Dämonen quälten, in Schach zu halten. Doch sie lauerten im Hintergrund, bereit, jederzeit wieder hervorzubrechen.

»Ally, du hörst mir gar nicht zu. Es ist spät, und wir sollten ins Bett gehen.« Nicks Stimme erreichte sie wie durch eine Wattewand, und sie sah ihn abwesend an.

Gemeinsam verließen sie das Restaurant, das sich merklich geleert hatte, und gingen in die Lobby. Dort blieb Ally stehen. »Ich muss noch ein bisschen frische Luft schnappen. Wir sehen uns morgen beim Frühstück. Acht Uhr?«

Mitfühlend sah Nick sie an. »Soll ich dich nicht begleiten? Die ganze Sache mit deinem Bruder und dann die Begegnung vorhin. Ich liege doch richtig mit meiner Vermutung, dass er der …«

Sie hatten nicht weiter über David gesprochen. Nick war zu

taktvoll, als dass er das heikle Thema von selbst ansprechen würde. Fast barsch unterbrach Ally ihn: »Ja. Bis morgen, Nick.«

Es war unhöflich und unfair, ihn einfach so stehen zu lassen, aber er würde sie verstehen. Auf Nick konnte sie sich verlassen, und er hatte die seltene Eigenschaft, allem stets eine positive Seite abzugewinnen. Sie streifte ihren knielangen Strickmantel über und eilte durch den hinteren Ausgang nach draußen. Unterhalb der Hotelterrasse führte ein Pfad durch die Dünen ans Meer. Der Wind erfasste ihre Haare und trocknete die Tränen, die ihr unkontrolliert über die Wangen liefen. Als sie den Sand unter ihren Schuhen spürte, zog sie ihre Slipper aus und lief barfuß weiter. Der Sand war feucht und kalt, es war unvernünftig, und sie konnte sich einen Schnupfen holen, doch sie musste die Erde unter den Füßen spüren.

Vom Hafen und vom Hotel leuchtete gerade genug Licht bis zum Strand hinunter, dass sie den Spülsaum des Meeres erkennen konnte. Als das kalte Wasser ihre Füße erfasste, brachte sie das zur Besinnung, und sie sprang zurück, trat auf einen scharfen Gegenstand und schrie auf. Doch es war nur ein Stein. Sie hatte die weichen Fußsohlen eines Stadtmenschen. Früher hatte ihr das Laufen ohne Schuhe nichts ausgemacht. Früher, dachte Ally und warf den Kopf nach hinten. Sie lebte jetzt! Oh, sie hatte die schlauen Sprüche der Therapeuten so satt, die ihr einreden wollten, dass sie keine Schuld trug am Tod ihres Bruders, dass Simon sicher nicht gewollt hätte, dass sie ihr Leben seinetwegen wegwarf.

»Nein!«, schrie sie in das Rauschen des Meeres. »Ihr kanntet ihn doch gar nicht! Er war ein wundervoller Junge und hätte euch alle in die Tasche gesteckt!«

Die Slipper glitten ihr aus der Hand, und sie sank auf ihre Knie, ohne die Feuchtigkeit zu bemerken, die ihre Jeans durchweichte. Eine Weile überließ sie sich ihrer Trauer und den Geräuschen der Natur. Der Wind sang sein eigenes Lied, und das

Meer erzählte von all den armen Seelen, die es verschlungen hatte.

Plötzlich spürte sie etwas Warmes an ihrer Wange. Weiche Haare strichen über ihr Ohr, und eine kühle Hundenase stupste sie wiederholt an, als solle sie aufstehen. Sie mochte Hunde, obwohl sie selbst nie einen gehabt hatte, weil es ihr Beruf einfach nicht erlaubte.

»Hey, wer bist du?« Argwöhnisch stand sie auf und erkannte den braunen Setter aus dem Hotel. Sofort hielt sie nach seinem Besitzer Ausschau und entdeckte David in einiger Entfernung. Er schien sie ebenfalls gesehen zu haben, denn er steuerte auf sie zu. Allerdings kam er nicht vom Hafen, sondern aus der entgegengesetzten Richtung, was ihr die Möglichkeit gab, auf direktem Weg zum Hotel hinaufzulaufen, ohne ihm zu begegnen. Sie hob ihre Schuhe auf und machte sich auf den Rückweg, ohne auf Davids Winken zu reagieren.

Der Hund begleitete sie zwei Schritte, bellte und lief zu seinem Herrn zurück. Gut so, dachte Ally, lasst mich in Frieden.

David Gowans ließ die Hand sinken und verlangsamte seinen Schritt. Sie wollte ihn nicht sehen, und verübeln konnte er es ihr nicht. Aber jetzt, da sie sich nach all den Jahren zufällig begegnet waren, würde er sie nicht wieder gehen lassen, nicht ohne mit ihr gesprochen zu haben. Er hatte die Verletzlichkeit in ihren Augen gesehen. Sie würde es gewiss niemals zugeben, aber sie empfand noch etwas für ihn. Zumindest bildete er sich das ein. Vielleicht wollte sie aber einfach alles, was sie an damals erinnerte, aus ihrem Leben verbannen, auch ihre Gefühle für ihn. Warum berührte ausgerechnet Ally sein Herz? Sie hatten sich nur kurz gekannt, und außer einem Kuss war nichts passiert. Das stimmte nicht. Wie erklärte man, warum man sich verliebte, warum man jemandem in die Augen sah und wusste, dass dieser Mensch für einen bestimmt war? Wie erklärte man Liebe?

Henry kam mit wehenden Ohren auf ihn zugelaufen und sprang an ihm hoch. »Ist ja gut …«

Ohne auf den Sand zu achten, den die Hundepfoten auf seinem Pullover hinterließen, streichelte David dem Setter über den Kopf und schickte ihn weiter. »Na lauf, Henry, tut dir gut, hast wieder in der Küche gebettelt.«

Er hatte sich oft vorgestellt, wie es sein würde, wenn er sie wiedersah. Sie hatte sich verändert, wie er auch, nur war sie noch schöner geworden, reifer. Aus dem Teenager war eine begehrenswerte Frau geworden. Er sollte aufhören, so an Ally zu denken. Was wusste er über sie? Vielleicht war sie verheiratet und hatte Kinder, aber irgendwie passte das nicht zu dem Zug von Bitterkeit, der sich um ihren Mund eingegraben hatte. Wahrscheinlicher war, dass sie sich und ihm die Schuld an Simons Tod gab. Er hatte sie an jenem Nachmittag versetzt, weil sie in Llanerchaeron seine Hilfe gebraucht hatten.

Llanerchaeron, August 2002

»Vor! Nicht so schnell!«

Im nächsten Moment ertönte ein Schrei, und David ahnte, dass etwas Schlimmes passiert sein musste.

»Bitte, entschuldigen Sie mich kurz!«, sagte er zu den Touristen, die sich beunruhigt umsahen. David schloss das Gatter zum Schweinestall und rannte über den gepflasterten Hof, wo Eric in einem der alten Gerätehäuser versucht hatte, einen Hänger abzukoppeln.

Brenda war vom Traktor gesprungen und rief entsetzt: »Oh David, komm schnell, ich glaube, er hat sich verletzt!«

Erics Gesicht war schmerzverzerrt, und er hielt sich die blutige Hand. »Verdammt! Sie hat zu viel Gas gegeben, da ist mir das Mistding auf die Hand geschlagen! Verflucht, tut das weh!«

Die schwere Kupplung war auf die Steine gerutscht, und dort, wo Eric sich die Hand hielt, bildete sich bereits eine Blutlache. Seine Frau nahm ihren Mann verzweifelt in den Arm. »Schatz, du musst sofort ins Krankenhaus.«

»Fahrt los! Ich kümmere mich hier um alles. Macht euch keine Sorgen. Ihr seid in der Ambulanz, bevor die hier sind!« David sah, wie sich die ersten neugierigen Touristen näherten. »Alles unter Kontrolle. Gehen Sie bitte weiter zu den Gärten. Dort hinten durch die Pforte. Ich komme gleich zu Ihnen!«

Brenda, eine zierliche Mittvierzigerin, nickte dankbar. »Du hast recht. Wir sind schneller, wenn wir selbst fahren. Mach's gut, David, und noch mal danke!«

Mit zusammengebissenen Zähnen folgte Eric seiner Frau zu einem Geländewagen, der hinter der Scheune parkte. Armer Eric und arme Brenda, dachte David, der das aufbrausende Temperament seines Chefs kannte. Er mochte beide, aber einfach hatte Brenda es mit dem Agrarwissenschaftler, der alles hundertprozentig genau machen wollte, nicht. Bevor er den Touristen folgte, kippte er einen Eimer Wasser über den Blutfleck, denn einer der Hunde schnupperte bereits daran.

Gegen Mittag rief Brenda aus dem Krankenhaus in Aberystwyth an. »Wir mussten hierherfahren, weil Erics Hand kompliziert gebrochen ist. Er ist noch im OP. Ist bei dir alles so weit in Ordnung? Du weißt ja, wenn irgendwas ist, dann kannst du Mr Harris anrufen …«

Nachbar Harris züchtete ebenfalls Rinder und wusste stets Rat, wenn es um tierische Notfälle ging. Im Herrenhaus hatte der Verwalter das Sagen, zudem waren dort genügend engagierte Damen zugange, die sich hingebungsvoll um das Erbe der Lewis-Familie kümmerten. David hatte bereits viele wertvolle Informationen von den ehrenamtlichen Mitarbeitern des Trusts erhalten, die ihre Freizeit dem Erhalt des Anwesens widmeten. Da er die Fütterung aller Tiere organisieren und selbst nach den trächtigen Sauen sehen musste, fiel ihm erst um vier Uhr ein, dass er Ally vergessen hatte.

Er entledigte sich der schmutzigen Kleidung und nahm das Telefon in die Hand. Zögernd legte er es wieder zur Seite, trat ans Waschbecken und rieb sich die Seife über die Arme, bis es schäumte. Dann ließ er kaltes Wasser über Arme und Oberkörper laufen und hielt auch den Kopf unter den Hahn. Schließlich warf er die nassen Haare zurück und rieb sich über das Gesicht. Als er sein Spiegelbild anschaute, schüttelte er den Kopf und murmelte: »Lass das Mädel in Ruhe, David. Es ist besser so.«

Sie war so jung, so verdammt jung! Er kannte sich und wollte sie nicht verletzen, wollte ihr nicht versprechen, was er nicht halten konnte. Sie wirkte so unschuldig und hatte mehr als ein Abenteuer verdient. Die erste Liebe sollte romantisch sein, sollte unvergesslich und etwas Besonderes sein. Und sie war etwas Besonderes. Die Intensität seiner Gefühle machte ihm Angst! Er war einfach noch nicht bereit dafür. Und zum Teufel, sie ging noch zur Schule!

Am frühen Abend, nachdem Eric und Brenda zurück waren, machte er sich auf den Rückweg. Ally hatte sich nicht gemeldet, und er ging davon aus, dass sie wütend auf ihn war und verstanden hatte, warum er sich nicht meldete. Sie war ein kluges Mädchen, genau wie ihr Bruder. Als er in die Nähe von Morlan House kam, hörte er Polizeisirenen und den Krankenwagen. Wie erklärte man sich dunkle Ahnungen? Spontan lenkte er seinen Wagen auf den Parkplatz oberhalb der Badestelle von Morlan House, stieg aus und fragte die Umstehenden, die schockiert nach unten starrten: »Was ist passiert?«

Eine junge Frau, die einen Kinderwagen festhielt, weinte.

»Oh, da ist ein kleiner Junge ertrunken. Schrecklich! Die armen Eltern!«, schluchzte die junge Mutter und bewegte sacht den Kinderwagen, in dem ein Kleinkind schlief.

David wagte einen Blick über die Balustrade. Ungefähr zweihundert Meter und der Höhenunterschied trennten ihn vom Meer, wo sich eine kleine Menschenmenge versammelt hatte. Die neonfarbenen Jacken der Sanitäter zeigten an, wo der Unglücksort sein musste. Es war noch immer sehr warm, und viele Badegäste blieben bis zum Sonnenuntergang am Strand. Eine leichte Brise wehte über die Bucht, und er entdeckte lange braune Haare und eine schlanke Mädchengestalt, die neben den Sanitätern stand. Ally!

So schnell er konnte, lief David die Stufen hinunter, sprang auf den Strand und rannte über den Sand, bis er die Menschentraube erreichte. Ein Polizist drängte die Neugierigen beiseite. Mithilfe eines Rettungsschwimmers zog er eine Absperrbanderole auf Stöcke.

»Bleiben Sie zurück, Herrschaften! Hier gibt es nichts zu sehen. So gehen Sie doch und lassen Sie uns unsere Arbeit machen!«, rief der Polizist und wischte sich den Schweiß von der Stirn.

Murrend, kopfschüttelnd und mit betretenen Mienen wichen die Schaulustigen zurück und gaben den Blick auf ein Szenario frei, das sich David einprägte wie ein Brandmal. Auf dem feuchten Sand lag der seltsam starre Körper von Simon. Die blonden Haare waren nass und klebten an Stirn und Schläfen des blassen Jungengesichts. Simon war nur mit Shorts bekleidet, der Oberkörper war nackt und wies bläuliche Verfärbungen auf. Eine Infusionsnadel steckte im schmalen Arm des leblos wirkenden Jungen. Der Infusionsbeutel wurde von einem Sanitäter in die Höhe gehalten. Der junge Mann kniete neben dem Jungen und sah unglücklich dessen Mutter an, die ihre Arme um den Oberkörper ihres Sohnes schlang und seinen Kopf an sich drückte.

Grace Carters blonde Locken bedeckten ihr Gesicht und das ihres Sohnes, während ihr zierlicher Körper von Weinkrämpfen geschüttelt wurde. »Simon, mein Engel, Simon, hörst du mich nicht? Ich bin's, Mummy!«

Ihr Mann stand wie versteinert neben ihr, das Gesicht aschfahl, die Arme vor der Brust verschränkt. Mit weit aufgerissenen, tränennassen Augen starrte Harold Carter den Notarzt an, der sein Stethoskop vom Hals zog und stumm den Kopf schüttelte. In diesem Augenblick stieß Harold Carter einen markerschütternden Schrei aus, presste sich die Faust in den Mund und wandte sich ab. Grace redete weiter auf ihren toten Sohn ein und schien nichts von dem wahrzunehmen, was um sie herum geschah. Auch ihre Tochter nicht.

Ally stand allein zwischen den Eltern, die Augen ungläubig und in ohnmächtiger Verzweiflung auf ihren Bruder geheftet. Ihre langen Haare wurden vom Wind erfasst und wickelten sich um ihren Körper, als wollten sie das Mädchen trösten. So langsam, dass das Zusehen genauso qualvoll war wie der Schmerz, den Ally fühlen musste, streckte sie ihre Hände nach Simon aus, zuckte jedoch zurück, als hätte sie einen Stromschlag erhalten, und verharrte zitternd an ihrem Platz. Dann hob sie den Blick und erkannte David. Er wollte etwas sagen, doch in ihren Augen spiegelte sich ihre zerbrochene Welt, und er fand darin einen stummen Vorwurf, der alle Worte sinnlos machte.

David vergrub die Hände in seinen Hosentaschen und starrte auf das dunkle Meer hinaus. Herrgott, es gab tausend Gründe, und er hatte ihr keinen einzigen genannt, hatte sie damals einfach dort am Strand warten lassen. Sie musste gedacht haben, dass sie ihm nicht wichtig gewesen war. Und die Aura dieser Einsamkeit hat sie bis heute nicht verloren, dachte David. Was auch immer Ally in den vergangenen zehn Jahren erlebt hatte, wurde von Simons Tod überschattet.

Während er seinen Gedanken nachgegangen war, hatte David das auflaufende Wasser nicht bemerkt, das jetzt in seine Schuhe drang. Es bedurfte eines kräftigen Rucks, um die im nassen Sand eingesunkenen Schuhe zu befreien. Henry hatte einen abgebrochenen Ast gefunden und ließ das schwere Holzstück vor David fallen. Was machte es aus, dass auch seine Hose nass wurde? David packte den Ast und schleuderte ihn, so weit er konnte, in Richtung des beleuchteten Hotels. Das Talbot – wer hätte gedacht, dass er irgendwann hier landen würde …

Unter den damaligen Umständen hatte er sich nicht getraut, Ally anzurufen, und je mehr Zeit verstrich, desto schwerer fiel es ihm, ihre Nummer zu wählen. Er hatte oft an sie gedacht, sich gefragt, wie es ihr ergangen sein mochte, wie sie mit dem Verlust umging. Und wenn er sich vorstellte, ihr gegenüberzustehen, fehlten ihm die Worte. Wie hätte er sie trösten können? War Trost in solch einer Situation überhaupt möglich? Irgendwann hatte er für sich beschlossen, dass es besser war, keine alten Wunden aufzureißen.

Auch wenn es abgedroschen klang, das Leben ging weiter, musste weitergehen. Nach jenem Sommer in Llanerchaeron hatte er seine Examensarbeit über John Nash geschrieben und anschließend in einem Architekturbüro in Edinburgh angefangen. Mit sechsundzwanzig war er einer der ältesten Absolventen seines Jahrgangs gewesen, denn nach der Schule hatte er einige Jahre im Betrieb seines Vaters gearbeitet.

Sein Vater, Andrew, war damals auf einer Baustelle verunglückt und hätte beinahe sein Bein verloren. Andrew Gowans führte ein kleines Architekturbüro in Tobermory, auf der Insel Mull. David war der einzige Sohn, und seine Mutter Fiona hatte mit der Betreuung ihres kranken Mannes mehr als genug zu tun. Die Gowans gehörten zu den ältesten Familien auf Mull, und David liebte seine Heimat. Er hatte keine Sekunde gezögert, als es darum ging, seinem Vater im Büro zur Seite zu stehen. Zudem hatte David von klein auf nur den Wunsch gehabt, in die Fußstapfen seines Vaters zu treten. Aber eine Insel war eine Insel, und als es Andrew besser ging, entschied dieser, dass es Zeit für seinen Sohn sei, seinen eigenen Weg zu gehen.

Im Nachhinein war David seinem Vater für dessen Weitsicht dankbar, denn Tobermory war eine Kleinstadt, die vom saisonalen Touristenansturm lebte. Es gab eine Whiskydestillerie, Cafés, Kunsthandwerksläden und einige kleine Pensionen, doch die meisten Insulaner arbeiteten auf dem Festland. Für einen Architekten gab es nur noch selten Arbeit, und Andrew Gowans hatte erkannt, dass es für seinen Sohn in dieser Branche keine Zukunft auf Mull geben konnte.

David hatte sich schnell in Edinburgh eingelebt und Kontakte geknüpft, die ihm auch nach dem Studium erhalten blieben. Die Bekanntschaft von Robert Darby hatte er während seiner Zeit in Llanerchaeron gemacht. Anfänglich war ihm der zwei Jahre ältere Robert nicht sympathisch gewesen. Darby hatte eine anbiedernde Art, und man spürte, dass er sich nur mit Leuten einließ, von denen er sich etwas versprach. Doch dem alten Darby gehörte das größte Hotel in Aberaeron, und er hatte nichts dagegen, wenn sein Sohn Freunde zum Feiern mit in die Hotelbar brachte.

Irgendwann erkannte David, dass Robert im Grunde nur auf der Suche nach Anerkennung war. Hinter der betont jovialen Fassade verbarg sich ein humorvoller, hilfsbereiter Mann, der ein Talent für ausgefallene Geschäftsideen hatte. Darby senior allerdings war dem Alkohol so sehr zugetan, dass er in seinen letzten Jahren zusehends verfiel. Robert sprach zwar kaum über seine Eltern, doch es war offensichtlich, dass die häuslichen Verhältnisse schwierig waren. Trotz allem machte Robert an der nahen Universität von Aberystwyth einen Abschluss in Betriebswirtschaft und übernahm nach dem Tod seines Vaters das mittlerweile verschuldete und heruntergekommene Hotel.

Roberts Talent lag weniger im Hotelmanagement als im Auftreiben von finanzkräftigen Sponsoren für Erfolg versprechende Projekte, er hatte ein Gespür für das richtige Timing und den richtigen Ort. Nicht unerheblich zu seinem Erfolg als Projektentwickler trug die Ehe mit Paige Cameron bei. Paiges Vater Richard, ein reicher Bauunternehmer aus Cardiff, profitierte von den landesweiten Hotelprojekten seines Schwiegersohns genauso wie umgekehrt. Mancher mochte sagen, dass Robert seinen Vorteil bewusst gesucht hatte, aber David wusste es besser. Robert und Paige waren sehr verliebt gewesen, auch wenn nun der Alltag eingezogen war und Paige ihren Mann lieber öfter zu Hause sähe.

Vor zwei Jahren hatte David in einer persönlichen Krise gesteckt. Wieder einmal war eine Beziehung gescheitert, und er fühlte sich leer und unzufrieden. Langsam fragte er sich, ob er so weitermachen wollte. Das Schlimme war, dass er nicht hätte sagen können, ob es an Edinburgh, seinem Job oder ihm selbst lag. Natürlich lag es an ihm! Susan, seine letzte Freundin, war alles, was man sich von einer Frau wünschen konnte. Sie war eine erfolgreiche Immobilienmaklerin, sah gut aus, war humorvoll und reiste gern. Nur Henry mochte sie nicht, dafür wollte sie Kinder, und das wiederum konnte sich David nicht vorstellen.

Er klopfte sich notdürftig den Sand von der Hose und betrat den Holzsteg, der durch die Dünen zum Hotel hinaufführte. Nicht ohne Stolz betrachtete er den imposanten Bau, eine Mischung aus altem Bäderstil und moderner Architektur. Die angedeuteten Erkerfenster waren ein Tribut an die Architektur des neunzehnten Jahrhunderts, die hohen Fenster ringsherum im Erdgeschoss brachten Licht in das Haus und schufen die Verbindung nach draußen. Holz fand sich als starkes Element der Innendekoration und auch auf der Terrasse und den Balkonen. Alles wirkte wie aus der Landschaft geboren, als hätte das neue Talbot hier schon ewig gestanden.

Das wollte er, dachte David, dass sich die Menschen wohlfühlten in seinen Häusern und dass die Natur nicht gedemütigt wurde, sondern Gastgeber blieb. Architekturpreise waren ihm egal. Er hatte einige gewonnen während seiner Zeit in Edinburgh, aber er hatte keine Freude gehabt an den Entwürfen riesiger urbaner Wohnlandschaften aus Glas, Beton und Stahl oder dem Einkaufszentrum in Glasgow. Im Herzen war er immer der bodenständige Architekt aus Tobermory geblieben. Als Robert ihn dann überraschend angerufen und ihm den Umbau des Talbot in Aberaeron angeboten hatte, war ihm die Entscheidung leichtgefallen. Der Auftrag gab ihm einen triftigen Grund, Edinburgh und alles, was damit zusammenhing, hinter sich zu lassen, und Paige und Robert hatten ihn herzlich bei sich aufgenommen. Besonders die kleine Rosie hatte es David angetan.

Aber er hatte auch aus einem anderen Grund nicht gezögert. In den Jahren seit Simons Tod hatte David nie aufgehört, über den Unfall nachzugrübeln. Etwas nagte an ihm, ließ ihm keine Ruhe: Wie konnte ein Junge, der ein guter Schwimmer war, wie er erfahren hatte, bei ruhiger See ohne erkennbaren Grund ertrinken?

5

Am nächsten Morgen erschien Ally mit frischer Gesichtsfarbe und einem Körper, der voller Energie zu stecken schien, im Frühstücksraum. Nick begrüßte sie mit einem Wangenkuss.

»Du siehst viel besser aus! Das muss die Seeluft sein. Was möchtest du? Orangensaft steht schon da.«

Er war wirklich bemüht, sie die unglücklichen Umstände vergessen zu machen, und sie lächelte ihn dankbar an. »Danke, Nick. Ein starker Kaffee wäre genau richtig, und Spiegeleier auf Toast. Ich habe einen Bärenhunger!«

»Hast ja auch kaum was gegessen gestern Abend, und das war richtig lecker. Die wussten natürlich, für wen sie das tolle Essen machen, aber auch die Teller der anderen Gäste sahen gut aus. Diese Paige scheint ein Händchen fürs Hotel zu haben. Jedenfalls sind hier alle freundlich und zuvorkommend.«

Ally trank ihren Saft und sah sich um. Der Frühstücksraum war nicht groß, aber hell, und frische Blumen auf den Tischen brachten den Duft des Frühsommers herein. Die junge Frau, die gestern Abend an der Rezeption Dienst gehabt hatte, stellte einen Brötchenkorb auf das Buffet. Als sie Ally sah, trat sie zu ihr an den Tisch.

»Guten Morgen! Haben Sie gut geschlafen? Die meisten, die aus der Stadt herkommen, schlafen wie ein Stein. Das macht die ungewohnte Seeluft.« Die junge Frau hatte ihre rötlichen Haare zu einem Zopf gebunden, und ihre helle Haut war von Sommersprossen übersät.

Nick trat mit zwei Portionen Rührei und Speck an den Tisch.

»Da ist was dran, Jennifer.« Den Namen verriet das Schild an ihrer Bluse. »Sagen Sie, haben wir Sie nicht gestern an der Rezeption gesehen?«

Jennifer seufzte. »Das ist eigentlich mein Job, aber meine Freundin Melli ist krank, und ich bin für sie eingesprungen. Sie hat mir auch schon oft geholfen. Wir kommen beide von einer Farm. Da steht man mit den Kühen auf, also macht es mir nicht so viel aus, wenn …«

»Jennifer!« Paige Darbys scharfe Stimme unterbrach das munter plaudernde Mädchen, das Ally auf achtzehn oder neunzehn Jahre schätzte.

»Tut mir leid. Mrs Darby mag es nicht, wenn wir mit den Gästen reden. Es hat Sie doch nicht gestört?« Jennifer riss ihre großen braunen Augen auf. »Ich bin manchmal eine Plaudertasche …«

Ally lachte. »Nein, ganz im Gegenteil. Wenn Sie später Zeit haben, würden wir gern noch einmal mit Ihnen sprechen. Wir sind vom …«

»Inside-Travel-Magazin, ja, das weiß ich doch. Das ganze Hotel weiß das!« Jennifer schien noch etwas sagen zu wollen, doch ihre Chefin kam mit eisiger Miene zwischen den Tischen auf sie zugeeilt.

»Wie ein Konteradmiral …«, murmelte Ally, und Nick grinste.

»Miss Conrad! Wenn ich Sie anspreche, erwarte ich, dass Sie sofort reagieren!« Die blonden Haare wippten energisch, während Mrs Darbys blaue Augen die Angestellte fixierten.

»Guten Morgen, es ist unsere Schuld, Mrs Darby. Wir haben Jennifer aufgehalten. Sie wissen, wie Journalisten sind …«, versuchte Nick der verärgerten Hoteliersfrau den Wind aus den Segeln zu nehmen.

Erst jetzt schien Paige Darby sie zu erkennen und setzte ihr berufsmäßiges Lächeln auf. »Ach, Sie sind es. Wie haben Sie geschlafen? War das Frühstück zu Ihrer Zufriedenheit? Danke,

Jennifer«, wandte sie sich knapp an das wartende Mädchen, das sich jedoch nicht aus der Ruhe bringen ließ und achselzuckend davonging.

»Sie ist sehr nett. Wann hat sie Pause? Wir würden ihr gern ein paar Fragen über das Leben in Aberaeron stellen«, fragte Ally.

»Aber Sie können doch mich oder David fragen!« Paige Darby klang leicht echauffiert.

Nick sagte mit einem entwaffnenden Lächeln: »Verschiedene Blickwinkel machen das Gesamtporträt bunter und ausgewogener.«

»Sicher. Machen Sie nur. Ich kann Jennifer über Mittag eine Stunde entbehren. Mir geht so viel durch den Kopf. Ich fälle Entscheidungen, die das Hotel betreffen, nicht gern allein, und Robert ist nicht zu erreichen … Tut mir leid, ich will Sie nicht mit meinen persönlichen Problemen belästigen.« Paige grüßte hinausgehende Gäste und strich leise seufzend ihren Blazer glatt.

Auch wenn Ally Paige nicht sehr sympathisch fand, hatte sie Mitleid mit der gestressten Mutter, die sich anscheinend von ihrem Mann im Stich gelassen fühlte. »Und wie ist es mit David? Kann er nicht …«, fragte sie vorsichtig.

»Mein Mann und er sind Geschäftspartner, aber mit dem Hotelbetrieb hat David nichts zu tun. Wenn es sein muss, berät er mich bei der Innenausstattung, aber seit der Umbau abgeschlossen ist, schaut er nur noch selten vorbei.« Paige sah nervös zum Ausgang, wo ein Paar mittleren Alters sich mit einer jungen Mitarbeiterin unterhielt, deren Wangen sich hektisch röteten.

»Entschuldigen Sie mich, bitte. Wir richten heute Abend eine Familienfeier aus, und da muss jedes Detail stimmen. Sprechen Sie nur mit Jennifer und rufen Sie mich bitte an. Nach zwanzig Uhr habe ich mehr Ruhe.« Paige Darby sah sie schon nicht mehr an, sondern eilte ihrer Mitarbeiterin zu Hilfe.

»Ihr Mann lässt sie ganz schön hängen. Der wusste doch, dass wir kommen, und so eine Werbung ist ja wohl sehr wichtig für ein Hotel«, meinte Ally.

Nick leerte seine Kaffeetasse und warf einen Blick auf das inzwischen erkaltete Rührei. »Was wir wissen wollen, erfahren wir schon. Jennifer scheint mir eine gute Quelle, und mit dem Architekten sollten wir auch sprechen.« Schnell fügte er hinzu: »Das kann ich übernehmen, wenn du nicht …«

»Lass uns einfach anfangen. Ich mache das ja nicht zum ersten Mal.« Ihre Stimme sollte fest klingen, doch sie wich Nicks Blick aus und legte die Serviette auf den Tisch. »Ich würde mir den Mittag für Jennifer reservieren, davor in den Ort und dort nach interessanten Menschen und einem netten Café oder Kunsthandwerkgeschäft suchen. Früher gab es davon einige.«

Ally wusste, was einen guten Reisebericht ausmachte – neben erstklassigen Fotos, für die Nick zuständig war, weckten die Legenden und Mythen um alte Gemäuer oder Landstriche und die Geschichten der Bewohner das Interesse der Leser. Das war ihre Stärke. Sie konnte zuhören und die Menschen zum Reden ermuntern. Mehr als einmal hatten Gesprächspartner ihr am Ende des Interviews gesagt, dass es sonst nicht ihre Art sei, so viel von sich preiszugeben. Und sie enttäuschte nie das Vertrauen, das man ihr entgegenbrachte. Schließlich war sie keine Sensationsreporterin, sondern eine seriöse Journalistin.

»So machen wir es. Ich hole meine Ausrüstung, und dann können wir los«, sagte Nick.

Gegen halb zehn stand Ally in Jeans, Pullover und Windjacke mit Kapuze – man wusste nie, wann der nächste Regenschauer kam – vor dem Talbot Hotel. Die dicken Locken hatte sie zusammengebunden, und sie suchte nach ihrer Sonnenbrille, als sie von hinten geschubst wurde. »Hey, was …?«

Sie drehte sich um und sah in freundliche braune Hundeaugen. »Du schon wieder«, murmelte sie und suchte argwöhnisch nach Henrys Halter.

David Gowans kam aus der Stadt und schlenderte gemächlich am Hafenbecken entlang. Sein Blick war auf die Segelboote gerichtet.

»Geh schon, lauf!«, forderte sie den großen Hund auf, der schwanzwedelnd vor ihr stand und aufmerksam den Kopf von einer Seite auf die andere legte.

Während sie die Sonnenbrille aufsetzte, klingelte ihr Mobiltelefon.

»Hallo, Meg. Ich habe mich schon gefragt, wann du anrufst …«

»Dir auch einen guten Morgen, Süße. Alles in Ordnung? Oder hattest du schon einen Nervenzusammenbruch?«, fragte ihre Freundin.

»Mach dir keine Sorgen, Meg. Das Ankommen gestern war das Schlimmste, und das habe ich überstanden. Nick ist großartig. Ich bin froh, dass er dabei ist. Stell dir vor, ich hätte mit Tyler fahren müssen.«

Sie grinste, weil sie sich vorstellte, wie ihre Freundin die schönen Augen verdrehte. Tyler Shaw mochte ein brillanter Fotograf sein, aber er war ein arroganter Mistkerl, der mit seinen Launen und Anzüglichkeiten jeden zur Weißglut brachte. Zumindest jede Frau, die mit ihm arbeiten musste, denn Tyler hielt sich für ein Geschenk des Himmels an die Weiblichkeit und erwartete, dass man ihn entsprechend bewunderte.

»Dann hätte ich dich nicht fahren lassen. Ich habe immer schon gedacht, dass du und Nick … Ihr passt zusammen«, sagte Meg.

»Wir sind Freunde, und das soll auch so bleiben, außerdem …« Ally biss sich auf die Zunge. Was dachte sie sich nur? Wahrscheinlich lag es daran, dass Henry neben ihr herlief, während sie versuchte, aus Davids Blickfeld zu verschwinden.

»Außerdem?«, hakte Megan nach.

»Nichts.«

»Du sprichst mit der alten Meg! Nichts und außerdem bedeuten genau das Gegenteil, also raus mit der Sprache!«

»David ist hier«, sagte Ally leise. »Geh zu deinem Herrchen!«

»Bitte? Der David? Und mit wem sprichst du da?«

»Mit seinem Hund.«

»Ally? Wo steckst du?«, rief Nick vom Hoteleingang.

»Ich muss Schluss machen, Meg.«

»Ich ruf dich heute Abend an, und dann erzählst du mir alles! Mach's gut, Süße!«

Ally warf das Telefon in ihre Handtasche und berührte dabei weiches Hundefell. »Nimm deine Nase aus meiner Tasche!«

»Hier bist du! Und das ist doch ...?« Nick setzte Stativ und Rucksack ab und sah sich um.

David überquerte gerade die Straße. Er hatte die Hände in den Taschen seiner Wachstuchjacke vergraben und pfiff leise. Sofort hob Henry den Kopf und trabte auf ihn zu. Als David sie erreichte, wurde er von Nick mit gerunzelter Stirn erwartet. »Mrs Darby meinte, Sie wären nur noch selten im Hotel. Scheint mir nicht so. Was hält einen Architekten noch hier, wenn sein Projekt beendet ist?«

Die leichte Feindseligkeit in Nicks Stimme überraschte Ally, doch sie schob seine Reaktion auf sein Bestreben, sie vor ihrer Vergangenheit beschützen zu wollen. Warum hatte sie ihm alles erzählen müssen? Es war besser, wenn sie ihre Probleme mit sich allein ausmachte. Beim Anblick der vertrauten Umgebung hatten die Emotionen sie überwältigt, und sie war schwach gewesen. Aber es hatte gutgetan, ihre drückenden Ängste und Schuldgefühle mit Nick zu teilen. »Hallo, David.«

»Ally, Nick. Ich gehe jeden Morgen hier spazieren. Tut mir leid, wenn Ihnen das missfällt. Paige hat mich vorhin angerufen. Ich kann die Unterlagen zum Umbau auch in die Redaktion schicken.« David richtete seine Worte an Nick, der seine Kameratasche schulterte.

»Wäre vielleicht besser«, erwiderte Nick.

Was war denn nur mit ihm los? Langsam ärgerte sich Ally über die unhöfliche Art des Fotografen. So kannte sie ihn nicht. »Nein, natürlich möchte ich mit dir sprechen, David. Über das Hotel«, fügte sie schnell hinzu.

Davids dunkle Augen ruhten auf ihr, während er seine Hand auf Henrys Kopf legte. »Wie lange seid ihr hier?«

»Vier bis fünf Übernachtungen sind vorgesehen, je nachdem, wie wir vorankommen.« So lange hatte sie jeden Gedanken an ihn verdrängt, doch der Aufruhr in ihrem Innern strafte sie Lügen. Es war nicht vorbei, nie zu Ende gewesen, obwohl, dachte sie und hielt seinem Blick stand, obwohl nie etwas zwischen ihnen gewesen war.

»Eine lange Zeit für einen Bericht über ein Hotel, oder ihr habt einen großzügigen Verlagsleiter«, meinte David.

»Der Küstenstreifen zwischen Aberaeron und Cardigan und einige Sehenswürdigkeiten stehen auf unserer Liste. Für gute Fotografien muss man schon mal das richtige Wetter abwarten. Ich mache keine Schnappschüsse.« Nick packte das Stativ. »Wir sollten los, Ally, sonst geht mir das Mittagslicht verloren.«

»Wir schreiben auch über Morlan House«, sagte Ally leise und strich sich eine Strähne aus dem Gesicht.

»Mein Gott, Ally … Wir müssen reden. Ich …« Er brach ab, als sie den Kopf schüttelte und einen Schritt zurückwich.

»Nicht, David. Wenn es dir morgen Nachmittag passt, treffen wir uns in der Hotellounge.« Sie schaute auf ihre Uhr, obwohl sie wusste, wie spät es war.

»Ich bin gegen vier dort.« Ohne einen Gruß oder einen weiteren Blick ließ er sie stehen und ging mit weit ausholenden Schritten auf die Hafenmauer zu.

Nick schnaufte. »Na komm, Ally. Er soll dich in Ruhe lassen.«

»Ist schon gut. Er wird genauso durcheinander sein wegen dieser unerwarteten Begegnung wie ich.« Das musste sie ihm zugestehen. David wirkte nicht wie jemand, der leichtfertig mit den Gefühlen anderer umging. Im Gegenteil. Aber warum war er damals nicht gekommen? Er hätte anrufen können. Ob er überhaupt wusste, wie sehr er sie verletzt hatte?

»Habt ihr euch seit damals nie wiedergesehen?«

Sie gingen nebeneinander her, und Ally griff wie selbstverständlich nach dem Stativ, denn sie wusste, wie schwer der Rucksack mit Nicks Fotoausrüstung war. »Weder gesehen noch gesprochen.«

»Ich glaube, an seiner Stelle hätte ich zumindest versucht, mich bei dir zu entschuldigen.«

»Wofür? Er ist nicht zu unserer Verabredung gekommen. Punkt. Ich habe ihn dann noch einmal am Strand gesehen, als sie Simon gefunden hatten.« Sie holte tief Luft und konzentrierte sich auf die bunten Fassaden der kleinen Häuser auf dem Hang. Nein, dachte sie, damals hatte es nichts mehr zu sagen gegeben.

»Was ist eigentlich mit deinen Eltern? Ich weiß nur, was für ein Drama es war, als mein Bruder mit seinem Mountainbike gestürzt ist. Er hatte sich einen Wirbel angebrochen, und die Ärzte befürchteten, er könne querschnittsgelähmt bleiben. Charlie war vierzehn, ich bin zwei Jahre jünger als er. Aber ich erinnere mich, dass der Stress meine Eltern an ihre Grenzen gebracht hat. Meine Mutter war nur im Krankenhaus und hat sich praktisch nicht mehr um mich und meinen Vater gekümmert. Drei Jahre ging das so.« Sie bogen um eine Hausecke und sahen den Marktplatz, auf dem heute kaum Betrieb war.

»Siehst du das Café da vorn? Louna, soll sehr nett sein. Wäre doch ein Anfang.«

»Café Louna« stand in blauen, handgeschriebenen Buchstaben auf rotem Grund. Das Schild war hübsch und fiel ins Auge, und je näher sie dem Schaufenster kamen, desto vielversprechender sah auch die Auswahl an Kuchen und Patisserie aus.

»Charlie ist nicht gestorben, das nicht, er hat das Laufen wieder gelernt, versteh mich nicht falsch, aber ich glaube, dass eine Familie an so etwas zerbrechen kann. Meine Eltern haben die Kurve gerade noch bekommen, aber ich habe die Schule abgebrochen und eine Lehre bei einem Fotografen begonnen. Ich konnte die Spannung zu Hause nicht mehr ertragen.«

Sie umfasste das Stativ mit beiden Händen und blieb neben Nick vor dem Schaufenster des kleinen Cafés stehen. »Meine Eltern haben sich getrennt. Ich hatte das Gefühl, dass ich für sie nicht mehr existierte, Nick. Dass sie mir die Schuld an allem gaben. Das war das Schlimmste.«

Er sah sie mitfühlend an. »Haben sie das gesagt?«

»Nein. Wir haben nicht viel miteinander gesprochen, danach.« Sie presste ihre Lippen zu einem schmalen Strich. Danach. Es gab ein Leben davor und danach. Das danach fühlte sich an wie die gefrorene Hölle.

»Ally, ich kenne deine Eltern nicht, aber ich kenne dich. Du bist ein wunderbarer Mensch. Ich kann mir nicht vorstellen, dass deine Eltern dir das wirklich vorgeworfen haben. Das wäre so ...«

»Grausam?« Ein kleines, verbittertes Lächeln umspielte ihre Lippen. Ja, das war es. Aber sie hatte es hingenommen, weil sie die Strafe verdient hatte. Sie durfte nicht glücklich sein, weil Simon tot war.

Die Tür des Cafés ging auf, und ein junges Paar kam heraus. »Gehen Sie nur rein. Die Kuchen schmecken noch besser, als sie aussehen!« Die junge Frau hielt ein Kuchentablett in die Höhe.

Ob sie jemals so jung gewesen war? Ally beneidete die beiden um ihre Unbeschwertheit. Sie war sechsundzwanzig und fühlte sich wie eine Hundertjährige. »Na komm. Unser Frühstück wurde unterbrochen, und diese Creamcheesetorte sieht unglaublich aus.«

Ihre Begeisterung war gespielt, doch wenn sie sich nicht von der nächsten Klippe stürzen wollte, musste sie weitermachen. Sie sollte lernen, sich an dem zu freuen, was sie hatte.

6

David ließ Henry am Strand entlanglaufen, bis der Hund sich ausgetobt hatte, und kehrte dann zum Hotel zurück. Wäre sie allein gewesen, hätte sie mit ihm gesprochen. Das hatte er in ihren Augen gesehen. Für einen Augenblick hatte sie ihre Gefühle gezeigt. Er hatte sich das nicht eingebildet, dessen war er sicher.

Der braune Jagdhund trabte vorweg. Henry kannte den Weg zum Hotel und war bei den meisten Mitarbeitern beliebt. Paige gab sich Mühe, ihm nicht zu zeigen, dass sie Hunde nicht mochte. Sie wirkte, als wäre sie gerade einem Modemagazin entsprungen. Er stellte sich vor, dass es immens anstrengend sein musste, stets perfekt geschminkt und mit sauberen Hosen herumzulaufen. Seine Jeans hatten ständig Flecke, entweder von Henry verursacht oder von Maschinenöl wie heute. Er sah kurz auf die ausgefransten Ränder seiner Hose, die zwei lange, dunkle Streifen aufwies. Gleich nach dem Aufstehen war er zum Hafen gegangen, um mit Connor an seinem Boot zu basteln.

Der ehemalige Fischer Connor Hewett lebte heute davon, Touristen die Delphinbucht zu zeigen. Alle Männer der Familie Hewett waren dem Meer verpflichtet, hatten ihm ihre Seelen verkauft, wie sie gerne sagten. Doch die großen ausländischen Trawler hatten die Existenzen der kleinen Fischer zerstört und viele in den Ruin und den Alkohol getrieben. Connors Bruder war so ein Fall, verbrachte seine Nächte in den Pubs und verzockte das wenige Geld, das er eigentlich seiner Frau und den drei Kindern geben sollte.

Henry stand auf den nassen Planken der Hotelterrasse. In

der Nacht hatte es geregnet. Die Wolken zogen bereits grau auf. Auch heute würde es noch regnen. Für Außenaufnahmen würde das Licht kaum ausreichen. Vielleicht für einen Schnappschuss. David grinste in sich hinein und stieß die Tür auf, die Henry mit seinem Körper weiter aufdrückte, um drinnen sofort zur Rezeption zu laufen. Von Jennifer konnte er meistens etwas erbetteln.

Ein zierliches blondes Mädchen quietschte vergnügt, als es Henry sah, und umarmte den Setter stürmisch. Rosie war ihrer Mutter wie aus dem Gesicht geschnitten.

»Rosie, was machst du denn hier? Musst du nicht in der Schule sein?« David strich dem Mädchen über die weichen blonden Haare. Für eine Drittklässlerin war sie sehr schmächtig, doch das machte sie mit ihrem Charme und ihrem Durchsetzungsvermögen wett. Da schlugen die väterlichen Gene durch.

»Feueralarm!«, sagte sie gewichtig und kraulte Henry hinter den Ohren.

»Die Schule brennt?« Wahrscheinlich handelte es sich um die jährliche Übung, aber er ärgerte Rosie gern.

»Nein, wenn die Schule brennen würde, hätten wir Gasmasken aufsetzen müssen. Aber das durften wir nicht. Kann ich mit Henry an den Strand?« Bittend schaute Rosie ihn mit hellblauen Kinderaugen an.

»Wir fragen erst deine Mutter. Sonst bekomme ich Ärger, wenn sie dich sucht.« Er hielt nach Paige Darby Ausschau.

»Och, die hat sowieso schlechte Laune, wegen so einer blöden Feier. Immer muss sie alles machen. Pa ist schon wieder unterwegs«, murrte Rosie. In ihrem rosafarbenen Pullover und einer bestickten Jeans war sie die Miniaturausgabe ihrer modischen Mutter.

»Ist sie im Büro?« David blickte sich um, doch Paige war weder zu sehen noch zu hören.

Rosie ließ den Hund los und tippte gegen Davids schmutziges Hosenbein. »Igitt, wo warst du denn?«

»Auf Connors Boot.«

Das kleine Mädchen rümpfte die Nase. »Der olle Kahn stinkt. Da würde ich nicht raufgehen.«

»Selber schuld, Rosie. Ich habe dir gesagt, dass er dich mit rausnehmen würde, um die Delphine zu beobachten.« Der wahre Grund für Rosies Abneigung gegen Connors Boot war ihre Angst vor dem Meer, denn sie konnte nicht schwimmen. Aber das würde sie nicht zugeben. Er musste ein ernsthaftes Wort mit Paige sprechen. Wer am Meer lebte, sollte auch schwimmen können. Überhaupt war es gut, Ängste zu überwinden, und Rosie wurde von ihrer Mutter viel zu sehr behütet und verwöhnt.

»Komm mit, Rosie, wir suchen deine Mutter.«

Die Rezeption bestand aus drei getrennt stehenden Tresen aus hellem Holz. Die Idee dahinter war, Schranken aufzubrechen und eine lockere wohnliche Atmosphäre zu schaffen. Am mittleren Tresen stand eine schlanke Frau mit Kurzhaarschnitt. Der enge schwarze Blazer unterstrich ihre wohlproportionierte Figur, vor allem die männlichen Gäste verschlangen Erin mit ihren Blicken.

»Guten Morgen, David«, säuselte sie mit rauchiger Stimme.

»Ich sehe den Tag kommen, an dem es hier deinetwegen ein Eifersuchtsdrama gibt.« Er beugte sich zu ihr und sagte leiser: »Siehst du das Paar in mittleren Jahren dort drüben? Wenn er dich weiter so ansieht, holt sie sich aus der Küche gleich das Tranchiermesser.«

Erin lachte kehlig und fuhr David mit vertrauter Geste durch die Haare. »Du kennst mich doch, ich kann gut auf mich aufpassen.«

Nach seiner Ankunft in Aberaeron vor zwei Jahren hatte er eine kurze Affäre mit Erin gehabt, doch sie waren Freunde geblieben. Erin war inzwischen glücklich mit einem Makler liiert. »Wie geht es Stan?«

Sie lächelte, und ihre grünbraunen Augen leuchteten. »Er hat einen dicken Fisch an der Angel. Wenn er die Provision kassiert, sehen wir uns nach einem Haus um.«

»Das freut mich für euch. Du hast es verdient.«

»Und was ist mit dir? Ich habe dich gestern kurz mit den Journalisten aus London gesehen. Die Frau ist sehr attraktiv. Kennst du sie?« Sie zwinkerte ihm zu.

Weil er wusste, dass sie aus ehrlichem Interesse fragte, nickte er. »Komplizierte Geschichte, Erin.«

Sie schnalzte mit der Zunge. »Das sind die besten Voraussetzungen … Seichte Geschichten sind nichts für dich, obwohl ich unsere nicht bedaure.«

Er grinste. »Lass Stan das nicht hören. Sag mal, ist Paige da?«

Erin zeigte nach hinten, und sie hörten bereits ihre verärgerte Stimme.

»Sie können doch nicht einfach absagen! Dann besorgen Sie einen Ersatz!«, schimpfte sie am Telefon.

»Rosie!«, rief David, denn das Mädchen alberte mit Henry zwischen den Sesseln der Lounge herum.

Als er mit Rosie und Henry im Schlepptau in das schmale Büro trat, warf Paige das Telefon wütend auf den Tisch. »Ich habe es satt! Diese Leute haben überhaupt kein Pflichtbewusstsein. Für die Feier heute Abend ist eine Folkband engagiert, aber der Sänger ist erkältet. Haben die denn keinen Ersatz? Wo bekomme ich auf die Schnelle eine neue Band her?«

Das Telefon klingelte und bewegte sich vibrierend hin und her. Paige schaute auf das Display und nahm mit gerunzelter Stirn ab. »Ja? Robert, wie schön, dass du dich auch mal meldest, hier …«

David hatte den anklagenden Ton schon oft gehört. Rosie musste nicht Zeugin eines Streits ihrer Eltern werden. Er schob sie mit Henry zur Tür hinaus. »Geht schon mal runter an den Strand. Ich komme gleich nach.«

Dann ging er zurück ins Büro, wo Paige ihm den Hörer entgegenstreckte. »Er will zuerst mit dir sprechen.«

»Hey, Robert. Wo steckst du?«

»In Devon, Torquay!« Robert Darbys Stimme wurde durch knisterndes Rauschen in der Leitung verzerrt. »Es ist so windig hier. Ich habe ein Objekt gefunden, da fallen dir die Augen aus dem Kopf! Eine Villa oberhalb vom Hafen, unverbaubarer Blick, braucht eine Kernsanierung, aber ein Traum!«

David grinste. Das war typisch für Robert. Er war leicht zu begeistern und ganz in seinem Element, wenn er auf der Suche nach lukrativen Objekten war. »Denkmalschutz?«

»Soweit ich weiß, nicht. Komm her, David. Ich bleibe bis morgen, muss noch mit einigen Leuten hier sprechen.« Im Hintergrund rief jemand nach Robert, und eine Autohupe ertönte.

»Morgen? Ich glaube, Paige braucht dich …«

Robert seufzte. »Sie kommt allein bestens klar, wahrscheinlich sogar besser, als wenn ich ihr dazwischenfunke. Aber gib sie mir noch mal. Und du, ruf mich an, wenn du kommen kannst. Bitte!«

»Alle deine Ideen sind wichtig, oder?« Mit einem schiefen Grinsen reichte David den Hörer an Paige weiter.

Er registrierte den Duft ihres teuren Parfums, als sie ihm das Telefon aus der Hand nahm. »Ja, mein Schatz?«, sagte sie zuckersüß, aber mit gerunzelter Stirn.

David wollte sich abwenden, doch sie schüttelte den Kopf und zeigte auf einen Sessel. Weil er sich nicht gern gängeln ließ, blieb er stehen und wurde gezwungenermaßen Zeuge des privaten Gesprächs.

»Ich brauche dich hier, Robert!«, sagte Paige und fuhr sich über die Stirn. Ihr Mann schien die passenden Worte zu finden, denn nach und nach entspannte sich ihr Gesicht, und am Ende des Gesprächs murmelte sie: »Ich liebe dich auch.«

»Ich wusste doch, dass sich alles klärt. Du bist ein großes Mädchen, Paige.« Er ging zur Tür. »Ihr habt eine bezaubernde Tochter, die jetzt gerade mit meinem Hund zum Wasser läuft. Du solltest endlich dafür sorgen, dass sie schwimmen lernt.«

»Warum nimmst du ihn immer in Schutz, David? Er ist in Torquay. Du bist hier. Er genießt es, dauernd unterwegs zu sein. Zu sehr.«

»Aber du hast gewusst, wie er ist. Er hat dir nichts vorgemacht. Ich kenne ihn nicht anders. Man kann Robert nicht festbinden, das würde ihn kaputtmachen.«

Sie rang die Hände. »Ach, das weiß ich doch auch. Aber ein bisschen mehr könnte er auch an mich, an uns denken. Ich habe mir das so nicht vorgestellt! Wir hatten andere Pläne!«

»Ihr oder du? Und was ist so schlecht an deinem Leben, Paige? Es gibt viele Frauen, die dich um diese Selbstständigkeit beneiden würden.« Er unterbrach sich. In das Eheleben seiner Freunde sollte er sich nicht einmischen.

Sie fuhr sich mit der Zungenspitze über die Lippen, nahm die Schultern zurück und lächelte. »Natürlich. Verzeih, dass ich mich habe gehen lassen. Und bring mir gefälligst meine Tochter zurück. Ich will nicht, dass sie allein am Strand herumläuft!«

»Henry ist bei ihr«, konstatierte David trocken und machte sich auf den Weg hinaus.

»Dein verdammter Hund interessiert mich nicht! Sie ist ein kleines Mädchen und allein!« Wütend griff sie nach dem Telefon. »Ich werde dieser Band jetzt ein Ultimatum setzen, entweder sie spielen heute Abend, oder sie zahlen eine saftige Konventionalstrafe. Das werden wir ja sehen.«

Im Türrahmen drehte David sich um. »Ich wusste doch, dass du das managst.«

Sie verzog den Mund. »Ach, verschwinde …«

David lief über den Holzsteg zum Strand hinunter, wo er Rosie beim Sammeln von Muscheln und Kieselsteinen fand. Das Mädchen hatte nasse Schuhe, und ihr Pullover wirkte nicht mehr ganz so sauber, aber sie strahlte übers ganze Gesicht. Der Wind frischte auf und trieb feuchte, salzige Luft vor sich her. »Rosie, komm, es ist zu kalt ohne Jacke.«

Während er sie ins Haus brachte, dachte er an Paiges Bemerkungen und musste ihr im Stillen recht geben. Robert war viel zu selten bei seiner Familie. Andererseits kannte er Robert nur als Kommunikationsjunkie. Wenn er nicht telefonierte, saß er vor seinem Computer, oder er fuhr auf gut Glück an einen aufstrebenden Badeort oder in eine Festivalstadt, um nach Grundstücken oder Investoren zu suchen. Nein, er würde sich nicht von Paige benutzen lassen, um Robert ein schlechtes Gewissen einzureden oder ihn von irgendetwas abzuhalten.

Er schickte Rosie nach drinnen, fing einen warmen Blick von Erin auf und machte sich mit Henry auf den Weg in die Stadt. Ein Haus wollten Erin und Stan sich kaufen. Er freute sich für die beiden, denn Erin war eine tolle Frau, die wusste, was sie wollte. Damals waren sie beide ungebunden gewesen, und eine kurze, heiße Affäre war genau das, was sie beide gewollt und gebraucht hatten.

Aberaeron hatte sich gemausert seit jenem verhängnisvollen Sommer vor zehn Jahren. Der Tourismus spülte Geld in die kommunalen Kassen, was sich in gepflegten Grünanlagen, renovierten Schulen, einem Ärztezentrum und dem erweiterten Yachthafen zeigte. Der wirtschaftliche Aufschwung hatte Investoren und junge Leute mit neuen Ideen angezogen. Es gab mindestens vier gute Restaurants und zwei reizende Cafés, von denen er das Louna besonders schätzte.

Er blieb mit Henry auf einer Ecke des Marktplatzes stehen, die zu einer kleinen Grünanlage umgestaltet worden war. Im Schutz frühlingsgrüner Erlen und Birken standen Bänke, auf denen zwei ältere Damen und eine Mutter mit Kinderwagen saßen. David überlegte noch, ob er einen Kaffee trinken sollte, als er sie sah.

Ally stand im Türrahmen des Cafés und sprach mit Louna, der Namensgeberin des Cafés. Obwohl Louna eine sehr hübsche Französin war, die der Liebe wegen in Aberaeron geblieben war, hatte er nur Augen für Ally. Ally musterte ihr Gegenüber, lächelte und wirkte dennoch abwesend. Ein bleierner Schleier von Melancholie schien sie zu umgeben, undurchdringlich und viel zu schwer für ihre Schultern.

Was er ihr zu sagen hatte, konnte er ihr nicht zwischen Tür und Angel mitteilen. Und auch nicht im Beisein des Fotografen, der jetzt zu den beiden Frauen trat. Seufzend tätschelte er Henrys Kopf. »Komm, mein Freund, wir müssen weiter. Morgen ist auch noch ein Tag.«

7

Ally hob den Blick und sah ihm nach, bis er den Marktplatz verließ und auf der anderen Seite in einer Querstraße verschwand. Mit zittrigen Fingern nestelte sie an ihrem Haar und versuchte, sich wieder auf das Interview zu konzentrieren. Sobald sie David sah, dachte sie auch an Simon, und die Erinnerungen schnürten ihr die Kehle zu.

»Ist Ihnen nicht gut, Ally? Sie sehen ganz blass aus. Kommen Sie. Probieren Sie meinen Spezialkaffee, der erweckt Tote zum Leben!« Louna lächelte sie aufmunternd an und strich ihr über den Arm.

Bei den unbedacht ausgesprochenen Worten zuckte Ally zusammen, aber sie mochte die junge Französin, die sich mit ihrem Freund Owen eine Existenz aufgebaut hatte. Das war mutig und riskant, denn wer konnte schon wissen, was die Liebe brachte, und jedes Geschäft bedurfte einer Anlaufzeit, in der die wenigen Ersparnisse von Louna und Owen schnell verbraucht waren. Aber die beiden hatten sich mittlerweile in Aberaeron und weit über die Stadtgrenze hinaus einen Namen gemacht.

»Danke, das Angebot nehme ich gern an. Was ist mir dir, Nick?«

Der Fotograf schaute konzentriert durch das Objektiv seiner Kamera und winkte ab. »Später. Ich will hier draußen einige Bilder machen, bevor es zu regnen beginnt.«

Ally sah zum Himmel, an dem mehr und mehr graue Wolken aufzogen. »Es gibt Dinge, die ändern sich nicht … Wie ertragen Sie das raue Klima hier, Louna?«

»Ah, ich stamme aus der Normandie. Da sind wir auch nicht verwöhnt. Die Schönwetterfranzosen leben im Süden. Kommen Sie.« Louna machte eine einladende Geste.

Ally sah noch einmal suchend über den Marktplatz, doch David bog gerade um eine Hausecke und verschwand aus ihrem Blickfeld. Das Café bestand aus zwei kleinen Räumen, die durch einen rundbogigen Durchgang miteinander verbunden waren. An den zinnoberrot und türkisblau gestrichenen Wänden hingen alte Filmplakate und Schwarzweißfotografien von Paris. Eine große silberne Kaffeemaschine und ein Samowar waren Blickfang und Arbeitsgerät zugleich. Owen, ein schlaksiger Mittdreißiger drückte gerade den Hebel der Kaffeemaschine herunter. Der Duft frisch gemahlener Bohnen erfüllte das Café.

Ally schloss die Augen. »Himmlisch. Aber fällt Ihnen das überhaupt noch auf?«

Sie ließ sich an einem Bistrotisch nieder und nickte, als Louna auf eine Cremetarte in der Vitrine zeigte.

Owen stellte eine vorgewärmte Cappuccinotasse unter die Kaffeemaschine. »Cappuccino?«

»Nein, chérie, Mokka à la Louna«, sagte Louna und legte die handtellergroße Tarte auf einen Teller. »Doch, wir freuen uns eigentlich jeden Morgen aufs Neue, wenn wir herkommen und den Laden aufmachen. Ich hatte immer eine Vorliebe für Cafés. Für mich ist das ein Ort, an dem alles möglich ist, gute Gespräche, überraschende Begegnungen oder einfach nur dasitzen und genießen.«

Owen stellte den Kaffeeautomaten ein und drehte sich zu Ally um. »Ich glaube, es ist uns gelungen, aus dem kleinen Café etwas Besonderes zu machen. Wir haben jetzt viele Kunden, die eine Stunde Fahrtzeit auf sich nehmen, um herzukommen. Das ist doch ein Kompliment!«

Ally machte sich Gesprächsnotizen, legte aber sofort den Stift zur Seite, als Louna den Kuchen vor ihr absetzte. Nachdem sie gekostet hatte, hob sie den Daumen. »Von mir auch ein Kompliment. Nick, komm rein, das darfst du dir nicht entgehen lassen!«, rief sie nach draußen und sah einen Mann vor dem Fenster stehen bleiben, dessen Anblick ein vages unangenehmes Gefühl in ihr auslöste.

Der Mann war etwa Anfang fünfzig, hatte dunkles, meliertes Haar und einen Bart. Unter dichten Brauen lagen kleine, dunkle Augen, die von der Kuchenauslage auf- und zu ihr herübersahen. Er steckte die Hände in die Taschen einer abgewetzten Lederjacke und ging davon.

»Wer war denn das?«, fragte Ally unwillkürlich, weil sie das Gefühl hatte, ihn zu kennen.

»Ach, das war Tom. Merkwürdiger Typ. Ich mag ihn nicht besonders, er hat so eine Art zu starren …«, sagte Louna und brachte den Kaffee.

»Unsinn. Was du dir einredest, Louna. Das ist Tom Paskin, ein Urgestein hier in Aberaeron«, verteidigte Owen den Mann. »Er ist Mechaniker und hat an der Ausfahrt nach Aberystwyth eine kleine Werkstatt. Der repariert alles, auch Bootsmotoren. Deshalb trifft man ihn oft am Hafen.«

»Es soll da mal so eine Geschichte gegeben haben mit Tom. Er saß wegen Vergewaltigung im Gefängnis.« Louna runzelte die Stirn.

»Quatsch! Das ist wieder so eine Lüge, die irgendjemand verbreitet hat, der Toms Rechnung nicht bezahlen wollte. So sind die Leute! Die meinen, wenn man sich kennt, kriegt man alles umsonst.« Owen knallte das Kaffeesieb auf die Ablage.

»Aber es war etwas mit Sex«, beharrte Louna.

»Was geht es uns an? Wenn er im Gefängnis war, hat er dafür gebüßt«, sagte Owen.

Louna schnaubte. »Als ob es damit getan wäre …«

»Vielleicht habe ich ihn früher schon einmal gesehen, denn das Gesicht kenne ich«, überlegte Ally.

»Sie sind schon mal hier gewesen? Ich dachte, als schicke Londonerin fährt man eher nach Brighton oder Dorset«, meinte Louna. »Das Einzige, was ich hier vermisse, sind die tollen Geschäfte, die es eben nur in London oder Paris gibt.«

»Die hattest du in Rubempré auch nicht«, kam es trocken von Owen.

»Aber Amiens war nur einen Katzensprung entfernt!« Bei einer Drehung in seine Richtung schwangen Lounas kinnlange Haare energisch mit.

»Amiens ist aber auch nicht Paris …«, gab Owen zurück.

»Was verstehst du schon vom Einkaufen!« Die beiden schauten sich einen Moment an, dann lachten sie, und Owen warf seiner Frau eine Kusshand zu.

Ally lächelte versonnen. Liebe konnte so schön sein.

Nick schien genügend Aufnahmen rund um das Café gemacht zu haben, denn er kam mit vom Wind zerzausten Haaren herein und wischte sich übers Gesicht. »Es regnet!«

»In den nächsten Tagen wird es besser. Wie lange bleiben Sie?« Owen brachte auch Nick eine Tasse Mokka, die Nick in zwei Zügen leerte.

»Hmm, gut! Kann ich mir das injizieren?« Er legte Ally den Arm um die Schultern, kameradschaftlich, fürsorglich. »Hattest du das auch? Deine Wangen haben wieder Farbe.«

»Ja, und diese Cremetarte ist eine Versuchung. Probier mal, Nick.« Sie schob ihm den Teller hin.

Wie ein eingespieltes Paar, dachte Ally, als Nick, ohne zu zögern, den Rest des Küchleins aß. Aber sie empfand nicht dieses Prickeln für ihn, das David in ihr auslöste, wenn er sie nur ansah. Nick war großartig, witzig, sportlich, und sie verstanden sich blind, wenn es um die Arbeit ging. Sie harmonierten, wie gute Freunde und Kollegen es sollten. Was war überhaupt mit ihr los? Es war die Situation, die Vergangenheit, die sie hier überall anzuspringen schien. Das alles brachte sie aus dem Konzept. Sie stand auf. »Ich habe auch alles, Nick. Wir könnten noch nach New Quay fahren, bevor wir uns mit Jennifer treffen.«

»Sie schreiben doch über die Gegend hier, oder? Auch über die Geschichte?«, fragte Owen.

»Ja, das ist unser Ansatz, die Geschichte der Menschen, der Landschaft, das Besondere eben, das diesen Landstrich ausmacht.« Ally knöpfte ihre Jacke zu.

»Ich bin Waliser, wissen Sie? Und einer unserer berühmtesten Dichter, Dylan Thomas, hat einen ziemlichen Eindruck in New Quay hinterlassen. Gute Geschichte.« Owen trocknete sich die Hände wie beiläufig ab, doch Louna verschränkte die Arme vor dem Körper und sagte:

»Tun Sie ihm den Gefallen. Er erzählt gut, und die Geschichte hat es in sich. Wurde sogar verfilmt, mit Keira Knightley, glaube ich, vor vier oder fünf Jahren.«

Neugierig geworden zog Ally ihr Notizheft wieder hervor. »Schießen Sie los, Owen.«

Die Augen des Walisers leuchteten. »War eine Riesensache, als das Filmteam hier anrückte. Aber ich erzähle Ihnen, was Dylan Thomas damals in New Quay erlebte. Er hat das Hafenstädtchen übrigens als Vorlage für Llareggub aus seinem bekanntesten Werk ›Unter dem Milchwald‹ genommen. Die engen gewundenen Gassen, die kleinen weißen Häuschen, die sich windschief und pastellfarben am Meer entlangziehen. Während der letzten Jahre des Zweiten Weltkriegs lebte er mit seiner jungen Familie in einem Haus, dem Majoda. Für die Bewohner des kleinen Provinzorts waren Dylan und seine Frau Caitlin exotisch und mondän, und sie stießen sich an deren Exzentrik. Jedenfalls kam auch ein Exoffizier frisch aus dem Krieg zurück und hatte einen Streit mit Dylan in dessen Stammkneipe, dem Black Lion Pub. Der Offizier beschuldigte Dylan, ein Verhältnis mit seiner Frau zu haben und, schlimmer, eine sündige Ménage-à-trois mit Caitlin und seiner Frau zu führen.«

Ally hörte auf zu schreiben. »Oh, jetzt fällt es mir wieder ein. Und der Offizier folgte dem armen Schriftsteller bis zu dessen Haus und feuerte mit einem Maschinengewehr auf das Haus, während die Familie darin war!«

»Der Offizier wurde wegen versuchten Mordes angeklagt und freigesprochen. Wilde, verrückte Zeiten waren das!« Owen sah sie amüsiert an. »Wir Waliser sind ein eigenwilliges Völkchen, was?«

»Ohne Zweifel. Wir kommen sicher noch vorbei, bevor wir abfahren, Owen. Dann machen wir noch ein paar Bilder von euch. Danke für alles«, sagte Nick.

Nach einem kurzen, von Regenschauern getrübten Ausflug nach New Quay fuhren sie auf den Parkplatz des Talbot Hotels und warteten auf Jennifer. Es dauerte nur wenige Minuten, und die junge Rezeptionistin kam winkend auf sie zugelaufen.

Ally öffnete ihr die Wagentür. »Steigen Sie ein. Haben Sie Hunger?«

»Immer. Ich zeig Ihnen den besten Fish-and-Chips-Laden von ganz Cardigan Bay.« Jennifer schüttelte die nassen roten Haare und lehnte sich von der Hinterbank aus zwischen die Frontsitze. »Um den Hafen rum, zwischen den bunten Häusern durch und an der anderen Seite an der Mauer parken. Haben Sie das schon mal gesehen?«

»Was denn?« Ally folgte Jennifers Hand und sah den Hafen, aus dem das Wasser abgelaufen war, als hätte jemand den Hahn aufgedreht. »Ebbe. Ziemlich großer Tidenunterschied. Meinen Sie das?«

»Eigentlich die Boote! Sieht das nicht komisch aus, wie die weißen Bötchen da wie aufgespießt im Schlick sitzen?«

Nick fuhr langsam um den Hafen herum. »Wir sind zwar Städter, aber ich weiß, dass die Boote hier Doppelkiele haben, weil sie sonst bei Ebbe dauernd im Schlick liegen würden. Und davon würden sie ziemlichen Schaden nehmen.«

»Hey, hey, wer hätte das gedacht.« Jennifer setzte sich zurück.

»Er ist Wassersportler«, erklärte Ally. »Wie lebt es sich als junger Mensch in Aberaeron? Wo geht man abends hin, was vermissen Sie?«

»Vermissen? Hier gibt es doch alles. Ich bin eine Farmerstochter, schon vergessen? Wer es gewohnt ist, mit den Hühnern aufzustehen, und seine Ferien mit Traktorfahren und Heueinbringen verbracht hat, der stellt nicht so große Ansprüche.«

»Nein? Ich hätte gedacht, dass man dann vielleicht gerade weg will, was von der Welt sehen, mal in einer Großstadt leben?« Ally betrachtete die Boote, die wie eine Herde Schafe auf dunklem Grund hockten und auf etwas zu warten schienen. »Machst du davon ein Bild, Nick?«

»Was denkst du denn ... Wir halten da vorn. Oh, es hat aufgehört zu regnen. Der Ort wird mir sympathisch.«

Sie stiegen aus, und Jennifer wies den Weg zu einem etwas abseits stehenden weißen Haus mit einem Wintergarten, an dessen Front in großen gelben Buchstaben »Jerry's – best fish & chips in town« stand.

»Ich hoffe, Jerry hält, was er verspricht.« Ally war etwas skeptisch angesichts der verwitterten Plastikstühle vor der schäbigen Fassade.

»Nicht das Buch nach dem Einband beurteilen. Na los, ich esse hier dauernd und bin nicht dran gestorben«, sagte die junge Frau grinsend und hielt ihnen die Tür zum Imbiss auf.

»Wir werden ja sehen. Wahrscheinlich sind Sie schon immun gegen die hiesigen ...« Weiter kam Ally nicht, denn ein schwergewichtiger Mann stellte sich ihr in den Weg.

Ein mächtiger, von einer weißen Schürze bedeckter Leib machte weiteres Durchkommen unmöglich. »Gegen was sind Sie immun? Wollen Sie vielleicht andeuten, dass Sie sich bei Jerry Salmonellen einfangen? Ist das so? Denn wenn das so ist, können Sie Ihre Stadtärsche gleich wieder an die frische Luft tragen!«

Die roten Wangen wütend gebläht und mit einem rotweiß karierten Mützchen auf dem kahlen Kopf wirkte der Mann zugleich komisch und einschüchternd.

»Jerry! Hi, ich habe den Leuten gerade von deinen superleckeren Fish and Chips erzählt. Hast du einen Tisch für uns drei?« Jennifer hatte sich rasch an Ally vorbeigedrängt und schenkte dem Koch ein strahlendes Lächeln.

»Sie haben Glück, dass Jenni dabei ist. Setzen Sie sich da drüben hin. Dreimal?«, grunzte Jerry, wartete die Antwort gar nicht erst ab und bewegte sich mit erstaunlicher Eleganz zwischen vollbesetzten Tischen hindurch auf seine Küche zu.

Jennifer grüßte verschiedene Gäste und setzte sich mit Ally und Nick an einen Tisch, auf dem eine saubere karierte Papierdecke lag. »Gerade noch mal gut gegangen. Jerry ist sehr empfindlich, und er hat schon einigen Hausverbot erteilt. Auf sein Essen lässt er nichts kommen, und er kann es sich leisten. Seht ihr ja, ist jeden Tag so voll.«

Ally verspürte zwar kaum Hunger, doch sie fürchtete den Zorn des Kochs, wenn sie einen vollen Teller zurückgehen ließ. Immerhin, Jerry war ein echtes Unikat und wert, ihn in ihrem Bericht zu erwähnen.

»Möchten Sie etwas trinken? Hi, Jenni.« Eine Frau, in deren Zahnlücke eine Zigarette gepasst hätte, stellte sich vor ihren Tisch und streckte dabei kokett eine unbekleidete Speckrolle vor, die über den Bund ihrer Jeans quoll. Auf ihrem zwei Nummern zu kleinen T-Shirt prangte in goldenen Lettern »Jerry's«. Ally überlegte, wie das zu verstehen war.

Jennifer lächelte sie an. »Hi, Dotti, Wasser für mich.«

Nick sah Ally an. »Dreimal bitte.«

»Na, ihr seid ja langweilige Püppchen. Wollt ihr kein Lager? Wir brauen jetzt selbst!« Dotti verlagerte ihr Gewicht von einem Bein aufs andere und stemmte stolz eine Hand in die Hüfte.

»Ich muss noch arbeiten, Dotti. Wie geht's den Jungs?«

Während Jennifer mit der Kellnerin plauderte, ließ Ally den Blick durch das Lokal schweifen. Der Raum war übersichtlich dekoriert, wenn man es positiv formulierte, karg, wenn man ehrlich war. Gekachelter Boden, bis auf Hüfthöhe rote, darüber weiße Wände, und hinter der Bar hing ein gerahmtes Dokument, das Ally nicht entziffern konnte. Es schien jedoch eine Auszeichnung des Gaststättenverbands zu sein.

Die Tür schwang auf, und Ally erhaschte den Blick auf eine Lederjacke, die ihr bekannt vorkam. Der Mann ging direkt zur Bar und warf einen finsteren Blick in die Runde.

»Das ist er schon wieder!«, flüsterte Ally und legte Nick die Hand auf den Arm. »Der Kerl von vorhin. Tom Paskin.«

»Wer? Der dort?«, wollte Nick wissen und wandte den Kopf.

»Schsch! Nicht so laut!«, sagte Ally.

Dotti hatte den neuen Gast ebenfalls gesichtet und begrüßte ihn auf Walisisch: »*Helô*, Tom. Wie immer?«

Nick schüttelte den Kopf, als ein kurzer Wortwechsel in der kehligen Landessprache folgte. »Was für eine Sprache …«

»Ist aber sehr praktisch, wenn man mal nicht verstanden werden will.« Jennifer tippte auf das Namensschild an ihrem Blazer. »Bei nervigen ausländischen Gästen zum Beispiel.«

»Wird im Hotel darauf Wert gelegt, walisische Angestellte zu haben?« Ally hatte ihr Notizbuch hervorgeholt.

»Kann ich nicht sagen. Ich glaube eher, dass Mrs Darby froh ist, wenn alles läuft. Schließlich lässt ihr Mann sie oft hängen. Entschuldigung, ich will nicht schlecht über den Chef reden, aber alle sagen das.«

Dotti brachte drei Gläser Wasser und stellte sie kommentarlos auf den Tisch.

Jennifer nahm einen großen Schluck und sah Nick an. »Was machen Sie denn für Wassersport? Segeln?«

»Hauptsächlich Windsurfen, aber Kitesurfen und Wellenreiten ist auch klasse. Kommt immer aufs Revier an. Gibt es hier gute Spots?« Nick nahm seine Kamera aus dem Rucksack und schaute Jennifer durch die Linse an. »Ich würde gern draußen im Wind ein Foto von dir machen, Jennifer. Haben wir etwas Grünes für sie, Ally? Sie bräuchte einen grünen Schal. Der dunkle Blazer sieht grässlich aus.«

»Im Wagen liegt ein grünes Tuch von mir.« Ally hatte auch schon daran gedacht, Jennifer mit abzubilden. Die junge Frau hatte ein hübsches, offenes Gesicht und entsprach ganz dem Typ, den man sich unter einer Waliserin vorstellen würde.

Verlegen zog Jennifer an einer Haarsträhne. »Ob Mrs Darby nichts dagegen hat?«

»Warum sollte sie? Sie wird sich eher freuen, dass ihre Mitarbeiterin sich positiv über das Hotel und den Ort äußert.« Ally notierte sich die Anschrift des Imbisses, den sie erwähnen wollte, egal, wie das Essen ausfiel.

Tom Paskin stand an der Bar, einen Arm lässig aufgestützt, und leerte ein Pint dunkles Bier. Als ihre Blicke sich kreuzten, drehte er sich um, knallte das Glas auf den Tresen und sagte etwas zu Dotti. Als diese kurz darauf mit ihrem Essen kam, stellte sie Allys so nachlässig ab, dass einige Chips herunterfielen. Eine fettige Fritte landete auf Allys Jeans.

»Tut mir leid. Soll ich Ihnen einen Lappen holen?« So wie Dotti es sagte, tat es ihr überhaupt nicht leid, ganz im Gegenteil, dachte Ally und warf das Kartoffelstück auf den Tisch.

»Nur keine Umstände. Ich hatte wohl Glück, dass kein Ketchup drauf war«, erwiderte Ally bissig.

Die Kellnerin verzog das Gesicht. »Ketchup können Sie haben, aber Jerry's Soße ist besser.«

Auf jedem Teller stand eine kleine Schüssel mit einer nach Knoblauch riechenden Soße.

Dotti murmelte kaum hörbar: »Guten Appetit«, und ging zu einem der anderen Tische.

»Dotti ist sonst ganz in Ordnung. Vielleicht hat sie Ärger mit ihren Jungs. Geben Sie die Hose einfach im Hotel in die Wäscherei«, sagte Jennifer mit einer um Entschuldigung für die unhöfliche Kellnerin bittenden Miene.

»Danke, das mache ich.« Ally beobachtete, wie Dotti und der finstere Mechaniker die Köpfe zusammensteckten und lachten.

»Wie hast du das denn gemacht, Ally? Kaum hier, und schon hast du eine Kellnerin, die dich nicht ausstehen kann.« Nick war Allys Blick gefolgt. »Aber vielleicht hat sie mitbekommen, was du über den Finstertypen da hinten gesagt hast.« Er zwinkerte Ally zu. »Wir sollten vorsichtig sein. In so einem Nest halten die zusammen und lynchen unerwünschte Fremde.«

Jennifer zerteilte ihren Fisch. »Und was sagen Sie zum Essen?«

Ally probierte den in Teig frittierten Fisch und hob die Brauen. »Gut!«

»Ein Hoch auf Jerry, aber von Dotti sollte er sich vielleicht mal trennen«, meinte Nick und tauchte ein knuspriges Kartoffelstück in die Soße.

8

Llanerchaeron. Kennst du das, Ally? Lohnt es sich hinzufahren?« Nick verlangsamte das Tempo und zeigte auf ein Schild. »Gehört zum National Trust. Sollten wir …«

»Nein«, entschied Ally. »Ich meine, es ist sehr schön, aber auch bekannt genug. Ein Regency-Architekt hat es gebaut.«

»Etwa John Nash?« Nick fuhr noch langsamer. Sie befanden sich auf der A 482, die von Aberaeron nach Lampeter führte.

Nach dem Besuch bei Jerry's hatten sie beschlossen, ins Binnenland zu fahren, denn vom Meer stieg Nebel auf, und der Himmel war noch immer grau und wolkenverhangen. Die Bedingungen für gute Küstenaufnahmen waren denkbar ungünstig.

Die schmale Straße folgte in engen Kurven den Formen der Landschaft. Auf einer Seite erhoben sich die dicht bewaldeten Hügel, auf der anderen beugten Laubbäume ihre Kronen über die Straße und bildeten so einen grünen Tunnel für die Autos. Als Nick das Hinweisschild nach Llanerchaeron entdeckte, setzte er den Blinker. »Nur einmal schauen. Nash ist einfach eine Größe, Kult. Ich habe seine bekannten Bauten in London fotografiert. Von diesem Haus hier wusste ich gar nichts.«

»Hmm«, machte Ally und starrte durch das Seitenfenster auf die vertraute Umgebung, die schmerzvolle Erinnerungen in ihr weckte.

Die Straße wurde nun einspurig mit kleinen Ausweichbuchten für den Gegenverkehr. Auf einer Weide glänzten die Leiber von schwarzen Rindern in der Sonne, die sich ihren Weg durch die Wolken bahnte. Uralte Eichen, ein Birkenhain und riesige Rhododendren bildeten in der Ferne die ersten Ausläufer der Parkanlage, während der Asphalt an den Rändern von kniehohen Gräsern und wilden Blumen gesäumt wurde.

Als das gelb verputzte Anwesen mit einem Portal aus weißen Säulen zwischen den Bäumen auftauchte, klopfte Nick begeistert auf das Lenkrad. »Wahnsinn! Das ist ja mal ein echtes Schmuckstück. Findest du nicht?«

»Hmm.«

»Okay, verstehe schon.« Plötzlich machte die Straße eine scharfe Kurve, Nick stieß einen leisen Fluch aus und trat auf die Bremse. Ein Gatter versperrte ihnen den Weg. Nick beugte sich vor, um das Schild entziffern zu können. »Mittwochs bis Sonntag. Was ist heute?«

»Montag.«

»Oh, sieh mal, da kommt jemand.« Nick stellte den Motor ab und stieg aus dem Wagen.

Ally blieb sitzen und sah einen Mann in Gummistiefeln und grüner Regenjacke näher kommen. Auf einer Wiese grasten Schafe, auf einer anderen standen drei Pferde und hielten neugierig die Köpfe in ihre Richtung. Seufzend suchte Ally in ihrer Handtasche nach einem Taschentuch, hob den Blick und meinte fast, gleich müsste Simon durch das hohe Gras gelaufen kommen. »Ach, Simon … Warum nur …«, murmelte Ally und drückte sich das Taschentuch gegen Nase und Augen.

Warum nur hatte er allein zu dem verdammten Haus hinausfahren müssen? Sie wäre doch mit ihm gekommen, wenn er nur einen Ton gesagt hätte! Alles nur wegen eines bedeutungslosen Flirts! Sie zerknüllte das Taschentuch. Was sie dafür geben würde, die Zeit zurückdrehen zu können. Wie anders hätte ihr Leben dann sein können. Was sie am meisten traf, waren die stummen Vorwürfe ihrer Eltern, das Schweigen zwischen ihnen, das so schwer wog, dass sie daran zu ersticken drohte. Aber was sollte sie ihrer Mutter noch sagen? Mit ihrem Vater hatte sie seit seiner

Wiederverheiratung nicht mehr gesprochen. Er hatte einfach eine neue Familie gegründet, ein neues Leben an einem anderen Ort, fern von ihnen begonnen.

»Ally!« Nick riss die Fahrertür auf und wollte etwas sagen, doch als er ihre geröteten Augen sah, wandte er sich dem Mann in der grünen Jacke zu, mit dem er gesprochen hatte. »Danke, ein anderes Mal gern! Wir müssen weiter!«

Er ließ den Motor an und wendete den Wagen. »Weißt du, was wir jetzt machen? Wir fahren zurück und testen den Spabereich vom Talbot Hotel. Was sagst du dazu?«

Sie nickte dankbar. »Gute Idee.«

»Ein schönes Haus, und sie betreiben die Farm wie vor hundert Jahren. Eric, das war der Mann, mit dem ich eben gesprochen habe, sagt, dass die Produkte mittlerweile in den Restaurants der Gegend sehr begehrt sind. Wir sollten Paige fragen, ob sie auch etwas von hier beziehen.« Nick plauderte weiter, und Ally lächelte ab und an, dankbar, dass er sie abzulenken versuchte.

Als sie später im Whirlpool des Hotels saßen, spürte sie erst, wie angespannt sie gewesen war. Die Wärme des sprudelnden Wassers lockerte ihre Muskeln, und sie legte den Kopf auf den Beckenrand. Würde die Wärme jemals ihr Innerstes erreichen?

»Tut mir leid, dass ich unbedingt das Nash-Haus sehen wollte, Ally«, sagte Nick, der ihr gegenübersaß. Seine muskulösen Arme lagen auf dem abgerundeten Beckenrand. Sie beneidete ihn um seine unkomplizierte Art. Er wirkte so zufrieden und schien im Hier und Jetzt vollkommen zu Hause.

Sie setzte sich so, dass eine Massagedüse ihren Rücken erreichte. »Es muss dir nicht leidtun, Nick. Das ist ganz allein mein Problem. Ich muss damit leben.«

»Vielleicht ist das genau dein Problem, dass du es nur mit dir abmachst.« Er fuhr sich über Stirn und Haare, und seine Augen nahmen einen Ausdruck an, der sie verlegen machte. »Gibt es jemanden in deinem Leben, Ally?«

Wie zufällig berührten ihre Knie sich im Wasser. »Nicht, Nick. Es gibt niemanden, und das ist gut so. Ich …« Sie stand auf und schwang die schlanken Beine über den Beckenrand.

Eine Mutter ging gerade mit ihren beiden Kindern in den großen Pool, in dem bereits drei Gäste schwammen. Ringsherum standen Liegen mit Decken und Infrarotbeleuchtung. Ally rückte den Träger ihres Badeanzugs gerade und beobachtete die Kinder, die sich fröhlich jauchzend ins Wasser stürzten. Simon war so gern geschwommen. Sie schluckte und barg ihr Gesicht in den Händen.

Als Nick sich neben sie setzte und seinen Arm um sie legte, lehnte sie ihren Kopf für einen Moment an seine Schulter. Es lag bei ihr, doch es wäre nicht richtig. Er war attraktiv, liebenswert, und er war ein Freund. Sie wollte keine Affäre, nur weil sie in einem Moment der Schwäche Trost suchte. »Ich gehe mich duschen, Nick. Sehen wir uns um acht Uhr in der Lounge?«

Ein Ruck ging durch seinen Körper, und Bedauern lag in seinem Blick. »Ich werde noch eine Runde schwimmen. Energie abbauen.« Er grinste.

Ally zog ihn auf die Beine, froh, der peinlichen Situation entkommen zu sein.

Aus der Lounge war angeregtes Geplauder bis ins Treppenhaus zu hören. Leichtfüßig nahm Ally die letzten Stufen. Sie hatte noch eine Stunde geschlafen und fühlte sich so ausgeruht wie lange nicht mehr. Die dunklen Locken fielen ihr offen über den Rücken. Zur Jeans trug sie einen dunkelgrünen Kaschmirpullover und Wildlederslipper. Auf Schmuck verzichtete sie weitestgehend. Nur das goldene Keltenkreuz, das ihr Simon zum fünfzehnten Geburtstag geschenkt hatte, legte sie nie ab.

Sie verharrte einen Moment im Durchgang. Der Raum war schön ausgeleuchtet und wirkte warm und gastlich. In den Ecken brannten Windlichter, und auf den Beistelltischen standen Kerzen. Auf der Terrasse hatte man Fackeln entzündet, und das Dünengras davor wiegte sich leicht im Wind, der vom Meer heraufwehte.

Paige Darbys blonde Haare stachen ihr sofort ins Auge, und kaum hatte sie die Hotelchefin entdeckt, winkte ihr Nick zu, stand auf und kam ihr entgegen. Er begrüßte sie mit bewunderndem Blick und küsste sie auf die Wange. »Du siehst phantastisch aus.«

»Alter Süßholzraspler.« Sie gab Paige die Hand und setzte sich in einen der beigefarbenen Clubsessel. »Sie können stolz auf Ihr Hotel sein, Mrs Darby. Das Ambiente stimmt, und Ihrem Wellnessbereich und einer wundervollen Massage verdanke ich, dass ich mich so ausgeruht fühle wie lange nicht.«

Paige strahlte. »Das freut mich! Es tut so gut, einmal zu hören, dass sich die ganze Zeit und Arbeit, die wir hier hineingesteckt haben, gelohnt haben. Bitte, was möchten Sie trinken? Ist es Ihnen recht, wenn wir hier sitzen bleiben? In der Bar ist es heute etwas zu laut, wegen der Feier, die wir ausrichten.«

»Sicher. Ich mag es hier sehr. Der Blick auf die Terrasse mit dem Meer dahinter ist einfach großartig.« Ally stellte ihre Handtasche auf den Boden.

Paige bestellte Wein und Wasser, während Nick zufrieden an einem Whisky nippte.

»Wenn die Temperaturen es zulassen, öffnen wir die Türen. Es war Davids Idee, den Übergang von drinnen nach draußen möglichst fließend zu gestalten. Hatten Sie schon Gelegenheit, mit ihm zu sprechen?«

»Wir sind für morgen Nachmittag verabredet«, sagte Nick und tippte anerkennend gegen sein Glas. »Sie sind gut sortiert.«

»Wie es sich für ein gutes Hotel gehört. Der Whisky ist übrigens eine Empfehlung von David. Er stammt von der Insel Mull. Dass er Schotte ist, wussten Sie?«

»Das ist kaum zu überhören«, meinte Nick.

Paige lächelte. »Nein, natürlich nicht. Ich hatte schon immer eine Schwäche für den schottischen Dialekt. Er ist so melodiös, viel schöner als unser zungenbrechendes Gekrächze.«

Nicht nur für den schottischen Dialekt, dachte Ally und musterte Paige aufmerksamer. Mrs Darby sprach oft und gern vom Geschäftspartner ihres Mannes. »Wann erwarten Sie denn Ihren Mann zurück?«

Das Lächeln verschwand. »Morgen. Er ist in Torquay und kümmert sich um ein neues Projekt.«

»Devon! Wie schön, eine herrliche Gegend. Tolle Strände und Surfreviere«, sagte Nick. »Will er dort ein weiteres Hotel eröffnen?«

»Gut möglich, obwohl ich finde, dass wir langsam ausgelastet sind. Man kann nicht überall sein, und gutes Management ist nicht leicht zu finden.« Paige runzelte die Stirn und betrachtete ihre manikürten Nägel.

Als der Wein gebracht wurde und sie angestoßen hatten, fragte Paige: »Und wo waren Sie heute? Das Wetter hat sich nicht von seiner besten Seite gezeigt, aber für morgen kann ich Ihnen Sonne versprechen.«

Nick berichtete kurz, doch als er Jerry's Imbiss erwähnte, verzog Paige indigniert das Gesicht.

»Uh, haben Sie ein Glück, dass Sie keine Magenverstimmung bekommen haben …«

»Das Essen war aber in Ordnung, und er scheint sehr beliebt zu sein«, entgegnete Ally.

Nick schwenkte sein Whiskyglas. »Na ja, Dotti sollte er mal überdenken.«

»Lieber Himmel, diese unmögliche Person ist noch dort? Ihre Jungs gehen auf dieselbe Schule wie meine Tochter. Grauenvolle Bengel! Ich glaube, Jerry ist der Vater von zweien. Entschuldigung, aber der Kerl hat einen Nerv bei mir getroffen, und dann ist er auch noch mit Robert befreundet. Oder vielmehr, die beiden waren mal befreundet, in ihrer Jugend, aber Jerry lässt keine Gelegenheit aus, das jedem aufs Butterbrot zu schmieren.«

»Ihr Mann ist hier aufgewachsen, nicht wahr? Da ist es nicht verwunderlich, wenn man seine Jugendfreunde noch kennt. Eigentlich ist das doch sehr schön.« Jerry war vielleicht rustikal, doch sein Imbiss lief gut, und das musste man anerkennen. Dotti war gewiss nicht jedermanns *cup of tea*, doch Mrs Darby sprach allzu abfällig von einer Frau, die nicht mit dem goldenen Löffel geboren worden war.

»Ha! Sie haben wirklich keine Ahnung! Ich bin kein Snob, weiß Gott nicht. Mein Vater ist ein Bauunternehmer und hat klein angefangen. Er hat uns den Penny zu ehren gelehrt, glauben Sie mir! Aber diese Gang, mit der Robert damals herumhing, ist einfach …« Paige schüttelte angewidert den Kopf. »Oh, ich weiß, dass sie sich noch im Pub treffen. Er versucht, das vor mir zu verheimlichen, meint, ich weiß nicht, was vor sich geht, weil ich nicht von hier komme.«

Paige redete sich in Rage. Roberts lokale Freunde schienen ein heikles Thema für sie zu sein. Sie griff nach ihrem Weinglas und nahm einen tiefen Zug. »Jerry, Tom und die Hewett-Brüder! Und dazu mein Robert … Stell sich das einer vor …«

»Guten Abend zusammen. Paige, ich höre dich ja bis nach draußen.« David Gowans trat zu ihnen und legte Paige beruhigend seine Hand auf die Schulter.

Erschrocken drehte Paige sich um, seufzte erleichtert, als sie ihn sah, und hob ihr Glas. »Setz dich, David. Was möchtest du?«

»Nichts, Danke. Aber ich glaube, du wirst gebraucht …« David winkte einem jungen Mann, der eine Barkeeperschürze trug und verzweifelt in ihre Richtung blickte.

Paige erhob sich. »Luke? Was gibt es? Entschuldigen Sie mich.«

Unschlüssig stand David vor ihnen und hatte nur Augen für Ally.

»Wo ist dein Hund?«, fragte sie.

»Er wartet an der Tür. Wir haben unsere abendliche Runde gedreht, und ich habe euch gesehen.« Er trug eine dunkle Wetterjacke, und seine Haare waren windzerzaust.

Nick hob sein Whiskyglas. »Der ist hervorragend. Mrs Darby sagte, dass Sie von Mull stammen?«

»Ja, das stimmt. Meine Eltern leben noch dort. Ein wunderbarer Ort. Ich wünschte, ich hätte bleiben können.«

»Warum sind Sie nicht geblieben?«, wollte Nick wissen.

»Mein Vater war Architekt. Ich wäre bei ihm eingestiegen, aber es gab einfach nicht genug Arbeit. Tourismus verändert alles …« David hob die Schultern.

Ally spürte, wie ihr unter seinem Blick die Röte in die Wangen stieg. Sie war kein Teenager mehr, doch seine Gegenwart verunsicherte sie. Es war nicht vorbei, obwohl es nie richtig begonnen hatte. Vielleicht gerade deshalb. Und genau aus diesem Grund sollten sie es dabei belassen.

»Ally, wenn es dir nichts ausmacht. Hättest du eine Minute für mich?« Seine Stimme war dunkel und rau.

»Wir, ich weiß nicht …« Unsicher sah sie zu Nick, doch der zuckte nur mit den Schultern.

»Geh nur, Ally. Mrs Darby kommt sicher gleich zurück. David wird dich nicht entführen, nehme ich an.« Es war scherzhaft gesagt, klang jedoch nach einer Warnung.

Ally erhob sich und ließ es zu, dass David ihre Hand ergriff und sie durch die Lounge zum Eingang führte, wo Henry sie erwartete. David öffnete die Tür, doch Ally zögerte.

»Ich habe keine Jacke. Können wir nicht drinnen bleiben? Was willst du mir überhaupt sagen?«

Wortlos zog David seine Jacke aus, legte sie Ally um die Schultern und schob sie nach draußen. Henry folgte ihnen und sprang auf den Holzsteg zu. Als David sagte: »Na, lauf zum Wasser!«, rannte der Hund mit großen Sätzen davon.

Der kühle Wind erfasste Ally, und schaudernd zog sie sich die noch warme Jacke richtig an. Erneut griff David nach ihrer Hand und führte sie über die Holzplanken durch die Dünen. Als ihre Füße den Strand berührten, blieb er stehen. Der Nebel hatte sich verzogen, und das Meer rauschte gleichmäßig auf den Strand. Hinter ihnen klang leise Musik aus dem Hotel, gedämpftes Gelächter und Gesprächsfetzen drangen zu ihnen herunter. Der Mond stand hell am wolkenlosen Nachthimmel, und Ally schlang die Arme um ihren zitternden Körper.

Er stand dicht vor ihr und erfasste eine Strähne ihres langen Haares, das der Wind aufwirbelte. »Du bist so schön, Ally, dass meine Erinnerung an dich dagegen verblasst.«

Sie senkte den Kopf. »Welche Erinnerung, David? Wir haben uns kaum gekannt. Es war …«

Doch ihre Worte blieben unausgesprochen, denn David zog sie an sich und küsste sie. Seine Lippen waren sanft, kosteten ihren Mund zärtlich, bis sie seinem Drängen nachgab und ihn öffnete. So hat es sich angefühlt, dachte Ally, bis seine Lippen fordernder wurden und jeden klaren Gedanken aus ihrem Kopf verdrängten. Atemlos machte sie sich von ihm los und starrte ihn wütend an. »Was fällt dir ein? Warum tust du das?«

»Warum?« Seine dunklen Augen funkelten, und es zuckte spöttisch in seinen Mundwinkeln. »Es war nichts damals. Das wolltest du doch sagen, oder?«

Sie zitterte noch immer, doch nicht die kühle Abendluft, sondern ihre Angst beherrschte sie. »Ja. Das wollte ich sagen. Nichts!« Mit klammen Händen entledigte sie sich seiner Jacke und drückte sie ihm in den Arm. »Es war nichts. Oder warum bist du nicht gekommen?«

Sie drehte sich um und rannte die Treppen hinauf, als wäre der Leibhaftige hinter ihr her. Was fiel ihm ein, sie einfach so zu überfallen, mit ihren Gefühlen zu spielen? Sie hasste sich dafür, dass sie überhaupt mit ihm gegangen war. Doch ihre Lippen brannten von seinem Kuss, und sie schmeckte ihn noch immer, hatte den Duft seiner Haut in der Nase und sehnte sich nach ihm. Diese Erkenntnis war schockierend, denn es bedeutete, dass sie nie über ihn hinweggekommen war. Was für ein Irrsinn! Das alles hier ergab keinen Sinn, konnte nur ins Unglück führen – genau wie damals.

In diesem aufgelösten Zustand wollte sie nicht zurück zu Nick. Sie schämte sich für ihre Schwäche, für Gefühle, die sie sich verboten hatte, die nicht sein durften, und lief direkt auf ihr Zimmer. Nachdem sie die Tür hinter sich ins Schloss geworfen hatte, lehnte sie sich dagegen und schloss die Augen. Alles, was sie sah, war Davids Gesicht – und Simon. Weinend sank sie in sich zusammen.

9

Aberaeron, August 2002

Er hatte noch nie eine Leiche gesehen. Mit zittrigen Händen umklammerte David das Lenkrad und fuhr los. Seine Augen füllten sich mit Tränen. Der Anblick des schmächtigen Jungenkörpers im Sand ging ihm nicht aus dem Kopf. Ausgerechnet Simon, dieser ungewöhnlich aufgeweckte kleine Kerl, den er sofort ins Herz geschlossen hatte. Vor seinen Augen verschwamm alles. David blinkte und fuhr an die Seite. Schluchzend sank sein Kopf gegen das Lenkrad.

Plötzlich klopfte es an seine Scheibe. David schreckte auf, wischte sich die Augen und kurbelte das Fenster herunter.

Connor Hewett, der Bootsbesitzer aus Aberaeron, sah ihn mit gerunzelter Stirn an. »Was ist denn los?«

Nachdem er sich geräuspert hatte, sagte David leise: »Es gab einen Unfall mit einem Toten, unten ...«

Weiter kam er nicht, denn die Stimme versagte ihm.

»Scheiße. Jemand, den du kennst?«

»Der Junge. Ihr Bruder. Du hattest uns gestern das Boot ...«, brachte David hervor.

Auf Connors zerfurchtem Gesicht kämpften Schock und Mitgefühl. »Verdammt! Wie ist er denn ...? Warum? Ich habe nur den ganzen Aufruhr hier gesehen, dachte, dass wieder mal ein Tourist zu weit rausgeschwommen ist, aber ...«

David lehnte sich zurück und sagte: »Ertrunken. Simon ist ertrunken.«

Hinter ihnen hupte jemand, und Connor drehte sich wütend um. »Fahr doch vorbei! Oder schaffst du das nicht? Hast wohl deinen Führerschein im Lotto gewonnen!« Dann klopfte er mit der flachen Hand auf Davids Wagendach. »Komm mit. Fahr mir hinterher.«

Keine Bitte, er befahl David einfach, ihm zu folgen, und da er sowieso nicht wusste, was er tun sollte, gehorchte David. Eine halbe Stunde später saß David mit einer Bierflasche in der Hand auf einer Holzkiste und starrte vom Pier in das trübe Wasser des Hafens von Aberaeron. Die Flut setzte gerade ein und drückte das Meerwasser über den Schlickboden.

Connor kam mit zwei weiteren Flaschen aus seiner Bootswerkstatt und setzte sich neben ihn. Wortlos stellte er eine Flasche neben David auf den Boden, nahm einen tiefen Zug aus der anderen und versank schweigend in den Anblick des Hafenidylls. Die Boote dümpelten wie immer auf dem Wasser, Touristen spazierten umher, Kinder lachten, aus einem Pub klang Musik zu ihnen herüber. Alles schien wie immer, und doch war alles anders. Der Tod hatte alles verändert.

»Du mochtest den Jungen«, stellte Connor fest.

David nickte, leerte seine Bierflasche und tauschte sie gegen die volle, die am Boden stand.

»Man kann nicht wissen, was das Schicksal für einen bestimmt hat«, sagte Connor.

»Komm mir nicht mit Glückskeksweisheiten!«, blaffte David ihn an.

»Da steckt aber eine Menge Wahrheit drin. Außerdem hast du noch nie jemanden sterben sehen.«

»Woher willst du das wissen?«

Als Connor nichts sagte, wandte David den Blick und erkannte in den Augen des nur wenig älteren Mannes tiefe, wissende Traurigkeit. »Man reagiert anders, wenn man erst einmal einen Freund an das Meer verloren hat. Es macht einen demütig.«

»Tut mir leid, Mann. Es war nur so ein furchtbarer Schock! Gestern sind wir noch zusammen rausgefahren! Er konnte schwimmen, verflucht, und sehr gut!«

Connor schüttelte den Kopf. »Das hat nichts zu sagen. Wenn dich da draußen irgendwas erwischt, du die Kontrolle verlierst, einen Krampf bekommst oder weiß der Teufel was, dann war's das. Das Meer ist eine tödliche Braut.«

»Seemannsgarn. Tödliche Braut. Warum bist du dann hier?«

»Wo sollte ich sonst sein?« Connor stand auf. »Noch eine?«

»Hast du nicht was Stärkeres?« Mit einem Zug leerte David seine Flasche, ließ sie auf die Kiste fallen und barg sein Gesicht in den Händen, damit Connor seine Tränen nicht sah.

Der Tod hatte nicht nur einen kleinen Jungen mitten aus dem Leben gerissen, er hatte eine Familie zerstört. Er hatte Hoffnungen, Sehnsüchte, die Zukunft unmöglich gemacht. Einfach so. Ohne Grund. Schicksal.

»Scheiß auf das Schicksal! Scheiß auf …«, murmelte David und sah auf, als Connor ihn an der Schulter berührte.

»Hier. Trink das. Ist die beste Medizin. Vielleicht kotzt du dich später weg, aber dann weißt du wenigstens, warum du dich beschissen fühlst.« Der lebenserfahrene Mann drückte David ein Glas mit einer goldfarbenen Flüssigkeit in die Hand.

»Auf die Besten, die immer zu früh gehen müssen!«, sagte Connor und stieß mit seinem Glas gegen Davids.

»Simon, wo immer du jetzt auch sein magst …« Der starke Whisky rann brennend seine Kehle hinunter und breitete sich mit einem wohlig wärmenden Gefühl im Magen aus.

»Hey, feiert ihr etwa ohne mich?«, rief hinter ihnen jemand.

Connor seufzte. »Das ist mein Bruder mit seinen Kumpels. Zu spät, um den guten Whisky noch zu verstecken. Was soll's. Alfie, was treibst du hier?«

Dass die beiden Männer Brüder waren, hätte man auf den ersten Blick nicht vermutet. Alfie war jünger, schmächtiger und sein Gesicht weich und von durchfeierten Nächten gezeichnet. Sein T-Shirt war fleckig und zerknittert, genau wie seine helle Stoffhose. Die Baseballkappe dagegen schien neu und zeigte das Emblem eines Rugbyteams.

»Die Lions haben gewonnen, Bruderherz. Das mussten wir feiern!« Alfie Hewett war ganz offensichtlich angetrunken, genau wie seine Kumpane, die mit einer Plastiktüte voller Bierdosen zu ihnen kamen.

Der Dickere der beiden grinste unaufhörlich und ließ sich mit einem plumpsenden Geräusch auf einen Haufen Taue fallen. »Connor, wir haben gewonnen! Aber du feierst schon ohne uns. Gib den Whisky her!« Herrisch streckte er die Hand nach der begehrten Flasche aus.

Nur widerwillig reichte Connor den edlen Tropfen weiter. »Jerry, beherrsch dich. Wir feiern nicht. Im Gegenteil.«

Der Dritte der Neuankömmlinge war ein finster wirkender Vollbärtiger, der David skeptisch musterte. »Wer ist das?«

»Tom, das ist David Gowans, und ich bitte euch jetzt um etwas mehr Benehmen, falls ihr überhaupt wisst, was das ist. David hat gerade einen Freund verloren«, erklärte Connor mit leicht drohendem Unterton, der die ausgelassene Stimmung der Sportfans zumindest dämpfte.

Der Bärtige wirkte wenig beeindruckt, murmelte kaum hörbar: »Beileid«, und griff nach der Whiskyflasche.

Alfie hingegen riss die Augen auf und legte David die Hand auf die Schulter. »Schlimm, Mann, wer denn?«

Connor erklärte kurz, was geschehen war, und sein Bruder biss sich auf die Lippen.

»Ich habe selbst kleine Kinder und kann's mir nicht vorstellen. Nein, will's mir nicht vorstellen. Manchmal könnte ich die Brut zum Teufel jagen, aber wenn sie mal nicht zu Hause herumschreien, fehlen sie mir.« Alfie zerdrückte eine Bierdose und warf sie achtlos hinter die Kisten.

Der dicke Jerry kicherte blöd, fing einen bösen Blick von Connor auf und hob die Hände. »Ist ja gut, spiel dich nicht auf, Connor. Du bist hier nicht unser Moralapostel! Bist auch nicht besser als wir, oder hast du vergessen …«

»Halt dein verdorbenes Mundwerk, Jerry, oder ich stopfe es dir mit dem Tau, auf dem dein fetter Hintern thront.« Connor entriss Tom die Flasche, in der nur noch wenig Whisky verblieben war.

Jerry machte eine affektierte Geste und fuhr sich anzüglich mit der Zunge über die fleischigen Lippen.

»Erspar uns das, Jerry Darling«, ätzte Tom und begutachtete die Boote und Motoren, die darauf warteten, von Connor repariert zu werden. »Was ist mit dem Diesel da? Wenn du den nicht verkaufst, nehme ich ihn. Könnte Teile für meinen Transporter gebrauchen.«

»Hmm, mal sehen. Ich sag's dir, wenn ich damit fertig bin. Wo habt ihr eigentlich den unvermeidlichen Rob gelassen?«

Alfie hob die Schultern. »Der musste ins Hotel, gab wieder Ärger. Armes Schwein, tauschen möchte ich nicht mit ihm.«

»Ach, der setzt sich schon durch. Der zeigt's uns allen noch, wetten?«, meinte Jerry und schlug sich auf den schwabbeligen Leib. »Ich habe Hunger. Wer kommt mit? Ich spendiere Fish and Chips für alle. Du auch, David? Essen hält Leib und Seele zusammen.«

David erhob sich. Sie meinten es gut, auf ihre Art, aber ihm war jetzt nicht nach der Art derben Humors zumute, den Connors Kumpane an den Tag legten. Connor war anders, mit ihm konnte man sich über die abstrusesten Dinge unterhalten und erhielt immer eine kluge Antwort.

»Tut mir leid, aber ich muss jetzt allein sein. Ist noch zu frisch. Danke, Connor.« David wollte Connor die Hand geben, doch der zog ihn kurz an sich und drückte ihn fest.

»So was braucht Zeit. Komm vorbei, wann immer du willst«,

sagte Connor, und sein wettergegerbtes Gesicht war voller Anteilnahme.

David spürte den lauernden Blick des Bärtigen im Rücken, als er ging. Dieser Tom verströmte eine provozierende Aggressivität, die ihm zuwider war. Es gab Menschen, mit denen man eine flüchtige Bekanntschaft pflegte, und dabei sollte es auch bleiben. Jerry war ein Original, so viel stand fest. Ob man ihn mochte oder nicht, war eine andere Sache. Und bei Alfie wunderte David sich, wie verschieden Brüder sein konnten. Aber vielleicht hatten sie verschiedene Väter? Möglich war alles. Und es ging ihn nichts an.

Die Hände in den Hosentaschen vergraben ging David am Pier den Hügel hinauf. Die bunten Häuser auf der rechten Seite strahlten fröhlich im Sonnenlicht. Zwischen den Bäumen hängten die Anwohner Lichterketten auf, denn heute Abend sollte ein Hafenfest stattfinden. Dort hätte er Ally treffen können. Er hätte ihr erklären können, warum er ihre Verabredung versäumt hatte, welche Bedenken ihn umgetrieben hatten. Und dass sie gegenstandslos wurden, wenn er sie sah.

Hätte, dachte David und hielt an der Brücke inne. Vor ihm auf der Hügelkuppe ragte der graue Kirchturm auf. Der Tod hatte all seine lächerlichen Bedenken sinnlos gemacht. Mit Simons Tod war Ally unerreichbar für ihn geworden.

Aberaeron, Mai 2012

Als er die Jacke überzog, hing der Duft ihrer Haare noch darin. Vielleicht bildete er sich das auch nur ein. Noch nie hatte ihn eine Frau derart fasziniert wie Ally. Seit er sie wiedergesehen hatte, war sie in sein Blut gekrochen, riss mit ihrem traurigen Blick an seinem Herzen. Es machte ihn verrückt, sie so leiden zu sehen, zu wissen, dass er eine Mitschuld daran trug. Er wollte sie trösten, sie in den Armen halten und ihr sagen, was sie ihm bedeutete. Dass sie etwas für ihn empfand, hatte dieser Kuss bewiesen.

Als er sie dort im Hotel mit Paige und diesem gutaussehenden Fotografen gesehen hatte, war er einem Impuls gefolgt. Es war nicht seine Art, sich Frauen aufzudrängen, und er hatte sie nicht erschrecken wollen. Nur Ally brachte ihn derart aus der Fassung, dass er zu übereilten Handlungen fähig war. Aber er bereute nicht, dass er sie mit an den Strand genommen und geküsst hatte. Vielleicht war das der einzige Weg, ihren Panzer zu durchbrechen. Er musste ihr Vertrauen gewinnen, ihr beweisen, dass Liebe größer war als Schuld. Genauso war es, denn wenn es nicht möglich war, was blieb dann noch?

Er pfiff nach Henry. Der braune Rüde kam mit wehenden Ohren auf ihn zugaloppiert und blieb hechelnd vor ihm stehen. David strich ihm über den Kopf. »Schöne Frauen sind gefährlich, mein Alter, aber diese hier ist etwas Besonderes. Ich habe Mist gebaut.«

Er seufzte. Sie hatte ja recht! Woher sollte sie wissen, dass er sie nicht genauso stehen lassen würde wie damals. Sie wusste ja nicht, warum er so gehandelt hatte. »Na komm, wir gehen nach Hause.«

David hatte sich ein kleines Cottage oberhalb des Hafens gemietet. Da er nicht gewusst hatte, wie lange er bleiben würde, hatte er sich nie um die Ausstattung des Hauses gekümmert. Das Haus gehörte einer Londoner Ärztin, die es von ihrer verstorbenen Mutter geerbt hatte. Da sie keine Zeit hatte, es als Wochenendhaus zu nutzen, hatte sie es generalüberholen und möblieren lassen. Für den Verzicht auf Plüschiges und Blumendekor war David dankbar. Weiß war die vorherrschende Grundfarbe, und praktische, moderne Möbel hatten seinen Zwecken genügt. Warum er jetzt über das Haus nachdachte? Nein, über ein Zuhause, korrigierte David sich und folgte einem Trampelpfad durch die Dünen, der ihn direkt auf den Hügel führte.

Er hatte Edinburgh verlassen, weil er nicht glücklich gewesen war. Der Umbau des Talbot war eine willkommene Gelegenheit gewesen, allem den Rücken zu kehren und neu anzufangen. Jetzt war das Hotel fertig, und er wusste nicht, ob er Roberts Angebot annehmen und weiter mit ihm zusammenarbeiten sollte. Er wusste nicht, ob er hierbleiben wollte, aber es zog ihn auch nirgendwo anders hin. Abgesehen von seinem Plan, irgendwann nach Mull zurückzugehen. Robert konnte seine Bedenken nicht verstehen und drängte ihn ständig, endlich zuzusagen. Und warum auch nicht? Seit Ally hier war, sah er den Ort mit anderen Augen.

Vor allem grübelte er ständig über Simons Tod nach. Das tat er zwar seit Jahren, doch nie so intensiv wie jetzt. Als er mit den Planungen für das Talbot begonnen hatte, war er als Erstes zu jener Bucht hinausgefahren, in der man Simon gefunden hatte. Er konnte bis heute nicht verstehen, wie der Junge, der sportlich und ein guter Schwimmer gewesen war, dort hatte ertrinken können.

Der Fußweg ging in ausgetretene Treppenstufen über. Rechts und links standen zumeist kleine Ferienhäuser, die zu dieser Jahreszeit wenig belegt waren. Dadurch war es hier oben ruhig, fast zu ruhig, dachte er, doch im Sommer konnte es ins Gegenteil umschlagen. Wenn die Touristen mit Kind und Kegel anrückten und bis spät in die Nacht im Garten Grillpartys veranstalteten, wünschte er sich die stillen Nächte der Vorsaison zurück.

»Stimmt doch, Henry, man ist nie zufrieden mit dem, was man hat. Selber schuld.« Doch Henry hatte eine Spur aufgenommen und verschwand in einer Einfahrt.

David kam nach weiteren fünf Minuten, die es steil bergauf ging, vor seinem Cottage an. Von der Rückseite ließen sich alle Häuser über eine Straße erreichen, wobei das ein Euphemismus war. Ein unbefestigter Weg, der sich bei zu viel Regen in eine gefährliche Piste für todesmutige Kamikazefahrer verwandelte, war die Zuwegung. Kurz nach seiner Ankunft war er selbst mit seiner Limousine einmal gefährlich ins Rutschen geraten. Daraufhin hatte er den eleganten Wagen schweren Herzens gegen einen Geländewagen getauscht. Heute lachte er darüber. Wertmaßstäbe verändern sich mit den Lebensumständen. Zumindest damit war er zufrieden. Er hatte seine Freiheiten hier draußen und genoss das ungezwungene Leben direkt am Meer.

David nahm den Schlüssel aus seiner Hosentasche und öffnete die Haustür. Kaum schwang die Tür mit einem leichten Knarren auf, war auch schon Henry zur Stelle. Schnurstracks lief der Hund in die Küche, schnappte sich einen bereits angenagten Büffelknochen und ging damit ins Wohnzimmer, wo er es sich auf einem alten Teppich vor dem Kamin gemütlich machte. David warf die Schlüssel in eine Schale im Flur, zog die Jacke aus, ließ sie auf einen Stuhl fallen und folgte Henry.

Das Haus war eher klein, aber es hatte durchaus Potenzial. Die Grundstücksgröße ließ einen Ausbau zu. Das Beste war der Blick von der Terrasse aufs Meer. Das nächste Haus lag so weit unterhalb des terrassenförmig abfallenden Gartens, dass die Aussicht nicht getrübt wurde. David öffnete die Terrassentüren und trat in die Nachtluft hinaus. Der Himmel war voller Sterne, und das Meeresrauschen war die schönste Musik, die er sich vorstellen konnte. Sein Schlafzimmer lag im ersten Stock, und er schlief immer bei offenem Fenster, so dass ihn morgens das Schreien der Möwen weckte.

Cardigan Bay war ein herrliches Fleckchen Erde. Abgesehen von den hässlichen Caravanplätzen. Daran würde er sich nie gewöhnen und hoffte, dass nicht noch mehr Flächen für die teils schäbigen Touristenvehikel freigegeben wurden. Wie überall wurde leider auch hier wirtschaftlicher Gewinn über den Erhalt der Natur gestellt. Wann würden die Menschen begreifen, dass sich über Jahrtausende gewachsene Ökosysteme leicht zerstören, aber nicht erneuern ließen? Der Tourismus spülte Geld in die Gemeindekassen. Das musste man akzeptieren, und immerhin gab es hier eine Reihe Naturparks und viele engagierte Naturschützer, die sich um Delphine und beinahe ausgestorbene Vogelarten wie den Rotmilan kümmerten. Das Gleichgewicht zu erhalten war das Geheimnis, dachte David, ging ins Haus und schloss die Terrassentüren zu.

Henry kaute hingebungsvoll an seinem Knochen, den er mit beiden Pfoten festhielt. David empfand die Gegenwart des Hundes als entspannend und hatte die Entscheidung für den Setter nie bereut. Natürlich bedeutete ein Hund Verantwortung, und er konnte nicht mehr einfach spontan in einen Flieger steigen. Aber er fühlte sich nicht eingeengt. Mit Mitte zwanzig hatte er anders gedacht. Jegliche Art von Verantwortung hatte ihm Angst gemacht. Er hatte geglaubt, er könnte etwas unglaublich Aufregendes verpassen, wenn er sich zu früh band.

Hatte es sich gelohnt? Er war sicher kein Kind von Traurigkeit gewesen, aber was war geblieben? Momente der Leidenschaft, Erinnerungen an oberflächliche Zärtlichkeiten. Vielleicht hatte sich die eine oder andere seiner Freundinnen mehr erhofft, doch richtig nahegegangen war ihm keine. Er hatte immer darauf gewartet, dass es jemanden geben würde, der seine Seele berührte. Jemanden wie Ally.

Nick fragte nicht, was geschehen war. Sie frühstückten und besprachen den Tagesablauf. Als sie im Wagen saßen und auf die Straße nach Norden fuhren, sagte er nur: »Treffen wir David heute Nachmittag wie geplant?«

»Sicher.« Ally würde sich nicht die Blöße geben und absagen. Energisch ließ sie das Seitenfenster herunter. »Sieh dir das an! Sonnenschein und blauer Himmel! Paige hatte recht!«

»Wenn man an der Küste lebt, kennt man die Vorzeichen. Obwohl ich nicht glaube, dass sie ewig in Aberaeron bleiben will. Wie sie über die einheimischen Freunde ihres Mannes hergezogen ist, war schon heftig«, meinte Nick.

»Ja, das fand ich auch nicht angebracht. Schon gar nicht uns gegenüber. Wir sind ja Fremde! Außerdem will ich gar nichts über ihre Eheprobleme wissen. Puh, aber einige Leute sind da ziemlich schmerzfrei. Die erzählen dir glatt ungefragt ihr ganzes Leben, und dann kannst du zusehen, was du damit anfängst.« Ally schob die Ärmel ihres Pullovers hoch und genoss die Sonne auf ihrer noch blassen Haut.

Nick grinste. »Oh ja, solche Leute habe ich auch schon zur Genüge getroffen. Die benutzen dich als Müllschlucker für ihren Psychomist. Am schönsten ist dann noch, wenn sie beleidigt sind, weil du nicht mitfühlend genug reagierst. Andererseits habe ich auf diese Art schon Geschichten gehört, die meine Berichte erst so richtig bereichert haben.« Er lachte. »Damit muss man rechnen, wenn man mit Journalisten redet.«

Ally fiel in sein Lachen ein und berührte kurz seinen Arm. Er machte es ihr leicht und bewies, was ein Freund wert sein konnte. »Mrs Darby sprach von Tom. Damit hat sie doch sicher den Mechaniker gemeint. Ich kenne Robert zwar nicht, aber es wundert mich schon, dass ihr Mann mit diesem finsteren Typen befreundet ist.«

Nick setzte den Blinker, ließ einen Lastzug vorbei und folgte dem Hinweisschild nach Morlan House. »Vielleicht ist er gar nicht so übel. Ich bin da eher vorsichtig. Sag mal, hat Chloe eigentlich noch mehr Infos geschickt? Sie wollte doch jemanden kontaktieren, der uns hier vor Ort trifft. Ich habe gestern versucht, sie zu erreichen, bin aber nicht durchgekommen.«

Ally holte ihr Handy hervor. »Habe ich dir das nicht gesagt? Tut mir leid.« David brachte sie völlig aus dem Konzept. Aber es war nicht nur David. Obwohl er ihr Innerstes in ein Gefühlschaos verwandelte, fühlte sie sich zum ersten Mal seit einer Ewigkeit wieder lebendig. Was sie verzweifeln ließ war die Tatsache, dass David und Simon untrennbar miteinander verbunden waren. Sobald sie an David dachte, wurde sie von Kummer und Schuldgefühlen übermannt. Es durfte einfach nicht sein.

»Chloe hat mir gestern ziemlich spät noch eine Mail geschickt.« Ally tippte auf das Display des Telefons. »Hier. Unser Ansprechpartner für Morlan House ist ein gewisser Ashton Iorwerth. Ich habe schon mehrfach versucht, ihn zu erreichen. Mal sehen, ob es jetzt klappt.«

Sie wählte, wartete und wollte gerade auflegen, als sich eine leise männliche Stimme meldete. »Helô?«

»Spreche ich mit Mr Iorwerth? Mein Name ist Carter vom Inside-Travel-Magazin. Mrs Parker hat uns angekündigt?«

Der Mann hustete und räusperte sich: »Morlan House. Ich kann Ihnen einige Geschichten dazu erzählen.«

Die Stimme des Mannes war so stark vom walisischen Dialekt gefärbt, dass Ally manche Worte kaum verstand. »Äh ja, das ist großartig. Wir sind auf dem Weg dorthin. Können Sie uns dort treffen? Haben Sie auch einen Schlüssel?«

»Heute? Jetzt? Liebe Frau, das kommt alles sehr überraschend. Ich bin in der National Library, in Aberystwyth.« Er hustete und machte weitere Geräusche, bei denen Ally das Telefon vom Ohr hielt und das Gesicht verzog.

»So weit ist das ja nicht von hier. Wir zahlen Ihnen auch eine Aufwandsentschädigung.« Das wirkte meistens.

Das Husten hörte auf. »Ich kann in einer Stunde bei Ihnen sein.«

»Sehr schön. Sie finden uns am Haus.«

Sie wartete, doch die Leitung war tot. Na wunderbar, das konnte ja ein netter Vormittag werden.

»Und?« Nick lenkte den Wagen über einen steinigen Feldweg, der vor einem Gatter endete.

»Auch den Bibliothekar lockt der schnöde Mammon mehr als die Gelegenheit, uns an seinem Wissen teilhaben zu lassen.« Sie knetete ihre Hände und starrte auf das Gatter. »Von hier aus müssen wir zu Fuß weiter.«

Er stellte den Motor ab, stieg aus und prüfte das Vorhängeschloss an dem verwitterten Gatter. »Nicht verrostet, aber auch nicht neu. Sieht nicht so aus, als würde hier oft jemand vorbeikommen.«

Ally hatte sich ihre Tasche umgehängt und zeigte auf einen Trampelpfad, der zwischen Gestrüpp und Bäumen um das einfache Gatter herumführte, das man zwischen zwei steinerne Pfeiler gesetzt hatte. »Ich weiß nicht. Sieh doch!«

Ob ihr Bruder damals auch hier entlanggegangen war? Sie schaute die Allee entlang, die sich durch verwilderten Parkbestand wand. Das Haus lag etwas unterhalb der Klippen, die man von hier aus nicht sehen konnte. Doch man hörte das Meer, hörte, wie sich die Wellen an den Felsen brachen und auf den Strand liefen.

Eine warme Hand legte sich auf ihre Schulter und drückte sie sanft. »Sollen wir?«, fragte Nick.

Sie nickte und stieg durch das kniehohe Gestrüpp. Im trockenen Gras lagen Papierreste von Schokoriegeln und ein Taschentuch.

»Ein Geisterhaus zieht doch Besucher an. Verstehe nicht, dass keiner es kaufen will.« Nick lief mit federnden Schritten neben ihr her und bewunderte die weitläufige Parklandschaft. »Schau, da unten ist ein See. Die hatten wirklich alles, was man so brauchte. Forellen, Wild aus dem Wald und unten den Strand.«

Sie hörte ihn und hörte doch nicht zu. Vor zehn Jahren war sie mit ihren Eltern hier gewesen. Es war am Tag nach Simons Tod. Die Polizei wollte wissen, warum Simon allein zu dieser Bucht gefahren war. Und sie wusste als Einzige, dass er sich für die Gralslegende von Morlan House interessierte. Als er sich an jenem Nachmittag von ihr verabschiedete und sagte, dass er etwas erledigen müsse, hätte sie ihn daran hindern müssen. Aber er war ein so kluger kleiner Bursche gewesen! Er kannte sich besser mit Museen und Archiven aus als manch ein Erwachsener. Ally umklammerte den Gurt ihrer Tasche fester.

Detective Miller war der leitende Ermittlungsbeamte gewesen. Ein vierschrötiger Mann um die sechzig, der mittlerweile pensioniert sein musste. Mit dem Gesicht einer schlechtgelaunten Bulldogge und seinem unsensiblen Vorgehen hatte er sich einen bleibenden Platz in ihrem Gedächtnis verdient.

Morlan House, August 2002

Ally stieg aus dem Wagen. Während der gesamten Fahrt hier heraus hatte keiner von ihnen ein Wort gesprochen. Die Augen ihrer Mutter waren rot und verquollen, die Miene ihres Vaters versteinert. Sie selbst hatte nicht in den Spiegel geschaut. Immer wieder drängten Tränen in ihre Augen, trockneten, bevor sie die Wangen hinunterlaufen konnten, genau wie ihr Schluchzen noch in ihrer Kehle erstarb. Es lag an den Blicken ihrer Eltern, die sie streiften, sie aber nicht wahrzunehmen schienen.

Nachdem die Sanitäter gestern Simons Körper – sie mied das Wort Leiche – davongetragen hatten, war sie zu ihrer Mutter gegangen. Doch als sie die Arme um ihre weinende Mutter gelegt hatte, war diese stocksteif stehen geblieben, hatte ihr nur kurz über den Rücken gestrichen und gemurmelt: »Ist gut, wir müssen jetzt alle damit fertig werden.«

»Es tut mir so leid, Mum, ich wollte doch nicht … Ich …«, hatte Ally geschluchzt, war jedoch von ihrem Vater unterbrochen worden.

»Nicht jetzt, Ally. Es ist passiert. Daran ändern auch Entschuldigungen nichts. Es ist schwer genug. Für uns alle.« Mit diesen abschließenden Worten hatte ihr Vater ihre Wange gestreichelt und sich dem Polizisten zugewandt, der auf ihn wartete.

Sie konnte den mürrischen Polizisten nicht ausstehen. Detective Miller war über sechzig und wirkte desillusioniert und unsensibel. Ausgerechnet mit ihm waren sie heute vor Morlan

House verabredet. Die Sonne brannte wieder vom Himmel und schien die Trauernden mit ihrem Strahlen zu verhöhnen. Sie warteten vor einem Gatter, das die Zufahrt zu einem alten Herrenhaus versperrte.

Ally sah sich um. Und hier sollte vor Hunderten von Jahren der Heilige Gral aufbewahrt worden sein? Sie trat gegen das Gatter und ließ den Blick über das weitläufige Anwesen streifen. Hätte sie gewusst, wie einsam es hier war, hätte sie Simon nicht allein gehen lassen.

Als hätte ihre Mutter ihre Gedanken gelesen, fragte sie: »Und du hast gewusst, dass Simon hier herauskommen wollte?«

Verzweifelt rang Ally die Hände. »Nein, ja. Ich wusste, dass er sich ein altes Haus ansehen wollte. Wegen der Gralslegende. Ihr wisst doch, wie er ist …«

Ihre Stimme versagte.

Ihre Eltern schwiegen und starrten auf das von Efeu überwucherte Haus, als könnte ihr Junge jeden Moment dort auftauchen.

»Er war verrückt nach allem, was mit Rittern und der Artussage zu tun hat«, sagte ihr Vater. »Ein cleverer Bursche. Jungs sind so. Wenn sie sich etwas in den Kopf gesetzt haben, ziehen sie los und tun es.«

»Er hätte niemals allein herfahren dürfen!« Ihre Mutter drückte sich ein Taschentuch gegen die Nase.

Ally war froh, als sie einen Wagen hörte. Selbst über Detective Miller freute sie sich in diesem Augenblick. Der Vorwurf in den Worten ihrer Mutter war unüberhörbar.

Miller parkte hinter dem Wagen der Carters. Er wischte sich mit dem Handrücken die Stirn, während er ausstieg und sich mit finsterem Blick umsah. »Meine Leute kommen später. Sie waren gestern schon hier wegen der Spurensicherung. Aber wir haben nichts gefunden. Vielleicht können Sie mir noch etwas sagen. Schaffen Sie das?«

Grace Carter schluchzte auf, und ihr Mann musste ihr beruhigend den Arm um die Schultern legen. »Ja. Bringen wir es hinter uns. Ich weiß zwar nicht, was das für einen Sinn haben soll, aber bitte«, sagte Harold.

Stan Miller griff in seinen Wagen und nahm eine Wasserflasche heraus. Nachdem er mehrere Schlucke getrunken hatte, verschloss er seinen Wagen und setzte eine verspiegelte Sonnenbrille auf. »Dann los.«

Miller hielt die Sträucher so, dass sie am Gatter vorbeigehen konnten, und ließ Grace und Harold Carter vorangehen. Wie selbstverständlich fiel er in Allys Schrittrhythmus und sagte: »Erzähl mir noch einmal, warum dein Bruder hergekommen ist.«

»Er, er interessiert sich für das Mittelalter, die Gralslegende …« Ally schluckte, doch Miller bohrte ungerührt weiter.

»Deshalb ist er hier in diese Bucht gefahren? Wie ist er hergekommen? Ihr wart zusammen am Strand von Aberaeron – und dann?«

»Ich wollte mich mit Freunden treffen«, log sie. »Simon hatte dazu keine Lust und wollte allein auf Entdeckungstour gehen. So was macht er öfter.« Flehentlich richtete sie den Blick auf ihre Eltern, doch weder ihre Mutter noch ihr Vater kamen ihr zu Hilfe.

»Wie darf ich das verstehen?«, wollte Miller wissen.

»Ich nenne Simon meinen kleinen Professor, weil er so klug ist … Er will, nein … er wollte Geschichte oder so etwas studieren.«

»Dein Bruder ist erst zehn Jahre alt. Das ist ungewöhnlich«, stellte Miller fest.

»Er weiß mehr über die Gralslegende als Sie und ich!« Ally wischte sich die Augen und sah den Detective wütend an.

Miller nickte. »Dann ist er wegen der Geschichten, die sich um den Kelch ranken, hergekommen. Morlan House ist dafür bekannt, dass der Heilige Gral dort aufbewahrt wurde. Und für seine Gespenster. War er dort mit jemandem verabredet? Das Haus steht leer. Man kommt da nicht so einfach hinein. Wir haben keine Werkzeuge in seinem Rucksack gefunden.«

»Simon würde niemals irgendwo einbrechen!«, entrüstete sich Ally.

»Wollte er jemanden treffen?«

»Nein! Er hat nichts gesagt, und das hätte er mir ganz sicher erzählt. Wir standen uns sehr …« Sie biss sich auf die Lippen.

»Vielleicht täuschst du dich. Kleine Jungs haben gern Geheimnisse. Ich muss das wissen. Ich habe selbst zwei zu Hause und war schließlich auch mal jung. Also, du weißt nichts von einem Freund, den er hier kennengelernt hat?«

»Nein!« Und das war die Wahrheit. Simon hatte nichts dergleichen erwähnt.

Das Herrenhaus lag nun direkt vor ihnen und wirkte unheimlich und verwahrlost. Ein faszinierender Ort für einen kleinen Jungen auf Entdeckungstour. Die hohen Fenster schauten blind über die alte Parkanlage, deren einstige Schönheit kaum mehr als eine Ahnung war. Hinter den Klippen rauschte das Meer. Vom Strand drangen nur die Schreie der Möwen herauf. Ein Windhauch fuhr durch die dichten Baumkronen und den Efeu und erzeugte ein leises Rascheln.

Harold Carter rang sichtlich um Fassung, als er die Absperrbanderole vom Vortag sah. »Keine Spuren?«

Miller schüttelte den Kopf. Im Schatten des zweistöckigen Hauses nahm er die Brille ab. »Keine Einbruchspuren, nichts. Sie wissen von keinem Bekannten Ihres Sohnes? Das wäre unsere einzige Spur, wenn es sich nicht um einen Unfall gehandelt hat.«

Ein erstickter Schrei entrang sich Grace' Mund. »Wieso sollte es kein Unfall gewesen sein? Er ist doch ertrunken!«

»Sicher, Mrs Carter. Davon gehen wir aus, aber wir müssen alle Möglichkeiten in Betracht ziehen. Und weil Ihr Sohn nun einmal allein hier war und ich schon ähnliche Fälle in meiner Laufbahn hatte, bei denen Jungs sich mit Männern getroffen haben, die …«

Grace' Augen weiteten sich, und ihre Lippen zitterten.

»Hören Sie auf!«, befahl Harold. »Simon war ein intelligenter Junge. So etwas Dummes hätte er nie getan. Er ist ertrunken, nachdem er sich hier umgesehen hatte. War es das, Detective? Ich möchte meine Frau von hier fortbringen, bevor sie einen Zusammenbruch erleidet.«

Als wäre ich gar nicht vorhanden, dachte Ally. Ihre Eltern hatten sie einfach aus ihrem Leben gestrichen.

Miller musterte die Carters. Unter seinen Achselhöhlen hatten sich bereits große Schweißflecke gebildet. Sein Blick blieb an Ally hängen, während er sagte: »Der Junge wird hier oben herumgeturnt sein, ihm wurde heiß, und er ging runter zum Schwimmen. Man kann sich leicht überschätzen in fremden Gewässern, und die Strömungen in dieser Bucht sind tückisch. So wird es gewesen sein.«

10

»Wow! Das ist noch viel schöner, als ich es mir vorgestellt habe!« Begeistert richtete Nick die Kamera auf die verwunschen anmutende Szenerie, die sich in einer Senke unterhalb der Klippen vor ihnen ausbreitete.

Es war zehn Jahre her, seit sie hier gewesen war, und sie hatte den Eindruck, dass die Bäume sich dem Haus genähert und ihre Wipfel schützend vor die Mauern gelegt hätten. Die Fassade wurde von dichtem Efeu überwuchert, nur das von Säulen getragene Dach über dem Eingangsbereich blitzte aus den Ranken hervor. Neben dem Eingang ragten zwei hohe eckige Fenster auf, die von Geschoss zu Geschoss etwas niedriger wurden. Das Gebäude war von klassizistischer Strenge, doch der wilde Efeu verlieh Morlan House etwas bizarr Romantisches.

Nick konnte sich gar nicht sattsehen und fand stets neue Motive, die er mit seiner Kamera festhielt. Langsam erarbeiteten sie sich so den verwilderten Garten, der einmal Teil einer prächtigen Parkanlage gewesen war. Ally stand auf der den Klippen zugewandten Seite des Hauses und betrachtete die Terrassentüren. Verwitterte Steinfiguren, die sich bei näherem Hinsehen als Löwen und Fabelwesen entpuppten, hockten am Rande der Terrasse und auf den Stufen. Langsam ging sie über den Rasen, der dringend gemäht werden musste. Das Grün war satt und üppig und mit winzigen weißen und gelben Blüten durchzogen. Man konnte noch erkennen, wo sich der Weg zu den Klippen durch Gestrüpp und Wald schlängelte.

»Ich hätte den Wald da vorn abgeholzt und den Blick aufs

Meer freigemacht!«, sagte Nick und trat zu ihr. »Wollen wir mal bis nach vorn gehen? Wir haben sicher noch etwas Zeit, bis dieser Bibliothekar hier aufkreuzt.«

Als sie den Klippenrand erreichten und Ally eine Hand auf das verrostete Geländer der schmalen Treppe legte, die zum Strand hinunterführte, wurde ihr Mund trocken. Mit brennenden Augen schaute sie auf die Bucht hinunter, in der einige Spaziergänger über den hellen Sand am Meer entlangliefen. Weiße Gischt spritzte an den Felsen hoch, die in etwa fünfzig Meter Entfernung aus dem Wasser ragten. Sie konnte die Strömungslinien auf dem Wasser sehen.

Nicks Gedanken schienen ähnliche Wege zu gehen. »Die Bucht ist nichts für Anfänger. Bei falschen Windverhältnissen und wenn die Ebbe einsetzt, kann es dir da die Füße unter dem Leib wegreißen.«

»Wäre das gefährlich für einen guten Schwimmer?«

»Sicher. Niemand ist auf alles vorbereitet. Du kannst einen Krampf erleiden, dehydriert sein, schwächeln – und schon zieht dich ein Strudel runter, du stößt gegen die Felsen und verlierst das Bewusstsein … Ally, hör auf, dir das Hirn zu zermartern! Das Schicksal jedes Menschen ist vorherbestimmt.«

Sie trat von der steil abfallenden Kante zurück und drehte sich zum Haus um, dessen hellgraue Mauern zwischen den Bäumen hindurchschimmerten.

»Dann war es mein Schicksal, meinen kleinen Bruder in den Tod gehen zu lassen …«

Ihre Beine fühlten sich schwer an, und ihre Füße schienen mit Bleigewichten an den Boden gefesselt. Sie fühlte sich alt, viel zu alt und müde. »Manchmal möchte ich nur schlafen und vergessen, Nick.«

»Ally, ich weiß nicht … So etwas darfst du nicht sagen.« Er sprang über einen Busch, stellte sich vor sie und sah ihr direkt in die Augen. »Du bist ein wunderbarer Mensch und …«

»Hallo! Sind Sie die Leute vom Magazin?« Ein älterer Mann mit einem weißen Stoffhut winkte ihnen von der Terrasse aus zu.

Nick hob seine Kamera und rief: »Mr Iorwerth?«

»Da fragst du noch?«, meinte Ally leise und winkte ebenfalls.

Während sie mit energischen Schritten auf die Terrasse zuhielten, klingelte Allys Telefon. »Ja?«

»Wo steckst du, Ally? Ist es wahr, dass du nach Cardigan Bay gefahren bist?« Die Stimme von Grace Carter klang leidend und vorwurfsvoll.

»Mutter, was für eine Überraschung. Wieso willst du das wissen? Es interessiert dich doch sonst auch nicht, was ich tue.« Sie fiel etwas hinter Nick zurück, der die Treppenstufen mit einem Satz nahm und Mr Iorwerth die Hand schüttelte.

»Sei nicht so bissig. Das habe ich nicht verdient.«

»Nein, du bist eine Heilige, Mutter. Damit kann ich schwerlich konkurrieren.«

Es hörte sich an, als schnaufte ihre Mutter. »Was ich tue, tue ich gern, und es ist meine Art, mit dem Verlust fertigzuwerden. Ich habe einen Weg für mich gefunden. Dein Vater auch …« Der beißende Sarkasmus war nicht zu überhören. »Er hat seine alte kaputte Familie einfach weggeworfen und eine neue gegründet.«

»Ach, du hast einen Weg gefunden?« Diesmal war es an Ally, ironisch zu sein, obwohl sie es nicht mochte. Sie wollte überhaupt nicht mit ihrer Mutter sprechen. »Was ist los?«

»Kann ich nicht einfach meine Tochter anrufen, wenn mir danach ist?« Grace klang jetzt weinerlich. »Ich habe die letzte Ausgabe des Magazins gelesen und war überrascht, was für einen schönen Artikel ihr über das Kinderdorf in Brasilien geschrieben habt.«

Sie brachte es einfach nicht über die Lippen! Ich habe den Artikel geschrieben, wollte Ally sagen. »Und deshalb hast du in der Redaktion angerufen, und sie haben dir gesagt, wo ich bin.«

»Ja.«

»Dann haben sie dir sicher auch gesagt, dass ich den Auftrag nicht annehmen wollte?«

»Nicht direkt, die Dame am Telefon klang gehetzt und meinte, dass du wohl erst nicht hattest fahren wollen. Aber nun bist du ja dort.«

»Ich hatte keine andere Wahl. Wäre ich nicht gefahren, hätte ich meinen Job verloren. Und mein Job ist das Einzige, was mir etwas bedeutet.«

Grace Carter schwieg, hüstelte und sagte schließlich leise: »Ich würde dich gern besuchen.«

»Was? Hier?«

»Ja.«

Warum jetzt nach all den Jahren des Schweigens, der stummen Vorwürfe? Wie sollte sie ihrer Mutter hier gegenübertreten, wo sie doch selbst noch nicht wusste, wie sie mit der Vergangenheit umgehen sollte? »Nein! Auf keinen Fall! Wir sind hier sowieso bald fertig, und ich muss jetzt arbeiten. Mach's gut, Mutter.« Sie beendete das Gespräch und steckte das Handy in ihre Tasche.

»Hallo, Mr Iorwerth, schön, dass Sie es einrichten konnten.« Sie streckte dem schlanken Mann, durch dessen gekrümmte Beine man einen Fußball hätte schießen können, die Hand entgegen.

Ashton Iorwerth trug einen schlabberigen weißen Hut, unter dem eine lange gebogene Nase sein spitzes Kinn überschattete. Hinter dicken Brillengläsern waren wache Augen in steter Bewegung. Er trug einen offenen beigefarbenen Blouson, ein graues Hemd und eine dunkle Hose, über deren Bund ein Bäuchlein hing, das im Gegensatz zu seinem eingefallenen Brustkorb seltsam deplatziert schien.

Ob sie ihn sympathisch fand oder nicht, war unwichtig, solange Mr Iorwerth interessante Informationen zu bieten hatte. »Iorwerth, das ist ein alter walisischer Name?«

Nick hantierte mit seiner Kamera und musterte sie aufmerksam. »Alles in Ordnung?«

»Ja.« Sie gab sich Mühe, möglichst unbefangen zu wirken.

»Einer der ältesten!«, sagte der Bibliothekar stolz. »Iorwerth besteht aus zwei Wortstämmen, aus dem walisischen Wort *ior* für Lord und *berth* für hübsch. Im Mittelalter war das ein gebräuchlicher Name.«

»Der hübsche Lord, na, wenn das kein Name ist!« Nick lachte, doch Ashton Iorwerth musterte ihn beleidigt.

»Mein Vorfahr hat sich diesen Namen verdient. Damals war das so, man bekam den Namen, der einem gebührte. Heute ist doch alles so gleich und oberflächlich.« Iorwerth kniff angriffslustig die schmalen Lippen zusammen.

»Ich bin jedenfalls froh, dass ich Nick heiße und nicht ›der Blonde, der lieber surft als arbeitet‹.« Nick lachte und hielt seine Kamera auf Iorwerth, der vor den Terrassentüren stand.

»Lassen Sie das. Ich möchte nicht fotografiert werden!«, schimpfte der Bibliothekar.

»Oh, kein Problem. Ich werde das Bild nicht verwenden. Die meisten haben nichts dagegen, aber wir holen uns sowieso immer eine Genehmigung, bevor wir ein Bild veröffentlichen«, sagte Nick.

Ally nahm ihr kleines Aufnahmegerät aus der Tasche. »Ich hoffe, Sie erlauben, dass ich Ihre Ausführungen zu Morlan House aufzeichne? Es ist einfacher, wenn ich nicht alles mitschreiben muss.«

»Ja, ja, aber wenn Sie mich zitieren, möchte ich vorher lesen, was Sie mir in den Mund legen.« Iorwerth klopfte gegen seine ausgebeulte Jackentasche, dass es klimperte. »Ich schlage vor, dass wir zuerst hineingehen und das Tageslicht nutzen, denn der Strom ist abgestellt. Anschließend kann ich Ihnen draußen noch das Eishaus zeigen.«

»Kein Strom? Verdammt, das gibt Belichtungsprobleme …«

Nick verstaute seine Kamera in seinem Rucksack. »Ich habe eine batteriebetriebene Lampe im Wagen. Ally, nimmst du meine Tasche mit hinein? Ich bin gleich bei euch.«

Belichtungsprobleme kümmerten Iorwerth nicht. Er stieg die Stufen hinunter und verschwand hinter einem Oleander, der an der Hauswand stand. »Kommen Sie jetzt?«, rief der Bibliothekar ungeduldig.

»Bis gleich. Der Kerl ist gruselig, oder?«, meinte Ally verhalten.

»Das Horrorkabinett von Doktor Parnassus ist nichts dagegen.« Nick zwinkerte ihr zu und machte sich auf den Weg zu ihrem Wagen.

Mit einem Stoßseufzer folgte Ally dem Bibliothekar und fand ihn wartend vor dem Seitenflügel, der einmal den Wirtschaftstrakt des Anwesens beherbergt haben musste. Eine massive, mit Metallbeschlägen verstärkte Tür wurde von vergitterten Fenstern flankiert.

»Hier sind Küche und Vorratsräume. Sie werden überrascht sein, wie groß alles ist. Und dann erst die Kellergewölbe, dafür ist das Haus berühmt.« Iorwerth schloss die Tür auf und musste kräftig ziehen, bevor sie quietschend aufschwang.

»Wer kümmert sich um das Haus?«, fragte Ally und folgte dem Mann ins Halbdunkel eines Korridors, dessen Steinfußboden alt und ausgetreten war.

»Bis vor einem Jahr gab es noch einen Fonds des letzten Besitzers, aus dem notwendigste Instandhaltungsmaßnahmen finanziert wurden. Damit ist es vorbei. Aber der National Trust hat Interesse bekundet, und es gibt wohl auch einen finanzkräftigen Investor, der ein Hotel aus dem Haus machen will. Das wäre nicht das Schlechteste.« Er ließ sie in eine riesige Küche treten. »Ich persönlich finde es immer schön, wenn ein Haus lebt. Wenn darin gelebt wird. Schließlich ist es dafür gebaut worden. Stellen Sie sich mal vor, wie hier das Essen für hundert Gäste der feinsten Gesellschaft vorbereitet worden ist – auf Holzfeuer!«

Ally strich über eine dicke Eichentischplatte, der man ansah, dass darauf gearbeitet worden war. An den Wänden standen Holzbänke, überall hingen Haken mit historischen Küchenutensilien von der Decke, aber am meisten beeindruckten sie der alte Herd und die mannshohe Feuerstelle. »Da hat man wohl ein ganzes Schwein am Spieß geröstet ...«

Iorwerth zog den Hut vom Kopf und kratzte sich hinter einem Ohr. Graublonde Haarsträhnen bedeckten seinen kantigen Schädel spärlich. »Hirsch und Wildschwein standen bevorzugt auf dem Speiseplan der Jones of Paith. Dort drüben hingen die Fasane und Kaninchen, welche die Pächter und Jäger für die Herrschaft jagten.«

»Was war das für eine Familie? Stammten sie von hier?«

»Oberst John Jones of Paith hat im siebzehnten Jahrhundert Charles I. während des Bürgerkrieges unterstützt und wurde mit Grundbesitz hier an der Küste entlohnt. Er hat mit dem Umbau des ursprünglichen kleinen Landhauses begonnen. Bitte, folgen Sie mir.« Iorwerth bewegte sich trotz seiner krummen Beine sicher durch das Halbdunkel der Räume.

Nach einer Reihe von Wirtschaftsräumen gelangten sie in den ersten kleinen Salon. »Hier gibt es nicht viel zu sehen. Gehen wir weiter in den blauen Salon. Eigentlich ist es ein Wintergarten. Sie haben die Terrassentüren von draußen gesehen.«

»Ist das Mobiliar noch original?«, fragte Ally, die sich fragte, ob ihr Bruder damals im Haus gewesen sein mochte.

»Teilweise. Es ging auf und ab mit den Jones. Die Töchter des Obersten machten gute Partien, und es war einer ihrer Enkel, der in der zweiten Hälfte des achtzehnten Jahrhunderts das heutige Morlan House baute. Richard Owen Jones verpflichtete berühmte Landschaftsgärtner und den Architekten Thomas Baldwin, der übrigens mit dem jungen John Nash zusammenarbeitete.«

Iorwerth redete weiter. Nash, Ally klang der Name in den

Ohren. David hatte ihr zum ersten Mal von Nash berichtet, damals in Llanerchaeron. Langsam ging sie in den blauen Salon und war gefangen von der morbid romantischen Atmosphäre des einstmals beeindruckenden Raumes. Jetzt hingen verschlissene Vorhänge an den Fenstern, und Spinnweben zogen sich aus den Ecken über Bilderrahmen und herunterpellende Tapeten. Durch das verzogene alte Glas fiel das Sonnenlicht gebrochen in den Raum, und die tanzenden Staubkörner schienen sich zu verdichten. Ally hustete und rüttelte an einem Türknauf, der sich nicht drehen ließ.

»Warten Sie!« Der Bibliothekar ging zu einem Bücherregal, griff zielsicher in eines der leeren Fächer und hielt triumphierend einen kleinen, altmodischen Schlüssel in die Höhe. »Damit sollte es gehen.«

Sobald er die Flügeltüren nach außen aufgestoßen hatte, holte Ally tief Luft. »Das ist besser! Ich hatte das Gefühl, ersticken zu müssen!«

Der ältere Mann lächelte beinahe diabolisch, wie Ally fand, und sagte mit heiserer Stimme: »Vielleicht hat einer der Geister Sie heimgesucht!«

»Hören Sie auf damit!«, erwiderte sie schärfer als beabsichtigt. Er machte diese Scherze wahrscheinlich bei jeder Führung.

Pikiert verzog er das Gesicht. »Den Kindern gefallen diese Geschichten, und ich dachte, Sie wollten alles über Morlan House wissen?«

»Verzeihen Sie. Die letzten Tage waren anstrengend.« Er konnte schließlich nicht wissen, dass sie von ihren eigenen Geistern verfolgt wurde. Sie hielt das Aufnahmegerät in seine Nähe. »Bitte, erzählen Sie mir von den Geistern, die hier umgehen sollen. Und natürlich möchte ich alles über den Heiligen Gral wissen, der hier aufbewahrt wurde.«

Iorwerth kniff die Augen zusammen und murrte: »Was wollen nur alle mit diesem Kelch … Von allen Legenden, die sich um dieses Haus ranken, ist das die am wenigsten gesicherte. Ich bin wahrlich kein leichtgläubiger Mensch und habe es auch nicht mit der Kirche, aber wenn ich an etwas glauben sollte, dann eher an den Geist von Lady Isabella als daran, dass der Heilige Gral hier versteckt war.«

Kaum hörbar murmelte Ally: »Mein Bruder hat daran geglaubt.«

Iorwerth mochte fast so blind wie ein Maulwurf sein, doch er hatte Ohren wie ein Luchs. »Kleine Jungen haben eine Vorliebe für diese Geschichte. In all den Jahren, die ich hier schon Leute herumführe, waren es immer die Jungen, die mich mit Fragen nach dem Gral gelöchert haben. War ich in dem Alter genauso? Ich vermute es.« Er lachte, was sich eher wie ein trockenes Meckern anhörte.

Unwillkürlich zuckte Ally zusammen. Kleine Jungen, hatte er gesagt, doch sofort verwarf sie den Gedanken, dass Simon sich hier mit diesem schrulligen Kerl getroffen haben könnte.

»Immerhin leben wir im Land von König Arthur! Aber zurück zu den Geistern von Morlan House. Lady Isabella ist ein recht junger Geist. Sie war Amerikanerin und kam 1921 als zweite Frau des damaligen Lord Edward hierher. Sehen Sie dort das Porträt?«

Ally drehte sich zur gegenüberliegenden Wand und fand sich einem schönen Frauenantlitz gegenüber. Schwarze Haare waren in Wellen um ein ovales Gesicht mit vollen Lippen und melancholisch dunklen Augen gelegt. Ihr Teint war samtig und von einem hellen Olivton. »Amerikanerin? Sie hat etwas Südländisches …«

»In ihren Adern floss mexikanisches Blut. Sie war leidenschaftlich und temperamentvoll und liebte Partys. Lord Edward hat sie vergöttert und gab oft Feste hier im Haus. Edward hatte in Amerika ein Vermögen mit einer Silbermine gemacht und lud Künstler von überall ein. Musiker und Dichter gingen hier ein und aus, und manches Drama ist wohl von diesem Haus inspiriert worden.«

Vorsichtig strich Ally über den verblichenen Brokatstoff eines Sessels. Die Goldfäden lösten sich aus dem feinen Gewebe, doch die Qualität des edlen Stoffes war noch zu erkennen.

»Edward war ein typischer reicher Aristokrat, er nahm sich, wonach ihm der Sinn stand. Dass seine junge Frau eifersüchtig war, interessierte ihn nicht. Er las ihr jeden Wunsch von den Augen ab, nur treu sein konnte er nicht. Isabella wurde immer trauriger und verlor ihre Lebensfreude. Sie hatte Heimweh nach ihrer Familie und ihrem Land, und das feuchte Klima bekam ihrer Gesundheit nicht. In einer kalten Dezembernacht fand wieder einmal eine Party in Morlan House statt, und Edward tanzte und flirtete mit einer jungen Engländerin. Isabella, die nur noch ein Schatten ihrer selbst war, verließ das Haus durch diese Türen hier und spazierte in ihrem dünnen Ballkleid zu den Klippen. Ihr Verschwinden wurde zu spät bemerkt. Edward fand sie völlig verfroren am Klippenrand stehend. Der eisige Westwind hatte alle Farbe aus ihrem schönen Gesicht geblasen, und ihre Lippen waren blau vor Kälte.«

»Wie traurig«, murmelte Ally und fügte beiläufig hinzu: »Machen Sie solche Führungen öfter?«

Iorwerth antwortete nicht, vielleicht hatte er ihre Frage auch gar nicht mehr gehört, denn Nick kam mit seinem Equipment herein. Der Fotograf hatte sein Stativ, einen mobilen Scheinwerfer und einen silbernen Schirm mitgebracht.

»Mach ein Foto von dem Porträt dort, bitte«, bat Ally.

Iorwerth breitete die Hände aus. »Lord Edward trug seine entkräftete Frau ins Haus zurück, wo sie wenige Tage später starb. Seitdem wurde sie von verschiedenen Gästen und Bewohnern des Hauses im blauen Salon und auf den Klippen gesehen.«

»Und ist denen, die sie gesehen haben, etwas zugestoßen?«, fragte Ally.

»Außer einem Schock nichts, soweit ich weiß. Es gibt aber noch einen Geist, der mit einer Kerze die Treppe auf und ab geht. Er wird der Todesbote genannt, denn jedes Mal nach seinem Auftauchen starb ein Jones of Paith.«

»Gibt es ein Buch über dieses Haus?«

Iorwerth blieb vor dem Porträt von Lady Isabella stehen. »Nein. Ich habe vor Jahren ein Heft über Morlan House herausgebracht. Da gab es mal ein Sponsoring für Regionalgeschichte. Auch über Llanerchaeron habe ich geschrieben und die Ruine von Strata Florida, womit wir eigentlich bei der Gralslegende wären. Aber das würde ich Ihnen gern unten im Keller erzählen.«

»Nick, kommst du?« Ihre Stimme zitterte ein wenig, und Nick packte seinen Scheinwerfer und folgte ihr.

11

Robert, komm rein!« David hielt seinem Geschäftspartner und Freund die Haustür auf. Es war kurz nach Mittag, und das Wetter war so unerwartet schön, dass David überlegt hatte, Connor einen Besuch am Hafen abzustatten. Wenn er ihm einen besonderen Malt Whisky mitbrachte, würde Connor mit ihm zum Angeln rausfahren. Aber so wie Robert aussah, würde daraus nichts werden.

»Was ist los?«

Robert Darby hatte die vierzig überschritten, und die Geheimratsecken im kurzen dunkelblonden Haar ließen seine Stirn höher erscheinen. Er hatte ein schmales Gesicht mit einer geraden Nase, die etwas zu breit war, und einen weiten Mund, der gern lachte. Was die Frauen am meisten anzog, waren seine grünen Augen, unter denen heute dunkle Ränder lagen. Auch die Falten um Nase und Mund schienen tiefer. Robert wirkte müde und seine Bewegungen fahrig.

»Hast du einen Schluck für mich?«

»Wasser? Bier?«, bot David an und ging in die Küche.

»Nein, etwas Stärkeres. Gott, was für eine Woche …«

David kam mit einem Whiskyglas, in dem zwei Eiswürfel in einer Daumenbreite goldgelber Flüssigkeit schwammen, ins Wohnzimmer. »Bitte.«

Robert ließ die Eiswürfel klimpern, bevor er einen Schluck nahm. »Paige meint, ich solle mich mehr auf das Talbot konzentrieren. Aber sie macht das großartig. Was soll ich ihr da reinpfuschen?«

»Sie fühlt sich alleingelassen, Robert. Du bist viel unterwegs.« David öffnete die Terrassentür und ließ Henry herein, an dessen Pfoten feuchter Sand klebte.

Das hielt den Setter jedoch nicht davon ab, sich auf Robert zu stürzen, der abwehrend die Arme hob. »Bitte, David, nimm ihn weg. Wie erträgst du nur dieses sabbernde Riesenvieh?«

David schnalzte leise mit der Zunge. »Henry, komm her!«

Der Hund schaute noch einmal interessiert nach den erhobenen Armen des Neuankömmlings, schnupperte und ging zu David.

»Er macht das nur, wenn du mit den Armen herumwedelst wie ein Ertrinkender«, verteidigte David seinen Hund.

Robert verzog missmutig das Gesicht. »Er soll mich einfach in Ruhe lassen. Ich hab Hunde noch nie leiden können.«

David grinste schief. Sie kannten sich seit Jahren, doch im Grunde hatten sie sich erst durch den gemeinsamen Hotelumbau richtig kennengelernt. Robert konnte sehr unterhaltsam sein, und David mochte die kleine Rosie. Paige war anstrengend, aber er verstand, dass sie sich ihr Leben anders vorgestellt hatte, als sie Robert heiratete. Es war eben alles nicht so einfach.

»Hey, jetzt sei nicht beleidigt, okay? Henry ist ein schöner Hund, aber ich bin mal gebissen worden. Das sitzt tief.« Robert Darby grinste und leerte sein Glas.

»Schon in Ordnung, Rob. Da du nicht bei mir einziehen willst, sollte Henry kein Trennungsgrund für uns sein … Noch einen?« David holte die Whiskyflasche von einer Anrichte und entkorkte sie.

»Danke. Das ist genau das, was ich brauche. Ich will dich nicht mit meinen privaten Problemen belasten, aber kaum komme ich nach Hause, werde ich schon von Paige mit Vorwürfen überhäuft! Für wen mache ich das denn alles? Doch auch für sie!«, entrüstete sich Robert und ließ sich in das weiche Sofa sinken.

»Wirklich? Bist du da ehrlich? Machst du es nicht auch für

dich, weil du gern unterwegs bist?« David sah auf die Uhr. »Ich kann uns ein Sandwich machen, oder wir gehen zu Louna und Owen.«

»Ein Sandwich reicht völlig. Ich will einfach mal niemanden sehen. Du hast ja recht, natürlich bin ich gern unterwegs. Aber das war ich immer! Sie wusste doch, dass ich nicht wie mein Alter enden will …«

Sein Vater Rhys war ein wunder Punkt bei Robert. In einer langen Nacht, nachdem das Aufsetzen des neuen Dachstuhls auf dem Talbot gebührend gefeiert worden war, hatte Robert seinen Freund ins Vertrauen gezogen. David mochte es nicht, wenn man ihm Geheimnisse anvertraute, und am wenigsten wollte er Einblick in die zerrütteten Familienverhältnisse seiner Bekannten haben. Er hatte die Erfahrung gemacht, dass man dann bei nächster Gelegenheit leicht um Rat gefragt wurde, und wenn sich dieser als falsch erwies, bekam man die Schuld an der Katastrophe.

Talbot Hotel, 2010

David und Robert saßen nebeneinander auf dem Baugerüst. Die letzten Gäste fuhren oder gingen, wenn sie noch laufen konnten, nach Hause. Tom Paskin war so betrunken, dass er sich vom fetten Jerry unter den Arm greifen und mitschleifen ließ. Unter dem Baugerüst blieben die beiden stehen.

»Rob, kommst du mit? Wir machen noch einen drauf!«, rief Jerry.

»Wie wollt ihr das denn machen? Ihr könnt ja kaum noch stehen!« Robert lachte.

Tom hob den Kopf und stierte sie aus glasigen Augen an. »Hast du eine Ahnung, was wir noch alles können …«

Seit ihrer ersten Begegnung hatte sich Davids Abneigung Tom gegenüber nicht geändert. Er konnte dessen unterschwellig bedrohliche Art einfach nicht leiden. Sie waren noch nicht aneinandergeraten, und wahrscheinlich tat er ihm unrecht, aber Toms ewig finstere Miene und seine negativen Bemerkungen gingen ihm gegen den Strich.

»Sei doch kein Spielverderber! Na los, komm schon, Rob. Wie in alten Zeiten!« Jerry machte eine anzügliche Bewegung mit Hand und Hüfte.

»Es ist spät. Ehrlich, Rob, wenn du noch mit deinen Kumpels losziehen willst … kein Problem.« David machte Anstalten aufzustehen, wurde jedoch von Robert am Arm zurückgehalten.

»Heute nicht, Jungs. Ich werde langsam zu alt für solche Ausflüge. Außerdem bin ich ein verheirateter Mann. Habt ihr das vergessen?«, flachste Robert, doch mit hörbarem Nachdruck in der Stimme.

Es ging um mehr als einen Zug durch die Pubs, das spürte David. Diese Männer verband etwas anderes, Verbotenes vielleicht, jedenfalls etwas, das Ehefrauen nicht gutheißen würden. Aber das war nicht sein Problem. Was auch immer diese Kerle teilten, er wollte ihre dunklen Geheimnisse nicht wissen. Das war noch nie seine Sache gewesen. Er kannte genügend Männer in guten Positionen mit großem gesellschaftlichem Ansehen, die sich heimlich exzessiven Leidenschaften hingaben. Und irgendwann kam es immer heraus. Dann zerbrachen Ehen, Familien, und Kinder litten.

»Na komm, Jerry, wir können uns auch allein amüsieren.« Arm in Arm wankten die beiden ungleichen Gestalten davon.

Robert rief den beiden nach: »Passt auf, Jungs, dass ihr nicht in den Hafen fallt!«

»Mann, wir sind doch keine dämlichen Touristen. Hier würde ich blind und mit vier Promille nach Hause finden«, brüllte Jerry, kam dabei aus dem Gleichgewicht und torkelte mit Tom bedenklich nah an der Kaimauer entlang.

Robert lachte. »Wo ist eigentlich Alfie?«

»Der schläft am Strand seinen Rausch aus. Connor hat ihn vorhin dort gesehen«, antwortete David und sagte nach einer Weile einvernehmlichen Schweigens: »Wir können ziemlich stolz auf uns sein, Rob!«

Die Finanzierung hatte lange Zeit auf wackeligen Beinen gestanden, denn kaum eine ansässige Bank traute dem Sohn von Rhys Darby zu, den Karren aus dem Dreck zu ziehen. Rhys hatte das Hotel von seinem Vater geerbt. In den Anfangsjahren hatten er und seine Frau sich vor allem mit dem Restaurant über Wasser gehalten. Esme Darby war eine gute Köchin, und vom Restaurant und der Terrasse hatte man einen schönen Blick über den Hafen und auf die Dünen. Doch Rhys war ein jähzorniger und gewalttätiger Mann, der beim kleinsten Anlass die Fäuste sprechen ließ. Sein Vater war ebenfalls als Choleriker verschrien gewesen, was keinesfalls als Entschuldigung für Rhys gelten sollte.

Als Esme schwer krank wurde und nicht mehr kochen konnte, war Rhys allein im Hotel und verfiel dem Alkohol völlig. Zudem zockte er mit zwielichtigen Gesellen und trieb sich in Wettbüros herum. Was das Hotel an Gewinn erwirtschaftete, trug Rhys an den Spieltisch und zu Geldverleihern.

»Ja, du sagst es, David. Das hätte sich mein Alter nicht träumen lassen.« Robert hob seine Bierflasche zum sternenklaren Nachthimmel hinauf. »Mögest du dich im Grab umdrehen, du alter Drecksack!«

»Hey, er hätte sich gefreut, wenn er sehen könnte, was du aus dem heruntergekommenen Kasten gemacht hast!«

Robert drehte langsam den Kopf und sah David ernst an. »Nein, das hätte er nicht. Er hätte alles kaputtgemacht. Er hat immer alles kaputtgemacht. Das war das Einzige, was er konnte. So war mein Vater, David. Ich beschönige nichts, nur weil er tot ist. Rhys war ein Säufer, ein Schläger, ein Spieler und ein Hurenbock. Weißt du, was er zu meiner Mutter gesagt hat, als sie krank wurde? Sie saß da ganz blass und dünn in ihrem Sessel. Der Arzt hatte ihr gerade eine Spritze gegeben. Mein Vater war natürlich betrunken und nannte meine Mutter eine faule Schlampe, die sich nicht so anstellen sollte. Es war widerwärtig. Ich war vierzehn und nicht so kräftig wie mein Vater. Als ich mich vor Mutter stellte, um sie zu verteidigen, hat er mir sein Bier ins Gesicht gekippt und gelacht.«

»Hatte deine Mutter keine Verwandte, zu denen sie mit dir hätte gehen können?«

Abwesend schüttelte Robert den Kopf. »Das hätte sie nie getan. Sie hat sich nicht gegen ihn gewehrt.«

David warf seine Bierflasche in einen der Container, die rings um das Hotel standen. Warum ließen Menschen das mit sich machen? Er selbst war in einer Atmosphäre von Liebe und Respekt aufgewachsen. Bei den Gowans ging man offen miteinander um und sprach über alles, was einen bewegte. Man brachte die Dinge auf den Tisch und musste keine Angst haben, dafür bestraft zu werden. Nein, er konnte nicht verstehen, wie es in jemandem wie Robert oder seiner Mutter aussehen musste. Es gab viele Arten von Abhängigkeit und tausend Gründe, Erniedrigungen zu ertragen. Er kannte die ganze Geschichte nicht, und bei Gott, er wollte nicht alle hässlichen Details wissen.

»Du hast es ihm gezeigt, Rob! Außerdem hast du eine tolle Frau geheiratet, und ihr habt eine süße Tochter. Nenn dich einen reichen Mann!« David stand auf und hielt seinem Freund die Hand hin. »Na komm, lass uns nach Hause gehen.«

Robert nickte schwerfällig, überlegte, dann zog ein breites Grinsen über sein Gesicht. »Hast du das dumme Gesicht von Kinsey gesehen? Der beißt sich wahrscheinlich vor Wut in den Hintern, dass nicht er mir den Kredit gegeben hat, sondern die Scottish National.«

Etwas wackelig stand er neben David auf den Brettern des Gerüsts.

»Was hast du erwartet? Die Schotten haben eben mehr Weitblick. Überhaupt sind Schotten schlauer, machen bessere Musik und …«, zog David seinen Freund auf und flüchtete, bevor Robert ihn packen konnte.

Lachend polterten sie die Stiegen hinunter, und bevor sie sich trennten, schlug Robert David auf die Schulter. »Danke, Mann, für alles!«

»Und vergiss mein Honorar nicht!«

»Ich dachte, das wäre ein Freundschaftsdienst gewesen.«

»Bei Geld hört die Freundschaft auf, vor allem für einen Schotten!«

David lächelte in Erinnerung an damals in sich hinein. Während er die Zutaten für Schinkensandwiches aus dem Kühlschrank nahm, fragte er: »Wie geht es deiner Mutter, Rob?«

»Gut. Sie fühlt sich wohl dort. Paige beschwert sich zwar immer bei den Schwestern, dass Esme zu dünn sei. Aber sie war immer dünn, war immer eine mäkelige Esserin. Nein, es geht ihr gut dort. Wir könnten uns nicht so um sie kümmern.«

Esme Darby, die kränklich geblieben war, lebte seit dem Tod von Rhys in einem privaten Altersheim, nur wenige Meilen nördlich von Aberaeron. David konnte sich seine Eltern nicht in einem Pflegeheim vorstellen und hoffte, dass sie noch lange so gesund und agil blieben. Und warum auch nicht, dachte er, sein Großvater spielte mit vierundachtzig immer noch Golf, und seine Großmutter leitete den Ladies Rotary Club in Oban. Rob und Paige könnten sich mehr um die Mutter kümmern, wenn Paige nicht dauernd im Hotel und Rob öfter vor Ort wäre, dachte David, bestrich die Brotscheiben mit Senf und schichtete abwechselnd Schinken, Salatblätter und Tomatenscheiben darauf.

»Das sieht zwar nicht besonders aus, aber es schmeckt.« Er stellte einen Teller vor Robert auf den Couchtisch und setzte sich mit seinem Teller in einen Sessel. Eine Schinkenscheibe gab er dem bereits wartenden Henry.

»Du verwöhnst den Hund!«, nörgelte Robert.

»Ich habe keine Kinder, also verwöhne ich meinen Hund. Iss, bevor Henry fertig ist und zu dir kommt.«

»Das würde er nicht wagen!« Ein Auge wachsam auf den Setter gerichtet biss Robert hungrig in sein Sandwich. »Hm, gut! Warum hast du keine Frau? Die müssen dir doch die Tür einrennen?«

»Weil ich ein Sandwich machen kann? Frauen sind anspruchsvoller geworden, Robert. Die Studentenzeiten sind vorbei. Ich übe täglich an einem Himbeersoufflee, solange ich das nicht hinbekomme, sehe ich schwarz.«

Henry leckte sich die Schnauze und blinzelte David mit schief gelegtem Kopf an, doch der biss ungerührt in sein Brot. Erst als Henry ein jämmerliches leises Fiepen von sich gab, zupfte David ein weiteres Schinkenstück aus dem Sandwich und gab es seinem Hund.

»Schaff dir bloß keine Kinder an. Wenn du mit denen genauso inkonsequent bist wie mit deinem Hund, werden das die reinsten Monster.« Robert spülte sein Brot mit einem Schluck Whisky hinunter.

»Unsinn.« David tätschelte den Hund, der sich zufrieden seufzend auf seine Füße legte. »Ich kann mich nicht über ihn beschweren. Hat Paige dir schon von den Journalisten erzählt? Nein? Du wusstest, dass sie kommen, oder? Ha, jetzt weiß ich es, du hast dich extra so lange in Devon herumgetrieben, weil du keine Lust auf das Interview hast!«

Robert wollte den Teller zur Seite stellen, doch sofort hob Henry den Kopf. »Nein.« Er stand auf und brachte den Teller in die Küche, wo er sich die Hände wusch. Robert trug meist Jackett und Jeanshose. Jackett und Hemd ließ er sich maßschneidern, und die honigfarbenen Lederschuhe waren handgenäht.

»Nein, was?«, fragte David, dem der Stimmungswechsel seines Freundes nicht entgangen war.

»Nein zu deinem unerzogenen Hund und nein auf deine Frage. Ich habe in Torquay ein vielversprechendes Haus gefunden. Es ist unglaublich schön dort unten, viel milder als hier.«

»Ich weiß, ich war schon mal dort.« David war als Student durch das ganze Land getourt. Torquay wurde auch das englische Neapel genannt, weil das Klima Mittelmeercharakter hatte. Helle, südländisch wirkende Häuser, Palmen und üppige Blumen in den Gärten an den Hängen oberhalb des Hafens. »Malerisch, aber es hat seine besten Zeiten hinter sich.«

»Was man vor zehn Jahren auch von Cardigan Bay gesagt hat. Schau es dir heute an! Immer mehr hippe Londoner verbringen ihre Ferien hier oder kaufen sich sogar Wohnungen und Cottages. Das ist der Trend! Die Leute arbeiten hart, verdienen viel Geld und wollen sich erholen. Dafür müssen sie raus aus dem Smog der Städte. Das wird mehr und nicht weniger, David! Wann soll ich mit diesen Magazinheinis sprechen? Oder hast du schon?«

David runzelte die Stirn. »Sie sind sehr nett. Ich habe heute Nachmittag einen Termin mit ihnen. Wir sollten sie nicht verprellen. So eine Geschichte über das Hotel und die Gegend ist die beste Werbung, die man sich wünschen kann. Und sie kostet uns nicht mehr als ein Abendessen und ein paar Übernachtungen.«

»Da muss ja tatsächlich was dran sein an den Leuten vom – wie hieß das noch?«, meinte Robert und musterte David eingehend.

»Inside-Travel-Magazin. Ein Fotograf und eine Journalistin, Nick und Ally.« Hoffentlich kam sie heute Nachmittag und nahm ihm seinen ungestümen Überfall von gestern Abend nicht übel. Er bemühte sich, seine Gedanken auf etwas anderes zu konzentrieren, aber immer wieder sah er ihr Gesicht, spürte ihren festen Körper, der sich an ihn gepresst hatte, nur für einen Moment, in dem sie ihren Gefühlen nachgegeben, sich ihrem Instinkt hingegeben hatte.

»Ally, hm?« Robert hatte ihn nicht aus den Augen gelassen. »Ich glaube, da bin ich auf jeden Fall dabei.«

»Sicher. Sie schreiben auch über Morlan House.« David bemühte sich um einen leichten Tonfall. »Ich weiß zwar nicht, warum ausgerechnet über den seit Jahren leer stehenden Kasten … Llanerchaeron finde ich weitaus interessanter. Das ist immerhin von John Nash.« Er sah, dass Robert ihm nicht zuhörte, sondern gelangweilt zum Fenster sah.

»Na schön, dich interessieren die Architekten nicht, aber alles hat einen Ursprung, und wenn ich ein Haus baue oder umgestalte, dann beschäftige ich mich mit seiner Geschichte. Aus welcher Zeit stammt die Villa in Torquay?«

Robert reagierte nicht, sondern schien mit seinen Gedanken in weiter Ferne zu sein.

»Robert, hörst du zu?«

Darby blinzelte und zupfte an seinen Manschetten. »Entschuldige, alter Freund. Was hast du gesagt?«

»Die Villa in Torquay, wie alt, welche Epoche?«

Robert war einen halben Kopf größer als David und strich sich durch die gewellten Haare. »Viktorianisch. Hervorragend erhalten in der Grundsubstanz. Ein Schmuckstück, wenn wir es polieren und zu altem Glanz erwecken!«

»Hast du Bilder?«

»Noch in der Kamera. Ich maile sie dir gleich zu.« Er sah auf seine Uhr. »Wann ist der Termin mit den Journalisten?«

»Um sechzehn Uhr.«

»Ich werde da sein. Und jetzt muss ich Blumen für Paige kaufen, um sie versöhnlich zu stimmen. Überleg dir das mit dem Heiraten, es ist harte Arbeit.«

»Nimm mir doch nicht jegliche Illusion«, gab David scherzend zurück.

Doch Robert hörte schon nicht mehr zu, sondern nahm seine Autoschlüssel vom Tisch und ging zur Tür.

12

Passen Sie mit den Stufen auf. Einige sind sehr glatt und ausgetreten.« Iorwerth hatte eine kleine Taschenlampe aus seiner Jacke gezogen und ließ den Lichtkegel über grob verputzte Kellerwände gleiten.

»In den oberen Speisekammern wurden die Waren zwischengelagert, die keiner besonderen Kühlung bedurften oder schnell zur Hand sein mussten. So etwas wie Mehl, Zucker, Trockenobst, Eier, auch einige Räucherwaren hingen oben in einem separaten Raum. Die Köchin hatte Zutritt und die Hauswirtschafterin, die überhaupt die Schlüssel zu allen Räumen des Anwesens hatte.«

Nick knipste seinen Scheinwerfer an, und plötzlich war die lange, steile Treppe, die in unbekannte dunkle Tiefen führte, hell erleuchtet. Dankbar atmete Ally aus und ließ eine Hand über das Treppengeländer gleiten. »Stammen diese Treppen und die Kellerräume aus dem achtzehnten Jahrhundert, oder hat man viel verändert?«

Noch während sie fragte, glitt Ally auf einer schräg nach unten verlaufenden Stufe aus und konnte sich gerade noch am Geländer festhalten.

»Glatt, ich habe Sie gewarnt!«, schnarrte Iorwerth. »Küche und Kellergewölbe sind original. Was glauben Sie, wie viele Füße hier eilig heruntergelaufen sind, weil die Herrschaft nach einer weiteren Flasche Wein oder Champagner verlangte?«

»Lord oder Lady hätte man sein müssen. Was für ein dekadentes Leben das gewesen wäre«, meinte Nick und schwenkte den Scheinwerfer unten auf ein reich verziertes schmiedeeisernes Gitter. »Der Weinkeller?«

»Lord, ha, das waren ja wohl die wenigsten. Und wie hätte es Ihnen gefallen, ein kleiner *Valet* zu sein?« Der Bibliothekar blieb unter einem Rundbogen stehen. »Sie hätten noch unter dem persönlichen Diener Ihres Herrn und dem Butler gestanden, einen Siebzehnstundentag gehabt, am Sonntag gab es einen halben Tag frei. Ihr gesamtes Leben wäre dem Dienen der Herrschaft gewidmet und einem festen Regelwerk unterworfen gewesen. Ein Fehler, und man hätte Sie auf die Straße gesetzt …«

Nick hob die Schultern. »Wahrscheinlich hätte ich die Tochter des Lords verführt und mich auszahlen lassen, damit ich den Mund halte. Dann wäre ich nach Amerika gegangen und hätte dort mein Glück gemacht.«

»Sie nehmen wohl gar nichts ernst. Soll ich überhaupt noch etwas erzählen, oder erfinden Sie gleich alles selbst?« Der krummbeinige Bibliothekar sah sie böse durch seine dicken Brillengläser an.

Ally lächelte. »Bitte, seien Sie so freundlich. Man hat uns versichert, dass Sie die Koryphäe sind, wenn es um Regionalgeschichte und vor allem um Morlan House geht.«

Iorwerth hob sein spitzes Kinn und lenkte den Lichtkegel auf das Eisengitter. »Dahinter liegt der Weinkeller. Ist aber nicht weiter interessant, denn er ist leer! Und wenn Sie jetzt mal Ihren grellen Industriescheinwerfer dorthin halten …«

»Gesellschaftskritiker, aber über die Errungenschaften der Technik schimpfen …«, murmelte Nick, hielt aber gehorsam das Licht in die gewünschte Richtung.

Ally stieß ihn in die Seite.

»Ist doch wahr«, grummelte der Fotograf.

Der Gang vor ihnen führte nach etwa fünf Metern auf einen runden Platz, von dem sternförmig vier Gänge abzweigten. Die Rundbogen über zweien der Eingänge schienen niedriger.

»Ist das hier ein Minenschacht, oder was? Wahnsinn! Wozu braucht man so viele Kellergewölbe?«, fragte Nick.

»An den beiden Hauptgängen liegen jeweils Kammern, in denen Obst, Kohl, Kartoffeln und so weiter gelagert wurden. Dann gab es Kohlenkeller und auch zwei Arrestzellen.« Iorwerth ging voraus und hielt auf den höchsten Durchgang zu.

Der Rundbogen war gerade hoch genug, dass sie die Köpfe nicht einziehen mussten. In den dicken Mauern staken Eisenringe, und auch an der Decke waren rostige Überbleibsel von Haken zu sehen. Es roch feucht und modrig, im Dunkel der Ecken und in den Nischen, die im Licht aufblitzten, fiepte es, und Ally sah etwas über die rauen Steine huschen.

»Sie haben ja wohl keine Angst vor Mäusen«, meinte Iorwerth und drückte gegen eine massiv mit Blech beschlagene Tür, die allerdings erst mit Nicks Hilfe nachgab.

Fauliger Gestank schlug ihnen entgegen, und Ally wandte sich würgend ab. »Uh, was liegt denn da drin?«

»Vielleicht haben die Vorbesitzer ihren unartigen Butler da vergessen«, unkte Nick und hielt seinen Scheinwerfer in die fensterlose Kammer.

»Kisten, Plastikplanen, Decken, Bierdosen?« Irritiert wandte er sich an den Bibliothekar.

Ally wartete im Gang, denn der Gestank war unerträglich.

»Manchmal schleichen sich Penner oder Jugendliche hier herein. Ich dachte zwar, dass man die Schlupflöcher alle gefunden hat, aber so ist das eben. Das Anwesen liegt so abgelegen, da bekommt niemand mit, wenn sich hier irgendwelches Gesindel einnistet.« Iorwerth trat gegen eine Kiste und verließ die Kammer.

»Wird Zeit, dass sich ein Käufer findet. Kommen Sie, die nächste Abzweigung ist noch ganz interessant wegen eines Hohlraums. Dort soll angeblich der Gralskelch aufbewahrt worden sein.«

»Aha, endlich kommen wir der Sache näher. Stimmt es, dass

ein Stück von dem Becher irgendwo hier in einem Museum aufbewahrt wird und dass der Kelch aus Holz ist?« Nick wechselte den Scheinwerfer von einer Hand in die andere.

»Aus Olivenholz soll er sein.« Iorwerth hob die Arme. »Eine Legende, die von den Eigentümern des Anwesens nur zu gern genährt wurde. Warum auch nicht.«

Die Männer gingen voraus.

Ally rang nach Luft. Ein kalter Luftzug strich ihr ums Gesicht. Sie fühlte ganz deutlich die Anwesenheit von jemandem, den sie nicht sehen, dessen Nähe sie aber spüren konnte. Und dann vernahm sie ein zartes Flüstern, ganz leise, kaum vernehmlich. Als Kinder hatten sie und Simon sich manchmal in einem alten Wandschrank versteckt und sich flüsternd verständigt, ohne dass die Erwachsenen, die suchend vor der Tür gestanden hatten, sie gehört hätten. Ihr Herz klopfte so schnell, dass sie glaubte, es spränge ihr aus der Brust. »Simon …«, brachte sie heiser hervor.

Wieder dieser Luftzug. Diesmal an ihrer Hand, die sie sehnsüchtig ausstreckte. »Simon.« Es tat so gut, seinen Namen zu sagen.

Nun schien die Stimme vor ihr zu sein. Er wollte ihr etwas zeigen! Oder sie wurde verrückt. Und dann entdeckte Ally das Funkeln. Es blitzte in der Dunkelheit vor ihr, ganz schwach, und schon war es verschwunden, aber sie hatte es gesehen. Als dann auch noch Simons blasses, trauriges Gesicht vor ihr auftauchte, drehte Ally sich um und rannte keuchend zurück. Sie waren noch nicht allzu weit in die Gewölbe vorgedrungen. Doch als sie den runden Platz erreichte, war es dunkel, und als sie sich einmal um sich selbst gedreht hatte, wusste sie nicht mehr, wo es zu den Treppen und wo in den Gang mit der Kammer ging.

»Nick!«, wollte sie rufen, brachte jedoch nur ein ersticktes Krächzen heraus und stolperte gegen eine Wand, die sich kalt und feucht anfühlte.

Etwas Weiches berührte ihr Bein und huschte quiekend davon. »Wo seid ihr?«, schluchzte sie und lehnte sich zitternd gegen die Wand.

Sie starrte in die Dunkelheit und stellte sich vor, wie Simon sich gefühlt haben musste, wenn er hier unten gewesen war. Wenn ihn tatsächlich jemand hier heruntergelockt hatte … Nein, das durfte nicht geschehen sein! Und die Polizei hatte doch alles durchsucht. Sie hatten nichts gefunden, was darauf hindeutete, dass Simon hier gewesen sein könnte.

»Ally? Ally, wo bist du?«, rief Nick.

Als sie den Lichtschein sah, schrie sie erleichtert und viel zu hysterisch: »Hier, ich bin hier!«

Die Schritte kamen näher, und der Scheinwerfer erfasste sie. Nicks warme, besorgte Stimme klang ganz nah. »Ally, um Himmels willen, was ist denn passiert?«

»Wollen Sie die junge Dame zur Treppe bringen, und ich zeige Ihnen schnell die Nische? Ich muss bald los, weil ich als stellvertretender Vorsitzender des Seafood Festivals von Aberaeron die Sitzung heute Abend eröffnen muss.« Verärgert leuchtete Iorwerth Ally ins Gesicht. »Es riecht zugegebenermaßen nicht gut hier unten, aber Sie scheinen mir ziemlich runter mit den Nerven, sehen aus wie der Tod!«

Ally legte sich den Ärmel vor die Augen. »Bitte, Nick. Ich kann nicht mehr.«

Er legte einen Arm um sie, hängte sich die Kameratasche auf die andere Schulter und hielt den Scheinwerfer so, dass sie das Ende des Ganges mit dem Treppenaufgang sehen konnten. »Wir sind gleich draußen an der frischen Luft. Das geht den besten Höhlenforschern so, Ally. Die bekommen auf einmal Panik, weil sie denken, die Luft wird knapp.«

»Du meinst es gut, Nick«, murmelte sie. »Aber es ist nicht deswegen.« Sie krallte sich in seinen Jackenärmel. »Ich habe Simon gesehen.«

»Hmm, unter diesen Umständen kann man schon mal einen

Geist sehen. Aber jetzt gehen wir erst einmal hier rauf.« Er schob sie sanft die Stufen hinauf und durch den Flur und die Küche direkt nach draußen.

Hinter ihnen murmelte Iorwerth etwas wie: »... diese Städter, meinen, Sie wissen alles, können alles und klappen bei ein wenig Staub und Rattenpisse zusammen.«

Nick half Ally auf eine steinerne Bank an der Hausmauer und wandte sich an den Bibliothekar: »Jetzt halten Sie einfach mal den Mund. Sie kennen Mrs Carter nicht. Wissen Sie, warum ihr schlecht geworden ist, sie ignoranter Lokalhistoriker?«

»Nicht, Nick, lass gut sein!«, sagte Ally und streckte die Hand nach ihm aus. »Es lohnt sich nicht. Er hat ja gar nicht unrecht. Ich bin zu zart besaitet.«

»Hör mal, Ally, jeder normale Mensch in deiner Situation hätte ähnlich reagiert. Ich meine, das muss man erst mal verkraften! Warst du denn damals überhaupt hier unten?«

»Damals? Dann sind Sie schon einmal hier gewesen?«, fragte Iorwerth argwöhnisch.

»Ach, gehen Sie doch zu Ihrem Hummertreffen. Wir kommen auch ohne Sie klar«, raunzte Nick.

»Oh, ganz wie Sie meinen, aber bitte, vergessen Sie die Aufwandsentschädigung nicht.« Der Bibliothekar zog eine Visitenkarte aus seiner Tasche und legte sie neben Ally auf die Bank. »Ich schließe jetzt ab und wünsche Ihnen noch einen schönen Tag.«

Er ging wieder ins Haus, um die Terrassentüren zu schließen, und Ally erhob sich. »Komm, lass uns gehen. Für heute habe ich genug von Morlan House.« Sie steckte die Karte ein.

»Willst du den wirklich noch bezahlen?« Nick schaltete den Scheinwerfer ab und verstaute ihn in einer Nylonhülle, die er aus seinem Rucksack zog.

»Aber ja. Vielleicht brauchen wir ihn noch mal. Der kommt schon, verlass dich drauf. Dafür ist er viel zu geldgierig.«

Zehn Minuten später als verabredet betrat Ally die Lounge des Talbot Hotels. Sie hatte geduscht, einen Schokoriegel gegessen und, da ihre Hände noch immer zitterten, eine Tablette genommen. In weiser Voraussicht hatte sie die Tabletten eingepackt, die sie eigentlich nicht mehr nehmen wollte. Ihr Arzt versicherte ihr zwar, dass die kleinen Pillen nur der Stabilisierung des seelischen Gleichgewichts dienten und ihr halfen zu entspannen, doch sie wollte auf solche chemischen Krücken verzichten. Ally wollte endlich wieder Herrin über ihren Körper und ihre Seele sein, aber solange sie vor sich selbst davonlief, würde ihr das nicht gelingen.

Sie sah Nick neben Paige und einem großen Unbekannten, der ihr den Rücken in einem Tweedjackett zuwandte. Der Schnitt und das gekonnte Understatement zeugten von einem guten Schneider, dafür hatte Ally nach Jahren in einem Büro mit Meg ein Auge entwickelt. Meg kannte alle Trends und die angesagten Modemacher und wusste immer, wo gerade günstige Designerstücke zu kaufen waren. Es machte Spaß, mit Meg einkaufen zu gehen, weil man ihre Begeisterung für Stoffe und Schnitte spürte. Eigentlich hoffte sie insgeheim, dass etwas von Megs Fröhlichkeit auf sie abfärbte.

Sie konnte hier nicht einfach hinter dieser Säule stehen bleiben und die Leute beobachten, dachte Ally und fing Davids Blick auf. Ob er sie beobachtet hatte, wie sie die anderen musterte? Er stand neben einem der Rezeptionstresen und sprach mit einer attraktiven Dunkelhaarigen. Die Frau hatte eine hinreißende Figur und schien mit David vertraut. Nun, das ging sie nichts an, dachte Ally und ging auf Paige zu.

»Hallo, freut mich, dass Sie auch gekommen sind«, sagte Ally betont fröhlich und streifte Nicks Arm.

»Geht's wieder?«, flüsterte er ihr ins Ohr.

»Dank meiner kleinen bunten Freunde bestens.« Sie grinste.

Nick schien nicht ganz überzeugt, sagte aber nichts dazu.

»Robert, mein Mann, und das ist Ally Carter, die über uns schreiben wird«, stellte Paige sie einander vor.

Ally drückte Roberts Hand und fand sich von interessanten, grüngrauen Augen wohlwollend gemustert.

»Mrs Carter, ich schlug gerade vor, dass wir die Förmlichkeiten außer Acht lassen. Sie und David sind alte Bekannte, habe ich mir sagen lassen, und irgendwie wäre es seltsam. Nicht wahr, Paige?« Er lächelte sie gewinnend an. Seine Frau nickte zustimmend.

»Aber gern. Ally«, antwortete Ally.

»Robert. Wunderbar. Es ist noch etwas früh für Aperitifs, aber wie wäre es mit Kaffee und etwas Süßem? Unsere Küche ist da sehr kreativ«, schlug Robert vor. Er lud sie ein, sich um einen der niedrigen Loungetische in die Sessel zu setzen.

David schlenderte langsam zu ihnen herüber und zog sich einen Clubhocker neben Allys Sessel. »Wo seid ihr heute gewesen?«

Er schob die Ärmel seines dunklen Pullovers etwas nach oben. Seine Jeans war an den Rändern ausgefranst und die Sneaker sandig und nass.

»Wo du warst, sieht man. Arbeitest du auch mal?«, wich sie schnippisch aus.

Paige wandte sich mit einer Frage an Nick, und Robert beugte sich neugierig vor.

»Sorgst du dich um meine finanzielle Situation? Ich fühle mich geschmeichelt, Ally«, antwortete David freundlich.

»So zynisch habe ich dich nicht in Erinnerung«, sagte sie leise, aber mit einer gewissen Schärfe.

»Ich hatte dich auch anders in Erinnerung, Ally. Aber mir gefällt, was ich sehe.«

Er hatte eine irritierende Art, ihren Namen auszusprechen, und seine Nähe war so spürbar, dass sie die Beine überschlug und sich räusperte. »Robert, wir haben schon viel über das Hotel erfahren, würden aber gern hören, was du zur Entwicklung sagst. Immerhin bist du hier aufgewachsen?«

Robert sah kurz zu David, so als erwartete er, dass dieser etwas sagte, doch David stützte die Ellenbogen auf die Beine und nahm die Haltung des Zuhörers ein.

»Willst du das aufnehmen?« Mit gerunzelter Stirn beobachtete Robert, wie Ally ihr kleines Aufnahmegerät in die Hand nahm.

»Sonst muss ich mitschreiben. Wenn dir das lieber ist, Robert?« Was hatten die Leute nur gegen das Aufzeichnen, schließlich war das kein Radiointerview.

»Nein, nein, mach nur, Ally. David hat mir erzählt, dass du als Kind in den Ferien hier warst. Kann es sein, dass wir uns begegnet sind?«

»Ich glaube nicht.« Was hatte David noch erzählt? Es musste doch nicht jeder hier ihre Geschichte kennen!

Robert lächelte. »Nun, ein hübsches Mädchen wäre mir auf jeden Fall aufgefallen. Ich bin in Aberystwyth zur Schule gegangen, habe dort studiert und in den Ferien hier im Hotel gearbeitet. Meine Mutter war eine großartige Köchin. Sie hat das Restaurant lange geführt, und ihretwegen sind viele Gäste gekommen. Esme Darby, manche der älteren Besucher fragen noch immer nach meiner Mutter. Das freut mich sehr und macht mich natürlich auch stolz.«

»Schaut deine Mutter denn noch manchmal vorbei? Aus nostalgischen Gründen oder vielleicht, um ein besonderes Gericht zu kochen?« Ally bemerkte, dass die Gäste neugierig zu ihnen hinsahen.

Eine Kellnerin brachte ein großes Tablett voller Kaffeespezialitäten und einer Etagere, die mit süßen Köstlichkeiten bestückt war.

»Wir könnten jetzt natürlich von Bestechung sprechen«, sagte Nick und nahm sich eine Praline und eine Espressotasse. »Aber ich gehe davon aus, dass ihr den Standard haltet. Wir haben uns bereits umgehört, und alle Gäste waren voll des Lobes.«

Paige schlug sich theatralisch gegen die Brust. An ihren schlanken Fingern blitzten zwei Ringe, deren Steine so satt funkelten, dass Ally sie für echt hielt. Außerdem schätzte sie Paige als eine Frau ein, die sich nicht mit Imitaten zufriedengeben würde.

»Man kann es natürlich nicht jedem Gast recht machen, aber wir bemühen uns.« Paige sah ihren Mann an, der ihre Hand tätschelte.

»Ich bewundere dich, Paige«, sagte Ally. »Wie du das alles unter einen Hut bekommst, und dann noch eure Tochter – ich weiß nicht, ob ich das könnte.«

»Danke, Ally. Wenn du mich jetzt entschuldigen würdest. Das war mein Stichwort. Rosie hat noch eine Probe. Sie spielt eine der Elfen in der Schulaufführung.« Wieder fiel ihr Blick auf Robert, doch der rührte in einem Cappuccino und schien nicht hinzuhören. »Robert?«

»Oh ja, Schatz. Das ist wundervoll. Du machst das so gut, dass ich mich besser raushalte, sonst bringe ich alles durcheinander.« Er lächelte seine Frau an.

»Hm ja, wenn wir wieder zur Geschichte des Hotels kommen könnten? Wir möchten euch nicht über Gebühr aufhalten.« Ally positionierte das Aufnahmegerät erneut und stieß dabei gegen Davids Knie.

Vielleicht hatte er sein Bein absichtlich so gestellt, jedenfalls zog er es nicht fort, und sie spürte seine Berührung mit einer beunruhigenden Intensität. Unwillkürlich sah sie ihn an und glaubte, ein Einverständnis in seinen Augen zu sehen, so als dankte er ihr stumm dafür, dass sie Paige beigesprungen war. Aber das konnte sie sich auch einbilden, immerhin hatte sie heute schon Geister und einen Keller voller lebendiger Schatten gesehen.

13

Robert erzählte von den Anfängen des Hotels und dem Aufblühen des kleinen Fischerdorfs. »Weißt du, wie es dazu kam, dass Aberaeron architektonisch so harmonisch wirkt?«

Nick stand auf und begann zu fotografieren, während sie sich unterhielten.

»Ich hoffe, du erzählst es mir.« Ally probierte vom Schokoladenkuchen und ließ die zarte Creme auf der Zunge schmelzen. »Hmm!«

»Dafür muss ich etwas weiter ausholen.«

»Jetzt lass dich doch nicht so bitten!«, meinte David. »Aber er weiß es einfach besser als ich. Hast du nicht mal alles über die Geschichte von Cardigan Bay gesammelt?«

Robert winkte ab. »Vor allem die Geschichte unseres Hauses hat mich interessiert. Wenn ihr einen richtigen Lokalhistoriker benötigt, würde ich Ashton Iorwerth empfehlen. Ein eigenartiger Kauz, aber sehr beschlagen.«

Ally räusperte sich. »Danke, wir hatten das Vergnügen mit Mr Iorwerth heute Morgen.«

»Zweifelhaftes Vergnügen«, ergänzte Nick von hinten. »Der Mann ist unhöflich, unsensibel und geldgierig.«

David und Robert lachten.

»Das klingt ganz nach dem lieben Ashton.« Robert seufzte. »Und ich muss mich mit dem Mann bei jeder Versammlung, jedem Festausschuss befassen. Glaubt mir, das ist eine Strafe!«

»Iorwerth hat sich sogar eingemischt, als ich den ersten Entwurf für den Umbau des Talbot eingereicht hatte. Er wollte genau wissen, wie viel Prozent der alten Mauern stehen bleiben, damit der Denkmalschutz eingehalten wurde!«, sagte David neben ihr.

»Wie anstrengend!« Ally schaute von David zu Robert.

Doch David schüttelte den Kopf. »Ich habe nichts dagegen, wenn sich die Leute für den Erhalt alter Gebäude in ihrer Heimat einsetzen. Es muss nur alles bezahlbar bleiben. Die strengsten Denkmalschutzbestimmungen nützen nichts, wenn das Gebäude verfällt, weil niemand sich die Renovierung leisten kann. Es gibt übrigens ein paar bemerkenswerte kleinere historische Häuser hier um den Hafen, die es sich anzusehen lohnt. Dann die Dolhalog Cottages, oder habt ihr die schon gesehen?«

Erstaunt sah Ally ihn an. »Nein!«

»Ich zeig sie euch gern, aber jetzt will ich Robert nicht weiter unterbrechen.« David stand auf. »Ich werde mal meinen Hund suchen.«

»Irgendwann stelle ich dir die Filets in Rechnung, die Henry in der Küche klaut! Was wollte ich sagen? Der Hafen und die einheitliche Architektur. Bis ins achtzehnte Jahrhundert standen hier nur eine Handvoll Hütten um die Brücke über den Aeron. Damals gab es einige Kalkbrennöfen auf beiden Flussseiten. Etwa 1797 kam ein Reverend Alban Thomas-Jones nach Wales, um seine Cousine Susannah Jones of Tyglyn zu heiraten. Der gute Jones erbte und wurde zum neuen Lord of the Manor of Aberaeron und nannte sich fortan Jones Gwynn.« Robert machte eine Pause und trank einen Schluck Kaffee. »Irgendwo steht das sicher auch.«

»Bitte, erzähl es uns, dadurch wirkt es viel lebendiger«, sagte Ally.

»Also, Jones Gwynn war reich und clever und erkannte das Potenzial von Aberaeron, das auf einer wichtigen Route zwischen Cardigan und Talybont lag und wegen der Brücke eine Mautstation war. Er ließ den Hafen ausbauen, wozu er sogar die Erlaubnis vom Parlament einholte. Die Anlage wurde in über fünfzehn Jahren fertiggestellt und 1816 eingeweiht. Das Erbe seiner Frau verwendete Gwynn auf die Planung der Stadt um den Alban-Platz. Die Gassen mit den bunten georgianischen Häusern, die sich zur Quay Parade runterziehen, wurden auch damals angelegt. Ich würde sagen, wir profitieren noch heute von Reverend Gwynns großzügigem Einsatz für Aberaeron. Es gibt außergewöhnlich viele Kunsthandwerksläden und Cafés hier und natürlich die Festivalsaison.« Roberts Telefon summte, und er entschuldigte sich.

Ally sah sich nach Nick um, der seine Kamera der attraktiven Dunkelhaarigen an der Rezeption zeigte. Allerdings schien die Vorführung nicht ohne Hintergedanken, denn Nicks Augen weideten sich ganz ungeniert an den gut proportionierten Formen der Frau.

»Haben Sie sich nun Gedanken gemacht wegen Rosehill?«, fragte Robert ins Telefon. Er wirkte leicht gereizt, und die Antwort schien ihn nicht zufriedenzustellen. »Passen Sie auf, Mr Rowen, ich komme morgen zusammen mit dem Architekten herunter. Von seinem Urteil mache ich alles Weitere abhängig. Nein, geben Sie sich keine Mühe. Über den Preis reden wir dann. Wir könnten gegen Mittag bei Ihnen sein. Abgemacht?«

Was David machte, ging sie nichts an, und ob er morgen nicht hier war, sollte ihr egal sein, doch sie konnte eine gewisse Enttäuschung nicht verhindern.

»Entschuldige bitte, Ally, so geht es immer bei mir zu. Aber wenn eine Sache heiß ist, muss man dranbleiben, sonst verpasst man seine Chance. Ah, David!« Er winkte, und kurz darauf fegte Henry zwischen den Tischen auf sie zu.

Der Setter ignorierte Robert, warf sich jedoch mit seinem ganzen Gewicht gegen Allys Knie und ließ sich von ihr streicheln. Automatisch vergrub sie ihre Hände in dem seidigen Fell.

»Irgendwann fegt der Köter mit seinem Schwanz die Tassen vom Tisch!«, bemerkte Robert.

Ally schob ihren Kuchenteller weiter zur Tischmitte.

»Das hat er noch nie getan, Rob. Außerdem sind Hunde im Hotel erlaubt, und ich erinnere dich gern an den Mastiff, der …« David ließ sich in den Sessel fallen, in dem Paige zuvor gesessen hatte.

»Oh grässlich. Ja, schon gut.« Robert tätschelte Henrys Flanke. »Feines Tier. Pass auf, David. Du hast doch morgen nichts vor? Sehr gut. Jetzt schon! Du begleitest mich nach Torquay. Mr Rowen hat gerade angerufen. Er will den Preis in die Höhe treiben. Anscheinend gibt es noch einen Interessenten, einen Russen. Ob das stimmt, werden wir sehen. Auf jeden Fall musst du dir die Bausubstanz ansehen. Ohne dein Urteil kann ich nicht weiter verhandeln.«

David runzelte die Stirn, warf Ally einen kurzen Blick zu und nickte. »Aber nur für den Tag. Ist es dir wirklich so ernst mit der Villa in Devon?«

Robert grinste breit und hob eine Braue. »Siehst du, Ally? Ich habe es nicht leicht … Wenn ich ihn nicht dauernd antreiben würde, säße er wahrscheinlich am Strand und baute Sandburgen.«

»Darüber sprechen wir noch, Rob.« Davids Ton war scherzhaft und ernst zugleich. »Seid ihr hier fertig? Dann zeige ich Ally und Nick noch einige charmante Raritäten aus dem neunzehnten Jahrhundert.«

»Tja, ich weiß nicht, reicht dir das, Ally? Ich bin schon wieder auf dem Sprung. Aber ihr habt ja David, der hier schon fast heimisch geworden ist.« Roberts Handy klingelte erneut, und Ally nickte einfach.

»Hast du eine Jacke dabei?«, fragte David, als sie gemeinsam aufstanden.

Sie schlang sich einen leichten Schal um die Schultern und griff nach ihrer Tasche und einer kurzen Wildlederjacke. »Das müsste genügen. Die Sonne scheint noch immer.« Sehnsüchtig sah sie nach draußen. »Wenn es doch endlich wärmer würde.«

David lehnte sich an eine Säule neben dem Ausgang. »Du siehst müde aus, Ally. Wann hast du das letzte Mal Urlaub gemacht?«

»Nach dem, was ich heute erlebt habe, darf ich müde aussehen. Ich schreibe über die Orte, an denen andere Menschen Urlaub machen. Wozu brauche ich da noch selbst welchen?« Im Moment war ihr alles ziemlich gleichgültig, was sie der Tablette zuschrieb.

»Nur für dich, Ally. Du solltest mal an dich denken«, sagte David sanft und so leise, dass nur sie es hören konnte. »Nick scheint eine Eroberung gemacht zu haben. Aber er sollte vorsichtig sein, denn Erins Verlobter ist walisischer Vizemeister im Kickboxen.«

Ally lachte. »Im Ernst? Nick!«

Der blonde Fotograf schien sich nur schwer von Erins Anblick trennen zu können. »Was gibt es, Ally?«

»David will eine historische Tour mit uns machen. Du solltest auf jeden Fall ein paar Aufnahmen machen!«

»Ich komme gleich nach. Geht schon los!«

David stieß die Tür auf. Draußen schlug ihnen eine frische Brise vom Meer, gemischt mit der wärmenden Maisonne entgegen. Die Möwen kreisten über ihnen und schrien.

»Es ist so schön hier«, murmelte Ally und zog ihre Jacke an. »Ich wünschte, ich könnte es irgendwann wieder genießen.«

David, der neben ihr stand, nahm kommentarlos ihre Hand und zog sie sanft mit sich. Bis auf wenige weiße Wolken, die aussahen wie Wattebausche, strahlte der Himmel in tiefem Blau und schien der kleinen Hafenstadt den bestmöglichen Rahmen geben zu wollen. Ohne ihre Hand loszulassen, deutete David auf ein graues Steingebäude, das unmittelbar an das Hotel grenzte.

»Früher hieß dieses Haus *Spiller's Flour Warehouse.* Die Familie Spiller hat hier Mehl gelagert, das per Schiff von Cardiff angeliefert wurde. Bevor Robert es kaufte, war ein Aquarium darin untergebracht. Hat sich aber nicht rentiert. Die Leute fahren lieber raus und sehen die Delphine live.«

Sie schlenderten langsam weiter. Vor einem einstöckigen, kobaltblau gestrichenen Haus mit vorgesetztem Portikus über der Eingangstür hielt David inne. Ally löste ihre Finger aus seinen und steckte die Hände in ihre Jackentaschen. Albern, dachte sie. Du benimmst dich kindisch. Doch wozu konnte es gut sein, wenn sie sich erneut in David verliebte? Es würde nichts als Komplikationen und Schmerzen nach sich ziehen, denn Gegenwart und Vergangenheit ließen sich nicht trennen. Sie hörte ihm zu, wie er über die alten Häuser erzählte. Es war wie damals. Beinahe.

»Hier war in den Achtzehnsechzigern die *Steam Navigation Company* untergebracht. Die Dampfschifffahrtsgesellschaft ging keine zehn Jahre später pleite, weil die *Prinz Cadwgan* bei einem Sturm verloren ging. Eine neue Gesellschaft wurde gegründet. Sie ließ Dampfschiffe auf der Milchroute nach Bristol fahren. Gebühren wurden nebenan beim Hafenmeister gezahlt.«

Das einstöckige Haus fiel durch die intensive blaue Farbe und die schneeweiß gestrichenen Vorsprünge ins Auge. Auch die Sprossenfenster wirkten historisch. »Und heute ist es ein Bed & Breakfast?«

Ally hatte ein kleines Schild entdeckt, auf dem »Gästehaus« stand.

»Das Schicksal teilen einige historische Häuser hier. Aber ich finde es in Ordnung. Es kostet viel Geld, alte Gemäuer zu erhalten. Und wenn dann noch Einheimische davon profitieren, ist das die beste Lösung.«

Vor dem Bürgersteig verlief eine schmale Straße, die oben in einer Sackgasse endete und sie vom Hafen trennte. Der Wasserstand war niedrig, und der Geruch von Schlick, Muscheln und Seetang stieg zu ihnen auf. Die Boote lagen zumeist sicher auf ihren Doppelkielen. Man spürte den bevorstehenden

Saisonbeginn, denn überall wurde ausgebessert, Vorgärten geharkt oder Blumen gepflanzt. Aber vielleicht trieb auch nur das schöne Wetter die Leute nach draußen und mehr Touristen an die Küste.

»Du klingst schon fast wie ein Einheimischer«, meinte Ally. »Hast du vor hierzubleiben? Die Häuser drüben auf dem Hügel, die gefallen mir. Sind mehr geworden seit damals.«

David packte Henry am Halsband, als eine weiße Limousine viel zu schnell um die Ecke bog. »Idiot!«, schimpfte er.

Es dauerte keine Minute, und der Wagen kam zurück und hielt mit heruntergekurbeltem Fenster neben ihnen. Ein Mittvierziger mit Londoner Akzent fragte: »Wie komme ich denn hier raus und nach Aberystwyth? Unser Navigationssystem ist defekt. Mein Sohn studiert dort.«

»Ganz einfach. Biegen Sie am Marktplatz nicht links ab, sondern bleiben Sie auf dieser Straße und folgen Sie den Schildern zur Universität. Das ist der kürzeste Weg.«

Ohne sich zu bedanken, ließ der Londoner das Fenster hoch und brauste davon.

David klatschte in die Hände. »Das kostet ihn eine gute halbe Stunde.«

»Du hast ihn nach Lampeter geschickt?« Ally grinste.

»Da ist doch auch eine Universität!« Sie lachten.

»Hey, tut mir leid!« Nick kam auf sie zugelaufen. »Habe mich verquatscht.«

»Sei vorsichtig, Nick. Erins Verlobter ist Kampfsportler.« Ally deutete auf das Haus neben dem Hotel. »Das solltest du ablichten und das blaue hier.«

»Wir haben uns unterhalten. Was du wieder denkst … Okay. Wo geht ihr hin?« Er nahm seine Kamera und drehte am Objektiv.

»Über die Brücke und dann ans andere Ende des Hafens. Das *Weigh House*, wo sie Kalk gebrannt haben, und die alte Werft stehen dort. Direkt hinter der Brücke links, seht ihr das kleine graue Haus mit den beiden spitzen Giebeln?«

Allys und Nicks Blicke folgten Davids ausgestrecktem Arm.

»Das war die britische Schule. Von Nonkonformisten um 1840 gegründet.« David überquerte mit Henry die Straße.

»Du hast meine Frage nicht beantwortet. Willst du hierbleiben? Du scheinst dich besser mit der Ortsgeschichte auszukennen als mancher Ansässige.« Ally holte auf und balancierte neben ihm auf der Hafenmauer entlang.

»Willst du das wirklich wissen, oder fragst du nur, um Pausen zu füllen?« Abrupt hielt er an, und sie wäre rücklings ins Hafenbecken gefallen, wenn er sie nicht am Arm gepackt hätte. Nur für eine Sekunde hatte es den Anschein, als wolle er sie an sich ziehen, doch er ließ sie los und schüttelte den Kopf. »Pass besser auf, Ally.«

»Danke. Weißt du, ich habe genug von dieser Tour.« Verärgert sprang sie auf das Kopfsteinpflaster.

»Ich nicht. Ich möchte gern alles über dich wissen, Ally. Ich möchte wissen, was dich bewegt, warum du noch immer so furchtbar traurig aussiehst und warum du vor mir davonläufst.« Er stand so dicht vor ihr, dass sie die goldenen Reflexe in seinen dunklen Augen sehen konnte.

»Das fragst du?« Sie biss sich auf die zitternden Lippen und wandte sich ab.

»Ja, Ally.«

Sie spürte seine Hand auf ihrer Schulter, schüttelte sie ab und ging weiter. »Nick müsste gleich hier sein.« Ihre Stimme klang belegt.

»Ally …«

»Nicht, David. Es hat keinen Sinn.«

»Das sehe ich nicht so«, hörte sie ihn hinter sich murmeln.

Erleichtert, dass Nick sie endlich eingeholt hatte, plauderte Ally nur noch über unverbindliche Themen. Sie musste zugeben, dass David über ein unglaubliches Wissen verfügte, wenn es um Architektur und die örtliche Geschichte ging. Auf der anderen Hafenseite zeigte ihnen David die ehemalige Kalkbrennerei und den Yachtclub.

Ein kräftiger Mann mit grauen Locken unter einer Wollmütze war dabei, den Rumpf eines aufgebockten Segelboots von festgewachsenen Muscheln zu befreien. »David!«

»Hey, Connor, mein Freund.« Die beiden Männer umarmten sich, und David stellte Ally und Nick vor. »Keiner kennt sich besser mit Booten und dem Meer aus als Connor Hewett.«

Aus seinen Worten sprachen Wärme und freundschaftliche Anerkennung, dachte Ally. Zu Robert schien David ein anderes, eher geschäftliches Verhältnis zu haben. Ally schüttelte eine raue, schwielige Hand und sah in ein zerfurchtes Gesicht mit lachenden Augen in der Farbe des Meeres. Die von Wind und Sonne in die Haut getriebenen Linien ließen ihn älter aussehen, doch sie schätzte den muskulösen Mann, dessen Unterarme von Drachen und Rosen bevölkert waren, höchstens auf Ende vierzig.

»Ally, freut mich, dich kennenzulernen. David hat erzählt, dass ihr über unser Nest schreibt.« Connor lächelte, wischte sich die großen Hände an seiner Arbeitshose ab und grub in den Tiefen seiner Taschen, bis er eine kleine Pfeife zutage förderte.

»Darf ich hier Aufnahmen machen? Ist das eine alte Winde? Und was ist das da? Ein Schiffsmotor?« Nick richtete begeistert sein Objektiv auf die historisch anmutenden Maschinen.

»Ja, mach nur. Nur ich will nicht mit aufs Bild, hab was gegen Fotos. Wozu braucht man die?« Connor hielt ein Feuerzeug an seine Pfeife und zog daran, bis der Tabak glühte und es angenehm duftete. Dann stellte er einen Fuß auf einen Haufen Taue und stützte sich mit einem Arm auf dem Knie ab. »Wozu, hmm? Älter werden wir alle. Und die Menschen, die ich liebe, habe ich im Kopf.«

»Mr …«, begann Ally.

»Connor, Mädchen. Mit Förmlichkeiten hab ich's nicht und mache da keine Unterschiede, und wem's nicht passt, der soll sich mit wem anders unterhalten.« Connor paffte an seiner Pfeife, und um seine Augen bildeten sich Hunderte kleiner Linien.

Kein Gemütsmensch, dachte Ally, eher ein verkappter Anarchist. Und mit diesen Pranken hat er seine Argumentation sicher schon einige Male untermauert. »Also, Connor, du erzählst mir ernsthaft, dass du überhaupt keine Bilder von deiner Familie, deiner Frau, deinen Eltern besitzt? Das ist ungewöhnlich.«

»Ist es das?« Er blies Rauchkringel in die Luft. »Was ist ungewöhnlich? Wenn man etwas nicht so macht wie die anderen? Oder bin nicht ich der Maßstab, und die anderen sind die Trottel, die nicht wissen, wie's geht?«

Überrascht nahm Ally die Hände aus den Taschen und lachte herzhaft. »Du bist klasse, Connor! Darf ich das zitieren?«

»Sicher«, meinte Connor. »David, hast du ihr von den Schiffen erzählt, die hier gebaut worden sind?«

David stand vor dem Bootsrumpf und kratzte mit dem Spatel an den Verkrustungen herum. »Nein. Ich hatte gehofft, dich hier zu finden. Mir hört sie sowieso nicht zu. Erzähl du!«

Connor hob seine buschigen grauen Augenbrauen und sah von David zu Ally. Seine Arbeitshose hatte lederne Verstärkungen über den Knien, und an einem breiten Gürtel hing eine Werkzeugtasche. Das Flanellhemd war rotschwarz kariert, und weil Connors Unterhemd am Rand leicht zerrissen war, sah man seine dichte Brustbehaarung und weitere Tätowierungen. Bei Frauen hatte der raue Kerl mit der Seele eines Freigeists sicher Schlag. Das hieß, wenn sie sich daran gewöhnen konnten, dass er keine Fotos von ihnen aufbewahrte und wahrscheinlich keine Blumen und dergleichen Unwichtigkeiten verschenkte.

»Sie schmunzelt, David. So schlimm kann's nicht sein. Also, Ally, zum Mitschreiben.« Connor schob die Pfeife in einen Mundwinkel.

Rasch schaltete Ally ihr Aufnahmegerät ein und hielt es Connor hin.

»Nicht mal schreiben will die Journaille heute noch. Vielleicht habe ich dann auch keine Lust zum Reden.« Connor richtete sich auf. In dem Moment erklang die schottische Nationalhymne.

Ally legte den Kopf schief. »Ist das dein Handy, auf dem die Dudelsäcke munter für Schottland spielen?«

»Ey.« Der kantige Mann grub wieder in seiner Hosentasche, bis er ein zerkratztes Handy hervorzog, es ausstellte und wieder wegsteckte.

»Bist du Schotte wie David?«

»Zur Hälfte. Meine Mutter stammt aus Aberdeen, mein Vater von hier. So, pass auf. Vor zweihundert Jahren hat die Familie meines Vaters hier Schiffe gebaut, die über die Ozeane gesegelt sind, genau wie die Harries und die Jones. Die Jones haben die *Cadwgan* gebaut, die in der Themse abgesoffen ist. Meine Familie, die Hewetts, hat einen Dreimaster gebaut, der zwischen Bombay und London gesegelt ist, die *Caturion*. Was für ein Schiff! Sie hat dreißig Jahre die Orientroute besegelt, wurde 1905 an einen italienischen Reeder verkauft und kollidierte 1917 mit einem britischen Kriegsschiff vor Gibraltar.« Connor paffte und zeigte auf die Winde und eine riesige Eisenwanne mit einem seltsamen Aufbau aus Rädern.

Nick erhob sich und ließ seine Kamera sinken. »Sag mal, war das so eine Art von Seilbahn, die man über Flüsse spannte?«

»Cleverer, als er aussieht, der Junge.« Connor ging zu Nick und drehte eine der Rollen, die wegen des Rosts sehr schwergängig waren. »Das war ein Sessel des *Aeron Express*. Um die Jahrhundertwende wurden die Tragsessel von Seilwinden per Hand über den Aeron gekurbelt. Da wurde die Brücke öfter von der Flut zerstört.«

»Und was wurde aus den Werften?«, wollte Ally wissen.

»Was wohl? Die gingen pleite. Niemand wollte mehr Segelschiffe, und Dampfschiffe waren auch schnell aus der Mode. Und so kleine Werften waren irgendwann nicht mehr konkurrenzfähig. War damals so wie heute. Eine Schande ist das! Da wurde gute Handarbeit geleistet, von guten, ehrlichen Männern. Viele verlegten sich aufs Fischen und später auf Ausflugsfahrten. Davon lebe ich noch heute.« Connor verzog die Lippen zu einem spöttischen Grinsen. »Ich schippere Touristen in die Bucht hinaus, wo sie die Delphine beobachten können. Solange es die armen Viecher noch gibt … Verdammte Trawler mit ihren Riesentreibnetzen. Darüber solltet ihr mal schreiben!«

14

Ally aß mit Nick zu Abend und zog sich danach auf ihr Zimmer zurück, um die gesammelten Informationen zu ordnen und mit dem Schreiben des Artikels zu beginnen. Das Beruhigungsmittel, das sie nachmittags eingenommen hatte, machte sie so müde, dass es ihr schwerfiel, sich zu konzentrieren. Sie hatte sich mit ihrem Notebook aufs Bett gesetzt. Durch das offene Fenster wehte es kühl vom Meer hinein, und Ally schmeckte die salzige Luft noch jetzt. Vielleicht war sie auch nur das raue Küstenklima nicht mehr gewohnt. Dreihundert Worte, mühsam abgerungen. Kopfschüttelnd klappte sie den Computer zu und ließ sich in die Kissen zurücksinken. Was für ein Tag, dachte sie und schlief mit dem leisen Rauschen des Meeres im Hintergrund ein.

In den frühen Morgenstunden wachte sie auf und hätte fast den Computer vom Bett gestoßen. Sie fühlte sich groggy, und ihr Kopf schmerzte, als hätte sie zu viel Alkohol getrunken. Wenn es wenigstens so gewesen wäre, dachte sie, hievte sich schwerfällig aus dem Bett und ging zu ihrem Koffer. Sie fand die Schachtel mit den Beruhigungstabletten und warf sie in den Mülleimer.

»Nie wieder!«, sagte sie laut und schloss das Fenster. Inzwischen war es empfindlich kalt in ihrem Zimmer geworden, und sie musste niesen. Sie nahm eine heiße Dusche, krabbelte in ihr Bett und schlief tief und traumlos.

Nick saß bereits bei einer großen Portion Spiegeleier, Bohnen und Speck im Frühstücksraum. Als er sie sah, leuchteten seine Augen auf. »Na, das nenne ich mal einen Sonnenstrahl am Morgen! Du siehst großartig aus, Ally!«

Sie küsste ihn auf die Wangen. »Danke, tut mir leid wegen …«

»Ach, jetzt hör mal auf, dich dauernd zu entschuldigen. Setz dich hin und lass dich verwöhnen!« Er grinste.

Hinterhältig, wie Ally fand, und sie sah sich argwöhnisch um. Hatte sie etwas oder jemanden übersehen? »Was ist los?«

Nick stand auf und gab Jenny, die am Buffet stand, ein Zeichen. »Hey, gar nichts. Gleich gibt es Kaffee, Toast und was du sonst noch möchtest. Okay?«

»Hmm«, grummelte Ally und nippte an dem Orangensaft, den Nick ihr zuschob.

Als ein Raunen durch den Frühstücksraum ging und die Leute lachten und klatschten, ahnte sie Schreckliches. Tatsächlich näherten sich Jenny, Erin und ein junger Kellner, der eine Torte mit brennenden Kerzen trug. Paige folgte mit einem riesigen bunten Blumenstrauß, und dann begannen sie zu singen: »Happy Birthday …«

Ally wäre am liebsten im Boden versunken. Sie hatte ihren Geburtstag vollkommen vergessen! Mit schamroten Wangen saß sie in ihrem Stuhl und hoffte, dass die Vorstellung bald vorbei sei. Sie hasste nichts mehr, als im Mittelpunkt zu stehen. Doch alle außer ihr schienen das fröhliche Spektakel zu genießen und sahen sie erwartungsvoll an.

Ally stand auf, blies die Kerzen aus, wünschte sich, was sie sich seit Jahren wünschte und was ihr niemand erfüllen konnte, nahm den Blumenstrauß und die Glückwünsche entgegen und bedankte sich artig.

»Komm, ich nehme die Blumen mit und lasse sie auf dein Zimmer bringen«, sagte Paige und flüsterte Ally ins Ohr: »Ich mag Geburtstage auch nicht.«

»Nein, nein, das war sehr nett, ich … Es ist nur …«, stammelte Ally und wischte sich die Augen, weil sie sich seit Simons Tod nicht mehr darüber freuen konnte, dass sie am Leben war und er nicht.

»Schon gut.« Paige nickte verständnisvoll und verschwand mit den Blumen und ihrem Personal.

»Wie konntest du nur!« Anklagend sah Ally den Fotografen an.

»Meg hat mich gestern angerufen und mir gesagt, dass du heute Geburtstag hast. Jetzt mach nicht so ein Gesicht, sondern freu dich einfach und nimm es an. Hier!« Er schob ihr ein Päckchen mit hübscher rosafarbener Schleife zu.

»Wo hast du das denn so schnell …?« Seufzend zerriss Ally das Papier und strich über einen mintgrünen Kaschmirschal.

»Der ist ganz dünn, den kannst du auch im Sommer tragen. Du frierst doch dauernd. Na los, leg ihn um. Ich finde ja, dass Grün dir steht.« Nick war sichtlich stolz auf sein Geschenk.

Zu Recht, denn die Farbe stand ihr wirklich, und der Schal war wunderbar weich und kuschelig. Ally stand auf und umarmte ihn. »Ich danke dir. Und dabei weiß ich nicht mal, wann du Geburtstag hast.«

»Ist doch nicht wichtig. Bedanken musst du dich auch bei Erin. Die hat ihn nämlich besorgt. So, jetzt esse ich.« Genüsslich stach er in seine Spiegeleier.

»Deshalb hast du so lange mit ihr gesprochen. Ich bin wirklich eine Idiotin …« Ally musste erneut die Tränen unterdrücken. Himmel, seit wann hatte sie so nah am Wasser gebaut?

»Ja, das bist du, Ally Carter, aber ich mag dich trotzdem.« Nick lächelte, und seine Grübchen vertieften sich.

Sie hatte gerade ihren Kaffee getrunken und eine Scheibe Toast gegessen, da klingelte ihr Handy. Ally schaute aufs Display. »Meg, du Verräterin!«

Ihre Freundin lachte und war sich keiner Schuld bewusst. »Na, hat Nick das schön gemacht? Süße, ich wünsche dir alles Liebe und drück dich und freu mich schon, dich bald wieder hier zu haben, damit du deine Überraschung sehen kannst!«

»Ach, Meg, du sollst nicht so einen Wirbel um mich machen. Ich kann das einfach nicht«, brachte Ally leise hervor.

»Doch, kannst du. Jeder sollte sich an seinem Geburtstag feiern lassen. Und wenn du schon nicht dran denkst, dann lass das doch deine Freunde machen. Wir freuen uns nämlich, dass es dich gibt. Jetzt versuch mal, einfach nur den schönen Tag zu genießen und alles andere nach hinten zu schieben. Das kann man lernen. Ich habe es darin zu beachtlichen Leistungen gebracht …« Meg kicherte ausgelassen und steckte Ally mit ihrer guten Laune an.

»Das stimmt! Ich werde bei dir einen Kurs belegen.«

»Und wie geht es dir sonst? Kommt ihr voran? Hugo ist gestern wie ein schnaubendes Walross durch die Redaktion gewalzt und hat uns alle nacheinander angeranzt. Selbst Chloe hat ihr Fett abbekommen. Ihr solltet mindestens den Heiligen Gral finden, und wenn nicht, dann vielleicht zumindest einen Geist, der auf den Klippen von Morlan House Polka tanzt, oder so was in der Richtung.« Meg scherzte, doch Ally kannte sie zu lange, um die Warnung in ihrer Stimme zu überhören.

»Ich habe schon eine Menge brauchbares Material zusammen. Wenn ich erst wieder in London bin, schreibe ich eine Story, die sich gewaschen hat.« Nur musste sie zuerst von hier fort und den drückenden Erinnerungen und David entfliehen.

»Davon bin ich überzeugt. Du schreibst von uns allen die besten Geschichten. Ich gebe das nicht gern zu, aber deine Berichte haben immer so einen literarischen Touch. Und deshalb, meine Süße, wird Hugo dich nie so einfach gehen lassen. Nutz ihn ruhig mehr aus, leiere ihm eine Gehaltserhöhung aus den Rippen oder verlang einen Monat Urlaub. Ich sag dir, du kriegst es!«

»Jetzt hör aber auf!« Ihre Freundin neigte zu Übertreibungen. Ally hob ihre Kaffeetasse, als die Kellnerin fragend mit einer Kanne vorbeikam. Doch eine Bewegung hinter der jungen Frau erregte Allys Aufmerksamkeit. Etwas an der Art, wie die Frau, deren Gesicht von einem vorbeigehenden Paar verdeckt wurde, ihre Hand hob, berührte Allys Innerstes. Sie gefror und starrte mit offenem Mund auf die unerwünschte Erscheinung.

»Ally, bist du noch da? Hast du mir zugehört?«, fragte Meg.

Die Frau wandte sich um und schaute suchend durch den Raum. Ihr helles Haar war kurz geschnitten und schimmerte silbrig. Mit Mitte fünfzig durchzogen graue Strähnen die ehemals blonden Locken, doch sie war noch immer sehr schlank, fast zu dünn, und bewegte sich mit nachlässiger Eleganz. Als ihre Blicke sich kreuzten, durchfuhr es Ally wie ein Messerstich. »Nein, nicht sie, nicht heute …«

»Ally, um Gottes willen, was ist denn plötzlich mit dir?«, rief Meg verzweifelt durchs Telefon.

»Meine Mutter ist hier«, sagte Ally tonlos. »Gehört das auch zu deinem Überraschungsprogramm? Herzlichen Dank! Diesen Tag werde ich sicher nie vergessen!«

»Nein, Ally, davon weiß ich nichts!«, beteuerte Meg.

Doch mehr hörte Ally nicht, weil sie die Verbindung beendete und regungslos auf die näher kommende Grace Carter starrte.

Nick, der unfreiwillig Zeuge des Gesprächs geworden war, beugte sich zu Ally und sagte: »Willst du gehen? Ich kann dich entschuldigen.«

Doch Ally schüttelte den Kopf. »Nein. Ich verstehe nur nicht, warum sie jetzt herkommt. Ausgerechnet hierher …«

Sie stand auf und rang nach Luft. Wenn das Zimmermädchen nicht auf ihrem Flur gewesen war, mussten die Tabletten noch in ihrem Papierkorb sein. Das Zittern kroch erneut in ihre Glieder und machte sie schwach und angreifbar. Automatisch tastete sie nach dem keltischen Kreuz, das warm auf ihrer Haut lag.

Grace Carter lächelte und streckte die Hände nach ihrer Tochter aus. In ihrem grauen Blazer, der violetten Bluse und dunkler Jeans ähnelte sie einer Psychologin oder einer Sozialarbeiterin. Das professionelle, mitleidige Lächeln, das Ally so gut kannte, ließ sie automatisch zurückweichen.

»Mutter …« Sie übersah die Hände und umarmte ihre Mutter, drückte sie kurz an sich und bemerkte dabei den knochiger gewordenen Körper. Früher hatte sich ihre Mutter weich und warm angefühlt und hatte nach Vanille und Iris geduftet. Heute schien nur ein schwacher Lavendelduft aus der Kleidung ihrer Mutter aufzusteigen.

»Ich hoffe, du nimmst es mir nicht übel, dass ich dich hier so einfach überfalle.« Keine Frage, sondern eine Feststellung. »Aber du hast Geburtstag, mein Schatz …« Diesmal blieb das Satzende in der Luft hängen. Grace Carter schienen die Worte ausgegangen zu sein.

Ein unangenehmes Schweigen legte sich zwischen sie.

Nick kam Ally zu Hilfe, stand auf und stellte sich vor. »Wir kennen uns noch nicht, Mrs Carter. Nick Bellamy, Fotograf. Bitte, nehmen Sie doch Platz.« Er schob ihr einen Stuhl neben Ally hin. »Kaffee?«

»Wie lieb von Ihnen. Ich komme mir plötzlich schrecklich dumm vor. Hier einfach so hereinzuplatzen, Ally zu überfallen … Ich weiß nicht, ob Sie von unserem, meinem Sohn …« Unsicher sah sie von Ally zu Nick.

»Mein Bruder. Ja, er weiß, was passiert ist. Ich möchte nicht darüber sprechen, Mutter. Zumindest nicht hier und heute. Wir haben es so lange gekonnt vermieden, da kommt es auf einen Tag oder ein Jahr auch nicht mehr an.« Ally spielte mit ihrem Kaffeelöffel und vermied es, ihre Mutter direkt anzusehen.

Doch Grace Carter berührte sanft die Hand ihrer Tochter. »Ich weiß. Ich habe den langen Weg von London hierher gemacht, weil ich dich sehen wollte, Ally. Du bist meine Tochter, und du hast Geburtstag.«

Ally zog ihre Hand weg. »Ich habe jedes Jahr Geburtstag.« Das hat dich sonst auch nicht interessiert, wollte sie sagen, schwieg jedoch und fühlte Wut in sich aufsteigen. Alles an ihrer Mutter war ein einziger Vorwurf, eine stumme Anklage. Sie las es in jedem Blick, jedem Wort, jedem versteckten Unterton. Warum war ihre Mutter hergekommen, um sie zu quälen?

»Und ich habe jedes Jahr daran gedacht. Bitte, Ally. Es fällt mir nicht leicht. Wir alle haben …«, begann Grace.

»Wir? Unsere Familie hat vor zehn Jahren aufgehört zu existieren. Seitdem gibt es kein Wir mehr! Sosehr ich es mir gewünscht habe … Weißt du, wie sehr ich dich gebraucht habe? Ich wollte es nie sagen, weil ich dachte, dass ich kein Recht dazu habe. Aber du bist meine Mutter. Ich kann nicht ewig diese Schuld mit mir herumtragen! Ich ertrage das nicht länger!« Ally sprang auf, stieß dabei ihre Kaffeetasse um, fluchte, packte Handy und Tasche und stürzte blindlings hinaus.

Sie lief nicht auf ihr Zimmer, denn dort konnte ihre Mutter sie finden, und sie wollte allein sein. Erst die Geburtstagstorte, obwohl sie Meg deswegen keinen Vorwurf machte. Ihre Freundin meinte es einfach nur gut und feierte für ihr Leben gern. Meg konnte einfach nicht verstehen, dass es Menschen gab, die nicht jeden Anlass nutzten, um das Beste daraus zu machen, und im Grunde hatte sie recht. Man musste jeden Moment auskosten, als wäre es der letzte. Carpe diem oder wie all diese klugen Sprüche lauteten.

Der Strand war menschenleer. So blau wie gestern zeigte sich der Himmel heute nicht, doch die Wolken waren noch klein, und nur wenige sahen nach Regen aus. Froh, Nicks Schal zu tragen, ging Ally am Wassersaum entlang und versuchte, ihre Gedanken zu ordnen. Es brodelte in ihrem Innern, alle ihre Nerven schienen gereizt, und in ihrem Magen machte sich der schmerzende Knoten breit, den sie so gut kannte. Wenn sie zumindest diese schrecklichen Schuldgefühle beherrschen könnte, sich freimachen von dem quälenden »Wenn« und »Hätte«! Solche Spekulationen führten zu nichts, sie brachten nur Albträume.

Vor ihr stieg ein Schwarm Möwen auf, die sich an Muscheln und Krebsen zu schaffen gemacht hatten. Die Wellen spülten auf den Strand und gaben beim Ablaufen Muscheln frei, die sich im Sand zu vergraben versuchten. Kleine Krebse krabbelten zwischen den Kieseln umher, die sich an diesem Strandabschnitt mit dem Sand mischten. Weiter nördlich gab es weißen Pulversand, und die Dünen nahmen meterhohe, beeindruckende Ausmaße an. Der Wind nahm zu, und Ally zog fröstelnd den Schal um die Schultern. Doch die frische Seeluft tat gut, schien auch ihre wirren Gedanken zu durchwehen. Sie blieb stehen und hielt das Gesicht der feuchten, salzigen Luft entgegen.

»Ach, Simon …« Hinter ihren geschlossenen Augen konnte sie ihn lachen hören und aufgeregt winkend am Strand stehen sehen. So real waren ihre Gedanken, dass sie die Augen aufriss und sich umsah. Doch außer ihr war niemand zu sehen.

Sie ging weiter, vorbei an noch leeren Campingplätzen, bis der Sand feiner wurde und die Dünen höher. Eine Bewegung auf dem Meer erregte ihre Aufmerksamkeit. Sie schaute auf die leicht kabbelige See hinaus und entdeckte einen Delphin, der auf ihrer Höhe durch die Wellen schwamm, Sprünge vollführte, sich halb aus dem Wasser reckte und keckernde Geräusche von sich gab. Es schien beinahe, als wolle er sie aufmuntern. Sie sind so schön, dachte Ally und konnte nicht anders als lächeln.

»Das Leben geht weiter, willst du mir das sagen?« Sie griff in ihre Tasche und nahm das Telefon heraus. Weglaufen war keine Lösung, das musste sie endlich akzeptieren.

»Nick? Kannst du mich am Campingplatz nördlich von Aberaeron abholen? Ich bin am Strand und laufe hoch.«

»Bin ich froh, dass du anrufst. Ja, sicher. Bin gleich bei dir.«

Zwanzig Minuten später saß sie neben Nick im Wagen und war dankbar, dass er die Heizung angestellt hatte. »Wo ist meine Mutter?«

Nick zog einen Umschlag aus dem Handschuhfach. »Den hat sie für dich dagelassen. Sie ist nach London zurück.«

Ally biss sich auf die Lippen und strich über den cremefarbenen Umschlag mit dem Logo des Talbot Hotels. »Das wollte ich nicht. Sie hätte mir Zeit geben müssen …«

»Sie war nicht sauer. Jedenfalls hatte ich nicht den Eindruck. Ihr seid euch ähnlich. Zumindest ein wenig«, meinte Nick und sah sie an.

»Ich komme mehr nach meinem Vater«, sagte sie leise. Und sie wusste, dass er ihr, wie an jedem Geburtstag, einen Blumenstrauß an ihre Londoner Adresse geschickt haben würde.

»Zu ihm hast du einen besseren Draht?«

»Was?« Fast erschrocken sah sie auf. »Nein! Wir haben seit Jahren nicht miteinander gesprochen.« Und wenn sie es bedachte, war es ihre Schuld. Ihr Vater hatte eine neue Familie gegründet, die sie von vornherein abgelehnt hatte. Sie war nicht zu seiner Hochzeit gegangen und hatte ihm nicht zur Geburt seines Sohnes gratuliert. Wie konnte sie? Wie konnte sie nicht?

Sie riss den Umschlag auf und entfaltete den Briefbogen. Ihre Mutter hatte eine schwungvolle, leicht nach rechts geneigte Handschrift. Die Anfangsbuchstaben hatten alle einen hübschen kleinen Schlenker, den sie als Kind zu imitieren versucht hatte. Aber sie hatte kein künstlerisches Talent. Ihre Schrift war gerade und schnörkellos geblieben.

Liebste Ally,
verzeih, dass ich Dich heute so überfallen habe. Ich wollte Dich nicht verletzen, das wäre das Letzte, was ich möchte. Lass uns reden. Irgendwann, wenn Dir danach ist. Du fehlst mir. Ich habe viele Fehler gemacht und hoffe, es ist nicht zu spät.

In Liebe
Grace

Langsam legte Ally den Bogen zusammen und schob ihn in den Umschlag zurück. »Lass uns noch mal nach Morlan House fahren, Nick.«

»Alles so weit in Ordnung?«

Sie nickte. »Ich glaube, wir sind auf dem richtigen Weg.«

15

Das englische Neapel auf den sieben Hügeln zeigte sich heute nicht von seiner besten Seite. David schlug den Kragen seiner Jacke hoch und dachte an Ally. Nach vier Stunden halsbrecherischer Autofahrt, denn er musste jedes Tempolimit brechen, um Robert folgen zu können, dachte er trotzdem nur an sie. Das war verrückt und vollkommen irrational. In all den Jahren hatte er sie zwar nie vergessen, aber jetzt, da sie wieder in sein Leben getreten war, kannte er sich nicht wieder. Es war nicht nur Ally, ohne Zweifel eine schöne und begehrenswerte Frau, sondern das tragische Schicksal, das sie beide verband. Simons rätselhafter Tod.

Ein unsanfter Schlag auf seine Schulter riss ihn aus seinen Überlegungen. »Was ist denn mit dir? Bist du heute mit dem linken Bein aufgestanden? So kenne ich dich gar nicht.« Robert steckte sich die Sonnenbrille auf die Haare und breitete die Arme aus. »Ist das nicht ein Panorama? Vor uns liegen zwei herrliche Marinas, ringsherum gibt es fünf erstklassige Golfplätze, Torquay hat über vierzig Tennisplätze, zwei Multiplexkinos und …« Es folgte eine dramatische Pause. »Statistisch gesehen, hat Torquay das beste Wetter Englands. Subtropische Vegetation …«

»Palmen wachsen in Aberaeron auch, der Golfstrom fließt nicht nur vor Devon. Und ich höre gerade wenig harmonisches Gekreische und Maschinenrattern.« David schaute mürrisch auf ein Wirrwarr aus grünen Plastikschlangen, die Wasserrutschen des Erlebnisparks von Torquay. »Das hat nichts mit Romantik und Riviera zu tun. Ich möchte meinen Urlaub nicht in unmittelbarer Nachbarschaft von Karussells und Dauerpartylärm verbringen.«

»Ach was!«, meinte Robert. »Jede Gesellschaftsklasse hat Kinder, und die wollen sich amüsieren. Dafür ist so ein Erlebnispark genau das Richtige. Für die Eltern und die Yuppies haben wir die Yachthäfen, Golf und Tennis. Wer sich noch immer langweilt, wandelt auf den Spuren von Agatha Christie. Die wurde schließlich hier geboren, und in einem der Luxushotels hier spielen einige ihrer Bücher.«

»Ja! Schon gut. Du klingst wie ein Reiseführer. Das weiß ich alles. Mir gefällt die Lage hier einfach nicht. Na und? Darf ich das nicht sagen? Seit meinem letzten Besuch hier hat sich eben viel verändert. Früher hatte der Ort etwas Elegantes, Verschwiegenes. Heute ist es so … vulgär.« David hob die Schultern. »So sehe ich das. Du wolltest meine Meinung, oder nicht?«

»Vulgär? In welchen Sphären schwebst du denn? Ist die Riviera etwa nicht vulgär? Geld ist vulgär! Wo viel Geld umgesetzt wird, geht es derb zu, ob die Leute Kaviar fressen oder Hamburger und Fish and Chips.« Robert legte David den Arm um die Schulter und wollte ihn mit sich ziehen, doch David machte sich los.

»Hör auf, Robert. Du brauchst mir keinen Vortrag über den Kapitalismus zu halten. Ich hatte es mir eben anders vorgestellt. Die Villa an sich hat Stil und Potenzial. Aber …« David schaute den Hügel entlang, wo die weiße Villa über dem Hafen thronte. Mit ihren Stuckfriesen, den verspielten Erkern und den beiden Türmen wirkte sie wie das märchenhafte Relikt vergangener Tage, das jemand dort oben vergessen hatte.

»Verdammt, David, was ist los? Willst du kein Geld mehr verdienen? Wir arbeiten gut zusammen! Ich akquiriere, und du planst den Umbau. Das hat doch bestens funktioniert.« Robert tastete nach seiner Anzugtasche, in der es summte und leise klingelte. »Das ist Rowen. Er wartet sicher schon auf uns. Kommst du mit?«

David nickte und pfiff nach Henry, der mit einem Retriever Freundschaft geschlossen hatte. Die beiden großen Hunde tobten ausgelassen über die Wiese, die zu einem winzigen Park gehörte. Bevor hier jeder Flecken als teures Bauland verkauft worden war, musste der Hügel einmal malerisch schön gewesen sein. »Rosehill …«, murmelte David. »Wo sind die Rosen?«

»Da vorn! In jedem Garten siehst du Rosen. Da und da an der Ecke auch. Ah!« Als hätte ihn der Blitz der Erkenntnis getroffen, schlug Robert sich gegen die Stirn. »Es ist diese Journalistin! Die spukt dir im Kopf rum. Ist ja auch ein hübsches Ding. Für meinen Geschmack zu kompliziert. Aber was soll's, du stehst ja auf diese Art Frauen. Nimm sie dir, hab Spaß! Wenn du mit ihr durch bist, geht es dir besser.«

»Hör auf, so über Ally zu reden!«, sagte David gefährlich leise. »Manchmal stünde es dir besser zu Gesicht, einfach mal die Klappe zu halten.«

»Uhh, so empfindlich heute. Ally, da habe ich also einen Nerv bei dir getroffen. Kein Problem.«

Sie gingen nebeneinander über einen granitgepflasterten Weg, der von Hecken, kleinen Palmen und blühenden Büschen gesäumt wurde. Henry schnupperte und markierte den Kegel einer Buchsbaumhecke.

»Ihr kennt euch von früher, oder?«, fragte Robert und warf erneut einen Blick auf sein Handy.

»Wie kommst du darauf?«

»Ich bin vielleicht ein oberflächlicher, geldgeiler Geschäftsmann, aber so was bekomme ich noch mit. Wie ihr euch anseht. Außerdem habe ich das Gefühl, dass ich sie schon mal gesehen habe …« Nachdenklich schob er das Handy in seine Tasche.

»Sie hat doch gesagt, dass sie früher mit ihren Eltern hier war. Wenn du in den Ferien in Aberaeron gearbeitet hast, bist du ihr vielleicht begegnet.« David zupfte ein loses Blütenblatt von einem Rosenbusch.

»So wie du? Du warst doch damals hier, um deine Examensarbeit zu schreiben. Hast über John Nash und Llanerchaeron geforscht. Das war ein heißer Sommer«, überlegte Robert.

»Wie meinst du das?«

»Na, heiß eben. Wir hatten wochenlang an die dreißig Grad. Das war schon außergewöhnlich, und viele Badegäste mussten mit Hitzschlag ins Krankenhaus. Eine ältere Frau hatte beim Schwimmen einen Herzinfarkt. Nicht der übelste Tod, wenn man mich fragt. Und dann war da noch ein kleiner Junge, den sie in der Bucht bei Morlan House gefunden haben ...« Er brach unvermittelt ab.

David spürte, dass Robert ihn von der Seite musterte, richtete den Blick jedoch stur geradeaus. Er wollte nicht mit Robert darüber sprechen. Diese Geschichte ging nur Ally und ihn etwas an.

»Das war eine fürchterliche Geschichte. Hat viel Staub aufgewirbelt, war aber nur kurz in der Presse, weil der Bürgermeister den Daumen draufgehalten hat. Die arme Familie. Ich glaube, der Ertrunkene hatte eine Schwester.«

Wieder spürte David den prüfenden Blick, blieb stehen und sagte scharf: »Was reitest du auf dieser alten Geschichte herum? Wenn du weißt, wer sie ist, behalte es für dich. Was denkst du, wie sie sich fühlt? Wie es sein muss, nach all den Jahren an den Ort zurückzukommen, an dem sie ihren Bruder verloren hat?«

Robert pfiff leise durch die Zähne. »Wusste ich doch, dass etwas mit ihr nicht stimmte. Ally, wie heißt sie gleich weiter? Cameron, nein, Carter. Ja, natürlich, das war der Name der Familie. Nur eine Frage noch, David. Bitte, ich meine, wir sind Freunde. Kennst du sie von damals?«

»Und wenn es so wäre?« Verärgert ging David weiter. Robert war neugierig und tratschte gern, aber für so unsensibel hatte er ihn nicht gehalten.

»Dann verstehe ich, warum du so abwesend bist.« Jegliche

Neugier war aus Roberts Stimme verschwunden und dem Mitgefühl eines verständnisvollen Freundes gewichen.

David grummelte etwas Unverständliches und ging schweigend weiter, bis sie die von einem hohen Eisengitter versperrte Einfahrt zur Villa erreichten. Ein kleiner, untersetzter Mann mit roter Schiebermütze und weißen Hosen stand wartend vor einem knallroten Cabriolet.

»Mr Rowen! Schön, Sie zu sehen!« Jovial begrüßte Robert den Miteigentümer des Anwesens. »Unser Experte, David Gowans. Er hat extra den weiten Weg von Wales auf sich genommen, um sich das Prachtstück genauer anzuschauen.«

Alles an Mr Rowen war rund, prall und bunt. Er schien David wie eines dieser glitzernden Bonbons in Zellophanpapier. Wenn man draufdrückte, quietschten sie. Wie kam jemand wie Rowen zu so einem stilvollen Anwesen? »Miteigentümer? Wie ist das zu verstehen? Sie haben nicht das alleinige Entscheidungsrecht, wenn es um den Verkauf geht?«

Rowen hatte einen schmalen Oberlippenbart, den er mit einem seiner dicken Wurstfinger glättete, bevor er antwortete: »Doch, doch, keine Sorge. Alle Entscheidungsgewalt liegt in meinen Händen. Aber vielleicht sehen Sie sich erst einmal um. Mr Darby ist ganz vernarrt in unser altes Prachtstück. Aber Sie sind der Architekt.« Er öffnete das Vorhängeschloss und ließ die Kette ratternd zu Boden gleiten. Dann stieß er das Tor auf, das sich widerstandslos bewegte. »Und Architekten sehen alte Mauern mit ganz anderen Augen, nicht wahr?«

Rowens Lachen klang tief und fettig, und der Duft eines teuren, viel zu würzigen Rasierwassers ließ David Abstand halten. Bevor der Hausbesitzer vorausgehen konnte, stürmte Henry, der einen Teich gesichtet hatte, an ihm vorbei in den Garten.

»Ist das Ihrer? Passen Sie besser auf, hier wurde Rattengift ausgelegt«, meinte Rowen.

»Henry, komm sofort her!« Als der Setter ungerührt weiter

seine Nase in den Teich hielt, eilte David zu ihm und packte ihn am Halsband. Überrascht sah Henry ihn mit nasser Schnauze an. »Ich weiß, dass du gern die Fische hättest, aber heute nicht. Du bleibst jetzt bei Fuß.«

David hatte nie eine Leine dabei, wusste aber, dass Henry bei ernsthafter Ermahnung auch folgsam sein konnte.

»Meine Güte, das ist ja schlimmer, als einen Sack Flöhe zu hüten«, meinte Robert.

»Du hast eine Tochter, schon vergessen?«

»Herrje, gut, dass du mich daran erinnerst. Paige hat vorhin angerufen. Entschuldige mich kurz.« Robert rief seine Frau an und blieb hinter ihnen zurück.

David genoss den Gang durch den Garten, der zwar ungepflegt wirkte, doch die ehemalige Pracht war noch deutlich vorstellbar: Hohe Erlen, Eichen, Oleander, Palmen und Obstbüsche, Rasenflächen, ein Brunnen mit Marmorfiguren und eine versteckte Sitzecke milderten den negativen Eindruck, den der Erlebnispark bei David hinterlassen hatte.

»Zeigen Sie mir bitte zuerst den Vorgarten. Von dort hat man doch einen unverbaubaren Meerblick?«, fragte David.

Rowen schob sich die Schiebermütze aus der Stirn und stapfte leicht schnaufend um das Haus herum. »Gern. Sie werden sehen, das nächste Haus liegt unterhalb unseres Grundstücks und darf auch nicht aufgestockt werden. Es gab vor Jahren mal eine Gemeindeversammlung, in der die Anwohner von Rosehill sich darauf geeinigt haben. Mein Onkel und ich haben das angeregt«, sagte Rowen nicht ohne Stolz.

»Vorausschauend gedacht und ein Segen für diesen Hügel, Mr Rowen.« David trat auf den Rasen vor der Villa und war überwältigt von dem Ausblick auf die Bucht mit dem Yachthafen und einem hellen Strandabschnitt.

»Sehr schön. Hm, architektonisch interessant, aber die Bausubstanz scheint arg gelitten zu haben.«

Die Fassade war von Rissen durchzogen, der Putz blätterte an vielen Stellen ab, und auch das Dach schien seine besten Zeiten hinter sich zu haben.

»Ein bisschen Farbe hier und da, und alles sieht aus wie neu«, meinte Rowen und strich sich über den Oberlippenbart. »Kommen Sie, wir schauen uns drinnen um.«

Doch so schnell ließ David sich nicht ablenken, sondern klopfte und kratzte am Sockel des Hauses. »Feucht. Wenn das im Keller auch so ist, haben wir ein großes Problem.«

»Alle alten Häuser sind feucht. Ah, Mr Darby. Sehr schön, dann gehen wir jetzt gemeinsam hinein.«

Anscheinend hatte Rowen noch einen Trumpf in der Hand, den er David drinnen präsentieren wollte. Robert warf noch einen Blick auf Garten und Bucht. »Ist das nichts? Das ist schon das halbe Kapital! Unverbaubar! Oh, Paige erzählte mir eben von deiner Ally.«

Unwirsch wollte David abblocken, doch Robert fuhr einfach fort: »Ihr Freund, der Fotograf, hatte eine Geburtstagstorte für Ally bestellt, und Paige und Erin haben sie beim Frühstück damit überrascht. Das schien auch gut anzukommen, aber dann tauchte Allys Mutter auf. Wohl unangemeldet. Jedenfalls gab es ziemlichen Zoff, und Ally hat alle einfach stehen lassen und sich aus dem Staub gemacht. Kompliziert, sage ich doch. Wenn du mich fragst, lass die Finger von der Frau. Die bringt dir nur Ärger!«

»Ich frag dich aber nicht.« Arme Ally, dachte David. Wahrscheinlich sind ihr Feiertage zuwider. Unter den Umständen wäre ihm auch nicht nach Feiern zumute. Jeder Geburtstag musste sie zwangsläufig daran erinnern, dass ihr Bruder nicht mehr da war. Er schaute auf seine Uhr und folgte Rowen, der sie an der vorderen Eingangstür erwartete.

Das Interieur war tatsächlich außergewöhnlich. Der Erbauer musste ein Fan von Rennie Mackintosh gewesen sein. Das oktogonale Foyer wurde von einem Glasdach gekrönt, das mit bunten Ornamenten versehen war und den Raum in warmes Licht tauchte.

»Beeindruckt?« Rowen erwartete keine Antwort auf seine rhetorische Frage und führte sie in den großen Salon, der zum Garten hinaus lag.

David entdeckte das Art-nouveau-Mobiliar. »Sind das originale Stücke oder Repliken?«

Rowen wand sich ein wenig. »Teils, teils. Die Glaspaneele oben in den Schlafräumen sind echt!«

David sah nach oben und entdeckte zahlreiche Wasserflecke. »Die Rohrleitungen?«

»Ja, die müssten erneuert werden. Aber schauen Sie sich den Kamin an. In jedem Zimmer gibt es entweder einen Kamin oder einen Ofen.«

So ging es weiter. Das Haus verfügte über sehr schöne Elemente, war von der Bausubstanz aber von Grund auf überholungsbedürftig, dazu kamen strenge Auflagen vom Denkmalschutz, die einen Hotelbetrieb erschwerten oder zumindest sehr kostspielig machten. Als Rowen schließlich einen exorbitant hohen Verkaufspreis nannte, lachte David.

»Danke für die Tour, Mr Rowen. Ich wünsche Ihnen viel Erfolg mit Ihrem durchaus interessanten, aber für unsere Zwecke ungeeigneten Objekt. Komm, Henry, wir haben noch eine lange Fahrt vor uns.«

Robert lief hinter David her, der mit schnellen Schritten das Foyer durchquerte. »Jetzt warte doch mal. Man kann doch verhandeln! Du willst doch nur zurück, um … was eigentlich? Willst du ihr Händchen halten? Mann, wo ist denn dein Verstand geblieben, David! Ich habe dich hergebeten, damit wir hier zusammen einen Deal machen.«

»Du hast dich also schon entschieden? Na bitte, ich bin bei dieser Sache nicht im Boot. Das Haus ist total marode, die Renovierungs- und Restaurierungskosten werden dir die Haare vom Kopf fressen. Das kriegst du niemals mit einem Hotel wieder raus! Rowen weiß das auch. Der sucht nur einen Idioten, der sich in das Mackintosh-Design verliebt. Hübsch, aber deshalb werden die Gäste nicht bleiben. Zumindest nicht, wenn ihnen das Wasser auf den Kopf tropft oder ein Kabelbrand das Haus in Flammen aufgehen lässt.« David fuhr sich durch die Haare und sah Robert an. Sein Ärger wich einem schiefen Grinsen. »Ich fahre jetzt zurück. Kommst du mit?«

»Manchmal übermannt mich die Begeisterung. Ich sehe dann wohl schon das fertige Haus und übersehe den langen, kostspieligen Weg, der dazwischenliegt. Fahr du nur, ich habe hier noch etwas anderes zu regeln.«

»Wie du meinst. Aber ich an deiner Stelle würde nicht leichtfertig aufs Spiel setzen, was du vielleicht nicht wiederhaben kannst. Manchmal merkt man erst, was einem wichtig ist, wenn es zu spät ist.«

Wehmütig betrachtete Robert das bunte Oberlicht. »Ich möchte diese Villa wirklich gern kaufen, David. Und wenn ich es schaffe, den Preis noch weiter zu drücken? Ich meine, es kann dir doch egal sein, wie viel ich dazubuttern muss. Oder hast du andere Pläne und willst einfach nicht hier unten arbeiten?«

»Es kann mir nicht egal sein, dich in ein finanzielles Desaster rennen zu sehen. Ich habe schon zu viele Bauunternehmer Konkurs gehen sehen. Letztendlich sind es immer die Familien, die leiden. Und ganz ehrlich, ich weiß noch nicht, wie und wo ich mir meine Zukunft vorstelle. Ich habe sogar an Lehrtätigkeit gedacht.« Die Universität von Wales war renommiert und hatte verschiedene Zweigstellen. Er würde dort nachfragen, aber wenn er ehrlich mit sich selbst war, wollte er auf Dauer nicht hierbleiben. Es zog ihn zurück nach Schottland. »Wir machen ein Büro in der Stadt auf und nehmen Studenten als Praktikanten. Wenn das nicht von meinem Geschäftssinn zeugt ...«, sagte er halbherzig.

Robert verdrehte die Augen. »Studenten? Das bedeutet nichts als Ärger. Und wo willst du denn hin? Wir arbeiten doch gut zusammen! David, sieh zu, dass du dein Liebesleben auf die Reihe bekommst, und dann sprechen wir uns wieder.«

16

Die Wolken hatten sich verdichtet, waren dunkler geworden, und vom Meer stiegen Nebelschwaden an den Klippen auf. Gräuliche Schleier legten sich über den Wald, wurden von den Baumspitzen zerrissen und fanden sich über Morlan House erneut zusammen.

Nick parkte den Wagen wie bei ihrem letzten Besuch direkt vor dem Gatter und stieg mit der Kamera in der Hand aus. »Sieh dir das an! Das ist phantastisch! Jeder Regisseur, der einen Horrorfilm drehen will, würde hier Purzelbäume vor Freude schlagen.«

Ally hatte sich die Regenjacke übergezogen, die immer im Wagen lag, und kletterte ebenfalls nach draußen. »Warum ist Hugo so versessen auf dieses alte Gemäuer? Wir haben so tolle Infos über das alte Aberaeron bekommen. Connor ist eine richtige Type. Schade, dass er sich nicht ablichten lassen will.«

»Wirklich schade! Dieses zerfurchte Gesicht und seine strahlenden Augen! Der hat ein richtiges Werbegesicht!«, schwärmte Nick und machte weitere Aufnahmen von dem im Nebel versinkenden Herrenhaus.

»Wir nehmen diesmal gleich deinen Scheinwerfer mit.« Ally ging an die hintere Wagentür und nahm die tragbare Lichtquelle, ohne die sie das Haus nicht betreten wollte, heraus. Als sich eine schattenhafte Gestalt durch den Nebel auf sie zubewegte, stieß sie einen leisen Schrei aus. »Das ist Iorwerth, nicht wahr?«

»Der Geist von Lady Isabella hätte definitiv keinen grünen Regenmantel an. Sei nett, Ally. Ich hatte keine Wahl. Chloe hat gesagt, dass Hugo die ganze Geschichte um den Gral haben will, mit Bildern von dem Schrank, in dem sie den Kasten aufbewahrt haben. Du weißt, wie es ist, wenn Hugo eine Story haben will.« Nick schenkte ihr einen vielsagenden Blick.

Das wusste Ally nur zu gut. Und es war auch eine Tatsache, dass Hugo Lakefield einen Riecher für den richtigen Zeitpunkt einer Veröffentlichung hatte. Abgesehen davon waren Filme, Bücher und Berichte jeglicher Art, also im Grunde alles, was sich um die Gralslegende drehte, jederzeit aktuell.

»Da ist noch etwas, Ally.« Nick steckte sein Mobiltelefon ein und kam zu ihr. »Eben kam die Bestätigung, dass ich direkt nach diesem Shooting nach Manchester muss. Ich habe das alles mit Chloe besprochen. Du bleibst wie geplant bis morgen und fährst dann mit dem Zug zurück. Wenn es dir lieber ist, kannst du dir auch einen Mietwagen nehmen … Tut mir leid, Ally, aber du weißt, wie das ist.«

Obwohl es normal war, dass Aufträge überraschend hereinkamen und man flexibel sein musste, fühlte sich Ally heute wie überfahren. Sie schluckte und setzte den Scheinwerfer ab. »Kein Problem, Nick. Könnte ich nicht auch sofort zurück? Was soll ich noch hier?« Weglaufen, dachte Ally. Das ist alles, wozu ich fähig bin. Nick schien ihre Gedanken zu lesen, denn er legte die Arme um sie und drückte sie an sich.

»Vielleicht sprichst du mit David. Ich glaube, dass das für dich wichtig ist und für ihn auch. Er scheint mir ein netter Kerl zu sein.« Er fasste in ihre dicken Locken und zog ein wenig daran. »Du weißt schon, dass ich eigentlich lieber der nette Kerl für dich wäre …«

»Du? Ach, Nick, warum hast du nie …«

»Etwas gesagt? Es passte nie. Und als ich dich und David gesehen habe, wusste ich, warum. So hast du mich nie angesehen.«

»Das ist doch Unsinn!« Es fühlte sich so gut und sicher in seinen Armen an, zumindest für den Moment.

»Ist es nicht. Ich bin ja wirklich eher jemand, der zuerst an sich selbst denkt, und was Beziehungen betrifft …« Er lachte. »Frag meine Exfreundinnen, die werden nicht gerade ein Loblied auf mich singen. Ich genieße das Leben in jeder Beziehung. Und du brauchst jemanden, auf den du dich verlassen kannst.«

»Du bist der beste Freund, den ich mir vorstellen kann!«

»Genau. Als Freund bin ich richtig gut und würde dich nie im Stich lassen. Aber wenn die Liebe erst dazwischenkommt, kennst du mich nicht wieder … Glaub's mir, Ally. Du führst mich in Versuchung. Aber zuerst musst du mit David reden.«

Er drückte sie fest an sich, und Ally wünschte sich, sie wäre mutiger gewesen, hätte es drauf ankommen lassen. Aber vielleicht wären sie dann heute keine Freunde mehr. »Ich liebe dich, weißt du das? Dich und Meg! Was würde ich nur ohne euch machen?«

Sie knuffte ihn in die Seite. Er ließ sie los, und sein Blick versetzte ihrem Herzen einen Stoß. »Du würdest deinen eigenen Geburtstag vergessen! Schäm dich!«

»Hallo! Kommen Sie heute noch? Ich habe nicht ewig Zeit, auch wenn Sie mich bezahlen«, rief Iorwerth von der Mitte des Weges zu ihnen herüber.

Nick winkte. »Wir sind schon auf dem Weg, Mr Iorwerth!« Zu Ally gewandt sagte er: »Das hatte ich vergessen. Morgen kannst du erst spät fahren, weil du dir den Kasten mit dem Gralsfragment im Tresor einer Bank zeigen lassen wirst.«

»Wie bitte? Das ist ja wohl nicht dein Ernst! Wie soll ich das denn so schnell bewerkstelligen?«, beschwerte sich Ally und packte den Scheinwerfer, denn Nick schritt bereits munter um das Gatter herum.

»Tja, da sind dein Improvisationstalent und dein Charme gefragt. Am besten, du wendest ihn direkt bei unserem reizenden Bibliothekar hier an. Denn er kennt die Familie Morlake persönlich.«

»Verdammt noch mal, Nick! Woher weißt du denn das alles?«

»Chloe hat mir eine Mail geschickt, die du auch bekommen

hast. Solltest mal deine Mailbox kontrollieren. Keine Sorge, du hast genug Zeit für alles. Häng einen oder zwei Tage dran. Ist alles machbar.« Er drehte sich kurz zu ihr um.

»Ich hab dich unterschätzt, Nick Bellamy. Du bist ein hinterhältiges Aas! Du hast das mit Meg abgesprochen, und dann habt ihr Chloe bezirzt. Chloe macht nämlich gar nichts aus reiner Freundlichkeit.«

»Ist doch egal. Du hast jedenfalls genug Zeit für deine Recherche, kannst einen Bericht schreiben, bei dem Hugo vor Freude die Fettpölsterchen schwabbeln, und außerdem kannst du deine persönlichen Angelegenheiten regeln. Wenn das nichts ist … Hey, Mr Iorwerth! Sie sehen ja aus wie ein Gartenschlumpf!«

»Was?« Verärgert runzelte Iorwerth die Stirn unter einem roten Schlapphut, über den er die spitze Kapuze des Regenmantels gezogen hatte.

Ally verkniff sich ein Grinsen. Der Bibliothekar trug dieselbe Kleidung wie bei ihrer letzten Begegnung, nur der Schlapphut war diesmal rot, und er hatte sich den bodenlangen grünen Regenmantel übergezogen.

»Sie haben Glück, dass ich so ein Gemütsmensch bin. Und …« Er verzog den Mund, wobei sich seine lange Nasenspitze über die Oberlippe schob.

Aus dem, was er dann sagte, schloss Ally, dass seine Mimik ein scherzhaftes Grinsen sein sollte.

»Und Sie haben Glück, dass ich mit den Morlakes bekannt bin!« Triumphierenden Schrittes ging er nun auf das Herrenhaus zu, dessen efeuüberwucherte Mauern durch den Nebel schimmerten.

»Und warum haben Sie das nicht schon bei unserer ersten Begegnung gesagt?«, entfuhr es Ally.

Nick schüttelte den Kopf und zischte: »Böses Mädchen. Was habe ich gesagt?«

»Erstens haben Sie mich nicht nach dem Gralsfragment gefragt, und zweitens hat es sich nicht ergeben. Sie hatten es doch sehr eilig, Morlan House wieder zu verlassen«, erwiderte Iorwerth kühl.

»Ich litt unter Unwohlsein. Eine menschliche Schwäche, die man einer Frau ja wohl zugestehen darf. Verzeihung, wenn ich Ihr sensibles Gemüt damit belästigt habe.« Ally konnte den Kerl einfach nicht ausstehen.

Nick warf in gespielter Verzweiflung die Arme in die Luft.

»Oh, das macht gar nichts. Frauen sind nun einmal schwache Kreaturen. So hat es die Schöpfung angelegt. Dafür habe ich durchaus Verständnis«, sagte Iorwerth ungerührt.

Der meint das ernst, dachte Ally und wechselte den Scheinwerfer in die andere Hand.

»Äh, Mr Iorwerth …«, schaltete Nick sich ein. »Sie sind wohl sehr bibelfest?«

Der skurrile Bibliothekar verlangsamte seinen Schritt so, dass sie aufholen konnten. »Ich wage das von mir zu behaupten, obwohl ich keiner Kongregation angehöre. Wissen Sie, ich habe lange mit dem Gedanken gespielt, einem Orden beizutreten. Aber man muss sich doch zumindest für einen Glauben entscheiden können, bevor man sich ein Kloster aussucht.« Iorwerth lachte sein seltsames, krächzendes Lachen und schien sich köstlich zu amüsieren.

»Das habe ich auch noch nicht gehört …«, meinte Ally.

»Was? Dass jemand glaubt, ohne sich für einen Glauben entscheiden zu können? Ist das so ungewöhnlich? Vielleicht liegt es an unserer Geschichte. Man kann ja von den Engländern halten, was man will …« Sie schienen einen Nerv bei dem Bibliothekar getroffen zu haben, denn er kam nun richtig ins Reden. »Aber sie haben einen König hervorgebracht, der den Katholiken Paroli geboten hat! Heinrich VIII. war ein fetter egoistischer Lustmolch, doch …«

Hier machte Iorwerth eine gewichtige Pause und blieb stehen. »Er hat den Papst von der Insel verbannt! Heinrich hat die Scheidung durchgesetzt und die Klöster enteignet. Ha! Die Leute hatten seitdem die Wahl, das rechne ich ihm hoch an. Andererseits haben sie uns die Sprache verboten und unser Land besetzt. Aber da ist das letzte Wort noch lange nicht gesprochen. Die Schotten sind da weiter, haben ihr eigenes Parlament und drucken eigene Pfundnoten. Das wird bei uns auch noch kommen, glauben Sie mir!«

»Wir sind zwar Engländer, hätten aber nichts dagegen.« Ally sah Nick an, der sofort beipflichtete: »Von mir aus sollen doch alle unabhängig sein, wenn die Steuern nicht weiter steigen.«

Sie standen vor dem Haupteingang. Hinter ihnen senkte sich der Nebel wie ein Vorhang. »Mein Gott, ist das eine Suppe heute.« Iorwerth hantierte klimpernd mit den Schlüsseln. »Genau daran wird es scheitern. Die Leute sind zu bequem. Solange es allen einigermaßen gut geht, wollen sie keine Veränderungen.«

»Ist das denn so verkehrt? Das Leben ist kurz genug.« Nick konnte sehr pragmatisch sein.

»Wenn alle so denken würden wie Sie, hätten wir heute noch einen fetten autokratischen König!« Entrüstet drehte Iorwerth den Schlüssel um und stieß die Tür auf.

»Gut, dass wir die Zeiten hinter uns haben.« Ally schleppte den Scheinwerfer über die Schwelle. »Aber schade, dass es keine Leibeigenen mehr gibt ...«

Nick trug wie immer seinen Rucksack, hatte sich das Stativ unter einen Arm geklemmt und die Kamera die ganze Zeit über in Bereitschaft. »Das werden großartige Bilder. Nebel, Efeu, ein Herrenhaus. So, wo ist denn nun der besagte Schrank, vor dem sich die Jünger des Grals versammelt haben?«

Iorwerth schlug die Kapuze zurück, streifte den Regenmantel ab und hängte ihn über einen Pfosten des Treppengeländers. »In der Bibliothek. Es ist wirklich bedauerlich, dass das Haus so lange schon leer steht. Ah, verfluchte Bande ...«

Der Mann bückte sich und hob eine Bierdose auf. »Wie sind die nur wieder hier hereingekommen? Wenn ich einen von denen erwische! Früher war das was anderes, da hat mancher seine Strafe bekommen.«

»Was haben Sie denn mit den Kindern gemacht? Sie im Keller eingesperrt oder zu den Klippen gejagt?«, fragte Ally und erstarrte. Wenn dieser Bibliothekar Simon damals so erschreckt hatte, dass der vor Erschöpfung ertrunken war? Oder Simon war aus Angst vor dem zornigen Mann zu weit hinausgeschwommen!

Iorwerth steuerte in einen dunklen Raum zu ihrer Linken und zog seine Taschenlampe hervor. »Ach, ich brauchte gar nicht viel zu machen. Die Kinder hatten damals noch Respekt vor älteren Menschen.« Seine Stimme klang gedämpft aus dem Dunkel zu ihnen heraus. »Machen Sie doch Ihren Scheinwerfer an!«

»Geht es, Ally, oder soll ich das Ding tragen? Wir können es drinnen gleich positionieren. Ich muss nur sehen, wie ich den Schrank am besten ausleuchte.« Nick schaute neugierig in die Bibliothek, ein eher bescheiden anmutender Raum.

Ally stellte den Scheinwerfer auf einen niedrigen Tisch in einer Ecke des rechteckigen Raumes, der nur ein schmales, vergittertes Fenster aufwies, halb verborgen von den Resten einstmals dicker Vorhänge. Die mindestens drei Meter hohen Wände waren bis unter die Decke vertäfelt oder mit Büchervitrinen versehen. Ally musste die Augen von Iorwerth wenden, in dem sie einen zornigen Kinderschreck zu sehen versuchte. Und wenn er Simon an die Klippen getrieben hatte, warum war ihr Bruder dann weiter über den Strand gerannt?

Es standen nur noch wenige Bücher in den Regalen. Als Ally näher trat, entdeckte sie sogar ein Jerry-Cotton-Heft. »Geschmacklos.«

Nick fotografierte das Heft, das so fehl am Platz wirkte und die morbide Atmosphäre zerstörte. »Irgendwie holt dieses Heft das Haus in die Gegenwart, findest du nicht auch?«

Iorwerth schnaubte. »Das hat die Bierdose schon getan. Sie wollen ja wohl nicht behaupten, dass solcher Müll das Haus lebendig macht?«

»Nein, aber er zeigt, dass hier nicht nur Geister umgehen. Und ich finde das irgendwie beruhigend.« Nick knipste unbeirrt weiter.

»Medienvolk. Ihr habt sowieso keine Ahnung von Geschichte und Tradition. Euch ist nichts heilig.« Iorwerth nahm seine Brille ab, rieb sie mit seinem Unterhemd und setzte sie wieder auf. Dann trat er blinzelnd vor ein Paneel und drückte an den Leisten. Ein leises Klicken erklang, und in Augenhöhe sprang eine schmale Tür auf. Iorwerth schloss eine dahinter befindliche Tür auf. Doch nur ein leeres Fach war zu sehen.

Ally konnte sich nicht verkneifen zu erwidern: »Wir wären wohl kaum hier, wenn wir kein Interesse an Morlan House hätten.«

»Eher von Berufs wegen, oder etwa nicht?« Iorwerth stellte sich neben die offene Luke und ließ Nick hineinschauen.

»Das hat ja doch …«, wollte Ally sagen, doch Nick stieß sie unsanft an.

»Die Zeit läuft mir davon. Dreh doch mal den Scheinwerfer, und dann könnte Mr Iorwerth etwas dazu sagen?«

»Wie schon erwähnt existieren Hunderte von verschiedenen Versionen über den Heiligen Gral. Wenn wir nun bei Morlan House bleiben, ist davon auszugehen, dass die Familie keinen unerheblichen Anteil an der Legendenbildung hat. Es war noch vor Lord Edward und der unglücklichen Lady Isabella, also etwa um 1830, als das erste Mal von den Heilkräften des Kelchs von Morlan House gesprochen wird. Colonel William of Paith, der in Indien gekämpft hat, verwahrte den Holzkelch in einer sehr hübschen Kiste. Stellen Sie sich einen großen Humidor vor. So in etwa, aus edlen Hölzern und mit Intarsien versehen. Gebettet auf roten Samt lag dort der Kelch und wurde auf Wunsch hervorgeholt. Er soll stets in diesem Schrank verwahrt worden sein. Nur der jeweilige Lord hatte den Schlüssel. Was den Holzkelch so besonders machte, waren seine angeblichen Heilkräfte. Bald kamen von überall Leute und wollten aus dem Kelch von Morlan House trinken. Berichte von Wunderheilungen kursierten. Die Geheilten hinterließen ihre Geschichte handschriftlich auf kleinen Zetteln oder Briefen, die alle in den Kasten gelegt wurden.«

Ally hatte ihr Aufnahmegerät eingeschaltet. »Diese Zettel gibt es noch?«

»Einige sind noch im Kasten mit dem Rest des Kelchs.« Iorwerth beobachtete, wie Nick die Kamera auf das Stativ schraubte, um eine Aufnahme der Paneele samt leerem Fach zu machen.

»Was genau heißt Rest?«, wollte Ally wissen.

»Die Pilger, so muss man die Leute schon nennen, die bis in die Zwanzigerjahre in Scharen herkamen, bissen gern ein Stück vom Kelch ab, wenn sie daraus trinken durften. So wurde der Kelch immer kleiner, und irgendwann blieb nur noch ein dunkles Holzstück übrig«, erklärte der Bibliothekar und hob kurz seinen Hut, um sich eine graue Strähne aus der Stirn zu streichen.

Wenn Simon davon gehört hatte, war er sicher ganz versessen darauf gewesen, das Stück zu sehen. »Ist denn niemand auf den Gedanken gekommen, den Kelch auszutauschen? Immerhin war es der Gral, den konnte man doch nicht einfach so wegknabbern lassen!«

Nick lachte. »Der Gral wurde weggeknuspert!«

»So schlau waren die Jones of Paith auch, aber der Schaden war schon angerichtet. Wie auch immer, was geblieben ist, liegt jetzt in einem Banktresor.«

»Wo?« Allys Hoffnungen auf eine zügige Abwicklung der Recherche sank.

»In Aberystwyth. Die Morlakes haben noch Besitz in der Gegend.« Iorwerth rieb sich die lange Nase und klimperte ungeduldig mit seinen Schlüsseln. »Sind Sie so weit fertig? So viel gibt es ja nun auch nicht zu sehen.«

»Das nicht, aber ein gutes Foto braucht eben Vorbereitung. Sehr schade, dass ich nicht dabei sein kann, wenn ihr den Kasten öffnet, aber du machst das schon, Ally. Ich kann die Bilder dann immer noch nachbearbeiten.« Nick schraubte die Kamera vom Stativ und packte seine Utensilien zusammen.

Der Bibliothekar verschloss den Schrank und ließ das Paneel einrasten. Wehmütig sah er sich um.

»Die Morlakes hätten den Kelch doch auch meistbietend an irgendeinen verrückten reichen Sammler verkaufen können. Eine Replik hätten sie dann trotzdem ausstellen können«, überlegte Ally laut.

»Auch darüber gibt es Gerüchte, aber man hat mir versichert, dass dies nicht geschehen ist«, sagte Iorwerth und ging hinaus.

Ally folgte ihm samt Scheinwerfer und Aufnahmegerät. »Wer sind denn die Morlakes überhaupt, in welchem Verhältnis kann ich sie zu den Jones of Paith einordnen?«

»Sie haben Ihre Hausaufgaben aber auch gar nicht gemacht, mein Fräulein«, ätzte Iorwerth.

»Ich bin gerade dabei. Wir sind nicht in der Schule, und Sie werden für Ihre Auskunftsfreudigkeit bezahlt. Schon vergessen?«, konterte Ally.

Die Arme verärgert in die Luft werfend schlurfte der Mann voraus und riss seinen Regenmantel vom Geländer.

Nick seufzte. »Ich wünschte, ich könnte den Auftrag absagen, aber ich brauche das Geld. Die neue Kamera und die Software haben ein Loch in meine Kasse geschlagen, und mein Überziehungskredit ist mal wieder am Limit.«

»Ich arrangiere mich schon mit unserem ›hübschen Lord‹.« Lauter sagte sie: »Wir haben doch schon einen Besichtigungstermin in der Bank, nicht wahr, Mr Iorwerth?«

Der rote Schlapphut verschwand gerade unter der grünen Kapuze. »Nicht, dass ich wüsste. Mir wurde Ihr Anliegen nahegebracht, aber so schnell geht das nun auch nicht. Ich meine, das ist keine Sache, mit der ich die Morlakes so einfach mir nichts, dir nichts behelligen kann.«

»Soll ich anrufen? Geben Sie mir die Kontaktdaten, dann mache ich das.« Ally schaltete ihr Aufnahmegerät ab und steckte es in die Tasche.

Nick öffnete die schwere Eingangstür und ließ frische, wenn auch nebelfeuchte Luft herein. »Mr Iorwerth, ich vertraue auf Sie, dass Sie meiner Kollegin zur Seite stehen.« Er streckte dem mürrischen Mann die Hand entgegen. »Herzlichen Dank für Ihre Hilfe. Und Sie wissen ja, wenn Sie mal einen Artikel veröffentlichen möchten, wenden Sie sich gern an uns.«

Iorwerth' kleine Augen weiteten sich hinter den dicken Brillengläsern. »Mr Bellamy, es war mir ein Vergnügen. Und den Termin in der Bank werden wir schon organisieren. Es liegt natürlich nicht allein an mir.«

»Sicher, das verstehen wir doch. Auf Wiedersehen, und wir hören voneinander.« Nick schulterte das Stativ.

Ally reichte Iorwerth ihre Visitenkarte. »Melden Sie sich bis heute Abend bei mir? Ich müsste meine Abreise danach richten.«

Iorwerth kniff die Augen zusammen. »Sie würden wirklich einen Artikel von mir veröffentlichen?«

»Wenn er in unser Programm passt, ist das sicher eine Möglichkeit. Auszüge aus wissenschaftlichen Essays finden oft Platz bei uns«, sagte Ally mit einem freundlichen Lächeln.

Als sie wenig später neben Nick im Wagen saß, klopfte der ihr anerkennend aufs Knie. »Gut gemacht. Seinen Namen als Autor veröffentlicht zu sehen reizt ihn. Der meldet sich bei dir. So, ich bring dich ins Hotel zurück, und dann muss ich leider los.«

Sie würde ihn vermissen. »Der Schal ist wunderschön, Nick. Ich danke dir für alles.«

Er nahm eine Hand vom Lenkrad und strich ihr über die Wange. »Habe ich gern gemacht, und denk an meinen Rat.«

Sie vergrub die Nase in ihrem weichen Schal und schloss die Augen. Diese unerwartete Reise an die walisische Küste hatte ihr Leben auf den Kopf gestellt. Nein, korrigierte sie sich. Es war ein Aufrütteln gewesen, und das hatte sie gebraucht, um endlich einen Weg zu finden, mit der Vergangenheit Frieden schließen zu können. Vergessen war unmöglich, aber mit sich selbst ins Reine kommen, sich nicht mehr hassen müssen, wieder in Spiegel blicken können, ohne sich angeklagt zu fühlen, das wäre ein Schritt in die Gegenwart, in ein lebenswertes Leben.

17

Nachdem Nick abgefahren war, hatte Ally sich von Paige zu einer Thalasso-Behandlung überreden lassen. Das Sprudelbad und die Algenpackung waren so entspannend, dass Ally im Ruheraum einschlief. Als sie erwachte, dunkelte es bereits. Der Ruheraum führte auf eine kleine Terrasse vor den Dünen. Ally hüllte sich in ihren dicken Frotteebademantel und tappte nach draußen. Es war noch immer neblig, und ein feiner Nieselregen hing in der Luft. Sie hatte solche Tage oft während der Ferien mit ihren Eltern und Simon erlebt. Damals hatte sie auf das schlechte Wetter geschimpft und sich beschwert, dass sie nicht nach Frankreich oder Italien fahren konnten wie andere Familien auch.

Aberaeron, August 2002

Harold Carter bestand darauf, dass die Sommerferien mit der Familie im eigenen Land, bevorzugt in Wales, verbracht wurden. Es war einer dieser nebligen Abende. Sie saßen in einem kleinen Restaurant am Hafen, die Luft war noch warm vom Tag, und das Meer verschwand im Dunst aufsteigender Nebelschwaden. Windlichter flackerten auf den Tischen, und an der schmalen Promenade ging die Beleuchtung an.

»Schau mal, Ally, der Nebel zerstäubt über den Dünen. Als ob jemand draufsprüht!«, sagte Simon, der Naturphänomene genauso liebte wie historische Besonderheiten.

»Ja, ganz toll. Wenn wir mal woanders hinfahren würden, an die Adria oder nach Barcelona, dann wäre es da einfach nur schön warm. Würde mir auch gefallen!«, murrte Ally und stocherte in ihrem gebackenen Fisch. »Und man könnte Paella essen, das wäre doch mal was …«

»Sind alle jungen Mädchen so? Immer nur am Nörgeln! Es gibt Familien, die können sich keinen Urlaub leisten. Hast du daran schon mal gedacht, Ally?«, belehrte ihr Vater sie. Ihn konnten weder Regen noch Nebel von seiner Vorliebe für die walisische Küste abbringen. Zufrieden saß er mit einem um die Schultern geschlungenen Pullover in seinem Stuhl und trank ein dunkles Bier.

»Die Eltern meiner Freundinnen sind da anders. Moiras Eltern zum Beispiel haben ihr die Wahl des Urlaubsziels in diesem Jahr überlassen. Das wäre bei uns doch gar nicht denkbar!« Lustlos schob Ally ihren Teller von sich.

»Und wohin sind sie gefahren?«, fragte Harold Carter sehr höflich.

»Nach Kenia!« Vorwurfsvoll sah Ally ihren Vater an.

»Weißt du, mein Kind, ich könnte mit euch irgendwohin fahren, von mir aus nach Alaska, aber ich hätte weniger Spaß als hier. Ich will mich einfach nur entspannen, und das tue ich am besten in einer Umgebung, die mir vertraut ist, und mit meiner Familie. Wenn du erwachsen bist, kannst du überall hinfahren. Und in Kenia kannst du dich dann von einer Fliege stechen lassen und dir eine dieser scheußlichen tropischen Krankheiten einfangen.«

Grace legte ihrem Mann die Hand auf die Schulter. »Wir sind doch alle gern hier, Harold. Aber junge Leute haben nun mal andere Vorstellungen als wir. Das sollten wir akzeptieren.«

Simon sprang auf und zog Ally am Arm. »Komm, wir gehen zum Wasser und schauen, ob das Meer leuchtet.«

Ally verdrehte die Augen. »Das gibt es nur, wenn es ganz warm ist. Und heute bestimmt nicht.«

»Tu ihm doch den Gefallen, Ally. Morgen entscheidet ihr dann, was wir machen!«, schlug Grace vor und lächelte versonnen.

Ihre Mutter hatte etwas Weiches, Zärtliches an sich, wenn sie mit ihnen, aber vor allem wenn sie mit ihrem Vater sprach. Eine Spur von Eifersucht schwang mit, als Ally beobachtete, wie zufrieden ihre Eltern beieinandersaßen, die Arme verhakt, den Moment genießend. Manchmal hatte sie das Gefühl, dass ihre Eltern auch ohne sie und Simon glücklich waren.

»Na komm, Simon. Gehen wir.« Sie warf ihrer Mutter einen verärgerten Blick zu, doch die hatte den Kopf an die Schulter ihres Mannes gelehnt und summte mit geschlossenen Augen die Melodie eines Liedes mit, das aus einem der Pubs herüberklang.

Simon schien das alles nicht zu stören. Zielstrebig folgte er der Hafenmauer bis zur Schleuse, durch welche die Schiffe ins Meer gelangten. Auf vielen Booten saßen die Eigner und genossen den lauen Sommerabend. Positionslampen blinkten auf, gedämpftes Stimmengemurmel mischte sich mit dem Plätschern der Wellen. Die kleine Hafenstadt war in Ferienstimmung, genau wie ihre Gäste.

»Ich denke, dass wir heute Glück haben, Ally«, stellte Simon selbstsicher fest, während sie Seite an Seite die Stufen zwischen den Betonpollern der Schleusenanlage hinaufstiegen.

»Wir haben es bisher immer verpasst, aber heute stimmt alles!« Begeistert sprang Simon auf die losen Kiesel, die tonnenweise den niedrigen Deich bedeckten.

Bei einer richtigen Flut würden die runden Kiesel kaum viel Schutz bieten, dachte Ally und hob einen der Steine auf. Er war noch warm und fühlte sich beinahe samtig an. Das Meer schliff diese Steine tagaus, tagein, jahrelang, bis es sie ausspuckte und an den Strand warf.

Ihr Bruder packte ihren Arm. »Schau doch!«

Sie standen unterhalb des Deichs auf dem Strand, der hier in feinen Sand überging. Das Meer lag in der Dunkelheit vor ihnen, sie konnten es hören, das ewige Murmeln, Wispern, Grollen der nahenden Wellen. Vom Hafen und der Promenade leuchtete es schwach bis kaum auf den Strand. Weit draußen blinkten Positionslampen von Seglern oder Kuttern. Und dann sah Ally es auch.

Die Gischt der brechenden Wellen glitzerte und funkelte blaugrün, so als hielte eine Meerjungfrau vom Meeresgrund eine Laterne in das Wasser. Überwältigt von dem geheimnisvollen Naturschauspiel presste Ally sich die Finger an die Lippen. »Ist das schön …«, flüsterte sie und lief nach vorn.

»Hab ich's nicht gesagt?« Lachend rannte Simon an ihr vorbei, zog seine Schuhe aus und stellte sich bis zu den Oberschenkeln ins Wasser.

Ally, die ebenfalls Shorts trug, tat es ihm gleich und konnte gar nicht genug bekommen von dem Anblick ihrer leuchtenden Beine im grünen Meerwasser.

»Das sind die Meeresleuchttierchen. Es war so warm in den vergangenen Tagen, dass es genug Algen für sie zu fressen gab. Da haben sie sich vermehrt, und deshalb können wir sie sehen«, erklärte Simon nicht ohne Stolz.

»Du bist ein schlauer kleiner Professor!« Sie unterstrich ihre Worte mit einem Schwall Wasser, das sie ihm entgegenspritzte.

Simon erwiderte die Befeuerung, und es dauerte nicht lange, und sie landeten prustend kopfüber im Meer. Gemeinsam schwammen sie am Ufer entlang und freuten sich an den leuchtenden Meeresbewohnern. Inzwischen hatten sich mehr Menschen ins Wasser begeben, um das seltene Phänomen zu genießen. In ihrem T-Shirt und Shorts fühlte sich Ally zunehmend unwohl, und sie steuerte auf das dunkle Ufer zu. Zu spät entdeckte sie die im Sand kauernden Gestalten, die sie anscheinend die ganze Zeit über beobachtet hatten.

Bierdosen standen vor den drei Männern, die Selbstgerolltes rauchten. Ziemlich starkes Zeug, wenn sie den unverkennbar süßlichen Duft richtig deutete.

»Na, Süße, wollen wir nachher noch mal ein Mitternachtsbad nehmen?«, sagte der eine mit schwerer Zunge.

Ein anderer lachte anzüglich, wobei sein fetter Körper im Sand wackelte.

Unsicher sah Ally zu den Lichtern hinüber. Sie hasste solche Typen! Man konnte nie wissen, ob es nur bei derben Anzüglichkeiten bleiben würde. »Simon!«

Wo zum Teufel steckte ihr Bruder? Sie drehte sich um, konnte Simon im Wasser jedoch nicht entdecken. Panik stieg in ihr auf, gerade eben war er doch noch hinter ihr gewesen. »Simon!«, rief sie lauter und starrte angstvoll auf das grünlich schimmernde Meer hinaus.

»Also wenn du den Knirps meinst, mit dem du da herumgeplanscht bist, der steht da vorn mit unserem Kumpel«, meinte derjenige, der sie vorher Süße genannt hatte, rülpste und hielt sich die Bierdose an den Mund. Anscheinend war sie leer, denn er zerdrückte sie und warf sie einfach hinter sich auf den Strand.

»Ups …«, grinste der Dicke.

Doch Ally hatte nur noch Augen für ihren Bruder, der sich in aller Seelenruhe mit einem kräftigen Mann unterhielt, der immer wieder auf das Meer deutete und ihm etwas zu erklären schien.

»Simon! Verdammt noch mal, du hast mir eine Todesangst eingejagt! Du kannst doch nicht einfach abhauen und mit irgendeinem Fremden reden!«, fauchte sie ihren Bruder an, ohne darauf zu achten, dass der Fremde sie interessiert aus hellen Augen musterte und die Hände in abgewetzten Shorts vergrub.

»Aber, Ally, der nette Mann hier ist Fischer …«, begann Simon.

Der Mann klopfte Simon auf die Schulter. »Noctiluca scintillans. Nicht vergessen!« Damit stapfte er davon.

Simon verzog das Gesicht und schob schmollend die Unterlippe vor. »Das war sehr unhöflich. Er war nämlich sehr freundlich und hat mir erklärt, wie die Meeresleuchttierchen auf Latein heißen. Noctiluca scintillans!«

Unbeeindruckt packte Ally ihren Bruder an der Hand und zog ihn mit sich Richtung Hafen. »Mach das nie wieder, Simon Carter! Du weißt doch gar nichts über den Kerl. Der kann doch, der … Herrgott, sei einfach vorsichtig!«

»Ally, jetzt hör aber auf. Ich bin kein Baby mehr!« Simon nieste.

»Auch das noch! Mum wird mich vierteilen, wenn du dich erkältet hast.«

»Wieso? Das ist doch nicht deine Schuld. Wir sind beide ins Wasser gegangen. Außerdem kriege ich nicht so schnell einen Schnupfen.«

»Auch wieder wahr.« Weil Simon regelmäßig mit seinem Schwimmteam trainierte, war er abgehärtet. »Aber du musst mir versprechen, dich nicht einfach mit fremden Leuten zu unterhalten, hörst du, Professor?«

»Ja ja, und wegen der Gralsgeschichte, da hatte ich auch recht. Es gibt da ein altes Haus …«, plapperte Simon weiter, während Ally den Schritt beschleunigte, weil die nassen Sachen unangenehm zu kleben begannen.

Ally zog sich den Bademantel enger um die Schultern. Der Wind war noch zu kalt, und sie fröstelte. Der Fremde damals am Strand. Hatte das etwas zu bedeuten? Simon war ein kontaktfreudiger Junge gewesen. Vielleicht hatte er mit dem Falschen gesprochen … Wie oft hatte sie sich darüber den Kopf zerbrochen, und alle ihre Überlegungen hatten zu nichts geführt. Und wie dumm war sie gewesen. So verbohrt und viel zu egoistisch, um zu begreifen, dass ihre Eltern einfach glücklich waren, dass sie alle zusammen waren. Sie brauchten keine exotischen Fernreisen, um die gemeinsame Zeit mit ihren Kindern genießen zu können. Sicher wäre das für sie und Simon spannender gewesen, aber im Grunde hatten sie sich auch so amüsiert. Irgendwann in den Monaten nach Simons Tod hatte sie zu ihrem Vater gesagt, dass es in Kenia vielleicht nicht zu dem Unfall gekommen wäre. Niemals würde sie sein Gesicht vergessen. Wie versteinert hatte ihr Vater dagesessen, sie schweigend angesehen und war schließlich wortlos aufgestanden.

Weder ihre Mutter noch ihr Vater hatten jemals richtig mit ihr darüber gesprochen. Von ihrem Therapeuten hatte sie später die wenig tröstliche Interpretation erhalten, dass es ihre Absicht gewesen war zu provozieren, ihre Eltern so zu einem Dialog und, wenn es anders nicht ging, zu einem Streit zu bewegen.

In wetterfester Kleidung und mit trockenen Haaren ging Ally eine Stunde später durch die Lounge, wo sie auf Paige traf.

»Guten Abend, Ally. Wie schade, dass Nick schon fahren musste. Hast du gegessen? Unser Koch hat frischen Lachs und Mangold auf der Karte. Die Küche ist noch offen, schließt aber in Kürze.«

»Das klingt verlockend, aber ich möchte mir noch ein wenig die Beine vertreten und entscheide mich unterwegs. Wegen heute Morgen … Es tut mir sehr leid. Die Blumen sind wunderschön!« Ally hatte keine Lust, sich allein an einen Tisch im Restaurant zu setzen. Womöglich erinnerten sich Hausgäste an ihre Vorstellung im Frühstücksraum.

»Das war doch selbstverständlich. Geburtstage sind so eine Sache. Jeder geht anders damit um. Geh nur spazieren. Die salzige Meeresluft aus erster Hand gibt es in London nicht.« Paige hatte einen Ordner in der Hand und schaute auf eine Liste. »Verlässt du uns morgen?«

»Eigentlich war es so geplant, aber nun hat sich etwas ergeben. Ich könnte mir den Gralskelch in einem Banktresor zeigen lassen, und mein Verleger scheint ganz wild auf diese Story zu sein. Wenn der Termin morgen später liegt, lohnt es sich eigentlich nicht für mich, noch zu fahren. Könnte ich dann verlängern?«

Paige lächelte. Ihr taubenblaues Kostüm unterstrich ihren Teint. »Tja, einige Menschen sind ganz verrückt auf diese Legende. Ich halte das alles für Humbug oder vielmehr schlaue Werbestrategie der Besitzer von Morlan House. Waren das damals die Jones of Paith? Oder schon die Morlakes? Ich weiß es nicht genau, vielleicht weiß mein Mann mehr, er kennt ja viele Leute, aber er ist nicht hier …«

»Das ist wirklich bedauerlich, denn vielleicht hätte es mir ein weiteres Treffen mit Mr Iorwerth erspart«, meinte Ally. Allerdings waren manche Familien sehr auf ihre Privatsphäre bedacht. Besonders alteingesessener Adel war oft schwerer zu einem Gespräch zu bewegen als der Premierminister.

»Verlängern ist gar kein Problem. Noch sind wir in der Vorsaison, da sind nur die Wochenenden ausgebucht. Und bei Ashton Iorwerth kann ich dich vollkommen verstehen. Jede Begegnung mit ihm zerrt an meinen Nerven. Er ist ein beschlagener Mann, aber furchtbar eigensinnig und launisch wie ein altes Waschweib. Rosie hat regelrecht Angst vor ihm. Sie findet ihn eklig.«

»Kindermund tut Wahrheit kund«, sagte Ally. »Ich will dich nicht aufhalten, Rosie wartet sicher schon auf dich.«

»Armes Kind, so hatte ich mir das wahrlich nicht vorgestellt. Ich wollte viel mehr Zeit für sie haben, weil ich weiß, wie es ist, wenn man mit Kindermädchen aufwächst.« Paige trommelte mit den Fingern auf ihren Ordner. »Reich ist man erst, wenn man Geld und Zeit im Überfluss hat. Ally, frag doch morgen auf jeden Fall an der Rezeption nach mir. Für einen Kaffee findet sich bestimmt ein Moment. Ja?«

»Gern.« Ally schlang sich den neuen Schal fester um den Hals und trat hinaus in die frische Abendluft.

Ally spazierte um den Hafen herum und trat auf den Deich. Eigentlich hatte sie keinen großen Hunger. Der Magen sollte nur etwas zu tun bekommen. Eine Portion Fish and Chips bei Jerry's wäre genau das Richtige. Sie beschleunigte ihren Schritt und erreichte die Tür des kleinen Fischrestaurants, als Dotti einen Müllsack zu einem Container schleppte.

Im Restaurant saßen noch zwei Gäste, doch Allys Hoffnung auf ein Abendessen sank gegen null, als sie Dottis abweisende Miene sah. »Äh, guten Abend, Dotti. Ich weiß, ich bin spät, aber …«

»Dann wissen Sie auch, dass es jetzt nichts mehr gibt, Herzchen. Irgendwann ist Schluss. Wir haben auch noch ein Privatleben.« Die Kellnerin warf den Deckel des Containers mit Wucht zu und wischte sich die Hände an ihrem roten Hemd ab, über dem sie heute eine offene karierte Bluse trug.

»Eine Portion auf die Hand vielleicht?«, fragte Ally, denn nun meldete sich ihr Magen doch.

Dotti stemmte die Hände in die Hüften und musterte sie von oben bis unten. »Ich glaube nicht, dass Sie das riskieren sollten.«

»Wie bitte?« Doch dann dämmerte Ally, worauf Dotti anspielte, und sie winkte ab. »Schon gut.«

»War Ihnen doch zu dreckig hier, oder etwa nicht? Gehen Sie mal schön zurück in Ihre Stadt und schaun Sie sich da mal die Küchen von den feinen Schuppen an. Da ist auch nicht alles Gold, was glänzt«, keifte Dotti und schien richtig in Rage zu geraten.

Ally lief schneller, um dem Gezeter zu entkommen. Sie konnte es der Frau noch nicht einmal verübeln. Irgendwie verprellte sie ständig alle Menschen, besonders die, denen sie nahestand. Ob sie jemals wieder so unbeschwert sein konnte wie damals? Sie stolperte über einen losen Stein, fing sich gerade noch und sah sich um. Sie war am Hafen entlanggelaufen und befand sich in etwa dort, wo sie gestern mit Connor Hewett gesprochen hatten. Es war zu dunkel, um die einzelnen Werkhallen zu unterscheiden.

Der Hafen war gut ausgeleuchtet, doch die alte Werft wurde nur vom Schein der Straßenlaternen auf der anderen Straßenseite erleuchtet. Sie hörte die Wellen auf die Felsen schlagen, die hier am Strand ins Meer führten. Zwischen den Schuppen und

Bootsrümpfen raschelte und quiekte es. Ratten, dachte Ally und ging weiter. Ein Auto kam langsam um die Kurve gefahren, und Ally wandte den Blick ab, um den grellen Scheinwerfern auszuweichen. Um diese Zeit waren kaum noch Spaziergänger unterwegs, und nur aus den Pubs kamen einige Nachtschwärmer.

Erst im Sommer belebte sich das kleine Hafenstädtchen. Sie schaute den Hügel hinauf, an dem sich die bunten Ferienhäuser aneinanderschmiegten. In zwei Häusern waren die Fenster erleuchtet. Ein Hund bellte, und sie dachte sofort an Henry. Der Nebel hatte sich verzogen, doch dafür begann es nun zu regnen. Ally zog sich die Kapuze über die Haare und drehte um. Die Tropfen wurden dicker und klatschten ihr ins Gesicht. Obwohl Nick und Meg an sie gedacht hatten, gehörte dieser Geburtstag zu den Tagen, die sie lieber nicht durchlebt hätte. Der überraschende Besuch ihrer Mutter hatte sie mehr getroffen, als sie es sich hatte eingestehen wollen. Ihr plötzlich gegenüberzustehen hatte alle Wunden aufgerissen und Ally gezeigt, wie leer ihr Leben, wie kaputt sie selbst war. Und sie trug die Schuld daran. Ally schluchzte. Vielleicht nicht allein, aber wenn … Da war es wieder, das schreckliche »Wenn«. Ihr Handy klingelte.

»Ja?«, murmelte sie.

»Ally, wo steckst du? Ich wollte dich im Hotel besuchen, aber du warst nicht da. Geht es dir gut?« David klang besorgt.

Ally blinzelte in den Regen, erkannte die Hafenmauer und sagte mit tränenerstickter Stimme: »Es geht mir beschissen, und ich stehe hier im Regen am Hafen in der Nähe der alten Werft.«

»Bleib einfach da stehen, okay? Wir sind auf der Brücke.« Die Verbindung war beendet, und Ally sah sich um, konnte aber niemanden entdecken.

Als Henry nach wenigen Minuten auf sie zugaloppierte, machte ihr Herz einen Satz. Sie ließ sich nur zu gern von dem nassen Hund anspringen. Er fühlte sich warm und lebendig an, und seine Freude war echt. Hatte David heute nicht einen Termin mit Robert? Paige hatte gesagt, dass Robert noch nicht zurück war.

»Henry, lass das!«, rief David und kam mit weit ausholenden Schritten auf sie zu. Er trug einen Windbreaker, und seine Jeans waren so durchnässt wie ihre.

»Was machst du denn allein hier draußen? Ich habe mir solche Mühe mit dem Hotel gegeben. Ich habe mir sagen lassen, dass es Gäste gibt, die sich sogar gern darin aufhalten.«

Ihre Lippen zitterten, und sie senkte das Kinn, damit er ihre Tränen nicht sah, aber vielleicht wusch der Regen sie fort. Doch David legte seine Hände um ihr Gesicht und sah sie mit einem unergründlichen Ausdruck an. »Herzlichen Glückwunsch zum Geburtstag, Ally.«

Voller Zärtlichkeit berührten seine Lippen ihren Mund, der sich unter seinem sanften Druck leicht öffnete. Sie ließ es geschehen und wünschte sich, dass seine Berührung ihre Gedanken aufhalten könnte, zumindest für eine kleine Weile. Doch als er sich von ihr löste, war ihre Traurigkeit nur noch größer, und sie wandte sich ab.

»Ich muss gehen, David.«

»Musst du das?«, fragte er und griff nach ihrer Hand. »Ally, lass uns reden. Bitte, komm mit mir, wärm dich auf, trink einen Schluck, und dann bringe ich dich zurück.«

»Warum bist du hier und Robert nicht?« Die Frage war ihr einfach durch den Kopf geschossen.

Er zog sie einfach mit sich. »Wir müssen da hoch. Du hast mit Paige gesprochen? Robert wollte noch in Torquay bleiben. Ich habe ihm gesagt, was ich von der Villa halte, und damit war die Sache für mich erledigt. Außerdem hatte ich gehofft, dich heute Abend noch zu sehen.«

Sie stolperte hinter ihm über die Straße. »Torquay in Devon. Da fährt man doch mindestens drei Stunden hin!«

»Vier, und wenn es schlecht läuft, so wie heute, sogar noch etwas länger. Sieh mal da hoch.« Sie standen am Fuße des Hügels, der sich über der Bucht erhob.

»Ferienhäuser.«

»Es gibt zwei, vor denen Licht brennt. Das obere habe ich gemietet. Die Vermieterin hatte Geschmack und auf Blümchendekor bei der Renovierung verzichtet.«

»Und sie hat es dauerhaft an dich vermietet? Da macht sie aber einen Verlust. An Feriengästen kann man mehr verdienen.« Sie folgte ihm durch ein kleines Tor, hinter dem steile Stufen hinaufführten. Das war typisch für Wales. Im Grunde sahen die Hügel nicht besonders hoch und auch nicht steil aus, aber wenn man mit dem Aufstieg begann, wurde man schnell eines Besseren belehrt. Henry preschte an ihnen vorbei.

»Aber so spart sie sich die Suche nach Gästen und muss auch nicht dauernd kaputtes Mobiliar erneuern. Als Mieter bin ich ein Glücksfall.« Er drehte sich zu ihr um. Der Regen war heftiger geworden, und David musste sich die Haare aus dem Gesicht streichen. »Na, los. Endspurt.«

Er ließ ihre Hand los und rannte hinter Henry her. Ally zögerte, hob das Gesicht in den kühlen Regen und sprintete die Stufen hinauf. Nach wenigen Metern ging es in einen steilen Weg über. Während des Laufens nahm sie nur schemenhaft die kleinen Häuser mit ihren hübschen Vorgärten wahr, denn Dunkelheit und Regen machten es nahezu unmöglich, mehr als nur Umrisse zu erkennen. Leicht außer Atem kam sie neben David an, der mit Henry vor seinem Cottage auf sie wartete.

»Du bist gut in Form, Ally. Läufst du?« Er schloss die Tür auf. »Bitte, tritt ein.« Er hielt Henry am Halsband fest und ließ Ally vorbeigehen.

Im Hausflur griff David nach einem großen Handtuch und rieb Henry trocken. »So, mein Alter, jetzt darfst du rein.«

Das Licht, das sie von unten gesehen hatte, brannte im Wohnzimmer, das ihr sofort gefiel. Im Kamin brannte ein Feuer, das durch eine Glasscheibe geschützt war. Sie zog ihre Jacke aus und wickelte den nassen Schal ab. Ihr Pullover war trocken geblieben, doch die Hose klebte ihr an den Beinen.

»Wenn es dir nichts ausmacht, kannst du eine Pyjamahose von mir anziehen, während wir deine Jeans im Heizungskeller trocknen.« David hatte seine Jacke bereits abgelegt. »Das Bad ist gleich hier. Handtücher liegen im Regal.«

»Danke.« Ally fand sogar einen kleinen Föhn und trocknete die nassen Haarsträhnen. Ihre Augen sahen gerötet aus. Ally spülte sie mit kaltem Wasser und pellte sich aus der nassen Jeans. Die Schuhe hatte sie bereits im Flur ausgezogen. Als sie vorsichtig die Badezimmertür öffnete, entdeckte sie die versprochene Schlafanzughose auf der Ablage.

Unsicher tappte sie auf Socken durch den Flur und fand David in der offenen Küche. »Was möchtest du, Ally? Wein, Tee, Kaffee?«

»Tee, bitte.« Ihre Hände zitterten noch immer, was auch daran lag, dass sie der Versuchung widerstanden hatte, die Tabletten aus dem Papierkorb ihres Hotelzimmers zu fischen. »Mit Milch.«

Sie trat zwei Stufen hinunter ins Wohnzimmer und fand Henry vor dem Kamin. Er schleckte sich das Maul und legte sich auf die Seite. Ally hockte sich zu ihm und kraulte das weiche, noch feuchte Fell, was Henry mit geschlossenen Augen und zufriedenem Grunzen quittierte.

Das Feuer und die Wärme des Hundes ließen Allys Anspannung weichen, nur ihre Gedanken kamen noch immer nicht zur Ruhe. »Hat Paige dir von heute Vormittag erzählt?«

»Ein wenig. So weit war alles harmonisch. Bis deine Mutter auftauchte. Ihr seht euch nicht oft?« David kam mit zwei Teebechern aus der Küche und stellte sie auf den Couchtisch.

Seine Haare wirkten trockener, wenn auch zerzaust, und die Jeans hatte er gewechselt. Er setzte sich auf das Sofa und streckte die langen Beine aus. »Möchtest du etwas essen?«

Sie schüttelte den Kopf. Nach dem unerfreulichen Zusammentreffen mit Dotti war ihr der Appetit vergangen. Und seine dunklen Augen, die sie unablässig zu beobachten schienen, ließen sie auf der Hut sein, vor sich, vor ihm. Seine schön geschwungenen Lippen verzogen sich zu einem Schmunzeln.

»Du verwöhnst Henry, obwohl er wahrscheinlich ziemlich muffig riecht. Nasses Hundefell …«

Ally erhob sich. »Ist mir nicht unangenehm aufgefallen. Du hast es wirklich schön hier.« Sie griff nach dem Becher, in dem sie Milch entdeckte, und setzte sich in einen der Sessel. »Wenn es nicht gerade gießt, ist der Ausblick sicher großartig.« Sie drehte den Becher in den Händen. »Simons Tod hat alles verändert, David. Unsere Familie gibt es nicht mehr, und die Ally, die du damals kanntest, auch nicht …«

18

Er las die verzweifelte Hoffnungslosigkeit in ihren Augen und verstand ihren Schmerz. Aber was war zwischen Ally und ihren Eltern vorgefallen? Warum hatte sie dort keinen Rückhalt gefunden, wo sie ihn am meisten gebraucht hätte? Vorwürfe halfen nicht, von keiner Seite. Alle litten, und für alle Beteiligten musste es kaum auszuhalten sein, aber – das Leben ging weiter, musste weitergehen! Und solange man in dieser Gestalt auf der Erde wandelte, sollte man versuchen, das Beste daraus zu machen. Das war seine persönliche Philosophie. Er hielt nichts davon, den Kopf in den Sand zu stecken und sich mit Selbstzweifeln zu zermartern. Allerdings war seine Ausgangsposition eine andere als die von Ally.

Das Schlimme war, dass er sie nicht leiden sehen konnte. Es zerriss ihm das Herz, sie so verzweifelt zu wissen. Er kannte ein junges Mädchen, das voller Übermut und Lebensfreude gewesen war. Ein Mädchen, das ihn damals mit frischer, unschuldiger Anmut überwältigt hatte.

Ihre Locken hatte sie lose zusammengebunden, nur einige Strähnen fielen um ihr schmales Gesicht, aus dem meergrüne Augen mehr durch ihn hindurchsahen, als dass sie ihn wirklich wahrnahmen. Er konnte sie noch nicht erreichen, weil sie keine Nähe zulassen wollte.

Sie reagierte auf seine Berührungen, erwiderte seine Küsse, und wenn er sie jetzt in den Arm nahm, würden sie sich nahe sein, körperlich. Es verlangte ihn danach, sie zu berühren, sein Körper reagierte stärker auf sie als auf jede andere Frau, und er wusste, dass sie ähnlich für ihn empfand. Aber das war es nicht, was er wollte, eine schnelle Affäre, die vorbei war, sobald sie wieder nach London zurückfuhr.

»Hast du dich schon einmal gefragt, warum wir beide hierher zurückgekommen sind?«, fragte er und fuhr sich durch die Haare, die er hätte bürsten sollen.

Erstaunt sah sie von ihrem Becher auf. »Zufall, unsere Arbeit.«

David schüttelte nachdrücklich den Kopf. »Da wäre der Zufall sehr bemüht worden. Nein, ich denke, dass es Bestimmung ist, dass wir es so wollten. Robert hat mir den Job zwar angeboten, aber es hätte andere Möglichkeiten gegeben. Ich habe zugesagt, weil ich fühlte, dass ich hier noch nicht fertig bin, mit der Vergangenheit nicht abgeschlossen habe und es offene Fragen gibt.«

»Wenn ich den Auftrag nicht angenommen hätte, wäre ich meinen Job losgeworden!«, meinte Ally, doch es mangelte ihrer Stimme an Überzeugungskraft.

»Wirklich? Ich glaube eher, dass es an der Zeit war, dass du herkamst. Genau wie für mich.« Er mochte es, wie sie sich in den Sessel kuschelte, in seiner Pyjamahose.

»Welche offenen Fragen meinst du?« Sie trank ihren Tee aus und stellte den Becher zurück.

»Was damals wirklich passiert ist. Ich habe es dir schon gesagt, ich glaube nicht, dass Simon einfach so ertrunken ist. Ich glaube nicht, dass es ein Unfall war.«

»Was macht dich da so sicher?«

Sie glaubte auch nicht an den Unfall, davon war er überzeugt. »Simon war ein so aufgeweckter, sportlicher Junge. Er war sogar überdurchschnittlich intelligent. Warum sollte er bei Bullenhitze ins Wasser springen und sich in gefährliche Strömungen begeben? Er kannte die Bucht hier! Ihr seid doch jeden Sommer hier gewesen!«

»Jungs tun manchmal unsinnige Dinge. David, glaubst du, ich habe nicht darüber nachgedacht? Immer wieder, jeden Tag, jede

Nacht verfolgen mich die Bilder von Simon am Strand in meinen Träumen!« Sie stand auf, ging zur Terrassentür und lehnte die Stirn gegen die kühle Glasscheibe. »Jede Nacht, David. Und dann steht er da und sieht mich an, als wolle er mir etwas sagen. Ich werde noch verrückt!«, flüsterte sie und ballte die Hand zur Faust.

David war ebenfalls aufgestanden und ging zu ihr, um sie in den Arm zu nehmen. Wenigstens diesen Trost konnte er ihr geben. Sie war so schrecklich allein in ihrem Kummer und wusste nicht, wie sie sich daraus befreien sollte. Vielleicht gelang es ihnen gemeinsam, einen Weg zu finden. Keine einfache Lösung aller Fragen, die konnte es nicht geben, aber sie konnten sich gemeinsam auf die Suche nach Antworten machen. Denn etwas stimmte nicht an der ganzen Sache. Das sagte ihm sein kritischer, analytischer Verstand. Etwas Entscheidendes hatte er bisher übersehen, irgendein Detail, das fehlende Puzzlestück, um Licht in Simons letzte Stunden zu bringen.

Er hatte seine Arme um sie gelegt und drückte seine Lippen in ihr Haar, das so gut duftete. »Ally, lass uns den Tag damals noch einmal durchgehen. Erzähl mir genau, was Simon gesagt hat, bevor er gegangen ist, und ich versuche mich daran zu erinnern, mit wem er gesprochen hat, als wir auf Connors Boot waren.«

Den Kopf an seine Brust gelehnt sagte sie: »Ich erinnere mich gar nicht daran, dass er mit jemandem gesprochen hat. Wann war das?«

»Als ich dich erheblich abgelenkt habe. Ungefähr so wie jetzt.« Er drehte sie sanft zu sich um und küsste ihre Schläfe, glitt mit den Lippen über ihre Wange bis zu ihrem Hals und verweilte unterhalb ihres Ohres, wo es warm war und sich der Duft ihrer Haut mit dem ihrer Haare vermischte.

Als sie einen leisen Seufzer von sich gab und ihre Arme um ihn schlang, streifte er ihr Schlüsselbein und fand den Weg zu ihren Lippen. Es sollte ein zärtlicher Kuss sein, tröstlich, aber ihre Lippen schmeckten nach mehr, und als ihr Atem schneller ging, sie ihren Körper an ihn drückte und er ihre Hand in seinen Haaren fühlte, konnte er sich nur schwer zurückhalten. Sein Körper reagierte spürbar. »Ally ...«, murmelte er, machte sich von ihr los und räusperte sich.

»Was ist?« Mit verträumten dunklen Augen schaute sie ihn an. »Du willst mich, und ich will dich. Hattest du das nicht im Sinn, als du mich hierher gelotst hast?« Ihre Hände glitten über seine Brust, und es kostete ihn einige Anstrengung, nicht nachzugeben.

»Nein. Ich meine, ich habe ganz und gar nichts dagegen, aber es wäre nicht richtig, nicht heute. Du bist aufgewühlt und durcheinander und würdest es morgen bereuen oder mich dafür hassen, weil ich deine Schwäche ausgenutzt habe oder ... Nein, Ally, glaub mir.« Sie mussten miteinander reden, alles andere wäre ein Fehler und würde die gewonnene Annäherung zerstören.

»Es muss also nach deinen Regeln gespielt werden.« Verschnupft ließ sie ihn los.

»Ich spiele nicht mit dir, und Regeln stelle ich auch keine auf. Ich möchte dich lieben, Ally, und wie sehr ich dich begehre, hast du ja wohl unschwer bemerkt.« Er nahm ihre Hand und legte sie auf seine Brust, dort, wo sein Herz schlug. »Ich möchte mehr als nur eine Nacht voller Leidenschaft.«

»Ach, David ... Vielleicht ist das alles, was wir haben können.« Sie legte ihre Stirn gegen seine Brust, wartete, und als er nichts sagte, hob sie ihren Blick.

Er konnte ihre Unsicherheit, ihr Zögern spüren und nahm sie mit zum Sofa. »Damals habe ich einen Rückzieher gemacht und viel zu spät meinen Fehler erkannt. Mach du nicht denselben Fehler, Ally. Gib uns eine Chance.«

Seufzend kuschelte sie sich in seine Armbeuge und legte die Beine aufs Sofa. Henry schlief tief und fest, nur seine Schwanzspitze klopfte manchmal im Traum auf den Boden. Ally spürte Davids gleichmäßigen Herzschlag und schloss die Augen. »Du machst es mir schwer, nein zu sagen. Außerdem mag ich Henry wirklich sehr.«

»Das ist ein Anfang.« Er strich ihr über die Wange. »Und jetzt erzähl mir genau, was Simon dir über Morlan House erzählt hat. Lass nichts aus, jede Kleinigkeit könnte wichtig sein. Hat er noch jemanden getroffen? Hat er geheimnisvoll getan? Jungs lieben so etwas. Sie wollen gern allein etwas aushecken, ohne dauernd die große Schwester um Hilfe bitten zu müssen.«

Simon war immer stolz auf seine Alleingänge gewesen, auch wenn es sich um Besuche von Bibliotheken und Museen gehandelt hatte, die ihm bekannt gewesen waren. »An dem Tag war es sehr warm, nein heiß! Ich weiß noch, dass ich überhaupt nicht verstehen konnte, wie meine Eltern sich bei dem Wetter mit Freunden zum Häuseranschauen verabreden konnten. Jeff und Iris waren ungefähr im Alter meiner Eltern. Ich konnte sie nicht ausstehen! Er war Lehrer an einem College in York und hielt dauernd Vorträge. Als Englischlehrer war Dylan Thomas natürlich sein Steckenpferd. Simon und ich haben uns immer verdrückt, wenn Jeff wieder seine Interpretation von ›Unter dem Milchwald‹ vorzutragen begann. Große Güte, du kannst dir nicht vorstellen, wie geschickt dieser Langweiler es anstellte, jedes noch so beliebige Thema irgendwann auf Dylan Thomas zu bringen. Das wurde zu einem Running Gag bei Simon und mir.«

Sie lächelte. »Simon konnte so albern sein.« Sie schluckte. »Wir hatten so viel Spaß zusammen …« Ihre Stimme brach, doch es tat gut, so über Simon sprechen zu können. David drängte sie nicht, sondern wartete einfach, bis sie weitersprach.

»Er war der beste kleine Bruder, den man sich wünschen konnte, weißt du. Und ich war manchmal so zickig!«

»Das ist doch normal unter Geschwistern. Ich habe leider keine, aber ich habe das bei meinen Freunden erlebt. Als wir größer wurden, waren die Schwestern plötzlich ziemlich interessant.« David lachte, als Ally ihn in die Seite zwickte.

»Ihr seid doch alle gleich!«

»Sind wir das?« Seine Stimme war rau und viel zu dicht an ihrem Ohr.

»Mal sehen.« Sie zog ihn zu sich und küsste ihn.

Leicht außer Atem murmelte sie etwas später: »Ich muss dafür eine Feldstudie anlegen. Momentan neige ich zu …«

»Ich werde alle potenziellen Teilnehmer deiner Feldstudie bestechen.« Er legte wie nebenbei seine Hand auf ihren Bauch. »Weiter. Jeff und Iris.«

»Iris hatte nicht viel zu sagen. Sie himmelte ihren Mann an, oder zumindest tat sie so. Er war dauernd krank. Sie hatte immer einen Beutel Tabletten in ihrer Handtasche. Ich glaube, meine Mutter hatte Mitleid mit ihr und hat sich deshalb Zeit für sie genommen. Und mein Vater las tatsächlich gern Dylan Thomas und fand wahrscheinlich sogar ernsthaft interessant, was Jeff ihm erzählte. Die vier brachen also an dem Tag so gegen elf Uhr von unserem Ferienhaus aus auf.«

»Wo lag euer Ferienhaus?«

»Auf der anderen Seite. Eine von den kleinen Straßen hinter dem Talbot. Aber es war nicht so schön wie dieses hier.«

»Nein?« Seine Hand glitt unter ihren Pullover und lag warm auf ihrer Haut.

Woran lag es, dass seine Nähe ihr jede Nervosität nahm? Nach all den Jahren hatte sie zum ersten Mal das Gefühl, angekommen zu sein. Sie durfte Ally sein, mit ihren Ängsten und ihrer Sehnsucht nach Simon und ihren Schuldgefühlen. Er verstand sie, wollte sie nicht therapieren, sondern einfach nur mit ihr zusammen sein. »Warum hast du dich nie bei mir gemeldet?«

»Das habe ich bereits versucht, dir zu erklären, aber du wolltest nicht mit mir sprechen. Ally, ich werde nie vergessen, wie du da zwischen deinen Eltern am Strand gestanden hast. Du hättest mich zurückgewiesen, und es wäre richtig gewesen. Und dann, tja, dann wollte ich deinen Schmerz nicht vergrößern, indem ich alte Wunden aufreiße.«

Sie fühlte seine Lippen auf ihrer Stirn, und als ihr eine Träne durch die geschlossenen Wimpern lief, strich er ihr sanft über die Wange.

»Deine Eltern waren mit ihren Freunden unterwegs. Was habt ihr dann gemacht?«

»Es war heiß. Wir sind schwimmen gegangen. Simon liebte das Meer. Noch war ich schneller als er, aber nur, weil ich größer und kräftiger war. Ein Jahr später, und er hätte mich ziemlich alt aussehen lassen. Danach haben wir uns auf unsere Handtücher auf den Sand gelegt. Der Sand ist auf der Seite ganz fein, und es gibt kaum Steine. Und Simon hat von Morlan House erzählt.« Sie schlug die Augen auf und fand sich in seinen gefangen. »Sieh mich nicht so an, David! Ich kann mich nicht konzentrieren.«

Er lächelte, und sie konnte der Versuchung nicht widerstehen, mit den Fingern die Kontur seiner Lippen nachzuzeichnen.

»Du hast mich schon damals um den Verstand gebracht. Seit jenem verdammten Tag in Llanerchaeron!«

»Ich weiß. Denkst du, mir ging es anders?«

Sie sahen sich an, und Ally verspürte plötzlich eine Zärtlichkeit in sich, die sie nie zuvor für jemanden empfunden hatte. Nicht so. Etwas in ihr schien endlich zur Ruhe zu kommen. Als wäre sie eine Feder, die zitternd in der Luft gehangen hatte und nun sacht auf dem Boden aufgekommen war. »In jenem Sommer hat Simon dauernd von der Gralslegende gesprochen. Ich konnte es schon nicht mehr hören. Die Gralsritter, die Templer, die Burgen, alles, was du dir nur vorstellen kannst in diesem Zusammenhang – Simon wusste darüber Bescheid. Und dann ist er durch einen Zufall auf die Geschichte von Morlan House gestoßen. Ich meine, außerhalb von Aberaeron, von Wales, ist das nicht sonderlich bekannt. Morlan House wird nicht in der Fachliteratur erwähnt. Jedenfalls hat er von irgendjemandem diese Broschüre bekommen, in der von dem Kelch gesprochen wird.«

»Halt stopp! Das ist wichtig. Wer hat ihm die Broschüre gegeben?«

»Ich weiß es nicht mehr. Ehrlich, darüber habe ich mir auch schon den Kopf zerbrochen. Ein Mann aus der Stadt, glaube ich. Simon erwähnte einen Mann, der sich mit der Geschichte auskannte. Aber mehr hat er nicht gesagt.«

»Ally, das könnte ein Hinweis sein. Wann hat Simon die Broschüre bekommen? Ist er denn öfter allein herumgestrolcht?«

»Nein, nun ja. Ich habe gern am Strand gelegen. Meine Eltern waren spazieren oder essen, und dann ist Simon auch allein in die Stadt gegangen. Ich habe mir nichts dabei gedacht! Er hat sich ein Eis geholt, mir manchmal eines mitgebracht. Denkst du wirklich, dass er auf einem dieser Ausflüge jemanden getroffen hat, der ihn nach Morlan House gelockt hat?«

David knetete seine Unterlippe. »Welche Möglichkeit gibt es noch?«

»Aber was wollte derjenige dann von ihm? Ich meine, man hat keine …«

»Keine Spuren von Gewaltanwendung an Simons Körper nachweisen können«, beendete David ihren Gedanken. »Nein. Glücklicherweise nicht. Andererseits gibt es verschiedene Gründe, einen Jungen an einen einsamen Ort zu locken. Ich will das nicht dramatisieren, aber die Möglichkeit, dass er einem Sexualtäter zum Opfer gefallen ist, scheint mir noch nicht vom Tisch. Vielleicht war es jemand, der das zum ersten Mal vorhatte und der eben Angst bekam und Simon möglicherweise in Panik versetzte, so dass er zu weit hinausschwamm …«

»Und dann ertrank? Er war ein großartiger Schwimmer! Er hätte zu einem der Felsen schwimmen können oder sogar bis zum anderen Ende der Bucht. Simon hätte das geschafft!«

»Aber es war unglaublich heiß. Was ist, wenn er vorher gejagt worden ist? Wenn er außer Atem und viel zu erschöpft ins Wasser gesprungen wäre? Dann hätte er leicht aus Erschöpfung und in Panik ertrinken können.«

»Aber wer würde so etwas Schreckliches tun?«

David holte hörbar Luft. »Für uns unvorstellbar, aber durchaus möglich … Triebtäter handeln aus den seltsamsten Gründen. Ich habe mir viele Berichte zu diesem Thema durchgelesen. Nenn es eine Ahnung, Intuition, ich kam nie davon los, dass Simon einem kranken Kerl in die Falle gegangen ist.«

»Aber das ist noch viel furchtbarer als ein Unfall!«, protestierte Ally.

»Natürlich ist es das. Aber du hast doch auch daran gedacht, oder nicht?«

»Ja«, gab sie leise zu und legte ihre Hand auf seine. »Meine Eltern haben nie darüber gesprochen. Aber als ich die blauen Flecken an Simons Arm gesehen habe … Nein, ich habe nie an einen einfachen Unfall geglaubt. Vielleicht war es ja auch ganz anders. Wir müssen diese Person finden, mit der Simon vor seinem Tod zusammen war.«

»Er hat also jemanden erwähnt?«

»Nicht direkt. Wir sind nach dem Schwimmen zum Haus gegangen und haben geduscht. Ich wollte mich noch frischmachen, weil ich eine Verabredung hatte …«

»Ich …«

Doch sie bedeutete ihm zu schweigen. »Das dauerte Simon alles zu lang. Er hatte seinen Rucksack gepackt und kam zu mir ins Badezimmer. Er würde sich gern Morlan House ansehen, weil er da vielleicht etwas über den Gralskelch erfahren kann, sagte er. Wozu das gut sein sollte, fragte ich, denn das Haus sei seit Jahren verlassen und er würde dort nichts finden. Doch Simon gab sich sehr zuversichtlich und machte ein bedeutungsvolles Gesicht. Er machte das immer, wenn er etwas plante, von dem ich nichts wissen sollte.« Sie schluckte und kämpfte gegen die Tränen. »Bei

Überraschungen wie diesem keltischen Kreuz, das er mir in dem Sommer zum Geburtstag schenkte …«

Sie konnte nicht länger an sich halten und schluchzte, bis die Tränen verebbten. David stand auf und kam mit zwei Gläsern Rotwein und einem Paket Taschentücher zurück. »Für die Tränen und gegen den Kummer.«

Ally putzte sich die Nase, nahm ihr Glas in die Hand und sagte mit heiserer Stimme: »Auf Simon.«

»Auf Simon!« David probierte den Wein und sah zu, wie Ally das Glas mit zitternden Händen abstellte.

»Er wirkte also so, als wüsste er, dass er in Morlan House etwas finden würde?«

»Es war mehr als das. Simon sagte, dass ein Wissenschaftler seine Quellen habe und auch Hilfe von unerwarteter Seite anzunehmen gewillt sein müsse. Niemals zu stolz sein, einen Hinweis zu überhören, war seine Maxime. Das hört sich vielleicht übertrieben an. Simon war erst zehn, aber du kanntest ihn. Er war viel erwachsener, viel reifer als die Jungen seines Alters. Je länger wir darüber sprechen, desto sicherer bin ich, dass er eine Verabredung hatte. Vielleicht bei Morlan House, vielleicht in der Nähe. So oft hat er mich gefragt, wenn er etwas vorhatte. Warum nicht dieses Mal?« Sie hockte sich neben David auf ihre Fersen. »Ich habe ihn häufig auf seinen Unternehmungen begleitet, auf die Mittelalterfeste, in die Archive. Wir hatten eigentlich keine Geheimnisse voreinander.«

Aufmerksam hörte David zu. »Ihr habt immer offen über alles gesprochen? Und plötzlich will er unbedingt allein in ein verlassenes Herrenhaus fahren? Bei glühender Hitze und auf irgendeine Werbebroschüre hin? Das ist nicht stimmig.«

»Nein, ist es nicht. Und wenn er nun einfach nur wegwollte, weil wir verabredet waren? Wenn er mir Zeit mit dir geben und nicht im Weg sein wollte?«

»Hat er das gesagt?«

Unglücklich legte Ally die Hände in den Schoß. »Nein, aber er war sensibel und hat sich schon ein bisschen über mich lustig gemacht. Ich habe aber nicht gesagt, dass er nicht dabei sein könnte! Er mochte dich sehr gern und freute sich, dich zu sehen.«

David runzelte die Stirn. »Schon, aber er hat auch mitbekommen, wie wir auf dem Boot miteinander geflirtet haben. Er ist vorher an Land gesprungen und hat sich mit einem Mann unterhalten, dessen Gesicht ich nicht gesehen habe. Weißt du, was ich machen werde? Ich werde Connor fragen. Der war im Hafen und erinnert sich vielleicht.«

»Der Wein ist gut!« Ally nahm einen weiteren Schluck und fühlte ihre Lider schwer werden. »Ich hätte doch etwas essen sollen. Jetzt ist es zu spät.«

»Wann hast du deine letzte Mahlzeit eingenommen?«, fragte David und ließ es geschehen, dass sie sich ein Kissen nahm und damit in eine Ecke des Sofas kuschelte.

»Hmm? Ich weiß nicht. Frühstück.« Sie war so müde und entspannt wie lange nicht mehr und wollte diesen Moment noch ein wenig auskosten. »Ich gehe gleich. Nur ein bisschen noch …«

19

Ally hatte so erschöpft und gleichzeitig so zufrieden ausgesehen, dass er sie nicht aufgeweckt hatte. Stattdessen hatte David sie mit einer Wolldecke zugedeckt und Henry ermahnt, nicht so laut zu schnarchen. Sie schlief bis zum Morgen durch, und nach einem gemeinsamen Frühstück brachte er sie zum Hotel zurück.

Das Wetter meinte es gut mit ihnen. Der Nebel hatte sich verzogen, und der Himmel zeigte sich in klarem Azurblau. Es war so warm, dass einige bereits in kurzen Hosen und Flipflops herumliefen. David und Ally standen vor dem Eingang des Talbot, als ein junger Mann in Strandbekleidung an ihnen vorbeilief.

»Endlich wird es Sommer! Nick wird sich ärgern, dass er schon fahren musste. Er surft für sein Leben gern«, meinte Ally.

»Warum kommt er nicht wieder her, wenn sein Auftrag erledigt ist? Im Talbot wird sich immer ein Zimmer für ihn finden lassen. Für dich auch, obwohl ich hoffe, dass du bei deinem nächsten Besuch hier ein Cottage vorziehst …« Sie standen sich gegenüber, und er hielt ihre Hand locker in seiner. Mit offenen Haaren sah sie noch schöner aus. Ihre Wangen hatten Farbe, ihre Augen schimmerten dunkelgrün, und die dunklen Ränder waren verschwunden.

Ally lächelte und spielte mit seinen Fingern. »Ich bin noch hier, David. Eins nach dem anderen. Noch habe ich keine Nachricht von Iorwerth. Er wollte mir das Gralsfragment in einem Banktresor zeigen, das den Morlakes gehört. Mein Verleger besteht darauf, hält das für den Knüller schlechthin.«

»Ich kenne die Familie nicht, aber Robert. Lass mich wissen, ob du Erfolg hattest. Sonst rufe ich Robert an, der das sicher für dich arrangieren kann. In so was ist er wirklich gut.«

Die Tür schwang auf, und David und Ally mussten einer Gruppe englischer Touristen Platz machen. Der Birminghamer Akzent war nicht zu verkennen.

»Im Sommer hört man die überall«, grinste David.

»Das ist wie eine Heuschreckenplage, jedenfalls haben wir das früher gesagt.« Ally seufzte. »Es hat wirklich gutgetan, mit dir über Simon zu sprechen.«

Er strich ihr über die Schultern. »Ich werde mit Connor sprechen, und dann sehen wir weiter. Erinnerst du dich noch an den leitenden Polizeibeamten damals?«

»Miller, Detective Miller. Wie könnte ich den vergessen, so unfreundlich und barsch, wie der war. Allerdings dürfte der längst pensioniert sein.« Ally griff in die Handtasche, in der ihr Telefon klingelte.

»Hallo, Chloe, ja, Nick hat mich informiert, und ich bin dran.« Ally verdrehte genervt die Augen. »Wenn ich mir nicht diesen Kasten mit dem Bruchstück von irgendeinem Holzbecher ansehen müsste, wäre der Bericht schon fertig. Wieso …«

Es dauerte eine Weile, bis sie antwortete: »Verstehe. Ich gebe mir Mühe. Aber es kann sein, dass es zwei Tage länger dauert.«

Nachdem das Gespräch beendet war, meinte David: »Sehr schön, dann kann ich dich heute Abend zum Essen einladen?«

»Gern!«, sagte sie spontan und fügte leise hinzu: »Allein halte ich es hier nicht gut aus, weißt du.« Als sie seine Reaktion sah, biss sie sich auf die Lippen. »So war das nicht gemeint.«

Wie weit ihre Gefühle für ihn wirklich gingen, würde sich zeigen. Aber es lohnte den Versuch, es herauszufinden. »Um acht Uhr hier?«

Sie nickte, schien noch etwas sagen zu wollen, küsste ihn stattdessen flüchtig auf die Lippen und verschwand im Eingang des Hotels.

David pfiff nach Henry, der sich mit einer Möwe um einen Fisch stritt, und machte sich auf den Weg zur alten Werft. Im Hafen klatschte das Wasser mit schmatzenden Geräuschen gegen die Kaimauer. Auf vielen Segelbooten und kleinen Motoryachten war Bewegung. Die Eigner putzten, reparierten oder genossen einfach nur das schöne Wetter auf dem Wasser. Ein kleiner Fischkutter tuckerte langsam in den Hafen. »Martha« stand in roten Buchstaben auf dem Rumpf.

David winkte und freute sich, dass Alfie rausgefahren war, um Fische zu fangen. Dann hing er zumindest nicht an der Flasche, und Martha würde sich freuen, wenn er Geld in die Haushaltskasse brachte. »Ey, Alfie!«, rief er. »Hat es sich gelohnt?«

Alfie Hewett, Connors jüngerer Bruder, stand in der offenen Tür des Ruderhauses. Der dicke Wollpullover und die Arbeitshose sahen verdreckt aus, die Schirmmütze hatte Alfie tief in die finstere Miene gezogen. Ein ungepflegter, dunkler Vollbart bedeckte Kinn und Wangen und ließ Alfie älter aussehen als seinen Bruder. »Hering. Zwei Tonnen haben wir gefangen, immerhin!«, brüllte er gegen den Lärm des Dieselmotors an.

David erkannte Alfies Sohn am Steuer des Bootes. Wie alt mochte Martin sein? Höchstens fünfzehn, dachte David. In der Schule wäre der Junge sicher besser aufgehoben als auf dem Boot seines Vaters. Es hatte Zeiten gegeben, da waren die Fischer stolz auf ihren Beruf und ihre Boote gewesen und hatten ihre Söhne früh angelernt. Aber welche Zukunft hatte die Fischerei heute? Die großen internationalen Genossenschaften machten die Fanggründe mit ihren Treibnetzen kaputt und zerstörten die Infrastruktur in den kleinen traditionsreichen Hafenstädten.

»Grüß Martha!«, rief David und lief mit Henry auf die Brücke zu.

Alfie tippte sich an die Mütze und gab seinem Sohn Anweisungen für das Anlegen. Ein Fischerboot mit frischem Fang anlegen zu sehen war eine Attraktion für die Touristen, von denen sich prompt einige einfanden. David spazierte um den Hafen herum und hoffte, dass Ally heute kein Glück mit Iorwerth und den Morlakes hatte. Dann musste sie ihren Aufenthalt verlängern, und sie hätten etwas mehr Zeit füreinander. Heute Abend wollte er sie in ein kürzlich eröffnetes Restaurant in New Quay einladen. Der Ortswechsel würde sie auf andere Gedanken bringen. Bis dahin hatte er sich einiges vorgenommen. Den Anfang würde ein zwangloses Gespräch mit Connor machen.

Er fand seinen Freund auf dessen Boot, das einen Liegeplatz am Außenhafen hatte. Auf dem Holzsteg unterhalb der Hafenmauer stand ein halbes Dutzend Deckchairs, und es roch nach Öl. Connor hatte es sich in einer Liege an Deck gemütlich gemacht und stopfte sich seine Pfeife.

»David, was bringt dich her? Komm, setz dich! Ich habe gerade Kaffee gekocht.« Connor stand auf und kam mit zwei Bechern aus dem Ruderhaus.

Dankbar nahm David den Becher und ließ sich auf einer der gepolsterten Bänke nieder. Er mochte das sanfte Schaukeln von Booten, den Geruch von Meer und Dieselöl und von Connors Pfeife. »Ich habe Alfie eben einfahren sehen. Seit wann fährt er wieder zum Fischen?«

Connor bleckte die Zähne und stellte seinen Kaffeebecher auf einer Kiste ab. Seine struppigen silbergrauen Locken fielen ihm auf den Hemdkragen und gaben ihm das Aussehen eines Abenteurers. Er hatte die Ärmel aufgekrempelt, und die Tätowierungen bewegten sich im Spiel der Muskeln. »Seit ein paar Tagen. Ich habe ihm geholfen, den Kahn wieder flottzumachen. Der Motor macht es nicht mehr lange, und die Fangkühlung ist hinüber. Aber Alfie will das einfach nicht wahrhaben. Ein Bekannter aus Cardigan hatte zweimal Glück letzte Woche. Tonnenweise Hering und Kabeljau haben sie rausgeholt.«

Bedächtig zog Connor an seiner Pfeife. »Das kann mal vorkommen. Wahrscheinlich hatten die Trawler ein Loch im

Netz … Der Spuk wird so schnell vorbei sein, wie er erschienen ist. Alfie ist noch jung. Soll er sich als Ranger bewerben. Inzwischen haben wir neun Organisationen, die für das Meeresschutzgebiet von Cardigan Bay zuständig sind. Sinnvolle Arbeit gibt es genug!«

David dachte an Alfies düstere Miene. »Wäre sicher eine gute Idee.«

»Aber du traust ihm das nicht zu?« Connors hellgraue Augen blieben auf das Meer fixiert.

»Das ist es nicht. Hat er sein Alkoholproblem im Griff?«

Ein verärgertes Grunzen war die Antwort.

»Und Martin? Was macht der eigentlich? War heute mit Alfie draußen.«

»Hat die Schule abgebrochen und sucht einen Ausbildungsplatz in einer Autowerkstatt. Er hätte gern auf der Werft gearbeitet, will aber nicht weg von hier. Tja, er ist genauso stur oder dämlich, wie man's nimmt, wie Alfie.«

Beide Männer hingen ihren Gedanken nach. Das Beobachten von Strömungslinien oder Wellen, wie sie gegen die Felsen prallten, brachen, schäumten und eins wurden mit dem Meer, hatte etwas Meditatives.

»Sag mal, Connor …«

»Ah, ich hab drauf gewartet. Dann mal los!«

»Du erinnerst dich doch an den Sommer vor zehn Jahren, als der Junge in der Bucht vor Morlan House ertrank?«

Aufmerksam sah Connor ihn an. »Sicher. Du warst mit der Kleinen aus London hier. Das ist doch seine Schwester. Was soll das, David? Was versprichst du dir davon? Ich habe sie gesehen und – im Gegensatz zu dir – mit klarem Verstand. Die Frau hat einen Haufen Probleme, und du wirst sie nicht für sie lösen können!«

»Du hast sie wiedererkannt?«, fragte David erstaunt.

»Junge, du hast sie damals schon mit diesem Hundeblick angesehen, und heute ist es noch schlimmer. Was willst du von ihr, David?« Connor grinste. »Abgesehen von dem Offensichtlichen.«

»Ich will ihr helfen, weil ich genauso viel Schuld am Tod ihres Bruders habe wie sie.«

»Unsinn! Ihr redet euch da beide etwas ein! So was ist Schicksal, furchtbar, grauenvoll, nicht zu verstehen, aber auch nicht zu verhindern. So ist das Leben, David.«

»Mag sein, aber sie kann es nicht akzeptieren, und ich finde auch, dass es zu viele ungeklärte Details bei der Geschichte gibt. Simon, so hieß ihr Bruder, hat sich für Morlan House und die Gralslegende interessiert. Er hat hier in Aberaeron mit jemandem gesprochen, der ihm eine Broschüre gegeben hat. Weißt du noch, es gab doch mal dieses dünne Heft, das der Trust mitfinanziert hat.«

Connor paffte mit geschlossenen Augen. »Nein, weiß ich nicht.«

»Jedenfalls gab es nur diese eine Broschüre, in der über den Kelch und seine Heilkräfte berichtet wird. Da steht auch, dass die Morlakes ein Stück besitzen. Irgendjemand hat dem Jungen davon erzählt. Wer? Er hat sich mit einem Mann bei Morlan House verabredet.«

»Das ist sicher?« Connor blinzelte und paffte weiter.

»Wir denken, ja. Wäre das nicht ein Hinweis? Dieser Mann wäre der Letzte, der Simon lebend gesehen haben könnte.«

»Aber der Junge ist ertrunken?« Die Rosen, die sich auf Connors Arm um einen Anker rankten, spannten sich über seinem Muskel.

»Es gab keine Spuren von Gewaltanwendung.« David hielt den Kaffeebecher mit beiden Händen fest und bewegte die schwarze Flüssigkeit hin und her.

»Oder wurde damals was unter den Teppich gekehrt? Wer war Bürgermeister? Jenkins? Standen da nicht gerade Wahlen bevor?

Der hätte alles getan, damit er gut dasteht und kein unaufgeklärter Mord oder sexueller Übergriff seine Statistiken mies macht«, überlegte Connor.

»Jenkins und die Wahl. Daran habe ich noch gar nicht gedacht. Und was ist mit der Broschüre, mit dem Mann, den der Junge vielleicht getroffen hat?«

»Das wird wohl schwierig werden, David. Die meisten Einheimischen wissen von Morlan House, den Geistern. Die Kinder lernen das in der Schule! Und die Jugendlichen treffen sich noch heute auf der Klippe vor Morlan House. Nachts dorthin zu gehen gehörte zu einer anständigen Mutprobe dazu. Als wir Teenager waren, sind wir oft mit unseren Motorrollern dort rausgefahren, haben Mädchen dabei gehabt oder einfach nur jemandem eins ausgewischt.« Connor lachte in sich hinein. »Sogar der fette Jerry musste mal dran glauben. Robert war da wirklich ziemlich fies! Sie waren noch auf dem College. Ich hatte gerade mein erstes Semester beendet, und meine Mutter meckerte ständig herum, weil Alfie mit Robert und Jerry rumhing.«

David wusste, dass Connor ein Maschinenbaustudium begonnen hatte. Nach zwei Semestern musste er es abbrechen und nach Aberaeron zurückkehren, weil sein Vater an einem Herzinfarkt gestorben war. Die Hewetts hätten beide Schiffe verloren, wenn Connor sich nicht um den Fischereibetrieb gekümmert hätte. Connor hatte seine Träume der Familie geopfert. Doch Connor sprach ohne Reue über diese Zeit. Er schien sich mit seinem Leben arrangiert zu haben, war aber ein Einzelgänger geblieben. Warum er keine Frau an seiner Seite wollte, hatte David noch nicht herausgefunden. Es gab Dinge, über die sprach Connor nicht, und David wäre der Letzte, seinen Freund auszuhorchen. Wenn er darüber sprechen wollte, würde er das irgendwann tun, genau wie jetzt. Diese Geschichte über Alfie und Jerry war David neu.

»Der fette Jerry war der Jüngste von den dreien, und er hatte keine Erfahrung mit Mädchen. Damit zogen sie ihn ständig auf. Alfie war ein gutaussehender Bursche, genau wie Robert, dem die Mädchen hinterherliefen.« Connor sah David nachdenklich an. »Du arbeitest mit Robert zusammen, vielleicht sollte ich die alten Geschichten einfach ruhen lassen.«

»Connor, lass mich nicht hängen. Ich kann's für mich behalten, aber du hattest einen Grund, ausgerechnet jetzt daran zu denken.« David schätzte Connor und gab viel auf dessen Meinung. Er hatte ihn noch nie unfair gegenüber anderen erlebt. Wenn er sich in diesem Zusammenhang an eine Episode aus seiner Jugend erinnerte, hatte das eine tiefere Bedeutung.

»Alfie hat sich mir danach anvertraut. Er hat sich geschämt, aber mitgefangen ist mitgehangen … Robert hatte aus dem Pub seiner Eltern eine Flasche Whisky mitgehen lassen, Alfie und Jerry hatten Bier organisiert, und Treffpunkt war der Stall von Morlan House. Robert war schon da, als Alfie und Jerry ankamen. Er hätte einen Überraschungsgast für sie, aber zuerst müssten sie alle etwas lockerer werden. Als die Whiskyflasche fast leer war, hat Robert gegen die Stalltür geklopft und Jerry befohlen reinzugehen.

›Heute ist der Tag, an dem du zum Mann wirst‹, hat er gesagt und gegrinst. Alfie hat gefeixt und gefragt, welches Mädchen sich denn erbarmt hätte, doch Robert hat nur gelacht und Bier getrunken. Jedenfalls ist Jerry rein, und es dauerte auch eine ganze Zeit, bis er wieder herauskam. Er war puterrot im Gesicht und sah beschämt und wütend aus.

›Na, war's schön, Jerry?‹, fragte Robert und kriegte sich gar nicht mehr ein vor Lachen.

›Warum hast du das gemacht?‹ Jerry stand da wie ein begossener Pudel, und Alfie verstand immer noch nicht, warum er so sauer war.

›Ich dachte, du stehst nicht auf Mädchen. Ist doch so, oder?‹ Robert sah zur Stalltür, durch die sich eine schlanke Gestalt schob. Was auf den ersten Blick wie eine schmächtige junge Frau aussah, entpuppte sich als Mann in Frauenkleidern.

Alfie hätte fast seine Bierdose fallen lassen. ›Scheiße, Robert, du hast Jerry mit einem Kerl rummachen lassen?‹

›Schätzchen, du sagst das, als wäre das was Schlechtes. Jerry hat's gefallen, das habe ich gemerkt ...‹ Der Transvestit lachte auf eine anzüglich affektierte Art. ›Ihr Hübschen, will noch jemand, oder habt ihr sonst noch Wünsche? Lässt sich alles arrangieren.‹

Robert sah in die Runde. ›Danke dir, Angel. Ich bring dich noch zum Wagen.‹

So in etwa ist das damals abgelaufen«, schloss Connor und sog an seiner Pfeife, die nur noch schwach glimmte.

David stieß hörbar die Luft aus. »Wow, das war eine ziemlich heftige Nummer von Robert. Also ist Jerry tatsächlich andersrum? Ich dachte immer, er und Dotti wären ein Paar ...«

Connor hob die Schultern. »Keine Ahnung. Ich werde ihn sicher nicht danach fragen. Jeder nach seiner Fasson. Weißt du, mir fiel das ein, weil wir über den ertrunkenen Jungen sprachen und sexueller Missbrauch vielleicht doch eine Rolle spielte. Nicht, dass ich Jerry das zutrauen würde. Ich dachte nur, dass man die Menschen im Grunde kaum kennt.« Nachdenklich kratzte sich der kräftige Mann das Kinn.

»Weiter bringt uns das nicht, Connor. Es sei denn, wir finden heraus, mit wem sich Simon damals unterhalten hat. Du hattest Ferien und warst viel am Hafen. Wer von den Einheimischen hat sich da rumgetrieben?«

»An dem Tag, an dem ich dir unser Boot geliehen habe? Puh, schwer zu sagen ... Irgendwann habe ich jeden mal am Hafen getroffen. Ehrlich, David, keine Ahnung. Aber wenn dich das so interessiert, frag doch erst mal Miller. Der lebt noch hier. Seine Frau ist vor einem Jahr gestorben. Ich sehe ihn öfter im Red Lion.«

David kannte den Pub an der Uferstraße von Aberaeron. »Danke für den Kaffee, Connor.«

»Lass mich wissen, wenn du was rausfindest. Wobei ich hoffe, dass es nur ein Unfall war.« Kopfschüttelnd lehnte er sich zurück und steckte sich die Pfeife in den Mund.

David kletterte von Bord und stand bereits auf dem Holzsteg, als ihm der Bibliothekar einfiel. »Was ist mit Ashton Iorwerth? Ist der mal komisch aufgefallen? Der treibt sich doch oft hier herum.«

Connor drehte sich nicht um, sondern winkte nur müde ab. »An dem ist alles komisch, und keiner kann ihn ausstehen. Aber er hat sogar eine Frau.«

»Wir sehen uns, Connor!« Ganz in Gedanken versunken hatte David seinen Hund vergessen, der sich an einer Tonne mit Fischabfällen gütlich getan hatte.

»Oh nein!«, schimpfte David, denn mit an Sicherheit grenzender Wahrscheinlichkeit würde dem Hund speiübel werden.

20

Unter Zeitdruck hatte sie schon immer gut arbeiten können. Ally überflog den vorläufigen Bericht, den sie in den letzten Stunden auf ihrem Hotelzimmer geschrieben hatte, und speicherte die Datei ab. Sie schaute auf die Uhr und klappte das Notebook zu. Das Taxi musste in einer Viertelstunde hier sein. Iorwerth hatte sich selbst übertroffen, die Morlakes erreicht und einen Termin bei der Bank vereinbart. Ally packte ihre Sachen zusammen. Sie räumte den Schrank aus und ging danach ins Bad. Während sie ihre Kosmetika in ihren Beutel warf, vermied sie den Blick in den Spiegel, der ihr ein angestrengtes Gesicht mit zwei steilen Stirnfalten gezeigt hätte.

Schließlich warf sie die Zimmertür hinter sich ins Schloss und ging nach unten. Die attraktive Erin stand an der Rezeption. Ally straffte die Schultern, hob das Kinn ein wenig, um nicht ganz wie das Kaninchen auf der Flucht zu wirken, denn nichts anderes war sie, und trat an den Tresen.

»Sie wollen uns schon verlassen?«, fragte Erin überrascht und schaute auf den Computerbildschirm. »Ich habe Sie bis morgen und bei Bedarf auch für länger eingebucht.«

»Ich muss leider heute schon abreisen«, bedauerte Ally.

»Das ist kein Problem. Haben Sie sich wohlgefühlt bei uns?« Erin tippte flink auf der Tastatur und sah sie dabei an.

»Sehr. Ich hätte mich auch gern noch persönlich von Mrs Darby verabschiedet, aber ich muss mich beeilen. Tut mir sehr leid. Ich melde mich, sobald ich in London bin.« Ally drehte sich zur Tür und sah, wie ein schwarzes Taxi vorfuhr.

»Ich werde es ausrichten. Lassen Sie sich nicht aufhalten. Es ist alles erledigt«, stellte Erin mit einem herzlichen Lächeln fest.

»Oh, und vielen Dank für Ihre Mühe mit meinem Geburtstagsgeschenk. Sie hätten es nicht besser aussuchen können!« Gerade noch rechtzeitig fiel Ally ein, dass sie Erin den hübschen Schal zu verdanken hatte.

»Das habe ich gern getan. Freut mich, dass Ihnen der Schal gefällt. Warten Sie auf ein Taxi?« Erin hatte den Wagen ebenfalls bemerkt. »Kommen Sie, ich helfe Ihnen mit dem Koffer.«

Bevor Ally protestieren konnte, war Erin schon um den Tresen herumgelaufen und zog energisch ihren Trolley zum Ausgang. »Haben Sie alles? Oh, die schönen Blumen …«

»Es ist mir sehr unangenehm.« Ally biss sich auf die Lippen. »Aber bitte verstehen Sie … Normalerweise feiere ich meinen Geburtstag gar nicht. Was nicht heißen soll, dass ich mich nicht gefreut habe.«

Erin hielt ihr die Tür auf und winkte dem Taxifahrer, der ausstieg und den Kofferraum öffnete. »Machen Sie sich keine Gedanken deswegen. Meine Schwester ist da auch sehr empfindlich. Wo soll es hingehen?«

»Nach Aberystwyth und von dort mit dem Zug zurück.« Ally reichte Erin die Hand. »Sie waren sehr freundlich. Danke.«

»Alles Gute. Kommen Sie sicher nach Hause!« Die Rezeptionistin schloss die Wagentür, nachdem Ally eingestiegen war.

Die gesamte Fahrt nach Aberystwyth hätte Ally heulen können, so elend war ihr zumute. Warum war sie nicht geblieben? David hatte sie zum Essen eingeladen, und sie hätten über alles reden können. Hatte sie das nicht gewollt? Es war gut gewesen, mit ihm über Simon zu sprechen. Er war der einzige Mensch, mit dem sie überhaupt jemals so offen darüber gesprochen hatte. Und … Das war das Problem. Ihre Gefühle für ihn standen ihr im Weg. Oder sie stand sich selbst im Weg. Wie man es nahm, aber sie konnte nicht anders. Noch nicht. Vielleicht brauchte sie einfach etwas Abstand. Obwohl er es nicht verdient hatte, dass sie ihn einfach versetzte. Wenn sie im Zug saß, würde sie ihn anrufen.

»Wir sind da. Wollen Sie hier aussteigen? Die Bank ist gleich an der Ecke, aber da kann ich nicht parken«, sagte der Taxifahrer.

»In Ordnung. Ist es weit von hier zum Bahnhof?«

»Nein. Nur da vorn an der Kreuzung rechts, geradeaus, und dann sehen Sie das Gebäude schon. Fünf Minuten zu Fuß.« Der kleine Mann stellte ihr Gepäck auf den Bürgersteig.

Ally zahlte und ging mit dem Trolley, der ratternd über das Pflaster rollte, zum Haupteingang der Halifax Bank. Sie hatte sich für eine weiße Bluse und eine dunkelblaue Blazerjacke entschieden, um dem feierlichen Anlass Genüge zu tun. Wahrscheinlich zeigte man ihr nur ein abgeknabbertes Stück Holz, aber man konnte nie wissen, wie die Besitzer reagierten, wenn sie gar zu lax mit dem Artefakt umging. Sie hatte für alle Fälle eine kleine Digitalkamera in der Tasche, die durchaus brauchbare Aufnahmen machte. Natürlich würde Nick sie nachbearbeiten müssen, aber zur Not ging es auch so.

Sie trat in die Schalterhalle, die hell und zweckmäßig wirkte. Eine unprätentiöse Bank, dachte sie und entdeckte Iorwerth, der sich mit einem älteren Ehepaar unterhielt.

Ashton Iorwerth sah aus wie immer, nur trug er keine seiner bunten Kopfbedeckungen. »Mrs Carter, darf ich Ihnen Mr und Mrs Morlake vorstellen?«

Ally begrüßte das Ehepaar, das ihr mit höflicher Reserviertheit begegnete. Mr Morlake war groß und schlank, trug ein kariertes Jackett und ein Tuch anstelle einer Krawatte. Goldene Manschettenknöpfe rundeten den Eindruck gediegenen Wohlstands ab. Mrs Morlake war einen Kopf kleiner und wirkte in ihrem knielangen Rock und den derben Schuhen eher gedrungen. Ihr leicht blasierter Gesichtsausdruck und die nasale Aussprache gaben Ally zu verstehen, dass man sich herabgelassen hatte, sie zu treffen.

Wunderbar, dachte Ally. Versnobter Landadel gehörte zu der Spezies von Menschen, die sie am liebsten vermied. Von Berufs wegen war das leider nicht immer möglich, und so gab sie sich einen Ruck und plauderte munter drauflos. »Wie schön, dass Mr Iorwerth Sie überreden konnte. Das Inside-Travel-Magazin ist Ihnen schon jetzt zu großem Dank verpflichtet. Es war der Herzenswunsch unseres Verlegers, ein Bild von diesem außergewöhnlichen Artefakt zu veröffentlichen. Ich gehe davon aus, dass Sie nichts dagegen haben?«

»Haben wir nicht, sonst stünden wir nicht hier. Ihr Magazin ist uns bekannt, sonst hätten wir nicht eingewilligt. Trotzdem möchten wir genau wissen, was Sie über den Gral schreiben, bevor Sie es veröffentlichen«, konstatierte Mr Morlake mit dem typischen Upperclass-Akzent.

»Sicher.« Ally sah sich in der unscheinbaren Bank um. »Wer hätte den Gral in diesen schlichten Mauern vermutet.«

Mrs Morlake verzog die roten Lippen. Der Lippenstift setzte sich in den Lippenfalten ab, weil Mrs Morlake den Mund gern spöttisch kräuselte. »Der Gral ist ein schlichter Kelch. Seine Schönheit und Bedeutung liegen im Auge des verstehenden Betrachters. Sie erwarten wohl hoffentlich kein prachtvolles Gefäß wie die meisten Menschen.«

»Da ich mich mit der Geschichte von Morlan House beschäftigt habe und Mr Iorwerth uns bereits mit Hintergrundwissen versorgt hat, erwarte ich ein Holzfragment.« Fragend hob Ally die Brauen.

»Sie sagen das so, als handelte es sich um irgendein Holzstück«, schnappte Mrs Morlake beleidigt zurück.

»Vielleicht sehen wir es uns an? Dann kann ich mir eher ein Urteil bilden.« Sie wollte den nächsten Zug nach London erreichen, der in etwas mehr als einer Stunde ging. Andernfalls käme sie erst nach Mitternacht in London an.

Iorwerth winkte einem Bankbeamten, der sofort mit einem

Schlüssel zu ihnen trat. Hinter einer Stahltür befand sich der Raum mit den Schließfächern. Mrs Morlake entnahm einem Fach den unscheinbaren Kasten, den Ally sich größer vorgestellt hatte, und setzte ihn vorsichtig auf den Tisch, über den sie vorher ein dunkelgrünes Tuch gebreitet hatte. Ally verkniff sich ein Grinsen und stellte ihre Kamera auf die Lichtverhältnisse ein.

Mr Morlake stellte sich mit verschränkten Armen wie einer der Gralswächter neben dem Tisch auf. »Es ist auch für uns jedes Mal wieder ein Erlebnis, den Gral zu sehen«, sagte er ehrfurchtsvoll.

»Sie sind also davon überzeugt, dass es sich tatsächlich um den Kelch handelt, aus dem Christus beim Letzten Abendmahl getrunken hat?« Ally fotografierte den Kasten in geschlossenem Zustand und wartete, bis Mrs Morlake den Deckel langsam aufklappte.

»Sehen Sie selbst.« Als Mrs Morlake den Deckel hob, fielen eine Reihe handbeschriebener Zettel auf den Tisch.

Ally fotografierte auch diese, bevor sie die Kamera auf das geschwärzte Holzfragment richtete, von dem sich gerade noch erahnen ließ, dass es einmal Teil eines Bechers gewesen war.

»Bitte nicht ohne Handschuhe anfassen.« Mrs Morlake legte ihr ein Paar weiße Stoffhandschuhe hin, die Ally überstreifte.

Dann nahm sie das Holzstück heraus und drehte es hin und her. Man konnte den Boden und einen Teil des Fußes erkennen, die Kanten waren unregelmäßig abgebrochen und das Holz stellenweise schwarz verfärbt. Es war unansehnlich und hatte so gar nichts Beeindruckendes, fand Ally. »Hat man es einer wissenschaftlichen Untersuchung unterzogen? Das Material auf sein Alter geprüft?«

»Mein Vater hat eine solche Expertise erstellen lassen. Es handelt sich um Olivenholz, das mindestens achthundert Jahre alt ist«, sagte Mr Morlake.

»Fehlen noch zwölfhundert …«, meinte Ally und fotografierte

das Fragment neben den Zetteln, deren Texte sie interessanter fand als das alte Holz.

»Was steht hier? *William Roulendt, Tregaron, lieh sich den Kelch für seine Schwester im Januar 1858. Geheilt.* Und hier: *September 1857, Ebenezer Vaughan entlieh den Kelch für seine Frau, Rückgabe im Oktober mit dem Vermerk – geheilt!* Oh, das ist schön!«, rief Ally voll ehrlicher Begeisterung. *»Am 26. Januar 1860 lieh sich Richard Jones (Arbeiter) aus Llangollen den Kelch. Die Blutung seiner Frau stoppte am 7. März. Er spendete ein Pfund.«*

Und so ging es weiter. Ally las von Heilungen verschiedenster Krankheiten, und die dankbaren Patienten schenkten silberne Uhren oder ein paar Pennys, je nach ihren Verhältnissen. 1888 war ein Harfenist davon überzeugt, dass der Kelch ihn von seinen Ängsten befreit habe. Sogar ein Priester aus Herefordshire schrieb, dass der Kelch ihn von seinem Rheuma heilte, und behauptete, dass es sich um den Heiligen Gral handeln müsste. Nach der Jahrhundertwende gab es kaum noch Aufzeichnungen. »Wie erklärt sich das?«, wollte Ally wissen.

Mr Morlake strich liebevoll über den Deckel des Holzkästchens. »Nun, Maschinen eroberten die Welt, und der Erste Weltkrieg erschütterte Europa. Für kleine Wunder war keine Zeit mehr. Meine Familie kam erst in den Fünfzigerjahren in den Besitz des Grals. Da ging es mit den Jones of Paith bereits abwärts. Es heißt, sie hätten ihr Vermögen an der Börse verloren. Nun, wie dem auch sei. Seitdem hüten wir den Gral. In den Siebzigerjahren ließen wir ihn in der National Library of Wales ausstellen.«

»Dieser fürchterliche Mensch aus London kam und behauptete, dass der Gral nicht aus Olivenholz, sondern aus dem Holz einer Bergulme bestünde, und datierte ihn auf das vierzehnte bis sechzehnte Jahrhundert.« Mrs Morlake rümpfte die Nase. »Und diese Beweise von der Heilkraft des Kelches hat er einfach ignoriert.«

»Das ist alles faszinierend. Ich nehme die Fakten in meinen Bericht auf und werde darüber schreiben, es aber nicht werten. Haben Sie dafür Verständnis?«, fragte Ally und machte sich Notizen.

»Das scheint mir fair«, brummte Mr Morlake. »Haben Sie genug gesehen? Mr Iorwerth hat Ihnen sicher gezeigt, wo der Kasten in Morlan House aufbewahrt wurde?«

»Ja, auch davon haben wir Bilder. Und Sie wollten das Anwesen nicht behalten?« Ally packte ihre Kamera ein.

»Lieber Himmel, wir hätten uns nie so einen riesigen Kostenfresser gekauft!«, entsetzte sich Mr Morlake. »Nein, nein, mein Vater hat den damaligen Besitzern den Kelch abgekauft. Das war in den Sechzigern. Richard und Libby Jones of Paith waren die damaligen Besitzer. Richard war der Neffe des letzten echten Landherrn der Paith, Joseph. Es war doch Joseph, nicht wahr, Emily?«

Seine Frau kräuselte die Lippen. »Oh ja, Joseph war einer der alten Schule, ein echter Landadliger. Zu seiner Zeit gab es noch Feste, über die man im gesamten County sprach. Meine Großmutter schwärmte davon. Joseph führte ein Haus mit Dienstboten. Was waren das für Zeiten!« Verträumt hob Emily Morlake die Nasenspitze noch ein wenig höher.

»Aber nur, wenn man mit dem Silberlöffel aß«, entfuhr es Ally.

Iorwerth, der die ganze Zeit höflich dabeigestanden hatte, räusperte sich. »Diese Diskussion hatten wir bereits. Und ich erlaubte mir zu bemerken, dass eine feste Gesellschaftsordnung nicht nur Nachteile hat.«

Die Morlakes und Iorwerth wechselten einvernehmliche Blicke, die Ally zwar registrierte, jedoch nicht kommentierte.

»Was ich noch erwähnen wollte, Joseph verlor einen Sohn im Krieg, den anderen durch einen tragischen Unfall, und so rückte Richard als Erbe auf. Sehr unglücklich das alles. Das Landleben war nichts für ihn. Er hatte sein Vermögen als Spekulant gemacht und Libby, eine reiche Amerikanerin, geheiratet. Ts, ts, wohin diese ausländischen Ehen führten, hat man schon oft genug gesehen. Das kann nicht gut gehen … Lady Isabellas schreckliches Schicksal hätte ihnen eine Warnung sein sollen.«

»Sie war sehr schön. Ich habe ihr Porträt in Morlan House gesehen«, sagte Ally.

»Aber ein Halbblut in Wales und in diesem Klima. Ihr Geist hat das Haus nie verlassen. Libby ließ es nicht so weit kommen. Sie reichte die Scheidung ein und verschwand wieder in ihre Heimat. Richard war seinem Großonkel Edward gar nicht unähnlich. Er spielte und feierte, bis irgendwann nichts mehr da war. Dass mein Vater ihm den Kelch abgekauft hat, war eine Art Freundschaftsdienst, denn so konnte Richard sicher sein, dass der Kelch in Wales blieb.«

»Obwohl er von einem reichen Amerikaner vielleicht mehr Geld bekommen hätte«, gab Ally zu bedenken und machte sich ihre Gedanken darüber, ob der gute Richard nicht vielleicht heimlich eine Kopie verkauft hatte.

Morlake steckte die Hände in seine Blazertaschen. »Vielleicht steckte doch mehr in ihm, und er zollte damit der Familientradition Tribut.«

»Nach seinem Tod wechselte das Anwesen mehrfach den Besitzer. Irgendwie scheint es verflucht.« Emily Morlake schloss sorgfältig den Kasten, nachdem sie alles an seinen Platz gelegt hatte, wickelte ihn in das grüne Tuch und hob ihn in die Stahlkassette des Schließfachs.

»Leider treibt sich viel Volk bei Morlan House herum. Kein Wunder!«, schnaubte Mr Morlake. »Es ist so abgelegen, dass niemand merkt, wenn dort eingebrochen wird. Im Grunde hätte dort sonst etwas passieren können.«

Wenn er nur wüsste, wie recht er mit seiner Vermutung hatte, dachte Ally. »Ich danke Ihnen sehr für Ihre Mühe.«

Vor der Bank packte Ally den Griff ihres Trolleys und wollte gerade mit energischen Schritten zum Bahnhof gehen, als Iorwerth ihr folgte.

»Das wollte ich Ihnen noch geben. Ich hatte doch von einer Broschüre gesprochen, die es zu Morlan House gegeben hat. Nun, ich konnte noch ein Exemplar auftreiben. Bitte, Mrs Carter.« Der Bibliothekar drückte ihr ein Heft in die Hand, auf dessen Umschlag die unverkennbare Ansicht von Morlan House abgebildet war.

»Das ist …« Sie konnte ihre Überraschung nur mühsam verbergen. War das die Broschüre, die Simon damals …

Iorwerth schien ihr merkwürdiges Verhalten aufzufallen, denn er runzelte die Stirn und kniff die Augen hinter seinen dicken Brillengläsern zusammen.

»Wenn Sie nicht möchten … Ich dachte nur, dass Sie dort zumindest die wichtigsten Fakten aufgelistet finden. Wie gesagt, ich arbeite an einer ausführlichen Darstellung der Geschichte von Morlan House, aber für Ihre Zwecke dürfte die Broschüre ausreichend sein.«

Rasch steckte Ally das Heft in ihre Tasche. »Nein, das ist sehr nett. Vielen Dank! Ich war mit meinen Gedanken nur schon halb zu Hause. Verzeihung. Sie haben mir sehr geholfen, Mr Iorwerth.«

Den stechenden Blick des Bibliothekars im Rücken, ging Ally die Straße hinunter. Vorbei am Postamt, einem Souvenirladen und einem Textilgeschäft, vor dem sich die Passanten um einen Ausverkaufsstand drängten, bog sie in die Straße, die zum Bahnhof führte. Das Bahnhofsgebäude entstammte dem neunzehnten Jahrhundert und war erst kürzlich restauriert worden. Ally suchte sich einen freien Tisch im Bahnhofscafé. Um diese Zeit war es recht voll, weil der Feierabendverkehr begonnen hatte. Sie schaute nach oben, wo schmuckartige schmiedeeiserne Bögen an die Zeit erinnerten, als der Bahnhof von Aberystwyth zur *Great Western Railway* gehört hatte.

»Was darf es sein?«, fragte eine junge Bedienung.

»Kaffee und von dem Bara Brith, bitte.« Wenn sie schon in Wales war, musste sie auch den Teekuchen mit Rosinen essen, der nur hier so gut schmeckte.

Als die junge Frau kurz darauf eine große Portion Bara Brith mit Butter servierte, merkte Ally, wie hungrig sie war. Sie aß alles auf, lehnte sich nachdenklich in ihrem Stuhl zurück und holte Iorwerth' Broschüre hervor. Sie blätterte das Heftchen durch und konnte nicht anders als an Simon denken, der genau das vor zehn Jahren getan hatte. Aber sie erinnerte sich nicht, dieses Heft bei Simon gesehen zu haben. Oder doch? Es war so lange her. Eine kleine Auflage war damals gedruckt worden, hatte Iorwerth gesagt. Sie strich über das Titelbild. Die Säulen vor dem Eingang von Morlan House schimmerten hell gegen das rote Weinlaub und den Efeu. Ach, Simon, warum musstest du da unbedingt hin? Verdammtes altes Gemäuer!

»Möchten Sie noch etwas?« Die Bedienung räumte den Teller ab.

»Nur zahlen, danke.«

»Das ist doch das alte Haus auf den Klippen! Waren Sie dort?«, fragte die junge Frau und zeigte auf das Heft.

»Ja, warum?«

Die junge Frau zuckte mit den Schultern. »Nur so. Man hört Geschichten darüber. Letzten Sommer ist da angeblich ein Mädchen vergewaltigt worden. Stellte sich aber raus, dass sie betrunken war und den Jungen angezeigt hatte, weil er sie einfach dort allein gelassen hatte. Na ja, solche Sachen eben ... Ist abgelegen und ein guter Ort für heimliche Liebespaare.« Sie grinste.

»Wirklich? Mir schien es eher unheimlich, aber vielleicht liegt das an den Geistergeschichten, die man mir erzählt hat. Ich habe das Porträt von Lady Isabella im blauen Salon gesehen.«

»Sie waren sogar drinnen? Ich wollte immer mal hinein! Wie haben Sie das gemacht?« Runde, mit Kajal dick umrandete Augen sahen sie neugierig an.

»Das ist der Vorteil meines Berufs. Ich schreibe für ein Reisemagazin. Da öffnen einem die Leute gern mal Türen, die sonst verschlossen bleiben«, sagte Ally mit einem bedauernden Lächeln.

»Ach so … Welches denn? Dann kann ich wenigstens den Bericht lesen.«

»Hallo, wir würden gern noch bestellen!«, rief ein Mann mit verärgertem Unterton von einem der Nebentische.

»Inside Travel«, sagte Ally und bezahlte.

Der Zug passierte Newtown, und sie hatte bereits alle Fotos aus der Bank auf ihr Notebook geladen. Gleichmäßig ratterten die Räder über die Schienen, und die wildromantischen Hügel zogen an ihr vorbei. Schweren Herzens griff Ally nach ihrem Telefon und bereute ihre übereilte Entscheidung bereits bitterlich. Aber nun war es zu spät. Wenn David nun verärgert war, hatte er jedes Recht dazu.

»Hallo?«

»David, es tut mir schrecklich leid, aber ich musste leider früher fahren …«

»Verstehe. Ja, da kann man nichts machen, Ally. Ich glaube zwar, dass mehr hinter deiner überstürzten Abreise steckt, aber du bist erwachsen.« Er klang nicht verärgert, sondern enttäuscht.

»Ich mache es wieder gut. Bitte, David, es war so …« Sie atmete tief ein. »Ich war heute in der Bank und habe den Kelch oder das, was noch davon übrig ist, gesehen. Iorwerth hat die Morlakes dazu gebracht, mir ihren Schatz zu zeigen. Hast du den Kelch jemals gesehen?«

»Nein. Ich hatte bisher noch keinen Grund, mich damit näher zu beschäftigen.«

Der Vorwurf traf sie tief, und sie fühlte sich mies. »David, ich wünschte, ich wäre geblieben.«

Es dauerte einen Moment, bis er antwortete: »Du weißt, wo du mich findest, Ally. Ich habe mit Connor gesprochen und mache mir so meine Gedanken. Es gibt da Vorfälle, die mich stutzig machen. Heute spreche ich mit dem pensionierten Detective. Er verbringt seine Abende anscheinend gern im Red Lion. Ich halte dich auf dem Laufenden. Was sagst du dazu?«

Sie hätte ihn am liebsten umarmt. »Großartig. Ich melde mich aus London.«

»Bis dann, Ally.«

»Bis bald«, murmelte sie leise, denn er hatte schon aufgelegt.

21

David stieß die Tür zum Red Lion Pub auf und wäre beinahe mit einem schwergewichtigen Mann zusammengestoßen, der sein Pintglas gerade noch zur Seite ziehen konnte.

»Hoppla!« Glasige Augen stierten David aus einem roten Gesicht an.

David nahm Henry am Halsband und schob sich an dem Betrunkenen vorbei. Es war nach neun Uhr und der Pub zum Bersten voll, was an der Band liegen mochte, die in einer Ecke spielte. Glücklicherweise war es keine laute Rockband, sondern drei Folkmusiker trommelten und fiedelten gut gelaunt vor sich hin. Da er Detective Miller nicht kannte, musste er sich auf Connors Beschreibung verlassen. Leider hatte sein Freund heute Abend keine Zeit gehabt. Ein Gespräch über einen Bekannten einzufädeln wäre leichter gewesen, aber nun musste es eben auch so gehen. Als Polizist war Miller an überraschende Begegnungen gewöhnt, wahrscheinlich wurde er öfter um Rat gefragt.

Eine hübsche Dunkelhaarige zwängte sich neben ihm durch die Leute und schenkte ihm ein zuckersüßes Lächeln. Als er nicht reagierte, wandte sie sich einem anderen Gast zu. Endlich hatten David und Henry sich bis an die Bar durchgekämpft.

»Ein Lager!«, rief er dem fragend blickenden Barkeeper zu und musterte die älteren Männer am Tresen.

Nicht groß, zerknautschtes Gesicht, triefende Augen, so hatte Connor den Mann beschrieben. Der kräftige Grauhaarige mit den wässrigen Augen, der grimmig in sein Bierglas starrte, verströmte eine natürliche Autorität. Sobald ihn jemand anrempelte, hob er ein Augenlid, und die Leute entschuldigten sich sofort. Das musste Miller sein. David hob sein Glas und prostete dem Mann zu: »Cheers!«

Der grimmige Blick wurde nicht weicher, doch es flackerte Neugier in den blassen Augen auf, die sicher mehr gesehen hatten, als für ein Menschenleben gut sein konnte. David wies den Barkeeper an, dem Mann ein Bier auszugeben, was ihm Millers ungeteilte Aufmerksamkeit einbrachte. »Cheers! Was wollen Sie?«

David grinste, nahm sein Glas und drängte sich zu dem ehemaligen Polizisten durch. »Detective Miller, außer Dienst?«

»Wer will das wissen?« Miller grübelte. »Ich habe Sie hier schon gesehen, aber Sie sind ein Zugereister. Moment. Ich hab's, Sie sind der Architekt, der das Talbot umgebaut hat. Gute Arbeit!«

»Danke, Sir.«

»Das Talbot war ein heruntergekommener Kasten, genau wie der alte Darby. Mieser kleiner Schlägertyp. Nichts für ungut. Esme, seine Frau, ist eine nette Person. Sie sind mit Robert Darby befreundet?« Miller leerte den Rest seines Biers und griff nach dem frischen Glas.

»Ja, Sir.« David benutzte die förmliche Anrede, weil jemand wie Miller sich respektiert fühlen musste, wenn er ihm eine Information entlocken wollte. »Wir kennen uns schon lange.«

»Und jetzt sind Sie in Aberaeron hängengeblieben? Was machen Sie noch hier? Sie sind doch Schotte!« Miller mochte viel trinken, anzumerken war es weder seiner Aussprache noch seinen logischen Gedankengängen.

»Mein Akzent ist nicht zu überhören, tja, ich weiß auch nicht. Ist ein hübsches Fleckchen Erde. Mal sehen, was sich so ergibt.«

Henry schob seine Nase zwischen Davids Beinen durch und schnupperte an Millers Knie.

»Hey, was bist du denn für einer? Schöner Hund.« Miller

streichelte Henrys Kopf, kraulte ihm die Ohren und wirkte versöhnlicher. »Ich sollte mir auch einen Hund zulegen. Meine Frau mochte keine Hunde. Jetzt ist sie tot, und ich bin allein. Vielleicht wäre das eine gute Idee.«

»Tut mir leid mit Ihrer Frau, Sir.«

»Ist schon eine Weile her. Aber so hatte ich mir meinen Lebensabend nicht vorgestellt. All die Jahre musste sie auf mich warten. Und dann habe ich endlich Zeit, und sie macht sich einfach davon.« Miller griff nach seinem Glas.

»Das Leben ist nicht immer fair.« David gab dem Barkeeper ein Zeichen, woraufhin dieser zwei frische Gläser vor sie hinstellte.

»Scheiße, nein, das ist es nicht. Wie war Ihr Name?«

»David Gowans.«

Miller streckte ihm die Hand entgegen. »Stanley Miller. Stan.«

»David.« Die beiden Männer schüttelten sich die Hände, und als der Barhocker neben dem Expolizisten frei wurde, nahm David dort Platz.

»Wenn mir jemand, den ich nicht kenne, zwei Bier ausgibt, will er was von mir. Schieß los!« Miller lehnte sich zur Seite und klopfte auffordernd auf den Tresen.

»Das ist eine merkwürdige Sache, Stan«, begann David.

»Das ganze Leben ist eine verkorkste Angelegenheit, und ich weiß, wovon ich rede!« Der Expolizist trank einen großen Schluck Bier und rief dem Barkeeper zu: »Zwei Whisky, Freddie! Richtige Gläser, keine Spucknäpfe!«

David beglückwünschte sich im Stillen dazu, vor dem Pubbesuch ein Steak gegessen zu haben. »Vor zehn Jahren war ich schon einmal für einige Wochen hier. Ich habe damals in Llanerchaeron gearbeitet, weil ich für mein Studium recherchiert habe. Jedenfalls war es der Sommer, in dem ein zehnjähriger Junge in der Bucht unterhalb von Morlan House ertrunken ist.«

Freddie stellte die Whiskygläser vor sie hin und grinste David an. »Ich hoffe, Sie sind zu Fuß hier. Es gibt kaum einen, der es mit unserem Stan aufnimmt, wenn es um Whisky geht.«

Stan hob sein Glas, das in etwa die Größe eines kleinen Saftglases hatte. »Auf das Leben, wie beschissen es auch sein mag!«

»Auf das Leben!« David nippte an seinem Whisky, der besser war als erwartet. Einem Expolizisten schenkte man keinen Fusel ein.

»Eine Familie aus London war das. Schrecklich! Das habe ich nie vergessen. Warum dieser Fall?«, wollte Stan Miller wissen.

»Ich kannte den Jungen und seine Schwester«, sagte David leise. »Sie heißt Ally.«

»Du bist mit der Schwester des Toten befreundet?« Stans Polizistennase schien etwas zu wittern, denn er ließ den Whisky stehen und sah David direkt an.

»Nein, ja. Es hat sich ergeben, dass wir uns hier wiedergesehen haben. Vor einigen Tagen. Das war Schicksal!« David stellte sein Bein so, dass Henry dahinter Schutz vor den vorbeidrängenden Gästen fand.

»Wart ihr damals befreundet? Ich habe dich während der Untersuchungen nicht befragt.«

David schüttelte den Kopf. »Wie gesagt, wir waren bekannt, haben ein wenig geflirtet. Ich mochte Simon, den Jungen, sehr. Er war außergewöhnlich intelligent und ein hervorragender Schwimmer.« Er machte eine Pause. »Womit ich bei meinem Anliegen bin. Warum geht ein so cleverer Zehnjähriger schwimmen und ertrinkt? Er kannte die Bucht, er wusste um die gefährlichen Strömungen, und er konnte gut schwimmen. Warum?«

»Weißt du, David, dass ich mich das damals auch gefragt habe? Natürlich habe ich darüber nachgedacht! Die Schwester, wie hieß sie gleich?«

»Ally.«

»Genau. Das arme Mädchen. Die Eltern standen vollkommen unter Schock. Die Mutter war hysterisch, der Vater brachte kaum ein Wort über die Lippen. Alle Untersuchungen wurden vorgenommen. Der Leichnam wurde obduziert, obwohl nichts auf eine unnatürliche Todesursache hinwies.« Stan trommelte mit den Fingern auf dem klebrigen Tresen. »Wenn man so lange Polizist ist, dann hat man eine Nase für Ungereimtheiten. Es hat mir gestunken! Aber …«, er schlug mit der flachen Hand auf das Holz, dass die Gläser klirrten, »… mir wurden die Hände gebunden!«

»Wie muss ich das verstehen?«

»Harvey Jenkins, der damalige Bürgermeister, stand vor der Wiederwahl und wollte jedes Aufsehen vermeiden. Ein ungeklärter Todesfall hätte ihm die Kampagne verhageln können. Jedenfalls bekam meine Abteilung strikte Order, den Fall abzuschließen. Es war ein Unfall. Ein Junge war beim Schwimmen ertrunken. Schlimm genug, aber so etwas kann passieren. Was nicht sein darf, sind Gerüchte über ein mögliches Gewaltverbrechen, über kleine Jungs, die nicht allein an den Stränden von Cardigan Bay herumlaufen dürfen, weil ihnen etwas zustoßen könnte. Das durfte nicht sein!«

Der ehemalige Polizist kratzte sich den kantigen Schädel, der von raspelkurzen grauen Haaren bedeckt wurde. Seine buschigen Brauen zogen sich zusammen. »Ich hatte keine Beweise, keinerlei Spuren, die auf etwas anderes als einen Unfall hinwiesen. Nur meine Nase. Das reichte nicht.«

David beobachtete, wie der Mann von seinem Whisky trank und die Augen schloss, während der Alkohol seine Kehle hinunterlief.

»Weißt du, was ich nie vergessen habe? Wie die Schwester mich angesehen hat. Ihre Augen haben um Hilfe gefleht, aber ich konnte sie ihr nicht geben. Selten habe ich jemanden gesehen, der so allein war wie dieses junge Mädchen. Ich glaube fast, dass ihre Eltern ihr die Schuld am Tod des Bruders gegeben haben, obwohl das grauenvoll ist, aber so kam es mir vor.«

David schwieg und kaute an seiner Unterlippe.

»Sie ist nie darüber hinweggekommen, nicht wahr?« Es war keine Frage, sondern eine Feststellung. Als Stan Zustimmung in Davids Miene las, fuhr er fort: »Wie auch? Ich denke oft, dass die Toten es besser haben als die Hinterbliebenen. All diese ungeklärten Fragen, die dich dein Leben lang quälen …«

»Ihre Eltern haben nicht nachgehakt?«

»Nein. Ich habe sie nach der Begegnung am Fundort nur noch einmal gesehen. Sie wirkten verstört. Wie auch nicht! In meinem Beruf bleibt einem wenig erspart, aber den Tod eines Kindes zu sehen war immer das Schwerste für mich. Wenn ein so junges Leben vor seiner Zeit ausgelöscht wird, dann zerbricht das die Angehörigen.« Der Expolizist glitt mit einem Finger über den Rand seines Whiskyglases.

»Das war's dann? Der Fall wurde als Unfall abgeschlossen?«

»Mir waren die Hände gebunden. Und Jenkins hat allen die Hölle heißgemacht, die nicht taten, was er verlangte. Keine Presse, kein Aufsehen, der Ferienbetrieb musste weitergehen.«

»Hattest du denn einen Verdacht? Was hat dich stutzig gemacht?«, wollte David wissen, doch er spürte, dass Stan sich verschloss.

Mit abweisender Miene griff Stanley Miller nach seinem Glas und stürzte den Rest hinunter. »Ich muss gehen. Hat mich gefreut, dich kennenzulernen.« Er rutschte von seinem Barhocker und tätschelte Henrys Rücken. »Schöner Hund.«

David sah der kräftigen Gestalt nach, die sich energisch durch die Menschen drängte. Ein einsamer alter Mann, der das Leben mit all seinen Licht- und Schattenseiten gesehen hatte. Miller war nicht daran zerbrochen, aber er klang desillusioniert und bitter und ertränkte seine Einsamkeit im Alkohol. Und wenn mehr hinter seinen Worten steckte? Wenn Miller tatsächlich mehr über Simons Tod wusste, aber nicht gewagt hatte, seinen Verdacht offenzulegen? In einer Kleinstadt wie Aberaeron kannte man sich und hielt zusammen.

David bezahlte und verließ den Red Lion Pub mit der Gewissheit, einen Schritt weitergekommen zu sein. Nur, wohin ihn diese Gewissheit führen würde, konnte er nicht sagen.

Ein Sonnenstrahl fiel auf Allys Bett und kitzelte ihre Nase. Sie nieste, blinzelte verschlafen, und dann fiel ihr ein, dass sie wieder in ihrer Wohnung in London war.

Müde stand sie auf und öffnete das Fenster, um frische Luft hereinzulassen, doch statt salziger Meeresluft und dem Geschrei von Möwen schlugen ihr Straßenlärm und Autoabgase entgegen. Dabei lag ihre Wohnung in einer Seitenstraße, nicht weit von der Themse. Die Wohngegend war ruhig und entsprechend teuer. Da sie nur zwei winzige Zimmer mit Bad und Kochnische bewohnte, konnte sie sich die Lage leisten. Doch heute fragte sie sich, ob es das wert war …

Die Hälfte ihres Gehalts ging für eine irrsinnige Miete drauf, und wenn sie die Nase nach draußen hielt, atmete sie den Smog einer Millionenstadt ein. Aber das war es gar nicht. Früher hatten sie weder Lärm noch Gestank gestört. Im Gegenteil, sie hatte sich über jede Art von Ablenkung gefreut, die sie fand, wenn sie zum Fluss hinunterspazierte oder mit dem Bus in die Stadt fuhr. Um sie herum brodelte das Leben. Sie hatte das gebraucht, um sich abzulenken, ihre Gedanken ständig in Bewegung zu halten, um nur ja nicht an Simon zu denken. Und sie war gescheitert.

Die Reise nach Aberaeron hatte ihr in aller Deutlichkeit gezeigt, dass sie ihre Vergangenheit nicht in Koffer packen, auf dem Speicher zwischenlagern und bei Bedarf herunterholen konnte. Sie trug diesen übergewichtigen Rucksack stets mit sich herum, ohne sich je von ihm befreien zu können. Unten im Hof schrie jemand auf. Ally ging zum Fenster und sah, wie Mrs Bamford wütend den Kehrbesen schwang. Ein Haufen Müllsäcke, die zum Teil aufgerissen waren, lag neben den Containern. Die

Leute ließen ihren Dreck einfach überall liegen. Mrs Bamford war eine Art Hausmeisterin und kümmerte sich darum, dass das Treppenhaus regelmäßig gesäubert wurde und weder Fahrräder noch Kinderwagen die Aufgänge versperrten. Die Frau kämpfte gegen Windmühlen.

Ally schloss das Fenster bis auf einen schmalen Spalt und zog sich ihre Laufsachen an. Nach der langen Zugfahrt brauchte sie die Bewegung. Anschließend musste sie den Bericht fertigstellen, wobei es nur noch einer letzten Überarbeitung bedurfte. Das meiste hatte sie im Zug geschrieben. Sie hatte gelernt, unter den ungewöhnlichsten Umständen zu arbeiten, um zumindest einen Nutzen aus langen Reisen oder Wartezeiten auf Flughäfen und Bahnhöfen zu ziehen.

Ihre Wohnung befand sich im vierten Stock eines Altbaus ohne Fahrstuhl, was Ally nicht störte, Mrs Bamford und einige andere Mieter, die nicht so gut zu Fuß waren, schon. Ally stopfte den Haustürschlüssel in ihre Hosentasche und lief leichtfüßig hinunter. Beim Laufen wurde der Kopf frei, und genau das brauchte sie jetzt.

»Guten Morgen, Mrs Bamford!«, rief sie der wütend um die Müllsäcke herumfegenden älteren Frau zu. »Nicht ärgern! Lassen Sie es doch liegen!«

»Ich ärgere mich aber! Wie sieht das denn aus? Und dann der Gestank! Das zieht die Ratten an! Ich weiß auch genau, wer seinen Dreck hier abgeladen hat!« Drohend schüttelte sie ihre Faust nach oben, wo im zweiten Stock ein Fenster zugeschlagen wurde.

Ally tat die Frau leid, aber ändern würde sie die Menschen trotzdem nicht. Ohne sich weiter um die schimpfende Frau zu kümmern, schlug Ally den Weg zur Themse ein. Wenn man dem Weg am Flussufer folgte, erreichte man nach wenigen Kilometern den Dukes Meadows Golf Club. Schon oft hatte sie dort die Themse überquert und war durch den Wildpark von Richmond gelaufen. Besonders im Sommer, wenn alles in voller Blüte stand, liebte Ally den Park. Doch so weit wollte sie heute nicht laufen.

Was hatte David von Connor erfahren, und wie war sein Gespräch mit Exdetective Miller verlaufen? Und wenn Simon unter schrecklichen Umständen gestorben war? Sie lief schneller und keuchte. Dann wollte sie es trotzdem wissen. Es musste ein Ende haben. Die Ungewissheit und ihre Zweifel zermürbten sie. Langsamer werdend hielt sie vor einer Mauer und begann mit Dehnübungen. Wenn sie ehrlich mit sich war, hätte sie nicht feige davonlaufen sollen. Sie hätte in Aberaeron bleiben und mit David sprechen sollen. Allein war sie bisher nicht weitergekommen, und vielleicht war David genau derjenige, der ihr helfen konnte.

Nach einer knappen Stunde bog Ally erschöpft in ihre Straße ein und entdeckte schon von weitem Megs roten Mini-Cooper. Sie fand ihre Freundin im Gespräch mit Mrs Bamford vor dem Hauseingang stehend. Die schlanke, elegante Meg überragte die kratzbürstige Hausmeisterin mindestens um einen Kopf, legte jedoch während des Gesprächs immer wieder ihre Hand auf Mrs Bamfords Arm.

»Hallo, Süße!« Meg winkte, tätschelte noch einmal die Schulter ihres Gegenübers und beendete das Gespräch: »Es hat mich gefreut. Und lassen Sie sich nicht ins Bockshorn jagen, das haben Sie gar nicht nötig.«

Erstaunt beobachtete Ally, wie Mrs Bamford lächelnd und mit erhobenem Kinn im Haus verschwand. »Was hast du zu ihr gesagt? So gut gelaunt habe ich sie noch nie gesehen!«

Meg hauchte ihr einen Kuss auf die Wange. »Du bist so schrecklich fit, dass ich ein richtig schlechtes Gewissen bekomme. Oh, dein Hausdrachen brauchte nur etwas Bestätigung. Wenn Sie meinen Rat befolgt, geht sie jetzt erst mal zum Friseur und kauft sich was zum Anziehen. Das wird sie entspannen. Jede Frau braucht Bestätigung.«

Gemeinsam stiegen sie die Treppen hinauf. Leicht nach Luft während des Sprechens ringend sagte Meg: »Ich hatte dich nicht so schnell zurückerwartet.«

»Meine Arbeit war erledigt. Der schräge Bibliothekar hat es geschafft, die Besitzer des ominösen Grals zu …«

Doch sie wurde von ihrer Freundin unterbrochen. »Ja, ja, das weiß ich doch. Du bist ein fleißiges Mädchen, hast den Artikel wahrscheinlich schon fertig.« Meg hatte die widerspenstigen Locken mit einem quittegelben Haarband aufgebunden. Sonnengelb waren auch ihr Top und eine große Handtasche, die sie zu einer engen schwarzen Hose trug. »Du bist wieder weggelaufen! Stimmt's, oder hab ich recht?«

Seufzend schloss Ally ihre Wohnungstür auf. »Ich gehe jetzt erst unter die Dusche. Danach kannst du mich weiter verhören.«

»In Ordnung. Zieh dir was Nettes an, ich will mit dir ausgehen.«

Meg liebte es, neue Lokalitäten auszuprobieren, und hatte sicher wieder einen Geheimtipp, den sie Ally unbedingt zeigen musste.

Doch als Ally endlich in sauberem, präsentablem Zustand vor ihrer Freundin im Wohnzimmer erschien, strahlte diese so selbstzufrieden, dass Ally argwöhnisch fragte: »Was hast du vor, Meg?«

»Ich führe dich jetzt in ein himmlisches kleines Café, das direkt am Themseufer liegt und wo man die frischesten Scones in London bekommt. Die Marmelade machen die auch selbst. Und jetzt lass dich umarmen!« Meg drückte ihre Freundin an sich und kramte in ihrer Handtasche herum. »Furchtbar unpraktisch, diese riesigen Bags. Hoffentlich kommen sie bald aus der Mode … Ah, da ist es! Alles Gute zum Geburtstag!«

Ally nahm einen rosafarbenen Umschlag entgegen, der mit einer Seidenschleife und weißen Federn verziert war. »Ach, Meg, du solltest mir nichts schenken.«

»Mach schon auf!«, drängte ihre Freundin und strahlte zufrieden.

Als Ally die beiden Karten aus dem Umschlag nahm, ahnte sie es. »Meine Güte! Tickets für die Danza Contemporanea de Cuba!« Sie umarmte ihre Freundin und wischte sich die Augen. Meg wusste, wie sehr sie die kubanische Truppe liebte. Die Tänzer waren phantastisch, hatten alle eine klassische Ballettausbildung, sich aber dem modernen Tanz verschrieben und brachten eine unvergleichliche Show auf die Bühne.

»Dass du daran gedacht hast …«

»Ich freu mich auch drauf. Sie treten in drei Wochen im Sadler's Wells Theatre auf. Danach gehen wir in eine Salsabar. Das wird großartig!« Meg machte einen gekonnten Hüftschwung. Sie tanzte gern und hatte manch gebrochenes Männerherz an einem solchen Abend zurückgelassen. Seit zwei Jahren war sie jedoch in festen Händen. Zachary Landeg war Inhaber einer Cateringfirma und schien genau zu wissen, wie er mit der temperamentvollen Meg umgehen musste. Das allein war schon bemerkenswert, aber Ally mochte Zach, weil er kein arroganter Schaumschläger war, sondern genau wusste, was er vom Leben wollte.

»Hat Zach nichts dagegen, wenn wir Mädels allein losziehen?«

»Na, das wäre ja noch schöner! Nein, da ist er ganz locker. Genau wie ich. Ohne Vertrauen läuft gar nichts. Was wäre das denn für eine Beziehung, wenn wir uns jedes Mal um Erlaubnis fragen müssten, wann und mit wem wir ausgehen dürfen? Womit wir beim Thema sind.« Meg lehnte sich gegen den Türrahmen. »Du hast vor David Reißaus genommen, nicht wahr?«

Ally suchte ihre Sachen zusammen und murmelte: »Nein.«

»Nick hat mir erzählt, wie ihr euch angesehen habt, also gib dir keine Mühe. Ich bin deine Freundin, und mir kannst du nichts vormachen. Von deiner Mutter hat er mir auch erzählt.«

Diesmal stieß Meg einen abgrundtiefen Seufzer aus. »Was das nun sollte … Wie seid ihr verblieben?«

Ally hatte ihre kurze Lederjacke gefunden. »Sie ist wieder abgerauscht und hat mir ein paar Zeilen hinterlassen. Es war …« Sie zögerte. »Es war ein Annäherungsversuch. Wir haben beide Fehler gemacht, aber …« Ally machte eine abweisende Handbewegung. »Lass uns gehen. Über meine Mutter möchte ich nicht sprechen. Über meinen Vater auch nicht!«

Meg zeigte fragend auf den riesigen Blumenstrauß, der auf dem Couchtisch stand.

»Der ist von meinem Vater. Das macht er jedes Jahr. Damit beruhigt er sein schlechtes Gewissen. Er hat zwar eine neue Familie und einen neuen Sohn, aber ganz vergessen hat er mich nicht. Ist doch toll, oder?«

»Autsch! Sarkasmus steht dir nicht, Ally. Außerdem glaube ich, dass du deinem Vater unrecht tust. Jeder hat eine andere Art, mit seinem Kummer umzugehen.«

»Nur in seinem Trauerbewältigungskonzept spielten wir keine Rolle mehr.«

Meg ließ die Arme sinken, wobei die schmalen Goldreife sanft klimperten. »Nick hat mir die Bilder vom Talbot Hotel und euch dort geschickt. Wirklich umwerfend!« Sie grinste breit.

»Ja, der Architekt hat gute Arbeit geleistet, und Paige Darby macht einen tollen Job als Managerin. Obwohl ich sie nicht drum beneide. So ein Hotel zu leiten bedeutet Arbeit rund um die Uhr.«

Meg legte den Kopf schief und folgte Ally in den Flur. »Das meinte ich eigentlich nicht. Der Architekt sieht umwerfend aus. David.«

»Hmm«, war alles, was Ally erwiderte.

Erst als sie auf die Straße traten und Meg mit ihr zu ihrem Auto ging, fügte Ally hinzu: »Er ist der einzige Mann, der jemals solch ein Gefühlschaos in mir ausgelöst hat. Ausgerechnet

David. Wie soll das funktionieren? Wenn ich ihn ansehe, denke ich an Simon!«

»Immer?« Meg drückte auf den elektronischen Autoschlüssel. Es klickte, und Ally öffnete die Beifahrertür. »Du musst allem auf den Grund gehen, oder?«

»Nur, wenn es wichtig ist. Immer?«

»Nein, aber …«

»Na bitte. Ich kann dir da keinen Rat geben, will ich auch nicht. Nur, wenn man jemanden trifft, der einem viel bedeutet, ist das zu wertvoll, als dass man die Gelegenheit einfach verschenken sollte.« Meg ließ den Motor an und lenkte den kleinen Wagen in den Verkehr, der am Wochenende vergleichsweise ruhig war. »Er sieht verdammt gut aus.«

»Ich weiß«, sagte Ally leise und lächelte.

22

Was er vorhatte, konnte durchaus nach hinten losgehen. Mit Jerry war nicht zu spaßen. Wenn der schwergewichtige Koch erst einmal in Rage geriet, war er schwer zu bremsen. Aber er musste es darauf ankommen lassen. David stieß die Tür zum Restaurant auf. Die Mittagszeit war vorüber, und es waren nur noch zwei Tische besetzt. Wer deftiges Essen und das klassische Fish-and-Chips-Gericht wollte, war bei Jerry gut aufgehoben. Angefangen hatte Jerry mit einem Imbisswagen. Und auf größeren Veranstaltungen war Jerry immer noch gern mit seinem rollenden Imbiss zu Gast.

Die unvermeidliche Dotti hatte ihn und Henry erspäht, schob den Busen nach vorn und kam mit schwingenden Hüften auf ihn zu. Wer sich mit einer solchen Figur in Jeans und T-Shirt quetschte, die zwei Nummern zu eng waren, verdiente Bewunderung. »Hey, Dotti. Wie geht es?«

»David, Schätzchen, gut siehst du aus, wie immer«, schnurrte die Kellnerin und fuhr sich mit der Zunge über den hellrosa Lippenstift, der sich mit dem Aubergine ihrer Haarpracht nicht vertragen wollte. »Wir haben eigentlich schon zu. Aber für dich schmeißt Jerry noch einen Fisch in die Fritteuse. Hast du Hunger?«

»Ja!«, log David und machte es sich auf einem der hohen Stühle am Tresen bequem. Von dort konnte er in die Küche blicken und winkte Jerry zu. »Dotti sagt, es macht keine Umstände, noch eine Portion für mich zu machen?«

Jerry wischte sich mit dem Handrücken den Schweiß von der

Stirn und rieb die Hand anschließend in seiner karierten Schürze. »Nein, gar nicht! Ich habe hier noch ein saftiges Lachsfilet für dich. Dotti, stell dem armen Mann doch mal ein Bier hin. Der hat ja schon Fusseln an den Lippen!«

Dotti stolzierte mit ihrem wiegenden Gang an die Bar und zapfte ein helles Bier für David. Das randvolle Pintglas schwappte über, als sie es vor David auf einen Papieruntersetzer stellte. »Cheers!«

Sie zapfte ein weiteres Glas und brachte es zu Jerry in die Küche. Der Koch prostete David zu und nahm einen tiefen Zug, bevor er sich der Zubereitung von Davids Mahlzeit widmete.

»Sind die Journalisten aus London schon wieder weg?«, fragte Dotti und zupfte an ihrem roten T-Shirt.

»Sie haben alles erfahren, was sie wollten, denke ich. Das wird sicher ein schöner Bericht über Aberaeron. Davon profitieren alle«, meinte David und legte seine Jacke über den Hocker neben sich.

Henry hatte sich auf dem Boden ausgestreckt. Er war müde von einem langen Morgenspaziergang.

Dotti verzog abfällig den Mund. »Na, ich weiß nicht. Die Puppe schreibt doch sicher nur über das schnieke neue Talbot. Nichts für ungut, du hast dran gearbeitet. Aber so ist es doch immer. Die Schnöselpuper aus der City wollen nur die hippen Locations sehen. Das wahre Leben hier interessiert die doch nicht für einen Penny!«

»Im Allgemeinen würde ich dir recht geben, aber in diesem speziellen Fall muss ich Ally und auch den Fotografen in Schutz nehmen. Die zwei haben sich viel Mühe gegeben, ganz unterschiedliche Seiten von Aberaeron reinzunehmen. Louna's Café ist dabei und, wenn ich das richtig verstanden habe, auch Jerry's. Auf unseren Koch!«, rief David laut genug, dass Jerry es hören konnte.

»Ich glaub's, wenn ich's schwarz auf weiß lese«, meinte Dotti.

»Hab die Bemerkung der Cityzicke noch gut im Ohr. Bakterien! Phhh! Die soll sich mal vorsehen! So sauber wie bei uns ist das nämlich nicht überall.« Mit erhobenem Kinn ging Dotti zu einem der besetzten Tische, an dem eine Familie nach der Rechnung verlangte.

Während er auf sein Essen wartete und an seinem Bier nippte, ließ David den Blick durch das kleine Restaurant schweifen und entdeckte in einer Ecke die regungslose Gestalt eines bärtigen Mannes. Er kannte den finster dreinblickenden Mann vom Sehen und nickte ihm zu. Tom Paskin betrieb eine Werkstatt. Robert kannte ihn von früher, doch sympathisch war ihm der eigenbrötlerische Mann nicht. Paskin erwiderte den höflichen Gruß mit einem kaum wahrnehmbaren Zucken der Mundwinkel.

Irgendeine Geschichte hing dem Kerl an. Hatte Paskin im Gefängnis gesessen? Er hätte Connor fragen sollen. Oder Robert. Wo steckte der? Er sollte sich die Villa in Torquay aus dem Kopf schlagen. So hübsch das Anwesen war, als Hotel war es ungeeignet, zumindest bei den finanziellen und baulichen Möglichkeiten. Sich mit dem Denkmalschutz auseinandersetzen zu müssen war keine erfreuliche Angelegenheit. Zumindest nicht, wenn man ein profitables Geschäft machen wollte.

»So, mein Bester. Lass es dir schmecken!« Jerry stellte einen Teller mit frischem Salat und einem knusprigen Backfisch vor ihn hin. Dazu reichte er ein Schälchen von Jerry's Spezialsoße.

Als ihm der Essensduft in die Nase stieg, meldete sich auch der Hunger. »Großartig, danke, Jerry!«

Jerry grinste zufrieden, band seine Schürze ab und kam um den Tresen herum. Sein weißes Kochhemd war voller Fettspritzer und hing weit über die karierte Hose. »Ey, Tom! Ich spendier noch ein Bier! Setz dich zu uns.«

Die grimmige Miene des Mechanikers hellte sich nur unwesentlich auf. Er erhob sich. »Nichts für ungut. Ich muss. Bis dann!«

Paskin packte seine Jacke und ging ohne ein weiteres Wort nach draußen.

»Nicht der fröhlichste Geselle …« David aß den Fisch mit Appetit. »Gut!«

Jerry zog sich einen Hocker heran, der unter seinem Gewicht ächzte. »Der alte Tom hatte es nicht leicht. Ich nehm's ihm nicht übel. Wenn man das durchgemacht hat, wird man so.«

Fragend sah David ihn an. »Ich habe das nie so richtig verstanden. Jeder erzählt was anderes.«

Aus dem riesigen Resonanzkörper des Kochs stieg ein gurgelndes Lachen auf, das genauso schnell erstarb. »Getratscht wird hier wie überall. Ich weiß auch nicht alles, aber zumindest kenne ich Tom seit über zwanzig Jahren. Ein Vergewaltiger ist er nicht. Dafür würde ich meinen Finger in die Fritteuse halten.«

Das gurgelnde Lachen erklang erneut, und David grinste. »Nur einen Finger?«

»Man soll es nicht übertreiben. Tom hat mal mit einer Frau zusammengelebt. Die war nicht von hier, kam aus Sheffield. Jedenfalls brachte die zwei Kinder mit, Zwillinge, Junge und Mädchen. Die waren vierzehn oder fünfzehn, als das Drama passierte.« Jerry zog sich sein Bierglas heran und fuhr sich über den kahlen Schädel. »Dotti! Komm mal her!«

Die Kellnerin verabschiedete sich von den letzten Gästen, trat zu ihnen und legte ein großes Portemonnaie neben den Zapfhahn.

»Wie war das mit Tom damals? Weißt du es genau?«

Dotti schüttelte eine Zigarettenschachtel. »Der arme Kerl wurde von den Zwillingen seiner Freundin gelinkt. Das waren so richtige Früchtchen, aber wenn es hart auf hart kommt, wird den Kindern geglaubt, nicht dem Stiefvater.« Sie zündete sich eine Zigarette an. »Tom spricht nicht darüber, hat mir nur mal gesagt, dass die ihn gelinkt haben. Er war ein hübscher Kerl, und das Mädchen war scharf auf ihn. Weil er sie zurückgewiesen hat,

hat sie mit ihrem Bruder zusammen diese Missbrauchsstory erfunden. Der Junge hat behauptet, dass Tom sich ihm unsittlich genähert habe.«

Erstaunt fragte David: »Er soll den Jungen angerührt haben? Aber …«

»Tja, üble Geschichte«, meinte Dotti. »Die Zwillinge haben füreinander ausgesagt, und Tom kam für drei Jahre in den Knast. Sein Anwalt hat nicht aufgegeben und den Fall wieder aufgerollt. Ein neuer Richter hat ihn dann aus Mangel an Beweisen und einem Verfahrensfehler freigesprochen. So in etwa.«

David legte sein Besteck auf den Teller. »Das ist bitter. Er wurde praktisch nie rehabilitiert.«

»An seiner Stelle wäre ich weggegangen. Aber das ist eben Tom, der ist so stur und will den Leuten einfach zeigen, dass er sich nicht kleinkriegen lässt.«

Ausgerechnet den Jungen sollte dieser Paskin missbraucht haben. Das war schon auffällig und gab David zu denken. »Wie lange ist die Geschichte her?«

Jerry schürzte die vollen Lippen. »Seit zehn oder elf Jahren ist Tom wieder in Aberaeron.«

David starrte durch das Fenster auf die parkenden Autos und den Hafen. »Und lebt er mit einer Frau zusammen?«

»Und wenn nicht? Was stellst du denn für Fragen? Bist du jetzt bei der Polizei, oder was? Sind alle allein lebenden Männer jetzt potenzielle Triebtäter?« Jerry streckte die massigen Arme aus. »Dann leg mir mal auch gleich Handschellen an.«

»Entschuldigung, wenn das falsch rüberkam, Jerry. So war es nicht gemeint«, versicherte David eilig und dachte bei sich, dass Jerry ziemlich empfindlich auf dieses Thema reagierte.

Dotti war dabei, die Tische zu säubern, und warf David einen missbilligenden Blick zu. »Hast du was gegen Schwule, David?«

»Wie kommst du denn darauf? Nein, natürlich nicht!« Er fühlte sich plötzlich von beiden aufs Korn genommen. Als er sich an Jerry wandte und der seinem Blick auswich, verstand er. »Jerry?«

Der beleibte Koch stemmte unglücklich die Pranken auf seine Knie. »Hier weiß das kaum einer. Und das soll auch so bleiben. Reicht mir schon, wenn die Leute so über mich tratschen. Der fette Jerry und seine Fischbude. Als du davon anfingst, dachte ich, du wolltest mich aufziehen, weil du es von Robert weißt.«

»Ihr seid doch befreundet.« Dotti trug die schmutzigen Gläser zur Spüle.

»Wir arbeiten zusammen und kennen uns recht gut, ja. Aber, hey, ehrlich …« David hob die Hände und grinste. »Ist doch heutzutage wirklich keine große Sache mehr. Und was die Leute so treiben, wenn sie die Gardinen vorziehen, ist ihre Privatsache. Solange dabei niemand zu Schaden kommt …«

Jerry lachte trocken. »Sollte man meinen, aber du kennst weder meine Familie noch die gehässigen Klatschmäuler der Kleinstadt.«

»Robert hat übrigens nichts in der Hinsicht gesagt.« David wollte seinen Freund auf keinen Fall in ein schlechtes Licht setzen.

»Nicht? Dabei war er der Erste, der mich durchschaut hatte. Er hat mir einen ganz schön bösen Streich gespielt. Typisch Robert. Anfangs war ich sauer, weil er mich vor unseren Kumpels bloßgestellt hat. Aber sie haben es einfach akzeptiert, nie wieder ein Wort darüber verloren. Solche Freunde sind selten.« Jerry wuchtete seinen Körper vom Barhocker. »Ich hab noch einiges zu erledigen, bevor es heute Abend wieder losgeht. Dotti, du schließt ab, ja?«

»Klar, Jerry. Denk an die Rechnungsblöcke. Die Servietten bringe ich vom Safeway mit«, rief Dotti, um das Geräusch des laufenden Wasserhahns zu übertönen.

David sah der massigen Gestalt nach, die mit leicht gebeugten Schultern langsam durch das Restaurant stapfte. Jerrys Großmäuligkeit war eine Art Schutzschild, den er sich über die Jahre zugelegt hatte. Die ganze Situation musste schwierig für Jerry sein, aber noch ärger stand es um Tom. Wäre er an Stelle von Paskin gewesen, er hätte allen, die ihm so übel mitgespielt hatten, den Rücken gekehrt und woanders neu angefangen.

Connor hatte den Transvestiten ebenfalls erwähnt. Vielleicht sollte er den Kerl ausfindig machen, der sich damals mit den Jungs am Herrenhaus getroffen hatte. Hatte Connor nicht auch seinen Namen genannt? Angel. Nur einen Haken gab es – einen ziemlich entscheidenden Haken. Seit Jerrys denkwürdiger Begegnung mit Angel waren über zwanzig Jahre vergangen. Wie sollte er einen Transvestiten finden, dessen richtigen Namen er nicht kannte?

»Na, mein Hübscher. Willst du auch los?« Dotti warf den schmutzigen Lappen gekonnt in die Spüle und griff nach dem Portemonnaie.

David gab ein großzügiges Trinkgeld. »Danke, Dotti. Und wegen Jerry, das wollte ich nicht. Ihn aufregen, meine ich.«

Die Kellnerin holte ihre Schlüssel aus einem Schrank neben der Spüle. »Er ist sensibel, der große Kerl. Seine Unsicherheit überspielt er mit seiner großen Klappe. Aber stell dir mal vor, alle wüssten von seiner Vorliebe für hübsche Jungs. Er hätte hier keine ruhige Minute mehr. Die derben Zoten möchte ich mir gar nicht vorstellen …«

David streifte seine Jacke über, was Henry dazu veranlasste, aus seinem Tiefschlaf aufzuschrecken. »Fährt er deshalb noch immer mit dem Imbisswagen auf die Märkte?«

Der Setter schüttelte sich, und David war froh, dass die übrigen Gäste schon gegangen waren. Er klopfte dem Hund auf den Rücken. »Lass mal, Henry. Dafür ist draußen mehr Platz.«

Dotti ignorierte Henrys Säuberungsversuche. »Du willst es heute aber genau wissen. Sicher macht Jerry es deswegen. Was außerhalb von Aberaeron passiert, ist nicht wichtig für die großen Tratschmäuler hier. Außerdem hat er eine Vorliebe …« Sie biss sich auf die Zunge. »Ich sollte nicht so hässlich tratschen. Macht mich nicht besser als den Rest der Leute hier, wenn sie ihre kleinen Dolche zücken und dir mit Wonne den Rücken aufreißen, sobald du dich umdrehst. Aber so ist das überall.«

»Stell dir vor, ich bin auf einer Insel aufgewachsen!«

»Mein Beileid. Das ist noch schlimmer als unser Nest, denn auf einer Insel kann keiner so schnell weg. Das ist wie eine Suppe, die immer am Köcheln ist. Ab und zu wird sie zu heiß, dann brodelt und spritzt es«, bemerkte Dotti treffend.

»Und wenn sich die Wogen geglättet haben, löffeln wieder alle brav aus demselben Topf«, ergänzte David den bildhaften Vergleich.

Nachdem er das Restaurant verlassen hatte, schlenderte er ziellos am Hafen entlang. Es wurde endlich wärmer. Der Sommer lag in der Luft, auch wenn die Wolken sich noch anstrengten, die Sonne zu verbergen. Aber blauen Himmel hatte man in Wales in etwa so oft wie in Schottland. David beobachtete die Möwen, hörte ihre vertrauten Schreie und freute sich auf die Tage, an denen er ohne Schuhe durch den Sand laufen und das Wasser auf der Haut spüren würde. Er liebte die Küste, das raue Klima, das in den Sommermonaten so unerwartet milde werden konnte. Und Ally hatte sich hier auch wohlgefühlt. Das war nur allzu deutlich gewesen.

Er legte Henry im Gehen eine Hand auf den Kopf. »Ich bin mir sicher, dass sie zurückkommt. Sie hat nur einen Umweg gemacht.«

Die braunen Hundeaugen sagen ihn treuherzig an, und David lachte. »Was rede ich? Du hast Hunger. Lass uns nach Hause gehen!«

Als David in seinem Häuschen die Dose mit dem Hundefutter verschloss und in den Kühlschrank stellte, fiel sein Blick in den Wohnraum. Er vermisste Ally, obwohl ihre gemeinsame

Zeit denkbar kurz gewesen war. Sie passte zu ihm, besser als jede andere Frau, mit der er bisher zusammen gewesen war. Er fühlte sich wohl in ihrer Gegenwart, bis auf den Wunsch, mit ihr schlafen zu wollen. Alles zu seiner Zeit, dachte er.

Henry schmatzte lautstark beim Leeren seiner Futterschüssel, schleckte noch einmal genüsslich über die Kante und tappte zum Kamin. Dort ließ er sich auf dem weichen Teppich nieder und schloss grunzend die Augen.

»Wenigstens einer von uns beiden ist zufrieden«, sagte David, griff nach dem Telefon und setzte sich aufs Sofa.

Eines war sicher, solange Ally nicht mit der Vergangenheit Frieden schließen konnte, würde es keine gemeinsame Zukunft geben. Und es schien, dass es an ihm lag, die Fäden aufzunehmen und zu bündeln. Natürlich wollte er selbst wissen, was mit Simon geschehen war, aber für Ally war das von elementarer Bedeutung. David legte die Beine auf den Couchtisch. Er fand, dass er ihr seine Hilfe bei den Nachforschungen schuldete. Selbst wenn sie keinen Weg zueinander fanden, würde er es sich nicht verzeihen, wenn er nicht alles getan hätte, um die Wahrheit ans Licht zu bringen.

Er wählte. »Robert? Immer noch in Torquay?«

»David. Was? Ja, ja, immer noch Devon. Was gibt es Neues?« Robert klang gehetzt, und im Hintergrund war Musik zu hören.

»Wo bist du denn? In einer Bar? Lässt es dir wohl allzu gut gehen … Ob Paige davon begeistert ist?«, ärgerte David den Geschäftsfreund.

»David, eine Ehe ist nicht immer einfach. Und Paige ist sehr bestimmt in dem, was sie will.« Es klang, als suche Robert nach einer Entschuldigung.

»Das geht mich doch nichts an. Ich mag euch halt beide, und Rosie ist ein Engel.« Wie geschickt er die Brücke zu Angel geschlagen hatte, überraschte ihn selbst.

»Ähm, da war etwas, was ich dich fragen wollte, Robert. Ich

habe mich mit Connor über alte Zeiten unterhalten, und du weißt ja, dass ich mir Sorgen um Ally mache. Ihr Bruder ist damals ertrunken, aber irgendwie ist die Geschichte nicht stimmig. Jedenfalls habe ich angefangen, mich umzuhören. Miller, der Polizist, der damals den Fall untersucht hat, ist auch der Meinung, dass man mehr hätte unternehmen sollen. Aber Bürgermeister Jenkins hat alles abgeblockt.«

»Was wohl auch besser ist. Solche Geschichten sollte man ruhen lassen, David. Das bringt nur Ärger und reißt alte Wunden auf«, meinte Robert ernst.

»Das ist genau das Problem. Ally ist ganz krank wegen der Sache. Sie wird nie zur Ruhe kommen, wenn sie keine Gewissheit hat, ob es ein Unfall war. Das ist doch verständlich! Und da dachte ich, dass man zumindest alle befragen sollte, die sich vielleicht in der Nähe von Morlan House herumgetrieben haben. Und dieser Angel, der Jerry sozusagen aufgeweckt hat, wäre jemand, der sicher öfter dort war.«

»Wirklich, David, wo hast du das nur alles ausgegraben? Ich halte das für eine Schnapsidee!« Die Musik im Hintergrund wurde leiser.

»Mag sein. Schaden kann es jedenfalls nicht. Aber du könntest mir helfen, indem du mir sagst, wie dieser Angel heißt und wo ich ihn finden kann.«

»Meine Güte, das ist ewig her! Der Kerl kann ausgewandert oder tot sein! Diese Typen sind doch immer unterwegs.«

Davids Hoffnungen sanken. »Kam er aus Aberystwyth? Was hat er beruflich gemacht?«

Ein trockenes Lachen war zu hören. »Beruflich? Du bist witzig! Das war sein Beruf! Er war eine professionelle männliche Nutte, ein Stricher. Aber warte mal, ich glaube, er hat auch irgendwo getanzt und eine Show gemacht. Na, was die Transvestiten eben so machen mit Kostümen und Trallala.«

»Und wo?«

Es dauerte einen Moment, dann schnalzte Robert mit der Zunge. »Keine Ahnung. In irgendeiner Bar eben.« Robert lachte. »Armer Jerry, aber eigentlich war er mir dankbar. Es war so offensichtlich!«

David hielt nichts von derben Scherzen, die auf dem Rücken anderer ausgetragen wurden. »Du hast Glück, dass er das so weggesteckt hat.«

»Bah, das war ein Scherz! Er hat's herausgefordert! Wir waren dumme Jungs! Du hast doch sicher auch was auf dem Kerbholz! Und wieso hat Connor dir überhaupt davon erzählt? Habe ich doch richtig verstanden, dass es von Connor kam?«

»Ergab sich so. Eigentlich ging es um Alfie. Und dann die Geschichte mit Tom Paskin. Armer Kerl ...«

Robert atmete tief durch. »Was ist denn plötzlich los in Aberaeron? Waschen da alle ihr Gewissen rein? Und der Polizist? Wenn er Zweifel hatte, wieso hat er nichts unternommen? Solche Leute kann ich nicht ausstehen. Rumschwätzen und nichts tun!«, schnaubte Robert. »Was hatte er denn für eine Theorie?«

»Keine Ahnung, hat er nicht gesagt. Vielleicht wollte er sich auch nur wichtig machen. Er trinkt zu viel.«

»Der typische desillusionierte Excop. Na schön, aber verschwende deine Zeit nicht auf die Vergangenheit. Ändern kannst du sie sowieso nicht mehr. So schlimm das ist, David. Hast du dir Gedanken gemacht, wegen Torquay und überhaupt? Ich würde dich gern für ein anderes Projekt begeistern. Ein phantastisches Haus in Tywyn! Liegt direkt am Felsen, mit Blick aufs Meer. Ich bin heute Abend oder morgen früh zurück. Wir könnten dann hinfahren.«

»Lass uns darüber reden, wenn wir uns sehen, Robert. Mir ist das mit Ally wichtig. Sie bedeutet mir viel.«

»Verstehe. In Ordnung, bis dann!«

David beendete das Gespräch mit einem unguten Gefühl. Er hoffte, dass Robert keine Affäre hatte, denn Paige tat ihm leid, aber er würde sich nicht einmischen. Das mussten die beiden selbst klären.

In einer Bar, dachte David und wählte die Nummer vom Red Lion. Er hatte Glück, Miller hatte gerade seinen Lunch beendet.

»Stan, entschuldige, ich wollte dich noch etwas fragen.«

»Schieß los«, brummte der Excop.

David erklärte, worum es ihm ging, und fragte schließlich: »Wo hätte sich jemand wie Angel herumgetrieben? Wo hätte Robert ihn antreffen können?«

Es dauerte eine Weile, bis Stan antwortete. »New Quay war zu der Zeit ein bekannter Szenetreff, und dort der Blue Boar. Aber da brauchst du nicht nachfragen, die sagen nichts, halten alle zusammen.«

»Danke, Stan. Einen Versuch ist es wert.«

23

Ally saß an ihrem Schreibtisch und betrachtete die Fotos. Das tat sie nun, seit Nick ihr die Abzüge vor zwei Stunden auf den Tisch gelegt hatte. Sie hatte das Kinn in ihre Hände gelegt, und die langen Haare fielen ihr wie ein Vorhang ums Gesicht.

»Ich weiß, was du da machst, Ally Carter!«, sagte Meg von der anderen Seite des Büros.

Ertappt schreckte Ally auf und schob die Fotografien mit einem Seufzer zusammen. »Hmm …«

Ein Stift wurde energisch auf die gläserne Tischplatte geworfen. »Dir steht noch jede Menge Urlaub zu, und Hugo ist begeistert von deinem Artikel über Aberaeron. Also worauf wartest du? Bitte um deinen Resturlaub, und dann fahr endlich zurück nach Wales. So kannst du jedenfalls nicht weitermachen. Das hält ja niemand aus …«

Ally strich sich die Haare aus dem Gesicht und schaute ihre Freundin an. »Bin ich so unerträglich?«

»Meine Süße, ich habe dich schrecklich gern und kann es einfach nicht mit ansehen, wie du dich quälst. Du musst die Sache mit David klären und vor allem deinen Frieden mit der Vergangenheit schließen. Das hast du bisher nicht hier in London oder sonst wo in der Welt geschafft. Ich bin mir sicher, nein, ich weiß das, weil ich ja diese leicht hellseherische Ader habe, dass du dafür nach Wales gehen musst.« Meg lehnte sich in ihrem Stuhl zurück und breitete die Arme aus. »Außerdem habe ich dann endlich mal das Büro für mich allein und meine Ruhe.« Sie lächelte hintergründig.

»Du willst mich hier rausdrängen, das ist es. Schlange!« Ally nahm das oberste Foto, auf dem sie mit David und Paige in der Lounge des Talbot Hotels zu sehen war. »Er sieht verdammt gut aus …«

»Meine Rede. Und ich sag dir, diese Paige hat auch ein Auge auf ihn geworfen«, meinte Meg. »So, wie die ihn ansieht … Ts, ts, das gehört sich nicht für eine treue Ehefrau.«

»Paige? Ach, hör auf, Meg. Die hat so viel um die Ohren mit dem Hotel und ihrer Tochter. Ihr Mann ist dauernd unterwegs.«

»Dauernd unterwegs. Wenn das nicht die besten Voraussetzungen sind.« Meg schüttelte ihr Handgelenk mit den Armreifen, die warm auf ihrer schokoladenfarbenen Haut schimmerten. »Du machst es Zach wohl auch nicht leicht, oder?«

»Nein, nein, denk das nicht. Eifersucht ist immer dabei, wenn ich ihn mit einer anderen lachen oder gar flirten sehe, aber ich weiß, dass er sich nur Appetit macht, gegessen wird zu Hause.«

»Aber Meg, Eifersucht ist nun wirklich nicht meine Sorge.«

»Was ich sagen will, ist, dass David ein Mann ist, den auch andere Frauen begehrenswert finden. Lass dir einfach nicht zu viel Zeit. Das Schicksal hat euch zusammengeführt. Jetzt müsst ihr etwas daraus machen! Herrje, ich klinge schon wie die Briefkastenpsychotante. Es würde dir guttun. Das glaube ich«, sagte Meg voller Wärme.

Ally strich beinahe zärtlich über das Foto. Seit Tagen dachte sie darüber nach, was sie tun sollte, wie sie weiterleben konnte, ohne sich ständig von Schuldgefühlen niederringen zu lassen. Den Brief ihrer Mutter kannte sie inzwischen auswendig, aber sie brachte es nicht über sich, sie anzurufen. Sie hatte Angst vor dieser Begegnung, weil sie nicht wusste, wie sie beginnen sollte. Sie konnte doch nicht einfach sagen: »Mum, es tut mir leid, vergib mir endlich, ich halte das nicht länger aus …« Was, wenn ihre Mutter ihr nicht vergeben konnte? Das wäre schrecklich. Und fürchtete sie sich nicht im Grunde genau davor?

»Hey, Süße.« Meg war aufgestanden, legte ihr die Arme um die Schultern und drückte ihre Wange an Allys. »Manchmal braucht man einen Tritt in den Hintern.« Sie packte Allys Arm und zog sie mit Schwung vom Stuhl. »Auf zu Monsieur Hugo! Er ist gut gelaunt, hat gerade eine Schachtel handgemachter Pralinen geschenkt bekommen.«

Erstaunt sah Ally sie an.

»Ich war vorhin bei ihm und musste eine probieren. Er wollte mich wegen einer Geschichte in Ghana sprechen, die ich übernehmen soll. Ist doch toll, kann ich dann gleich mit einem Familienbesuch verbinden.«

»Du sollst nach Ghana? Wann denn?«

Meg lachte. »Du kennst ihn doch. Am besten noch gestern.«

»Ach, Meg, dann lässt er mich nicht weg …«

»Fragen kostet nichts. Los!« Sie schob Ally energisch zur Tür.

Auf dem Flur wuselte es hin und her. Vielen Artikeln musste für die anstehende Ausgabe noch der letzte Schliff verliehen werden. Spätere Änderungen waren nicht möglich, und niemand wollte sich eine Blöße vor dem kritischen Auge des Chefredakteurs geben. Hugo Lakefield war der Herausgeber und ließ es sich nicht nehmen, jeden Beitrag persönlich abzusegnen.

Ally grüßte im Vorbeigehen in die Layoutabteilung, winkte den Bildredakteuren zu, hoffte, Nick zu sehen, doch er war nicht an seinem Arbeitsplatz. Schließlich erreichte sie das Ende des Flurs und stand vor Lakefields Büro. Chloe Parker erspähte sie aus ihrem Vorzimmer und hob fragend die Brauen.

»Ist er da?«, fragte Ally.

»Ja, aber …«, begann Chloe und runzelte die Stirn unter der geometrischen Ponyfrisur.

Einen derart kurzen Pony zu tragen konnten sich nur wenige Frauen leisten. Man musste entweder sehr jung, sehr schön oder sehr selbstbewusst sein. Auf Chloe traf nur Letzteres zu, aber das umso mehr. Ohne sich um den Protest der Chefassistentin zu kümmern, klopfte Ally an Hugos Tür, hörte ein Grummeln, das sie als Herein wertete, und trat ein.

Hugo thronte wie immer hinter seinem Schreibtisch und hielt zwei Fotografien in den Händen, die er abwechselnd betrachtete. Eine riesige Pralinenschachtel stand geöffnet auf dem Tisch, und der Duft edler Schokolade erreichte Allys Nase sogar an der Tür. Sie schnupperte unwillkürlich.

»Bedienen Sie sich! Das ist der feinste Kakao, den ich seit langem gegessen habe. Natürlich war das eine Bestechung, aber dieser Kerl verdient es, dass ich mir seine Bilder anschaue. Was haben Sie auf dem Herzen, Ally? Ihr Artikel ist besser geworden, als ich es befürchtet hatte, nach Ihrer anfänglichen Weigerung, den Auftrag zu übernehmen. Viel besser.« Er grinste, legte ein Bild beiseite und schob ihr die Pralinen zu. Das rosafarbene Seidenpapier raschelte.

Pflichtschuldig griff Ally nach einer Praline, die mit einem essbaren Veilchen verziert war. Kaum hatte sie die Praline in den Mund geschoben und zerbissen, da entfaltete sich ein Feuerwerk an Aromen an ihrem Gaumen und auf ihrer Zunge. Sie schloss kurz die Augen und fragte sich, ob Veilchen so schmecken konnten.

Hugo Lakefield hatte sie beobachtet. »Sensationell, nicht wahr? Der Kakao wird im peruanischen Hochland handverlesen, genau wie die anderen Zutaten. Alles aus biologischem Anbau und Fair Trade. Hergestellt in Devon! Ist das nicht wunderbar? Es gibt sie noch, die Kleinbetriebe, die sich trauen, ein exquisites Produkt selbst herzustellen.«

Ally entzifferte den Herstellernamen auf der Holzkiste. »Äh, aber weshalb ich Sie störe, Sir …«

»Den Ausflug nach Wales haben Sie ja dann überlebt. Sind Sie mir nicht dankbar?« Die leicht vorquellenden Augen musterten sie aufmerksam.

»Nein, ja! Entschuldigung. Es war eine sehr persönliche Angelegenheit, die mich seit Jahren nicht loslässt. Es hängt mit meiner Familie zusammen.«

»Das erwähnten Sie bereits vor Ihrer Abreise.« Leicht ungeduldig suchte er sich ein anderes Bild aus dem Haufen, der auf seinem Schreibtisch lag, und hob es ins Licht. Es zeigte rote Felsen vor azurblauem Himmel.

»Es ist wegen meines Bruders, Sir. Er ist dort ums Leben gekommen«, sagte sie leise.

»Ein Unfall?«, fragte Lakefield, ohne den Blick von dem Bild zu nehmen.

»Das weiß ich nicht genau. Ich meine, deswegen … Nun, ich möchte Sie um Urlaub bitten, weil ich etwas klären muss.« Fest schaute Ally ihren Arbeitgeber an, der sich ein weiteres Foto aussuchte und scheinbar kein Interesse an ihren Sorgen hatte.

»Nehmen Sie sich drei Wochen. Keinen Tag länger. Ich will Sie mit Nick nach Australien schicken. Sie sind ein gutes Team. Danke, Ally. War das alles?«

»Ja, Sir.« Vollkommen überwältigt von seinem Entgegenkommen stolperte sie beim Hinausgehen und musste sich auf dem Flur erst besinnen, bevor sie begriff, dass sie tatsächlich Urlaub erhalten hatte.

»Was ist denn mit Ihnen los, Ally Carter? Sie sind ganz blass um die Nase!«, stellte Chloe fest. »Und das, obwohl Sie gerade an der Küste waren!«

»Ich habe Urlaub! Und ich fahre wieder nach Wales!«, sagte Ally mehr zu sich.

»Na, das hör sich einer an. Erst machen Sie so ein Theater, dass Sie nicht dorthin wollen, und jetzt fahren Sie schon wieder hin? Sie brauchen wirklich Urlaub.« Kopfschüttelnd widmete sich Chloe wieder ihrem Bildschirm.

Meg machte keinen Hehl aus ihrer Begeisterung für Allys Entscheidung. »Und wo wirst du wohnen?«

»Darüber habe ich noch nicht nachgedacht.« Ally schaltete

ihren Computer aus und griff nach einem Buch über den fünften Kontinent. »Das hier nehme ich mit. Hugo will mich mit Nick nach Australien schicken! Er hatte Fotos von Ayers Rock bei sich liegen.«

»Wow! Toll! Freust du dich nicht? Du bist doch ein Australienfan!«

»Ich weiß noch nicht, weil ich ... Im Moment weiß ich gar nichts mehr, Meg. In meinem Kopf schwimmt es durcheinander.« Sie hielt inne. »Ich werde im Talbot wohnen.« Das Hotel war ihr vertraut, und sie würde sich dort ein wenig wie daheim fühlen. Obwohl sie nicht einmal mehr wusste, wo ihr Zuhause war, denn ihre Wohnung schien ihr nur ein vorübergehender Aufenthaltsort zu sein. War das nicht traurig, wenn man ein Hotel seiner eigenen Wohnung vorzog?

»Gute Idee, Ally. Diese Paige wird sich freuen, wenn du wiederkommst, ist doch eine Bestätigung für ihr Hotel.«

»Weißt du, wo Nick ist?«

Meg schüttelte den Kopf. »Als du bei Hugo warst, hat er kurz reingesehen und ist wieder verschwunden.«

»Ich werde ihn anrufen.« Ally ging zu ihrer Freundin und umarmte sie. »Danke, Meg. Was würde ich nur ohne dich tun?«

Meg tätschelte ihr den Rücken. »Unsinn. Und hör ja auf, so traurig zu schauen. Sonst komme ich hinterher und mach den müden Küstenbewohnern Beine ...«

Sie lachten, und Ally drehte sich schnell um, damit ihre Freundin ihre Träne nicht sah.

Am nächsten Morgen saß Ally im Zug und blätterte durch den Australienführer, als ihr Telefon klingelte. »Hallo, Nick!«

»Du bist schon unterwegs, nicht wahr? Hört sich nach Zug an.«

»Ja, ich miete mir dort einen Wagen. Du weißt, dass ich nicht gern allein so lange Strecken fahre. Was machst du? Hast du was Neues?«

Sie hörte ihn kurz mit jemandem sprechen, dann sagte er: »Nein, habe keinen Job in den nächsten Tagen und werde mich um mein Fotoarchiv kümmern. Ich arbeite an einem Bildband, das muss auch mal vorankommen. Ally, ich freue mich auf Australien! Er hat von einer Story über die Aborigines und Ayers Rock und eine Umweltkampagne gesprochen, die von einer Britin, die dort lebt, geführt wird. Klingt gut, findest du nicht?«

»Typisch Hugo, einfach nur Natur geht nicht …« Im Stillen hoffte sie, dass sie bis dahin einige Dinge für sich geklärt hatte.

»So richtig begeistert klingst du ja nicht. Meld dich, wenn du in Aberaeron bist. Ich weiß nicht, warum, aber ich mach mir Sorgen um dich, Ally. Pass auf dich auf, hörst du? Fahr nicht allein zu Morlan House raus!«

»Es geht schon besser, Nick. Ich bin längst nicht mehr so nervös wie bei unserem Besuch. Aber ich werd's nicht übertreiben. Mach's gut!« Das war gelogen, je näher sie der Küste kam, desto unsicherer wurde sie.

Paige war erfreut über ihren Anruf gewesen und hatte ihr ein Zimmer reserviert. Falls sie überrascht gewesen war, hatte sie es nicht gezeigt und ihr angeboten, sie vom Bahnhof in Aberystwyth abholen zu lassen. Doch Ally wollte sich eine gewisse Unabhängigkeit bewahren, und ohne Auto kam man in Wales ohnehin nicht weit.

Nachdem sie in Birmingham New Street umgestiegen war, döste sie eine Weile und ließ sich vom gleichmäßigen Rattern des Zuges in den Schlaf wiegen. Kurz bevor sie den Zwischenstopp Machynlleth erreichten, wachte Ally auf und bewunderte die raue Bergwelt und die malerische Lage des Ortes am Flussbett des Dovey, der sich hier verbreiterte und ins Meer mündete. Hier waren die Häuser grau, weil sie aus den Steinen der umliegenden Berge erbaut worden waren. Alles wirkte noch wie vor hundert Jahren, als hier einer der größten Schafsmärkte von Wales abgehalten wurde. Zigeuner, Händler, Musikanten und

Zauberer fanden sich damals ein und erfüllten das graue Bergdorf mit Farbe und Gelächter.

Diese Märkte fanden auch heute noch statt, wobei die Schafe nicht mehr im Vordergrund standen und die Touristen für den Umsatz sorgten. Mit Simon und ihren Eltern war Ally in einem Sommer auf solch einem Fest gewesen. Simon hatte darauf gedrängt, denn er liebte die Musik der Folkloregruppen, die sich in mittelalterliche Gewänder kleideten. Sie blinzelte und war froh, als der Zug wieder anfuhr.

»Hier sollten die Engel wandeln und ihre Spuren auf deinen Wegen lassen, hier nistete der Heilige Geist taubengleich in deinem Geäste …« Eine Frau mittleren Alters, die hinter Birmingham zugestiegen sein musste, saß Ally gegenüber und sah sie lächelnd an. »Ist das nicht schön? Das hat ein walisischer Dichter über sein Land geschrieben, Gwenallt Jones.«

Verlegen, weil sie völlig verschlafen aussehen musste, fuhr Ally sich durch die Haare und räusperte sich. »Sehr schön … Das Land ist so vielfältig. Jetzt fahren wir durch die Berge, und da vorn breitet sich kilometerlanger Sandstrand aus. Ich war immer gern hier, eigentlich …« Gedankenverloren glitt ihr Blick wieder durch das Fenster.

»Ich wollte Sie nicht stören. Sie wirkten nur so traurig«, sagte die Frau vorsichtig. Sie hatte kurzes dunkles Haar und intelligente braune Augen hinter einer roten Brille.

Sie musste sich endlich zusammenreißen, dachte Ally und lächelte freundlich. »Vielleicht liegt es an der langen Fahrt. Ich bin seit heute Morgen unterwegs. Ich komme aus London.«

Die Augen der Fremden leuchteten. »Wie schön! Ich habe dort studiert. Was war das für eine schöne Zeit! Geschichte und vergleichende Literatur am King's College.«

»Da haben Sie sich eine der schönsten Universitäten ausgesucht.« Das traditionsreiche King's College lag direkt an der Themse und residierte in beeindruckenden historischen Gebäuden.

»Sie waren auch dort?«

»Nein, aber ich habe meinen Bruder oft in die Maughan Library begleitet. Er konnte nie genug bekommen von den Büchern dort.« Ally bemühte sich um eine feste Stimme.

Das schien der Fremden nicht entgangen zu sein, denn sie beugte sich vor und streckte Ally die Hand entgegen. »Rebecca Kent. Seit zwei Jahren unterrichte ich an der Universität von Aberystwyth.«

»Freut mich, Rebecca, Ally Carter. Ich arbeite für das Inside-Travel-Magazin.«

»Wie spannend! Das gehört zu den Magazinen, die ich wegen der guten Artikel gern lese. Ihr Job ist sicher viel aufregender als meiner.« Rebecca lachte ein helles, offenes Lachen. Sie war klein und zierlich und trug einen langen Wollrock und eine helle Wickelbluse.

»Kommt auf das Thema an«, schränkte Ally die Begeisterung ein. »Aber im Großen und Ganzen kann ich mich nicht beklagen. Ich sehe viel von der Welt, und alles auf Spesenkosten.«

»Sehen Sie? Großartig. Aber ich liebe meinen Beruf. Ich wollte schon immer Studenten für die Literatur begeistern. Und heute, in den Zeiten des Internets und der Berieselung durch das Fernsehen ist das noch viel wichtiger. Was ist das Fachgebiet Ihres Bruders?«

Allys Augen verdunkelten sich. »Er ist tot.«

»Oh, Verzeihung! Bitte, seien Sie mir nicht böse. Manchmal frage ich zu viel. Das ist eine Berufskrankheit.« Rebecca Kent schaute Ally unglücklich an und spielte nervös mit ihrem Halstuch.

»Das konnten Sie nicht wissen. Es ist zehn Jahre her. Ich sollte besser damit umgehen können, aber …« Sie machte eine fahrige Handbewegung.

»Er ist Ihr Bruder, Ally, ein Teil von Ihnen, das Ihnen gewaltsam genommen wurde. Auch wenn es Ihnen nicht hilft, ich habe meine Schwester vor fünf Jahren durch einen Autounfall verloren. Ein Lastwagenfahrer ist eingeschlafen, von der Fahrbahn abgekommen und hat das Auto meiner Schwester mitgerissen. Glauben Sie mir, es tut so weh wie am ersten Tag, aber ich weiß, dass sie bei mir ist. Irgendwie spüre ich sie, wenn ich Sachen tue, die wir zusammen gemacht haben, mich an Orte begebe, die wir zusammen besucht haben.«

Ally hörte der Fremden mit feuchten Augen zu und fühlte, dass sie recht hatte. Es würde immer wehtun, aber Simon blieb ein Teil von ihr, ihren Gedanken. Er würde sie immer begleiten, und das war gut so. »Ich danke Ihnen, Rebecca. Das haben Sie schön gesagt«, murmelte Ally und putzte sich die Nase. »Simon wäre Professor für neuere Geschichte geworden. Das war sein Traum.«

Rebecca nickte und berührte leicht Allys Hand. »Sehen Sie? Borth. Wir sind gleich da. Ich gebe Ihnen meine Karte. Besuchen Sie mich im Institut, wenn Sie möchten. Ich würde mich freuen. Wir bereiten gerade eine Ausstellung in der National Library vor. Das interessiert Sie vielleicht. Das Buch des Taliesin wird ausgestellt und Manuskripte anderer walisischer Poeten. Aber das Buch aus dem vierzehnten Jahrhundert ist natürlich der Star der Ausstellung.«

»Das Buch des Taliesin? Der Taliesin, der Barde, der ein Gefolgsmann von König Artus gewesen sein soll?«

»Genau der. Gerade für Schulklassen, die wir auch ansprechen wollen, ist dieser Aspekt interessant. König Artus, die Tafelrunde und der Gral.« Rebecca hielt inne, als sie Ally zusammenzucken sah.

»Der Gral … Wissen Sie, ich habe erst kürzlich den sogenannten Gralsbecher von Morlan House gesehen. Er befindet sich im Besitz der Morlakes, die ihn in einem Bankschließfach verwahren. Was halten Sie davon?«

Die Dozentin faltete die Hände in ihrem Schoß und bewegte

ihren Kopf abwägend hin und her. »Nun, als Wissenschaftlerin brauche ich Beweise, um an die Echtheit von etwas zu glauben. Andererseits kann der Glaube Berge versetzen, und wenn es um die Heilkräfte des Kelches geht, sage ich, was ist daran verkehrt? Wenn er tatsächlich Menschen geholfen hat, ist das eine gute Sache. Dieser Holzbecher ist Teil der walisischen Geschichte, und ich finde, er gehört auch in die Ausstellung. Aber darüber wird noch diskutiert.«

»Kann ich mir vorstellen.« Ally konnte bereits die ersten Häuser von Aberystwyth sehen, welche die sichelförmige Bucht der Cardigan Bay säumten. Vor den Klippen erstreckten sich silbrige Marschen, kleine Felseninseln, und die gesamte Bucht war von unzähligen kleinen Einschnitten unterbrochen. »Mein Bruder war ganz vernarrt in die Gralslegende. Er wusste alles darüber.«

»Wie alt war Ihr Bruder, als er starb?«, fragte Rebecca Kent sanft.

»Zehn.«

Rebecca sagte nichts. Doch das Schweigen lastete nicht auf ihnen, weil es von gegenseitigem Verständnis gespeist wurde. Der Zug ruckelte mehrfach und fuhr schließlich langsam in den Bahnhof der kleinen Universitätsstadt ein.

Ally verabschiedete sich von ihrer Reisebekanntschaft, ahnend, dass sie einander wiedersehen würden.

24

Als Ally durch Aberaeron fuhr, hielt sie nach David und Henry Ausschau. Sie hatte ihm nicht gesagt, dass sie heute kommen würde, nur angedeutet, dass sie sich vielleicht freinehmen könnte. Ihrem Vater hatte sie eine E-Mail geschickt und sich für die Blumen bedankt. So hielten sie seit Jahren Kontakt, regelmäßig, aber distanziert. Wie kam sie gerade jetzt auf die Blumen? Sie bog in die Einbahnstraße, die am Hafen zum Hotel führte. Natürlich, sie hatte schuldbewusst an den schönen Blumenstrauß gedacht, den Paige ihr geschenkt hatte und den sie einfach so zurückgelassen hatte. Sie hatte sich vorgenommen, es wiedergutzumachen.

Die dunkelblaue Fassade des Talbot wurde von den nachmittäglichen Sonnenstrahlen zum Leuchten gebracht. Das Hotel fiel jedem ins Auge, selbst von der anderen Seite musste man den Farbfleck am Hafen wahrnehmen. Es war wärmer geworden seit ihrem letzten Besuch, und nachdem sie den Wagen geparkt hatte, ging sie als Erstes zum Strand. Sie zog die Schuhe aus und spürte den feuchten Sand unter den Fußsohlen.

Einige Familien mit kleinen Kindern hatten sich am Dünenrand niedergelassen, und die Spaziergänger waren zahlreicher geworden. Der nahe Junibeginn zeigte sich nicht nur in den sommerlichen Wetterverhältnissen. Das Grün der Bäume wurde satter, und überall begann es gelb, blau und violett zu blühen. Der gelbe Ginster gehört zu Wales, dachte Ally, vor allem im Hügelland. Langsam schlenderte sie zurück. Sie hatte keinen Plan, keinen Zeitdruck.

Erin begrüßte sie an der Rezeption. »Ally, wie schön, Sie so bald schon wieder bei uns zu haben. Hatten Sie eine gute Fahrt?«

»Danke, alles lief glatt. Ich freue mich, dass Sie noch ein Zimmer für mich finden konnten. Meine Entscheidung war sehr spontan.«

»Oh, wenn es machbar ist, machen wir es möglich!«, lächelte Erin und legte eine codierte Karte auf den Tisch. »Leider musste ich Ihnen ein anderes Zimmer geben. Es ist ein wenig kleiner, liegt aber ruhig und direkt zum Meer. Ist das in Ordnung?«

»Selbstverständlich. Vielen Dank.« Ally füllte die Anmeldung aus und steckte die Karte ein.

Sie hatte sich den mintgrünen Kaschmirschal lose um die Schultern gelegt.

»Steht Ihnen wirklich gut.« Erin zwinkerte ihr zu.

Ally errötete leicht und hoffte, dass Erin die Szene an ihrem Geburtstag vergessen hatte.

»Soll ich für heute Abend einen Tisch bei uns für Sie reservieren? Es könnte voll werden.«

»Nein danke. Ich will mich nicht festlegen.«

Erin nickte zustimmend. »Das klingt nach Urlaub. Einfach tun, wonach einem der Sinn steht. Ich wünsche Ihnen gute Erholung, Ally.«

Ally war nicht ganz so zuversichtlich, aber im Grunde hatte ihr Ausflug bereits positiv begonnen. Die Begegnung mit Rebecca Kent war eine Bereicherung gewesen, und ihre Worte hatten bei Ally einen tiefen Eindruck hinterlassen. Das Zimmer befand sich im Dachgeschoss auf der Seeseite des Hotels und war verwinkelt, aber gemütlich, und sie fühlte sich sofort wohl. Nach zwei entspannten Stunden im Wellnessbereich des Talbot saß Ally mit einer Schachtel Kekse und einem Glas Wein auf ihrem Balkon und versuchte, David zu erreichen.

Es dauerte eine Weile, bis er abnahm. »Hallo?«

Seine Stimme klang angestrengt, und er schien im Auto zu

sitzen. »David, ich wollte mich doch melden, falls es mit meinem Urlaub klappt.«

»Ja. Wann kommst du?«

»Ich bin schon da.« Während sie das sagte, verspürte sie ein Kribbeln in ihrem Magen, das nicht auf einen Mangel an gesunder Nahrung zurückzuführen war.

»Ich war heute in New Quay und bin auf dem Rückweg. Das muss ich dir erzählen, Ally. Wollen wir zusammen essen? Wo bist du überhaupt?«

»Ich bin wieder im Talbot. Ja, Essen ist eine gute Idee, vielleicht …«

»Um acht. Ich hole dich ab. Und lauf ja nicht wieder weg!«

Sie lachte leise. »Nein, diesmal nicht, versprochen.«

Die Verbindung brach ab, und Ally betrachtete das Display, auf dem noch sein Name stand. Er war da und wartete auf sie. Nach all den Jahren schien er keine Zweifel daran zu haben, dass sie zueinander passten. Aber er hatte sie damals einfach im Stich gelassen. Wer sagte ihr, dass er ihr nicht wieder das Herz brechen würde?

Seufzend stand sie auf und warf das Handy auf ihr Bett. Was für einen Unterschied zu ihrer jetzigen Situation konnte es schon machen? Sie fühlte sich einsam, ihre Wohnung in London war alles andere, nur kein Zuhause, und er machte sich Gedanken um sie. Dass er das tat, berührte sie, und sie wollte endlich wieder spüren, dass sie lebendig war.

Zehn Minuten nach acht Uhr, denn sie hatte noch zweimal die Bluse gewechselt, betrat sie die Lobby des Talbot. Sie hätte ihn nicht übersehen, selbst wenn sie nicht nach ihm gesucht hätte. Er stand lässig in Jeans und einem hellblauen Pullover an einen Pfeiler gelehnt, die dunklen Locken frisiert und nicht zerzaust wie sonst, und strich Henry über den Kopf. Doch der Setter erspähte sie sofort, lief zu ihr, bellte und tanzte schwanzwedelnd um sie herum.

»Henry! Oh, ich habe dich vermisst!« Ally strich über das seidige Fell und hätte vor Glück weinen können.

Doch als David zu ihr kam, Henry zur Seite schob und ihre Hand ergriff, wurde ihre Selbstbeherrschung auf eine harte Probe gestellt. »Ally«, sagte er heiser und zog sie an sich.

Sie schlang die Arme um ihn und drückte ihr Gesicht an seinen weichen Pullover, in dem noch der Geruch des Meeres hing. »Ich hatte Angst. Die habe ich noch immer, aber …«

»Aber?« Er drückte sie kurz an sich und nahm ihre Hand.

»Lass uns essen gehen. Ich sterbe vor Hunger«, sagte sie und folgte ihm nach draußen.

Die frische Abendluft schlug ihr entgegen, und sie atmete tief durch. »Das habe ich auch vermisst! Die Luft, das Rauschen des Meeres. Ist das nicht seltsam? Ich wusste nicht, dass es mir fehlt, bis ich wieder hier war. Ich meine, ich dachte, dass ich mich eingerichtet hätte in meinem kleinen Leben in London. Die Arbeit macht mir Spaß, ich habe eine nette kleine Wohnung …«, in der sie sich einsam fühlte, weil sich ihre innere Leere weder durch Arbeit noch durch Theaterbesuche oder ihre Freunde füllen ließ.

Mit lose verschränkten Händen spazierten sie über den Holzsteg zum Strand. Irgendwo auf dem Meer verrieten die Positionslichter ein Boot, das vor Anker gegangen war.

»Aber?«, fragte David sanft.

»Es fehlte immer etwas. Weißt du, ich hatte heute im Zug ein interessantes Gespräch mit einer Literaturdozentin, Rebecca Kent.« Sie verließen den Steg und betraten den Sand. Henry preschte zum Wassersaum vor. Noch war die Sonne nicht gänzlich untergegangen und tauchte Meer und Land in dunstiges Zwielicht. Eine Böe erfasste Allys lange Haare und wirbelte sie um ihr Gesicht. Doch ihre Gedanken waren bei der Fremden, deren Worte sie so tief berührt hatten.

»Diese Frau hat ihre Schwester verloren und gesagt, dass der Schmerz nicht aufhört, aber dass sie weiß, dass ihre Schwester immer bei ihr ist, besonders wenn sie an Orten ist, die sie gemeinsam besucht haben.« Ally schluckte.

»Eine kluge Frau, diese Rebecca Kent. Und du kannst die Gedanken an Simon jetzt zulassen?«

Ally nickte. »Ich versuche es. Ich möchte es so gern. Verstehst du das? Weißt du, sie hat von einer Ausstellung gesprochen in der National Library in Aberystwyth und erwähnte das Buch Taliesin und den Kelch von Morlan House. In dem Moment habe ich Simon vor mir gesehen, seine leuchtenden Augen, wenn er über den Gral sprach. Und ich glaube, ich kann endlich dankbar sein, dass es ihn gab, dass ich einen so wundervollen Bruder hatte …« Ihre Stimme wurde heiser und brach.

»Ally …« David legte seine Hände um ihr Gesicht. »Das ist der richtige Weg. Manchmal passieren Dinge scheinbar zufällig, aber eigentlich haben wir sie uns tief in unserem Innern gewünscht.« Seine Augen wurden noch dunkler, und seine Lippen näherten sich ihrer Wange. »Ich habe mir immer gewünscht, dich wiederzusehen«, flüsterte er an ihrem Ohr und streifte ihre Haut, die unter der Berührung seiner Lippen vibrierte.

Nicht fragen, nicht denken, dachte Ally und murmelte: »Küss mich, David.«

Sein Mund senkte sich auf ihren, aber diesmal war es kein zärtlicher, tröstender Kuss, sondern verlangend. Er zog sie an sich, ließ seine Hände über ihren Rücken, ihr Gesäß gleiten und entfachte eine Glut in ihr, die niemand je vollkommen gelöscht hatte. Ihr Körper schien auf ihn gewartet zu haben, antwortete auf jede seiner Bewegungen, und sie konnte nicht anders, als zu geben. Als sie sich nach einer Weile voneinander lösten, steckte er die Hände in seine Hosentaschen und trat einen Schritt von ihr zurück.

»Ally Carter, was ist nur aus dem unschuldigen Teenager geworden, den ich mit einer Bootstour um den Finger wickeln konnte?«

Sie fuhr sich durch die zerzausten Haare und tippte gegen

seinen Bauch, dessen Muskeln sie eben auf äußerst erregende Weise gespürt hatte. »Ich habe mich nicht verändert, David, du kannst mich noch immer um den Finger wickeln, und das weißt du. Die Frage ist nur, was wir damit anfangen …«

Sie begehrte ihn mit jeder Faser ihres Körpers, das war ihr während dieses Kusses nur noch bewusster geworden. Aber gab es eine gemeinsame Zukunft für sie?

Er schien ihre Bedenken zu spüren, zog ihre Hand auf seine Brust und ließ sie seinen Herzschlag fühlen. »Außer Kontrolle.«

Sein Lächeln ließ ihre Ängste schmelzen. »Du wolltest mit mir essen gehen, aber wir könnten uns auch eine Portion Fish and Chips bei Jerry mitnehmen.«

David lachte, küsste sie lautstark auf die Lippen und pfiff. »Henry, nach Hause!«

Eng umschlungen spazierten sie durch die dunkler werdende Nacht zum Hafen zurück. »Ich habe einiges in Erfahrung gebracht, Ally. Während du in London warst, habe ich die Leute hier nach damals, nach Morlan House ausgefragt und bin dabei auf einige Ungereimtheiten und ziemlich Überraschendes gestoßen.«

»Oh?«

Er begann mit Connors Geschichte.

»Jerry ist schwul? Darauf wäre ich nun ganz sicher nicht gekommen!«, sagte Ally und dachte an den bärbeißigen Koch, der nicht mal annäherungsweise dem Klischee eines Homosexuellen entsprach.

»Aber lass dir um Himmels willen nicht anmerken, dass du es weißt!«

»Natürlich nicht, obwohl das ja nun wirklich nichts ist, wofür man sich schämen muss. Wir leben doch in einem freien Land!«

David hob die Schultern. »Er ist da empfindlich. Aufsehen will er um jeden Preis vermeiden, und wer kann es ihm verdenken …«

Sie überquerten die Hafenbrücke, trafen auf einige wenige nächtliche Spaziergänger und schlugen den Weg zu Jerrys Restaurant ein. Doch Ally zögerte. »Was hast du an Essbarem bei dir zu Hause? Ich weiß nicht, ob ich da jetzt hingehen kann, ohne ihn seltsam anzustarren.«

David drehte stehenden Fußes um und steuerte auf den Hügel oberhalb der Bucht zu. »Brot, grünen Salat, Eier, Käse und ein paar Kekse. Oh, vielleicht sogar noch eine Dosensuppe. Noch ist es nicht zu spät …«

»Mir gefällt dein Speiseplan.« Sie schaute den Hügel hinauf, auf dem in mehreren Häusern Licht brannte. Die Umrisse der bunten Häuser verschwammen in der zunehmenden Dunkelheit mit den Schatten der Bäume und dem Grün des Hügels. Wie Glühwürmchen schienen die Lichter über den Hügeln zu tanzen. In London war es immer hell und immer laut. Hier horchte man bei einem vorbeifahrenden Auto auf, hörte das Kratzen der Hundekrallen auf den Steinen und Stimmen und Gelächter in der Nähe. Und unter allem lag das ewige Rauschen des Meeres, dunkel, verheißungsvoll, bedrohlich, verlockend und von unendlicher Freiheit sprechend.

Als sie vor Davids Haustür standen, hielt sie ihn zurück. »Was ist heute anders als vor zwei Wochen?«

»Nichts. Alles. Du bist zurückgekommen.« Er schloss die Tür auf und ließ sie eintreten.

Henry tappte an ihr vorbei direkt zur Küche und gab einen vorwurfsvoll jaulenden Ton von sich.

»Du suchst bestimmt deinen Knochen«, meinte Ally und streichelte dem aufgeregt schnuppernden Hund über den Kopf. »Wo versteckt Herrchen die guten Sachen, hmm?«

Sie schaute sich auf der Ablage um und wurde von Henry mit aufmunternden Geräuschen in verschiedenen Tonlagen angefeuert.

»Im Schrank über der Spüle findest du eine Tüte mit Kaustreifen. Davon kann er einen haben«, rief David aus dem Flur und schaltete das Licht ein.

»Ah!« Ally fand die begehrten Leckerlis und gab Henry eines, das er auf seinen Platz vor dem Kamin trug.

Sie goss sich ein Glas Wasser ein und fühlte Zweifel in sich aufsteigen. Ohne Davids Anwesenheit hier in Aberaeron wäre sie nicht zurückgekommen. War sie nur seinetwegen hier? Das wäre nicht richtig – oder doch? Und wenn die Anziehung zwischen ihnen rein körperlich war, immer gewesen war? Wenn nicht mehr dahintersteckte als ihre Verzweiflung, ihr Wunsch, die Leere in sich und die nagenden Schuldgefühle zu verdrängen? War das, was sie sich mit David wünschte, nicht eben das, was Simon in den Tod getrieben hatte? Sie wollte das Glas abstellen und hatte sich schon beinahe entschieden, wieder zu gehen, stieß jedoch gegen eine massive Männerbrust, und eine kräftige Hand nahm ihr bestimmt das Glas ab.

David stand so dicht vor ihr, dass Ausweichen unmöglich war. Wie nebenbei ließ er eine ihrer Haarsträhnen durch seine Finger gleiten, beugte sich vor und griff nach einer Weinflasche, die neben ihr stand.

»Gläser sind über dir im Schrank.« Seine ruhige Stimme strafte seine Augen Lügen. Seine Lippen streiften provozierend ihre Wange, ihren Mund.

»Ich möchte keinen Wein«, flüsterte sie und strich über seine Brust, spürte seinen schneller werdenden Herzschlag.

»Was willst du, Ally?«

Sie wollte endlich wissen, wie es sich anfühlte, von ihm geliebt zu werden, ob es das Warten wert war. Oder ob sie sich all die Jahre nach einer Illusion gesehnt hatte. Mit einem Seufzer öffnete sie die Lippen und erkundete seinen Mund, schmeckte ihn und wollte mehr, viel mehr.

Atemlos löste David sich von ihr und packte ihre Hand. »Komm mit.«

Sie stolperten die Treppe hinauf, und David schloss die Schlafzimmertür hinter ihnen. Ein großes Bett stand in dem verwinkelten Raum, durch dessen Panoramafenster der nächtliche Sternenhimmel hereinschien. Ally ließ ihre Jacke zu Boden gleiten und schlüpfte aus ihren Schuhen. Dann trat sie auf David zu, der sich seinen Pullover mitsamt dem T-Shirt über den Kopf zog. Beinahe gierig streichelte sie seinen kräftigen, schön geformten Körper, lachte, als er seine Muskeln spielen ließ, und konnte sich nicht sattsehen an ihm.

Während sie seine Brustwarzen küsste und ihm ein Stöhnen entlockte, murmelte sie: »Ich kann dir nichts versprechen, David. Ich begehre dich, ich sehne mich nach dir, schon immer, aber vielleicht bereue ich es schon morgen.« Sie hob die Augen.

»Zu spät. Dann ist es zu spät.« Er hob sie hoch und legte sie aufs Bett, wo er sich neben sie legte und langsam ihre Bluse aufknöpfte.

Was hatte sie erwartet? Hier bei ihm Frieden zu finden? Jede seiner Berührungen erregte sie, dass es sie innerlich verbrannte. Sie reckte ihm ihre Brüste, die nur noch von einem dünnen BH bedeckt wurden, entgegen und schloss die Augen, als sein Mund eine heiße Spur von ihrem Schlüsselbein hinunter zu ihrem Bauchnabel zog. Mit einem Handgriff öffnete er den BH und warf ihn zur Seite.

»Hm, gekonnt …«

Doch weiter kam sie nicht, denn er verschloss ihr mit den Lippen den Mund und küsste sie so stürmisch, dass alle ihre Gedanken sich auflösten und die Wirklichkeit zu verschwimmen begann. Sie wollte nur noch fühlen, nicht mehr denken, nur noch sein und schlang ihre Beine um seine Hüften.

Als endlich kein Stoff mehr ihre erhitzte Haut von seiner trennte, hielt er inne. Er lag über ihr, die älteste Position, doch mit ihm war alles neu. Sie zitterte vor Begierde, wollte ihn endlich ganz spüren. Ihre Hände kneteten seinen Rücken, glitten über die angespannten Muskeln seines Gesäßes. Er hatte sie überall liebkost, und sie konnte nicht länger warten, drängte sich an ihn, schlang ihm die Hände um den Nacken. »Liebe mich, David.«

Mehr brauchte es nicht. Was immer ihn zurückgehalten hatte, diese drei Worte machten aus Zärtlichkeit hemmungslose Lust, und gemeinsam gaben sie sich dem ewigen Rhythmus hin. Ally schrie und zitterte, und kurz bevor sie kam, öffnete sie die Augen und fand sich in seinen gefangen, dunkel und unergründlich. Dann bäumte er sich auf und riss sie mit sich, um ihr endlich den Frieden zu schenken, nach dem sie sich so lange gesehnt hatte. Zumindest für den Augenblick. Sie wollte diesen Moment auskosten, solange es ging, bewahren und blieb still liegen, während sein erschöpfter Körper auf ihr lag.

»Ich bin zu schwer.« Er küsste sie und rollte sich zur Seite. Sie schmeckte das Salz der Tränen, die sie vergossen hatte, oder waren es seine?

»Komm her. Du wirst kalt.« Er hob die Decke, streckte den Arm aus, damit sie sich an seine Seite kuscheln konnte, und deckte sie zu.

Ally legte ihren Arm über seinen Brustkorb und schob ein Bein über seine. So eng umschlungen schliefen sie ein.

Sie erwachte vor Sonnenaufgang und bewegte sich nicht, denn seine Arme waren noch immer um sie gelegt.

Ja, dachte sie, er war das Warten wert gewesen. Gedankenverloren strich sie über seinen Bauch, umkreiste seinen Bauchnabel und folgte der Linie dunklen Haares hinunter. Seine gleichmäßige Atmung veränderte sich, und als sie ihn ansah, waren seine Augen halb offen und gefährlich dunkel. Sie liebten sich in der Morgendämmerung, im Zwielicht des anbrechenden Tages und gaben sich mit einer neu gefundenen innigen Zärtlichkeit einander hin. Ihr wurde schwindelig von seinen Liebkosungen, und sie überließ sich ganz ihren Instinkten, von denen sie nicht gewusst hatte, dass sie in ihr schlummerten.

Wunderbar schläfrig und entspannt rekelte sich Ally neben David. »Ich würde dich gern zum Frühstück einladen. Was sagst du?«

»Gern. Und dann haben wir einiges vor.« Er küsste sie auf die Nasenspitze und schwang seine Beine aus dem Bett.

»Hm?«

Er zog ihr die Decke weg. »Nicht, was du denkst. Das heißt, dafür haben wir sicher auch Zeit. Aber ich möchte heute mit dir nach Fishguard fahren.«

Plötzlich hellwach fragte sie: »Und was ist da?«

»Jack's Navy Tavern«, sagte er und grinste.

»Uh, das klingt nach einem versifften Pub, in dem sich zwielichtiges Volk rumtreibt. Stimmt's?« Aber sie war neugierig geworden.

»Genau. Und ich hoffe, wir finden dort den Transvestiten, der Jerry damals entjungfert hat.«

»Wie bitte?«

»Ach, hatte ich das gestern nicht erwähnt? Ich war in New Quay und habe dort im Blue Boar nach Angel gesucht. Und da hat man mich nach Fishguard verwiesen.«

»Oh …«

25

Ally hielt Wort. Sie frühstückten ausgiebig bei Louna und Owen. Glücklicherweise hatte Louna neben der eher schmalen französischen Frühstücksvariante auch die deftigere auf der Karte. David machte sich hungrig über sein Rührei her und sah Ally zu, wie sie hingebungsvoll in ein Croissant biss.

»Hast du dir verdient«, meinte er und lächelte, weil er Ally noch nie so entspannt gesehen hatte. Und das lag nicht nur am zugegebenermaßen großartigen Sex, den sie genossen hatten. Sie schien gelöster, mehr mit sich im Reinen. Er hoffte, dass sie länger bleiben würde, damit sie Zeit füreinander hätten.

Sie spülte den Bissen mit Milchkaffee hinunter und stieß ihn unter dem Tisch an. »Du dir auch …«

Ihre Augen hatten schon wieder diesen unwiderstehlichen Glanz. David schob sich rasch ein Stück Bacon in den Mund, um nicht im Lokal über sie herzufallen. Er hatte gehofft, dass sie einander verstehen würden, auch auf der körperlichen Ebene. Dass es so überwältigend sein könnte, hätte er sich nicht träumen lassen, und das lag daran, dass er sie … Er zögerte, aber im Grunde war es simpel. Er liebte sie. Deshalb funktionierte es auch im Bett, und er wollte sie nicht wieder gehen lassen. Nur, da lag das Problem. Er konnte ihr das nicht sagen, ohne sie sofort wieder nach London zu verjagen. Sie würde wahrscheinlich umgehend ihre Sachen packen und den nächsten Zug nehmen.

»Warst du schon mal in Fishguard?« David nahm sich eine Scheibe Toast und bestrich sie mit Butter. Henry lag neben ihnen und hatte seine Schnauze auf die Pfoten gelegt.

Ally hielt ihren Kaffeebecher mit beiden Händen umfangen. »Kann sein. Ich weiß nicht mehr genau, wo wir überall waren. Nein, ich erinnere mich nicht daran. Fahren von dort die Fähren nach Irland ab?«

»Genau. Ein Klippendorf und Schauplatz des letzten Invasionsversuchs der Franzosen in Britannien.«

»Wirklich? Wales steckt voller Geschichten. Wir sollten noch einen Artikel bringen, finde ich.« Ally lächelte Louna zu, die ein Tablett mit Geschirr an ihnen vorbeitrug.

»War alles zu eurer Zufriedenheit?«, fragte sie mit ihrem weichen Akzent.

»Himmlisch, Louna. Weiß Owen, was er an dir hat?«, fragte Ally, so dass Lounas Mann, der an den Kaffeemaschinen stand, es hören konnte.

»Weiß er!«, rief er.

Louna warf ihm einen Handkuss zu. »Chérie!«

Als sie nach einem Zwischenstopp am Hotel später im Wagen saßen und die Küste in südlicher Richtung hinunterfuhren, meinte Ally: »Louna und Owen sind ein tolles Paar.« Sie musste an Paige und Robert denken. »Hast du was von Robert gehört?«

»Er wollte eigentlich heute oder morgen zurück sein.« Sie hatten Cardigan bereits hinter sich gelassen, und David deutete auf die Küste, die sich malerisch zu ihrer Rechten ausbreitete. »Ist das nicht schön?«

Wild zerklüftete Felsen, grüne Hänge und schmale Buchten mit hellem Sand, auf den das Meer auflief. Die Cottages hatten hier beinahe südländischen Charakter, in fast jedem Garten fand man eine Palme, und die Fassaden strahlten weiß in der Sonne. Das Wetter meinte es gut mit ihnen. Fishguard entpuppte sich als Klippendorf, das sich terrassenartig um eine Bucht und den Hafen ausbreitete.

»Es gibt noch so viel Wald hier! Es scheint, als beschütze er die Häuser.« Als sie durch den Ort fuhren, fielen Ally alte Kanonen auf, die auf die offene Bucht gerichtet waren. »Hat man damit die Franzosen vertrieben?«

David hatte einen Parkplatz in Hafennähe gefunden, und sie stiegen aus. Henry erkundete begeistert die fremde Umgebung. Eine Irlandfähre hatte gerade abgelegt, und am Kai stand noch eine Gruppe winkender Menschen. Trotz des Fährverkehrs wirkte der Ort friedvoll und verträumt.

»Zumindest bei jenem letzten Ansturm wurden die Kanonen nicht gebraucht. Das war um 1800, wenn ich mich richtig erinnere. Napoleon war auf irgendeinem europäischen Schlachtfeld zugange, und einige franko-irische Revolutionäre dachten, sie könnten sich mit Ruhm bekleckern, wenn sie das arme, unterdrückte Landvolk in England befreien kämen.« David nahm ihre Hand. »Der Pub müsste in der nächsten Seitenstraße sein. Na ja, aber da hatten sie sich in den walisischen Frauen getäuscht. Das war eine kuriose Sache. Als die Franzosen anrückten, übernahmen die Frauen das Kommando. Unter Führung einer Schustergattin, Jemima irgendwas, zogen sie ihre Tracht an – hohe schwarze Biberzylinder, rote Röcke und Westen – und schickten ihre Männer in den Wald. Als die Franzosen dann an Land kamen, sahen sie aus der Entfernung nur das wogende Auf und Ab von Schwarz und Scharlachrot. Sie dachten, dass sie in einen Hinterhalt der britischen Armee geraten wären, und machten sofort kehrt.«

Ally lachte. »Das ist mal eine schöne Geschichte! Gibt es ein Denkmal von dieser Jemima?«

Sie bogen in eine gepflasterte Seitenstraße, in der sie einen Kirchturm neben einem Fachwerkhaus im Tudorstil sahen. Das blaue Schild mit den goldenen Buchstaben verriet, dass es sich um Jack's Navy Tavern handelte.

»Kann sein, dass hinter der Kirche dort Jemimas Grab liegt. Willst du es sehen?«

Ally schüttelte den Kopf. »Nein, war nur so ein Gedanke. Mich interessiert mehr, was dieser Angel uns zu sagen hat.«

David pfiff nach seinem Hund und hielt ihr die Tür auf. »Im Blue Boar sagten sie mir, dass er heute hier einen Auftritt hat und ab mittags anzutreffen sei. Versuchen wir unser Glück.«

Eine Welle muffiger Publuft schlug ihnen entgegen. Die Dünste von abgestandenem Bier, Zigarettenrauch und Essen ergaben eine markante Mischung. Ally verzog angewidert das Gesicht und sah sich in dem dunklen Raum um, der ohne Schummerbeleuchtung und erhöhten Alkoholpegel wohl kaum zu ertragen war. Leider hatten die Pubbetreiber den Steinfußboden mit alten Teppichen bedeckt, und Tische und Stühle waren ein armseliges Sammelsurium aus den Sechziger- und Siebzigerjahren. Ein Bartresen durchzog den Raum, und in einer Ecke gab es eine Bühne, die mit silbernem Flitter und rosafarbenen Glitzervorhängen dekoriert war.

»Uh, mich schaudert's …«, flüsterte Ally und drückte Davids Hand.

Auf den Bühnenstufen hockte ein junger Mann mit laszivem Blick.

»Und mich. Hast du gesehen, wie der gelockte Jüngling mich ansieht? Lass mich ja nicht los. Nein, besser …« David zog sie an sich und küsste sie. »Das dürfte die Fronten geklärt haben.«

Der junge Mann, der ein rotes T-Shirt und eine türkisfarbene Hose trug, gab sich unbeeindruckt, erhob sich und tänzelte auf sie zu. »Hallo, was kann ich für euch tun?«

Dabei sah er nur David an. Henry knurrte leise und wurde von David am Halsband festgehalten.

»Der Koch ist noch nicht da, aber für euch Hübschen würde ich sogar selbst etwas zaubern. Ich heiße Momo.«

Schwarze Locken fielen Momo bis auf die Schultern, und um seine langen Augenwimpern hätte ihn jede Frau beneidet. Wobei die womöglich nicht echt waren, aber damit kannte David sich nicht aus. »David und Ally. Äh, wir sind eigentlich nicht hungrig, aber ein Cranberrysaft und Wasser wären genau richtig. Ally, für dich?«

»Ein Mineralwasser, bitte.« Sie schaute sich um. »Ist denn überhaupt geöffnet?«

Momo eilte hinter die Bar und schenkte ihr ein strahlendes Lächeln. »Aber ja! Um diese Zeit kommen meist Touristen, so wie ihr. Ihr seid doch nicht von hier? Du kommst aus London, Schönheit. Ich war nämlich zwei Jahre dort und habe am Westend gespielt«, sagte er voller Stolz.

»Wirklich? Theater?«, fragte Ally, denn Momo wartete darauf, es ihnen erzählen zu können.

Geziert stellte er Flaschen und Gläser auf die Bar. »Ich war der Ersatz für die Drittbesetzung einer der Katzen in Webbers Musical.« Er machte eine krallenartige Bewegung und fauchte anzüglich dazu.

»Und das haben Sie für Fishguard aufgegeben?« David verteilte den roten Saft auf zwei Gläser, füllte mit Mineralwasser auf und schob Ally ein Glas zu.

»Ach, weißt du, wenn man kaum auf die Bühne darf und immer nur warten muss, ist das auch nicht erfüllend. Meine Bestimmung ist das Singen!« Zum Beweis stimmte er eine der bekannten Melodien aus Cats an und überraschte mit einer schönen Stimme.

»Beeindruckend!«, sagte Ally.

»Ruhig, Henry«, ermahnte David den Setter, der immer noch leise vor sich hin knurrte.

Der Künstler verneigte sich und fuhr fort: »Und dann kam die Liebe dazwischen. L'Amour, die zerstörerische, wunderbare Urgewalt.«

Bevor der überdrehte Momo sie mit Einzelheiten aus seinem bewegten Liebesleben erfreuen konnte, unterbrach ihn David: »Treten Sie heute gemeinsam mit Angel auf?«

Der Höhenflug des Künstlers erstarb, und er erwiderte mit abfällig verzogenem Mund: »Mit dieser alten Schwuchtel? Im Leben nicht! Der würde mir jeden Auftritt ruinieren! Sag bloß, ihr seid seinetwegen gekommen? Tja, dann habt ihr Glück, weil ich ihn heute Abend vertrete!«

Enttäuscht schüttelte David den Kopf. »Dann sind wir umsonst hergekommen. So ein Ärger. Wo können wir Angel finden? Haben Sie seine Telefonnummer, oder wissen Sie, wo er wohnt?«

Argwöhnisch kniff Momo die Augen zusammen, und jeglicher Überschwang war aus seinen Bewegungen verschwunden. »Was seid ihr? Cops? Hat er was angestellt? Hey, wir rauchen hier alle mal Dope, aber wir dealen nicht.«

»Nein, nein, wir sind nicht von der Polizei. Es geht um eine alte Geschichte, vielmehr um Allys Bruder, der vor zehn Jahren in der Bucht vor Morlan House bei Aberaeron ertrunken ist. Wir hofften, dass Angel uns sagen kann, ob der Junge allein oder mit jemandem dort war.« David setzte alles auf eine Karte. Angel war die einzige Spur in die Vergangenheit, die einzige Verbindung zu Morlan House als heimlicher Treffpunkt für Liebespaare und Vergnügungen anderer Art. Jemand wie Angel kannte wahrscheinlich die meisten, die sich dort herumtrieben. Immer vorausgesetzt, dass Simon sich mit jemandem dort getroffen hatte, der ein anderes Interesse an kleinen Jungs hatte, als ihnen unheimliche Geschichten zu erzählen. Es war nicht mehr als ein Strohhalm, aber es war alles, was sie hatten.

Momo pfiff durch die Zähne und lehnte sich mit vor der Brust verschränkten Armen gegen das Flaschenregal. »Also doch was Polizeiliches. Was denn nun? Ist Angel ein Zeuge, oder wird er wegen irgendwas verdächtigt?« Der junge Mann nestelte an dem Strassmuster seines T-Shirts.

»Bitte, es ist wirklich wichtig! Ich versuche seit Jahren herauszufinden, warum mein Bruder dorthin gegangen ist. Er war ein guter Schwimmer, und ich verstehe nicht, wie er ertrinken konnte! Bitte!«, flehte Ally.

Momo bedachte sie mit einem dramatischen Augenaufschlag. »Ach Gott, was für eine Story, da kommen mir ja die Tränen.«

Er schnüffelte, als müsste er tatsächlich weinen. »Normalerweise verrät hier keiner seine Schwestern, aber Angel ist ein widerliches Schwein, und weder ich noch die anderen schulden ihm was.« Momo trat an die Theke, sah sich kurz um und neigte sich zu ihnen. »Angel ist eine hässliche, in die Jahre gekommene Schwuchtel, die sich für wenig Geld an jeden verkauft. Kann sein, dass er auch dealt.«

Ganz sicher tat er das, aber David beließ es dabei, denn sie wollten schließlich nur wissen, wo sie Angel finden konnten.

»Er war mal Physiotherapeut. Kaum zu glauben, wenn man ihn heute sieht.« Momo senkte seine Stimme noch weiter. »Es heißt, er habe den Kunden andere Dienste in der Praxis angeboten. Deshalb hat man ihn gefeuert. Jedenfalls hat er sich mit Auftritten über Wasser gehalten. Transvestitenshows für Arme. Singen kann er nämlich nicht. Was soll's, für so ein Loch hier reicht es. Gestern Abend bekam er einen Anruf. Ich war gerade hier und habe es mitbekommen. Da sah er auf einmal ganz bleich aus, stammelte wirres Zeug und meinte, er müsse seine kranke Mutter besuchen. Weg war er!« Momo schlug mit der flachen Hand auf den Tisch. »So war das.«

»Und wo lebt seine Mutter?«

»Woher soll ich das wissen? Ich weiß ja nicht mal, wo er lebt!« Er drehte sich um, denn in den hinteren Räumen klappte eine Tür. »Tommi, bist du das?«

Ein Rothaariger sah um die Ecke. Seine muskulösen Arme wurden durch ein ärmelloses schwarzes Hemd betont. »Hallo!«

Ally und David nickten ihm freundlich zu.

»Sag mal, Schätzchen, wo wohnt Angel eigentlich? Die beiden hier suchen nach ihm«, sagte Momo.

Tommi hob erstaunt und alarmiert die Brauen.

»Sie sind keine Bullen.«

Der Rothaarige grinste. »Nichts für ungut, aber unsereins muss auf sich aufpassen. Wo ist die alte Ratte denn jetzt untergekrochen? Ich glaube in dem Caravanpark auf Dinas Head.«

»Und wie ist sein richtiger Name? Wir können ja nicht nur nach Angel fragen«, sagte Ally.

Momo und Tommi lachten. »Den kennt keiner unter einem anderen Namen, nicht mal seine Mutter, falls er überhaupt eine hat …«

David schaute suchend auf die Fotogalerie neben der Bar. »Gibt es ein Foto von ihm?«

»Ja. Auf dem da ist er gut zu sehen. Er ist der Dünne in Rosa.« Momo nahm ein kleines, gerahmtes Bild von der Wand und hielt es seinen Gästen hin.

Zu sehen waren zwei Transvestiten in glitzernden Kleidern, mit Federboas und Make-up. »Na, das hilft uns weiter.« David legte eine Zehnpfundnote auf die Theke. »Danke.«

»Falls ihr ihn trefft, sagt ihm, er braucht sich hier nicht mehr blicken lassen«, sagte Tommi. »Wenn er betrunken ist, macht er alle Gäste an.«

Irgendwie hegte David wenig Hoffnung, den unbeliebten Transvestiten überhaupt noch zu finden. Es schien, als habe seine Nachfrage in New Quay Angel davonflattern lassen.

Allys Gedanken verliefen auf ähnlichen Bahnen. »Dinas Head? Na, ich weiß nicht. Sind wir da nicht vorbeigekommen? Das ist doch die Halbinsel, die zum Pembrokeshire Coast National Park gehört. Und ausgerechnet da soll er sich aufhalten …«

»Ich sehe ihn auch eher im Rotlichtmilieu, aber wer weiß. Eine andere Spur haben wir nicht, und immerhin hat er sich aus dem Staub gemacht – das lässt doch darauf schließen, dass er nicht gefunden werden will.«

Schweigend ging sie neben ihm her. Henry lief mit wehender Rute voraus.

»Nicht das Schlimmste denken, Ally. Aber du wolltest doch wissen, was passiert ist. Jetzt müssen wir da durch.«

Tapfer nickte Ally, obwohl er ihr ansehen konnte, dass sie den Tränen nahe war.

26

Dinas Head zeigte sich ihnen von seiner besten Seite. Eine Sumpflandschaft trennte die Camper von der Halbinsel, die malerisch und in zarter frühsommerlicher Blüte ins Meer hinausragte. Auch hier gab es die zerklüfteten Felsen und schmalen Buchten, doch dahinter erstreckten sich weite Flächen mit dichtem Baumbestand und reicher Flora. Eichen und Eschen hatten sich ihren Platz am Meer erkämpft, trotzten den Elementen, daneben Schlehdorn und Haselbüsche, und im saftigen Grün entdeckte Ally Grasnelken und Fingerhut.

Sie hatten den Wagen abgestellt und waren dem Küstenpfad an den Strand gefolgt, um sich vom muffigen Gestank der Taverne zu befreien und Henry Auslauf zu gönnen. Langsam stiegen sie nun wieder hinauf, grüßten andere Wanderer und erreichten schließlich den Caravanpark. Die gesamte Anlage wirkte sehr gepflegt. »Dinas Country Club« stand auf einem riesigen Schild über dem Tor. Und wie ein luxuriöser Park wirkte die Anlage, in der sich hübsche, weiß gestrichene Caravans und einige winzige Cottages um einen Pool gruppierten. Palmen bogen sich im Wind, und überall standen bepflanzte Blumenkübel.

»Und hier soll dieser Transvestit leben?«, bemerkte Ally zweifelnd.

»Lass uns einfach in der Anmeldung fragen. Die müssen ja wissen, wer hier lebt«, schlug David vor.

In einem kleinen Büro neben dem Restaurant, das schon geöffnet hatte, wurden sie von einer jungen Blondine begrüßt. Auf dem roten Blazer war »Dinas Country Club« eingestickt.

Die Frau verzog keine Miene. »Womit kann ich helfen?«

David sah Ally an, die nickte. Sie hatte nichts dagegen, dass er das Gespräch führte. In seiner Gegenwart fühlte sie sich wohl und hatte nicht das Gefühl, sich beweisen zu müssen. Es passte alles. Ein Schauer lief ihr über den Rücken, als sie an die vergangene Nacht dachte. Noch jetzt fühlte sie ihn in jeder Pore ihres Körpers und schämte sich beinahe für ihre Lust, die sie ihm so ungehemmt gezeigt hatte. Nun, er hatte dem in nichts nachgestanden. Genauso sehr hatte sie ihn damals begehrt und alles andere vergessen. Simon einfach gehen lassen.

»Mit einer Auskunft. Wir sind auf der Suche nach einem gewissen Angel«, erklärte David und lächelte die Blonde charmant an, doch die hob nur kühl eine Augenbraue und ignorierte Henry, der den Boden abschnupperte.

»Angel? Sagt mir nichts.«

Rasch erklärte David: »Das ist sein Künstlername. Er ist eine Dragqueen. Tritt zum Beispiel in Jack's Navy Tavern in Fishguard auf. Von dort hat man uns an Sie verwiesen, weil Angel angeblich hier lebt.«

Die Blonde war sichtlich genervt. »Wir veranstalten keine obszönen Shows. Haben Sie sich mal umgesehen? Das hier ist kein rummeliger Trailerpark, sondern eine exklusive Ferienanlage der gehobenen Klasse. Wir haben vier Sterne verliehen bekommen. Nein, da hat man Sie falsch informiert.«

»Gibt es denn Dauergäste bei Ihnen? Angel ist ja nur sein Künstlername, und hier würde er nicht in seiner Federboa herumlaufen. Ein Mann um die fünfzig etwa.« David gab nicht auf.

»Ich darf Ihnen keine Auskunft über unsere Gäste geben. Sie wissen ja nicht mal den Namen! Natürlich gibt es auch alleinstehende Herrschaften, die hier einen Caravan mieten. Manche bleiben den ganzen Sommer über, zahlen aber fürs gesamte Jahr, weil sie den Caravan für sich haben wollen. Aber das sind Pensionäre. Gibt es sonst noch etwas?« Ungeduldig klopfte sie mit einem Kugelschreiber auf ihre Unterlagen.

Ally ging zur Tür. »Lass uns gehen, David. Das bringt nichts.«

»Auf Wiedersehen!«, sagte David und legte Ally den Arm um die Schulter. »Möchtest du etwas essen?«

Sie schüttelte den Kopf und ging langsam mit ihm die Stufen hinunter. »Lounas Frühstück war so reichhaltig.«

Sie schlenderten über einen Kiesweg, der um ein Rondell und durch die Caravans führte. Dort blieb David unvermittelt stehen, umfasste zärtlich ihr Gesicht mit den Händen und küsste sie ausgiebig. Ally spürte die Wärme seiner Haut durch seinen Pullover und drückte ihn fest an sich. Als hätte er gespürt, dass sie genau das gebraucht hatte.

Plötzlich knurrte Henry, und ein fremdes Räuspern zeigte an, dass sie nicht allein waren. »Äh, will Sie ja nicht stören, aber Sie suchen wen Bestimmtes, oder nicht?«

David und Ally fanden sich einer Frau gegenüber, die Dottis Schwester hätte sein können, zumindest was die Kleidung betraf. Über einer viel zu engen Jeans trug die Mittvierzigerin einen offenen hellblauen Kittel, auf dem der Schriftzug des Clubs prangte. Sie stützte sich auf den Stiel eines Feudels. Das Wasser im dazugehörigen Eimer sah so aus, als hätte sie damit alle Caravans von hier bis Aberaeron geputzt.

Als Ally und David nichts sagten, fügte sie erklärend hinzu: »Na, ich hab zugehört, als Sie im Büro bei Blondi waren. Zufällig.« Sie kratzte mit einem Finger in ihrem Gebiss herum und spuckte etwas auf den Boden. »Verdammte Nüsse, immer bleibt was kleben. Was is nu? Ich kenn den Kerl. Diesen Angel. Was krieg ich dafür, wenn ich Ihnen sage, was ich weiß?«

Ally holte ihr Portemonnaie hervor und zog eine Fünfpfundnote heraus. »Wo finden wir Angel?«

Die Reinigungskraft wollte nach dem Schein greifen, doch Ally zog ihn zurück. »Erst die Auskunft.«

»Phh! Sie traun einer wie mir wohl nich? Aber ich weiß, was hier vor sich geht in den hübschen Häuschen auf Rädern …«

Die Frau lachte gackernd. Der Feudeleimer rüttelte hin und her, und das dreckige Wasser schwappte auf die Kieselsteine. Schöner Luxuscaravanpark, dachte Ally.

»Da oben, in dem weißen Caravan mit der gelben Marquise, da wohnt die Tunte. Hab doch oft genug seine Flitterkleider auf der Leine dahinter hängen sehen.« Die Frau grinste triumphierend und streckte die Hand aus.

Ally gab ihr den Schein. »Danke, Mrs?«

»Ruby, nur Ruby.« Sie hob den Eimer an. »Aber hingehen brauchen Sie nich. Der is gestern gekommen und gleich wieder abgehauen.« Sie gackerte erneut. »Musste wahrscheinlich seine Koffer packen, weil der Lord sich ein jüngeres Vögelchen ins Nest geholt hat.«

»Wie bitte?« David zückte einen weiteren Schein und gab ihn der auskunftsfreudigen Frau.

In vertraulicher Pose lehnte sie sich vor, und ihr fauliger Atemgeruch traf Ally mit voller Wucht.

»Na, wir nennen den alten Gockel, der da hinten residiert, den Lord, weil er immer im Sakko und mit 'nem gelben Halstuch rumläuft. Kommt aus Manchester oder so, hat Geld wie Heu und lebt sich hier aus, weil er denkt, hier kennt ihn keiner. 'ne alte Sau ist das, wenn Sie mich fragen. Lässt fast nie Trinkgeld für uns da, und dann müssten Sie mal sehen, wie das bei dem aussieht!« Angewidert schüttelte Ruby den Kopf, wobei die rotblonden Haare, die auf dem Kopf zu einem strengen Schwanz gebunden waren, flogen.

»Ist er jetzt da, der Lord, und wie heißt er richtig?«, wollte Ally wissen.

»Nee, is noch zu früh. Der kommt erst im Juli und bleibt bis Anfang September. Aber den Angel hat er lange ausgehalten, vier Jahre oder so werden's sein. Äh, Russell heißt der Dreckskerl.«

»Ruby!«, rief eine scharfe helle Stimme vom Restaurant zu

ihnen herüber. »Komm bitte ins Büro. Ich habe etwas mit dir zu besprechen! Sofort!«

Ally sah die Blondine auf der Treppe stehen und sie verärgert anstarren.

»Ich muss. Wenn Blondi ruft, gibt's Ärger. Dumme Ziege!«, schimpfte Ruby.

»Vielen Dank, Ruby. Sie wissen gar nicht, wie sehr Sie uns geholfen haben«, sagte Ally und hatte Mitleid mit der Frau, die offenbar einen Knochenjob hatte.

David zog Ally mit sich nach vorn. »Komm. Jetzt sind sie drinnen. Vielleicht können wir einen Blick in den Wagen von Lord Russell werfen.«

Gemeinsam liefen sie im Schutz der Bäume zwischen den Wagen hindurch, von denen kaum jeder zweite belegt schien. Als sie die gelbe Marquise entdeckten, schauten sie sich um, doch niemand schien von ihnen Notiz zu nehmen.

»Pass auf, Ally. Du musst Schmiere stehen«, flüsterte David, befahl seinem Hund, sich hinzulegen, und rüttelte an der Tür.

Ally behielt währenddessen die Wege im Auge. Nach einer Weile kam David zu ihr. »Nichts zu machen. Alles verriegelt. Aber wenn es stimmt, was Ruby sagt, wird wohl kaum noch was von Angels Sachen dort sein. Der hat sich aus dem Staub gemacht.«

»Ist es denn möglich, dass deine Nachfrage in New Quay ihn derart in Aufruhr versetzt hat? Nach allem, was wir über ihn erfahren haben, kann ich mir nicht vorstellen, dass er etwas mit Simons Tod zu tun hat.« Ally nagte an ihrer Unterlippe. »Er scheint mir eher ein Opfer, kein Täter.«

»Würde ich auch sagen, aber wir sind keine Profiler. Vielleicht hat er was gesehen. Ally, er war öfter mit Freiern am Morlan House. Er kannte die Szene und wird sicher gewusst haben, welche Typen noch andere Vorlieben hatten.« Er scheute sich davor, es auszusprechen, aber um diese schreckliche Möglichkeit ging es. »Männer mit Vorlieben für kleine Jungen. Ich wüsste nicht, wen wir sonst fragen könnten, der sich damals in dem Milieu herumgetrieben hat.«

Zögernd nickte Ally. »Ich will's mir gar nicht vorstellen, das ist alles so furchtbar. Hast du denn gesagt, warum du ihn sprechen willst?«

David nickte. »Komm, lass uns zurückfahren. Ich habe einige Leute in Aberaeron nach Morlan House und damals befragt. Weißt du, so was spricht sich rum. Irgendjemand hat Angel sicher gesteckt, warum wir ihn suchen. Wir sind ein auffälliges Ermittlerduo, Ally, und nicht von hier.« Er grinste.

»Du lebst immerhin schon zwei Jahre hier!«

»Ich bin Schotte, was ja noch akzeptabel ist, aber eine Engländerin, ts, ts … Ihr habt den Walisern ihre Sprache verboten, ihnen die Kohlewerke dichtgemacht, so was vergisst man nicht.«

»Ach, hör schon auf!« Sie knuffte ihn in die Seite. »Was machen wir jetzt?«

»Ich finde, wir sollten Miller erzählen, was wir herausgefunden haben, und uns anhören, was er dazu sagt. Ich glaube nämlich, dass er einen Anstoß braucht, um mit seinem Verdacht herauszurücken. Bisher war alles Spekulation, aber wenn Angel sich wegen unserer Fragen aus dem Staub gemacht hat, haben wir eine ernsthafte Spur.«

»Wenn …«

»Ich kann dir auch nicht erklären, warum ich so sicher bin, dass Angel etwas weiß. Ein Gefühl, eine Ahnung, vielleicht die falsche, aber was macht das? Nach so vielen Jahren ist es schwer genug, überhaupt auf Hinweise zu stoßen.«

Damit hatte er recht. Ally blinzelte. Der Parkplatz von Dinas Country Club lag beschaulich in der Nachmittagssonne. Eine Katze hatte es sich auf der Motorhaube einer dunklen Limousine bequem gemacht, und zwei kleine Mädchen standen verzückt davor und wollten das Kätzchen streicheln.

»Wo sind denn eure Eltern?«, wollte Ally wissen.

»Im Restaurant«, sagte das größere Mädchen, das vielleicht acht Jahre sein mochte.

»Dann solltet ihr auch dorthin gehen. Allein hier draußen zu spielen ist gefährlich«, sagte Ally ernst.

»Wieso denn? Wir wollen doch nur mit der Katze spielen.« Die fühlte sich von so vielen Menschen und vor allem von dem herbeipreschenden Henry gestört, stand auf und lief davon. »Jetzt ist sie weg! Das ist deine Schuld!« Vorwurfsvoll zeigte die Kleine auf die Motorhaube.

»Ganz genau, und jetzt geht schön zu euren Eltern.«

Die Mädchen sahen sie böse an und rannten zum Restaurant. »Ist doch wahr! Sie sollen auf ihre Kinder aufpassen!«, schluchzte Ally.

»Ally …« David nahm sie in die Arme und strich ihr übers Haar. »Lass uns zurückfahren, und dann entscheiden wir, was wir noch unternehmen.«

Sie sollte nicht immer weinen. Aber die Gespräche über Angel und die Vergangenheit hatten sie aufgewühlt und ihre schlimmsten Ängste geweckt.

Ihr Telefon klingelte, und sie nahm ab, ohne nachzusehen, wer anrief. »Ja?«

»Ally, ich bin es. Du hast dich noch nicht gemeldet, und ich wollte … Du hast meinen Brief gelesen?«

Nicht jetzt! Warum ausgerechnet jetzt? »Mutter, tut mir leid, aber ich kann nicht. Ich bin mitten in einer Recherche und melde mich.«

»Hast du geweint? Ich höre das an deiner Stimme. Ally, bitte, wir müssen miteinander reden!«, bat Grace Carter.

»Jetzt geht es wirklich nicht, tut mir leid. Aber ich melde mich, versprochen.« Sie beendete die Verbindung.

David hielt ihr die Wagentür auf, damit Henry zuerst hineinspringen konnte. »Sie wird schon verstehen, dass du Zeit brauchtest, wenn du ihr irgendwann erklärst, was wir hier tun.«

Ally ließ sich in den weichen Sitz fallen. »Ich weiß gar nicht, ob ich ihr überhaupt die Wahrheit sagen kann, wenn wir sie herausfinden.«

»Kommt auf die Wahrheit an«, meinte er kryptisch.

»Vielleicht will sie die gar nicht wissen.« Ally strich über Henrys Kopf, denn der Hund saß am liebsten zwischen den Vordersitzen.

»Alle Eltern wollen wissen, was mit ihren Kindern passiert, aber noch können wir nur spekulieren. Oh, jetzt klingelt meins.« David lenkte den Wagen vom Parkplatz und steckte sein Handy in die Freisprechanlage. »Hallo, Paige, wie geht es euch?«

»Gut so weit. Rosie hatte eine tolle Schulaufführung, die Robert natürlich verpasst hat, aber er kommt heute Abend, und ich wollte dich einladen. Dich und Ally, wenn sie bei dir ist?«

Ally lächelte. »Hey, Paige. Ja, ich bin hier. Wir haben einen kleinen Ausflug gemacht. Dinas Head ist wunderschön.«

Sie hörten Paige lachen. »Dachte ich mir. Freut mich für euch! Also was ist, habt ihr schon Pläne für heute Abend? Nein, gut, dann um halb neun bei uns. Bis dann, ihr zwei!« Sie legte auf.

David bog auf die Straße, die nach Norden führte. »Willst du noch nach Cardigan?«

Als sie nicht antwortete, sondern stattdessen ihre Hand in seinen Haaren vergrub, schmunzelte er. »Läuft uns nicht weg …«

27

Das Haus von Paige und Robert Darby lag etwas außerhalb von Aberaeron an der Straße, die nach Lampeter führte. »The Coach House« stand in Stein gemeißelt auf einer Tafel an einem der Pfeiler neben dem offenen Tor. Von der Straße wurde es durch eine mannshohe Mauer abgeschirmt. Alter Baumbestand und die sorgfältige Anlage eines ausgedehnten Gartens zeugten von der professionellen Arbeit eines Landschaftsarchitekten.

»War das mal ein Stall?«, fragte Ally, als sie auf das Haus aus unregelmäßigen Natursteinen zufuhren.

»Das Haupthaus war eine Farm und das kleinere Nebengebäude ein Stall. Haben sie schön ausgebaut, kleine Terrassen hinten und ein Steingarten. Ich verstehe nicht, warum sie Rosie keinen Hund erlauben, Platz ist genug.« David parkte hinter einem dunkelroten Land Rover.

Henry schien sich auszukennen, denn als Ally ihm die Tür öffnete, sprintete er sofort um das Haus herum.

»Das ist Paiges Wagen. Robert scheint noch nicht hier zu sein. Wo steckt der Kerl bloß immer … Na komm, sie wartet sicher schon auf uns.« David hielt Ally die Hand hin.

»Der Wein!« Ally beugte sich in den Wagen und holte die Flasche, die sie kurz vorher gekauft hatten. David war umsichtig, und sie fühlte sich wohl in seiner Gegenwart. Ihre Befürchtungen, dass sie nicht mit David zusammen sein könnte, ohne an Simon zu denken, hatten sich zwar bewahrheitet. Aber es waren nicht die Schuldgefühle, die überwogen, sondern die Erinnerung an ihren Bruder. In Davids Gegenwart war Simon auf eine neue, weniger schmerzliche Art lebendig. Wenn sie gemeinsam die Küste entlangfuhren, wünschte sich Ally, ihr Bruder wäre bei ihr, und dann gab es Momente, in denen sie spürte, dass Simon da war, und sie dachte an die Worte ihrer Zugbekanntschaft.

»Rebecca Kent. Ich glaube, ich würde sie gern wiedersehen, David. Hättest du Lust, sie morgen zu besuchen?«

Er wartete an der Treppe vor dem Eingang auf sie und drückte ihr zuerst einen Kuss auf die Lippen. »Sie klingt interessant, und ich könnte mich gleich wegen der Dozentenstelle umhören.«

Die Haustür wurde aufgerissen, und Paige kam ihnen entgegen. »Hallo, ihr beiden!« Sie begrüßte David mit Küssen auf die Wangen und umarmte Ally. »Kommt herein, sonst wird das Essen kalt. Ihr habt doch Hunger?«

Beinahe gleichzeitig sagten Ally und David: »Ja!«

Paige lachte: »Wundervoll, ich erinnere mich noch schwach an die Zeit, als Robert und ich verliebt waren … Schwach …«

Sie folgten ihr durch einen breiten Flur in eine Landhausküche. Es duftete nach Kräutern und Fisch. Da Paige nicht so aussah, als hätte sie eine Küchenschlacht hinter sich, und silberne Warmhalteschüsseln zu sehen waren, hatten wohl die Köche des Talbot Hilfestellung geleistet.

Sie reichte Paige den Wein.

»Ally, hier sind die Gläser! David, mach doch die Flasche auf.«

»Wo ist Robert?«, fragte David und setzte den Korkenzieher an.

»Ja, wo ist mein lieber Mann …« Etwas zu heftig setzte Paige einen Stapel Teller ab.

»David, komm! Du musst sehen, was Henry kann!« Rosie kam in die Küche gelaufen, ergriff Davids Hand und zog ihn mit sich fort.

Lächelnd seufzte Paige. »David ist so wunderbar mit ihr. Du hast wirklich Glück, Ally.«

»Hm.« Sie wollte sich nicht auf ein Gespräch einlassen, in

dem es möglicherweise um Zukunftspläne ging, denn sie hatte keine, wollte die Dinge einfach laufen lassen. Das würde jemand wie Paige, die alles am liebsten schon Monate vorher im Terminkalender festlegte, kaum verstehen.

»Nimmst du die Gläser mit? Wir essen drüben.« Paige nahm die Teller, und Ally folgte ihr in ein großes Wohn- und Esszimmer.

Deckenbalken, ein Kamin, Steinfußboden, Mobiliar im Shabby-Chic-Stil und Vorhänge in Braun- und Rottönen passten zum rustikalen Charakter des ehemaligen Farmhauses. Kleine abstrakte Stein- und Bronzeskulpturen fielen Ally auf, als sie die Gläser auf einen rechteckigen Esstisch stellte. Bis auf Weingläser und Teller fehlten eigentlich nur die Gäste an der hübsch gedeckten Tafel.

Durch die großen Fenster sahen sie David mit Rosie und Henry im Garten toben. Ob er Kinder wollte? Ally hatte nie darüber nachgedacht, ob sie welche wollte. Sie hatte genügend eigene Probleme.

»Ich will nicht neugierig sein, Ally, das ist nicht meine Art. Aber David ist der netteste Mensch, den ich hier in Aberaeron kennengelernt habe. Robert hat nicht viele gute Freunde, die ich mag.« Paige goss den Rotwein in die Gläser, gab Ally eins und hob ihr Glas. »Zum Wohl!« Sie schloss die Augen und spürte dem Geschmack nach. »Gute Wahl. Passt zu den Pilzen und dem Steak. Es gibt auch Fisch. Ich glaube, du isst kein Fleisch?« Paige war die perfekte, aufmerksame Gastgeberin.

»Danke, ja, nicht oft.«

»Und jetzt das hier! Robert weiß genau, dass ihr heute Abend eingeladen seid. Wir haben heute Mittag telefoniert. Da war er in Tywyn, zumindest hat er das gesagt. Das liegt auf der anderen Seite des Flusses, oberhalb von Aberystwyth. So weit ist das ja nun nicht! Das kann man doch planen! Häuser sieht er sich an, jeden Tag. Weißt du, Ally, ich habe langsam das Gefühl, dass er mir ausweicht, dass er alles tut, um nicht hier sein zu müssen.« Paige betrachtete das Weinglas und stellte es sacht ab. »Wir wollten uns das hier zusammen aufbauen. Mein Vater hat Geld, er ist Bauunternehmer und hat uns am Anfang geholfen. Vielleicht fühlte Robert sich minderwertig, weil er kein Geld mit in die Ehe brachte. Aber er hatte das Hotel geerbt, und wir haben doch etwas draus gemacht. Er hat wirklich Talent, wenn es ums Planen eines neuen Hotels geht.«

»Ach, Paige, das tut mir leid. Aber vielleicht will er dir vor allem zeigen, dass er selbst auch etwas bewegen kann.« Unsicher sah Ally ihre Gastgeberin an, deren selbstsichere Fassade so plötzlich zerbrochen war.

»Und Rosie? Er war überglücklich, als sie zur Welt kam. Ich hätte mir keinen besseren Vater für mein Kind wünschen können. Er hat mit ihr gespielt, ist mit ihr herumgefahren, und dann, nach drei Jahren, war es plötzlich vorbei.« Paige trat ans Fenster und winkte ihrer Tochter zu. Der Garten wurde von versteckten Strahlern erhellt. Das Telefon klingelte, und Paige ging sofort an den Apparat. Enttäuschung machte sich auf ihrem Gesicht breit, doch dann lächelte sie tapfer. »Hallo, Dad, nein, du störst nie, das weißt du doch. Wie geht es dir? Und was macht Mum?«

Ally ging zu den Flügeltüren, die auf die Terrasse führten, und hörte, bevor sie auf die Klinke drückte, wie Paige sagte: »Nein, er hat sich noch nicht blicken lassen, Dad. Lass uns morgen darüber sprechen, ich habe Gäste. Ja, David ist auch da. Nein …«

Frische Abendluft zog herein, und Ally atmete tief durch, als sie nach draußen trat. Irgendwo plätscherte ein Wasserspiel, und Rosie hüpfte aufgedreht zwischen den Büschen herum.

»Okay, Rosie, wir wollen essen, und Henry ist müde!« David nahm die Stufen mit einem Sprung und legte Ally den Arm um die Hüfte. »Alles in Ordnung?«

Leise erwiderte Ally: »Scheint nicht einfach für Paige mit Robert zu sein …«

»Ah, hier steckt ihr!« Als hätte man ihn gerufen, erschien Robert hinter ihnen und breitete in großer Geste die Arme aus. »Schön, dass ihr da seid. Rosie, mein Engel! Wo bist du denn? Ich habe dir ein Geschenk mitgebracht!«

»Daddy!« Das Mädchen flog ihrem Vater in die Arme. »Ein Geschenk? Was denn?«

»Sieh im Wohnzimmer auf dem Couchtisch nach.« Robert gab ihr einen liebevollen Klaps und richtete sich auf. »Verzeiht ihr mir, dass ich so ein unmöglicher Kerl bin?«

»Bei uns musst du dich nicht entschuldigen, Robert, aber Paige hat dich vermisst«, sagte David mit Nachdruck und einem bedeutungsvollen Blick nach drinnen.

Robert Darby gab sich zerknirscht. »Ja, ich war lange unterwegs, aber es hat sich gelohnt! Das versteht sie nicht. Man muss mit den Leuten reden, mal ein Bier trinken, und schon bekommt man die besten Informationen, noch bevor die Immobilie im Schaufenster hängt. So ist das, aber ja, du hast recht, ich werde mich bessern. Na kommt, ich bin am Verhungern.«

Auf dem Esstisch verbreiteten zwei silberne Kerzenleuchter mit je drei Armen ein warmes Licht. Paige hatte die Schüsseln aufgetragen, und in einem Korb duftete frisches Brot.

»Setzt euch. Nehmt, was ihr mögt. Es ist so spät, da verzichten wir auf Etikette und Reihenfolge. Nehmt, was euch schmeckt.« Sie zeigte auf die verschiedenen Schüsseln. »Fleisch, Gemüse, Fisch – und was da drin ist, weiß ich gar nicht. Ach ja, Spinatpasteten. Das ist die Spezialität von unserem neuen italienischen Koch.«

»Rosie, Darling, komm essen!«, rief Robert.

»Ich habe keinen Hunger. Oh, ein iPod touch!« Die Kleine quietschte vor Vergnügen und hockte sich mit dem elektronischen Spielzeug aufs Sofa. Henry hatte sich auf dem flauschigen Teppich neben ihr ausgestreckt.

»Ach, Robert, du sollst sie nicht so verwöhnen, diese Spiele kosten viel Geld, und die Kinder machen nichts anderes. Sie soll ...«, tadelte Paige ihren Mann mit verhaltener Stimme.

»Ich habe verstanden, Paige«, zischte Robert. »Aber heute ist eine Ausnahme. Du kümmerst dich doch großartig um sie und sorgst dafür, dass sie Ballettunterricht und Musik- und Tennisstunden bekommt und was man sonst noch in den Stundenplan eines kleinen Mädchens quetschen kann!«

»Wir waren heute auf Dinas Head«, unterbrach David das Streitgespräch, bevor es eskalieren konnte. »Der Caravanpark dort sieht nicht übel aus. Jedenfalls besser als die üblichen Schmuddelhütten.«

»Luxuriös, fand ich, und es hat mich gewundert, dass die Verwaltung nicht darauf achtet, wer so alles da wohnt. Angel hat es sich dort zur Untermiete gemütlich gemacht«, sagte Ally und füllte sich eine Portion Fisch auf. »Gorgonzolasoße?«

Paige nickte. »Dazu musst du den Spinat probieren.«

»Was? Ihr habt Angel gefunden?« Robert ließ seine Gabel sinken.

»Nein, er war schon weg. Komische Geschichte. Aber wir bleiben dran.« David reichte die Fleischschüssel an Robert weiter, der das jedoch nicht bemerkte.

»Was wollt ihr denn unternehmen? Ich meine, das ist doch zehn Jahre her!«, sagte Robert mit gerunzelter Stirn.

»Möchtest du oder nicht?« David gab die Schüssel an Paige weiter, die fragte: »Worum geht es überhaupt?«

Doch Ally schüttelte den Kopf und blickte kurz zu Rosie. »Nicht jetzt. Ich möchte auch nicht mehr darüber sprechen. Wir hatten einen schönen Tag. Die Küste dort unten ist zauberhaft. Ich war noch nie auf Dinas Head und war überwältigt von der Pflanzenvielfalt dort.«

Paige ging bereitwillig auf den Themenwechsel ein. »Die gesamte Halbinsel gehört zum Pembrokeshire Coast National Park. Ich empfehle das unseren Gästen gern als Ausflugsziel.

Wir sollten mit Rosie mal wieder hinfahren, Robert. Der Küstenpfad ist traumhaft schön.«

»Vor allem, wenn es nicht regnet«, meinte Robert und goss sich Wein nach. »Wenn Paige vom Rausch der Natur gepackt wird, ist ihr das Wetter egal. Dann kann das Designerjäckchen ruhig nass werden. Und wir müssen mit.«

Betreten musterte Ally ihren Gastgeber. Robert hatte seinen Hemdkragen geöffnet, und auf seiner Stirn stand ein Schweißfilm. Anscheinend hatte er schon vor dem Essen getrunken.

Paige stand auf und legte ihre Serviette neben den Teller. »Ich bringe Rosie ins Bett. Es ist schon spät.«

»Tu das, mein Schatz. Du bist perfekt. Einfach perfekt!« Robert spuckte das letzte Wort förmlich aus, und Ally schämte sich, dass sie Zeugin dieser hässlichen Auseinandersetzung sein musste.

»Robert, was ist denn los mit dir heute? Wenn ihr Streit habt, macht das unter euch aus, aber du musst deine Frau nicht vor uns bloßstellen. Mann, so kenne ich dich ja gar nicht. Vielleicht schläfst du dich aus, und wir wiederholen den Abend ein anderes Mal«, schlug David diplomatisch vor.

Ally erhob sich. »Ich verabschiede mich von Paige.«

»Ja, geh nur zu meiner Frau. Dann könnt ihr euch noch das Maul über mich zerreißen. Das machen Frauen doch so gern …« Weiter kam Robert nicht, denn David packte ihn grob am Arm.

»Es ist genug, Robert.«

Und als hätte ihn die Grobheit aus seiner boshaften Stimmung gerissen, ließ Robert Darby das Gesicht in die Hände sinken. »Ich bin ein Mistkerl, ein mieser, nichtsnutziger …«

Ach, du liebe Zeit, dachte Ally und lief schnell durch das Wohnzimmer und die Treppe hinauf in den ersten Stock, wo sie Paige mit ihrer Tochter sprechen hörte.

»Schätzchen, nimm das Spiel ruhig mit ins Bett. Daddy ist müde und hatte viel Stress. Morgen sieht alles wieder anders aus. Das weißt du doch …«

Vorsichtig schaute Ally in ein Kinderzimmer, in dem tatsächlich ein Himmelbett stand. »Wow! So ein Bett habe ich mir als Kind immer gewünscht!«

Paige, die Rosie beim Umziehen half, drehte sich um. Ihre Augen waren gerötet, aber sie hatte sich unter Kontrolle. »Nicht wahr? Ein Mädchentraum. Ich hatte so ein Bett, und meine Tochter sollte es auch so gut haben wie ich. Aber manchmal …«

Ally trat zu der verzweifelten Mutter. »Es ist nicht immer leicht, aber Rosie hat dich. Meine Mutter hat irgendwann vergessen, dass sie noch eine Tochter hat.«

»Das wusste ich nicht.« Paige streifte Rosie ein Nachthemd über und schob sie zur Tür. »Ab ins Badezimmer, junge Dame. Zähne putzen.«

»Und dann gehe ich noch Henry gute Nacht sagen!«, krähte die Kleine.

»Ich glaube, du solltest ihr einen Hund schenken«, sagte Ally lächelnd. »Henry ist ein Herzensbrecher.«

Paige wischte sich kurz die Augen. »Genau wie sein Herrchen, würde ich sagen. Ihr wollt gehen, nicht wahr? Du kannst dir nicht vorstellen, wie peinlich mir das ist. So hat er sich noch nie aufgeführt. Er trinkt gern ein Glas zu viel, aber dann wird er nur gesprächiger, nicht so aggressiv wie heute.«

»So was kommt in den besten Familien vor. Mach dir deswegen keine Gedanken. Wir sehen uns morgen im Hotel.«

Paige hakte Ally unter und brachte sie zur Treppe. »Du bist mein Gast, egal, wie lange du bleibst.« Dann umarmte sie Ally und gab ihr einen Wangenkuss. »Mach's gut.«

Ally nickte und lief die Treppen hinunter, denn unten wurde sie bereits von David und Henry erwartet. Erst als sie im Auto saßen und auf die Straße nach Aberaeron bogen, entrang sich Ally ein Stoßseufzer. »Was war denn das? Hat er dir gesagt, warum er sich so aufführen musste?«

Zwischen Davids Augenbrauen hatte sich eine steile Falte gebildet. »Nicht richtig. Die Geschäfte laufen wohl nicht so gut, wie er immer behauptet hat, und Paiges Vater weiß das. Noch hat er Paige nichts gesagt, aber wenn Robert nicht bald Erfolg hat, gibt es keine Finanzspritze mehr von Mr Cameron.«

»Deswegen? Aber dafür kann sie doch nichts!« Nachdenklich betrachtete Ally die Lichter der Bucht. »Wie friedlich es wirkt, und wenn man hinter die Fassaden schaut …«

»Das renkt sich wieder ein. Für Robert bedeutet sein geschäftlicher Erfolg alles. Im Grunde hat er einfach Angst zu versagen, so zu werden wie sein Vater, den er hasst. Er berappelt sich schon wieder.« David wollte seine Hand auf ihren Oberschenkel legen, doch da ruhte bereits Henrys Schnauze.

28

Ally blinzelte und streckte sich. Als sie sich zur Seite drehte, war der Platz neben ihr leer. Der Duft von Kaffee zog ihr in die Nase, und dann hörte sie Hundepfoten auf dem Holzfußboden und konnte sich gerade noch die Decke über den Kopf ziehen. Henry sprang mit einem Satz aufs Bett und suchte nach ihrem Gesicht. Schließlich gab Ally auf, knuddelte den Setter und schubste ihn vom Bett. »Sieh dir an, was du gemacht hast, Henry! Warst du schon im Wasser?«

Sie schüttelte die Decke, die mit schmutzigen Pfotenabdrücken übersät war, und als Henry sich schüttelte und ihr eine Dusche verpasste, warf sie die Decke einfach wieder aufs Bett. »David?«

»Ich bin unten! Tut mir leid, aber ich habe einen Anruf von Professor Nowell erhalten. Er würde gern mit mir sprechen, um zehn Uhr! Und ich dachte, weil du doch auch mit dieser Rebecca Kent sprechen wolltest, könnten wir das verbinden? Hat Henry dich geweckt?«

Sie konnte das Lachen in seiner Stimme hören und schimpfte scherzhaft: »Oh ja! Das war Absicht!«

»Er hat so seine unwiderstehliche Methode. Frühstück ist fertig, wenn du magst.«

»Danke, ich springe erst unter die Dusche.« Ally warf einen Blick auf die Uhr – acht Uhr fünfundvierzig. Sie hatte so gut geschlafen wie lange nicht mehr, obwohl die Nacht kurz gewesen war. Mit einem Lächeln auf den Lippen stieg Ally in die Dusche.

Fünf Minuten vor zehn fuhren sie auf den Parkplatz der

School of Art in Aberystwyth. David drehte sich zu seinem Hund um und sagte: »Du musst im Auto warten, Kumpel. Wir sind gleich zurück.«

»So ein schönes Gebäude versteckt sich hier, wer hätte das gedacht«, sagte Ally.

Das Institut der bildenden Künste lag prominent auf einem Hügel, und man hatte einen herrlichen Blick über Aberystwyth und die Bucht. Säulen trugen ein Kuppeldach, und der gesamte Bau erinnerte an ein Kunstmuseum im Stil der Neorenaissance. »Aber es gibt kein Institut für Architektur, oder?«

David hielt ihr die schwere Eichentür auf. »Nein, nicht im eigentlichen Sinne. Sie bieten Masterkurse an, und ich könnte einen über Architektur und Landschaft und die Arbeit von John Nash halten. Dazu ein Workshop, damit die Studenten die praktische Seite kennenlernen.«

Sie betraten eine geflieste Halle, in der eine geschwungene Holztreppe in beide Flügel des Instituts hinaufführte. Studenten liefen in Malkitteln herum, Schilder wiesen zur Galerie und zu den einzelnen Büros der Lehrkräfte.

»Du würdest hier leben wollen?« Nachdenklich folgte Ally ihm in die Halle und schaute sich um.

David blieb stehen und sah sie prüfend an. »Ich weiß nicht. Es ist ein Gedanke. Eigentlich möchte ich irgendwann nach Schottland zurück. Mal sehen, was Nowell vorzuschlagen hat.«

»Hm, tja, ich warte hier auf dich.«

»Ally ...« Doch dann schien er es sich zu überlegen und sagte: »Ich muss dort entlang. Treffen wir uns in der Galerie?«

Sie nickte, und ihr entging nicht, dass ihn die Blicke einiger Studentinnen verfolgten. Ein Anflug von Eifersucht nagte an ihr. Das kannte sie nicht von sich. Trotzdem wollte sie sich nicht voreilig in etwas verrennen, das vielleicht nicht von Dauer sein konnte. Im Moment waren sie beide verbunden durch die Suche nach Gründen für Simons Tod. Sie befanden sich in einer Ausnahmesituation. In solchen Augenblicken schlugen die Emotionen hoch, und alles schien bedeutsam.

Ally ging zuerst durch das Institut, trank einen Kaffee im Aufenthaltsraum und schlenderte durch die hohen Räume, an deren Wänden Arbeiten der Studenten hingen. In der Galerie wurden Radierungen und Holzschnitte der Examenskandidaten gezeigt. Ein Druck erregte ihre Aufmerksamkeit. Sie trat näher und erkannte Morlan House. Der Künstler hatte die geheimnisvolle Atmosphäre des Anwesens bestechend gut eingefangen. Auf der Klippe spazierte eine Gestalt in wehenden Gewändern. Ach, Simon, was hast du erlebt? Sie musste geraume Zeit ihren Gedanken nachgehangen haben, denn sie hatte ihn nicht kommen hören.

»Hätte ich mir denken können, dass du vor diesem Bild stehst.« David nahm sie in den Arm, und sie lehnte sich mit einem sorgenvollen Seufzer an ihn.

»Ich wünschte mir, es wäre vorbei.«

»Wie meinst du das?«

»Einfach nur, dass ich endlich Gewissheit über Simons letzte Stunden hätte. Sonst nichts, was denkst du denn? Ich habe gesehen, wie dich die Studentinnen angeschaut haben, glaubst du, ich überlasse dich kampflos?«

Er lachte und drückte dabei sein Gesicht in ihre Haare. »Das beruhigt mich. Ich kann die Stelle für ein Jahr haben, wenn ich will. Es ist nicht mal eine halbe Stelle. Professor Nowell gibt einen Kurs über englische Landschaftsarchitekten und möchte einen ergänzenden Masterkurs über Nash und dergleichen anbieten. Aber …« David machte eine bedeutsame Pause.

Ally löste sich von ihm und sah ihn mit unterschwelliger Nervosität an. »Ja?«

»Nowell hat Verbindungen zur University of Glasgow.« David grinste. »Eine halbe Stelle. Für den Anfang und um überhaupt herauszufinden, ob mir das Lehren liegt, wäre das geradezu ideal.

Ich würde mich zusätzlich nach einem Architekturbüro umsehen und könnte das verbinden. Perfekt! Außerdem ist Glasgow nur hundertfünfzig Kilometer von Oban und Mull entfernt. Dann könnten wir öfter mal auf die Insel …« Er stockte und biss sich verlegen auf die Lippe. »Zu schnell?«

»Viel zu schnell. Aber es freut mich für dich. Wann würdest du anfangen?«

»Im September. Ich müsste noch einiges vorbereiten. Aber bis dahin habe ich frei. Eigentlich würde ich gern mal wieder einige Wochen nach Schottland, Familie und alte Freunde besuchen. Es wäre doch eine großartige Gelegenheit für dich …«

Sie verließen die Galerie, und Ally bemühte sich um einen leichten Ton: »Dann solltest du das machen.«

»Ich möchte aber nicht allein fahren, Ally.«

»Wieso, willst du Henry hierlassen?«

Sie erreichten den Ausgang, und Ally hatte bereits die Klinke in der Hand, als er sie festhielt. »Du weißt, was ich meine.«

»Lass uns darüber reden, wenn wir diesen Angel und ein paar Antworten gefunden haben, ja?«

»Du willst schon wieder kneifen.«

Sie traten hinaus ins Sonnenlicht, denn die Wolkendecke war aufgerissen und ließ zumindest ein Stückchen blauen Himmel sehen.

Ally blieb stehen und drehte sich zu David um. »Ich bin hergekommen, oder nicht? Verlang nicht alles auf einmal von mir. Bitte«, fügte sie sanfter hinzu und glitt mit den Fingerspitzen über seine Lippen.

Als er lächelte, machte ihr Herz einen erleichterten Satz.

»Hast du Mrs Kent angerufen? Hat sie Zeit?«, fragte David.

Henry beobachtete sie bereits und presste seine Nase gegen das Fenster. »Oh, armer Hund!« David drückte auf die elektronische Entriegelung, und sie ließen ihn kurz auf den Rasen springen.

»Nein, das habe ich vollkommen vergessen. Aber das werde ich gleich nachholen«, sagte Ally und hatte Glück, dass Rebecca Kent gerade in ihrem Büro war.

»Wie schön, dass Sie sich melden. Ich bin nur gerade auf dem Sprung in die National Library, wegen der Ausstellung. Sie erinnern sich? Wenn Sie möchten, treffen Sie mich dort, in, sagen wir, zwanzig Minuten?«

»Gern. Bis gleich!« Zu David sagte Ally: »National Library. Die liegt doch hinter uns auf Penglais Hill?«

»Hier runter und drei Straßen weiter wieder hinauf. Architektonisch äußerst interessant.« Davids Augen leuchteten.

Während sie hinfuhren, erzählte er: »Aberystwyth hat sich um die Jahrhundertwende mit Cardiff einen erbitterten Streit darum geliefert, wer die National Library bekommt. Du findest dort alles, was jemals in Großbritannien publiziert worden ist, und noch viel mehr. Für eine Universitätsstadt ist so was ein unermesslicher Vorteil. Der Architekt war Sidney Greenslade. Er hat eine Art pseudoklassizistischen Bau aus hellem Sandstein errichtet. Aber sieh selbst.«

Sie waren von der Stadt den steilen Hügel hinaufgefahren und oberhalb des Krankenhauses in eine schmale Straße gebogen, die an blühenden Hecken und Büschen zum Schmuckstück der Stadt führte. Beinahe weiß und in ihren Ausmaßen beachtlich thronte die Bibliothek am Hang. Sie kamen fast gleichzeitig mit Rebecca Kent auf dem Platz an.

Die zierliche Dozentin ging mit einer Mappe unter dem Arm auf sie zu. Sie trug auch heute einen schmalen langen Rock und ein Twinset. Die Augen hinter der roten Brille musterten David interessiert. Ally stellte sie einander vor.

»David Gowans, ab September vielleicht ein Kollege.«

David schüttelte die ausgestreckte Hand. »Wenn, dann allerdings an der Uni in Glasgow. Ich bin Architekt, und das wird meine erste Lehrstelle, wenn alles klappt. Ein Experiment.«

»In Glasgow hat sich viel getan … Warten Sie. Wurde die Stadt nicht sogar zur europäischen Kulturhauptstadt gewählt? Ich finde übergreifende Disziplinen spannend und für die Studenten so wichtig. Freut mich sehr. Ally, haben Sie sich ein wenig eingelebt? Das Wetter lädt direkt zum Wandern ein. Ich liebe die Küstenpfade hier. Sobald ich Zeit habe, hält mich nichts im Büro, und ich genieße die frische Luft. Von wo genau stammen Sie, David?« Ihr Lächeln war gewinnend.

»Von Mull«, antwortete David.

»Oh, zauberhaft! Und gar nicht so weit von Ihrem neuen Wirkungsort. Sie Glücklicher! Ich liebe mein überfülltes, multikulturelles London, aber …« Weiter kam sie nicht, denn eine Ally nicht unbekannte Stimme ertönte über ihnen von der Bibliothek.

»Doktor Kent! Falls Sie mich suchen …« Iorwerth hielt inne und stieg die steilen Treppenstufen hinunter. Dabei machte sein Kopf mit der langen Nase und dem spitzen Kinn eine pickende Vorwärtsbewegung.

Wie ein Puter, fand Ally und schauderte. »Auch das noch …«, flüsterte sie.

David hob den Kopf.

Die Literaturdozentin sah sie überrascht an. »Sie kennen Mr Iorwerth?«

»Wir hatten schon das Vergnügen.« Ally bemühte sich um einen freundlichen Gesichtsausdruck, immerhin hatte der Bibliothekar ihr den Termin mit den Morlakes verschafft.

Iorwerth war heute ohne eine seiner ausgefallenen Kopfbedeckungen unterwegs, trug aber den beigefarbenen Blouson, ein kariertes Hemd und eine abgewetzte Cordhose. Zuerst begrüßte er Rebecca Kent. »Ich wollte Sie nicht drängen, Doktor Kent, aber wir haben noch so viele organisatorische Dinge zu erledigen. Ah, Mrs Carter. Ich hätte nicht erwartet, Sie so bald schon wieder hier zu sehen.«

»Tja, tut mir leid, aber so ist es nun einmal«, erwiderte Ally giftig. In Iorwerth' Gegenwart sträubten sich ihre Nackenhaare. Er strahlte etwas aus, das sie aggressiv machte.

»Iorwerth, Sie stecken die Nase zu viel in staubige Bücher. Wie geht es Ihnen, alter Knabe? Haben Sie schon alle Helfer für das Hummerfestival zusammen?«, meinte David und strich Ally beruhigend über den Rücken.

Rebecca Kent schmunzelte, doch Iorwerth war frei von Humor und kniff die Augen hinter den dicken Brillengläsern zusammen. »Mr Gowans, Sie nehmen unser Seafoodfest nicht ernst, weil Sie nicht von hier sind und alles für einen Witz halten! Aber Ihr Freund Darby sieht das anders. Der möchte nämlich, dass wir in seinem Restaurant das Abschlussbankett veranstalten.«

»Ach, Iorwerth, was machen wir nur mit Ihnen? Das Leben ist zu kurz, um nicht darüber lachen zu können. Sollen wir?« David schaute nach oben.

Rebecca nickte. »Ich habe noch einen Termin. Ally, wissen Sie, dass die National Library im Zweiten Weltkrieg nur von deutschen Bombern verschont wurde, weil sie den Piloten wegen ihrer hellen Farbe und der prominenten Position als Wegweiser diente?«

»Welch ein Glück!«

Das gesträubte Gefieder des Bibliothekars schien sich geglättet zu haben, denn er fügte eifrig hinzu: »Man hat in den Kellern der Library wichtige Gemälde aus dem ganzen Land versteckt. Ich könnte Ihnen unzählige Geschichten über dieses Gebäude erzählen. Viele Gönner haben der Library große Sammlungen von Büchern, Fotografien und Gemälden hinterlassen. Es gab da einen französischen Kollaborateur …«

»Mr Iorwerth, entschuldigen Sie, aber wie sieht es mit den Exponaten aus, über die wir gesprochen haben?«, unterbrach Rebecca den Bibliothekar.

»Bis auf zwei der Ruskin-Aquarelle, die noch bis Ende des Jahres in der National Gallery in Edinburgh ausgestellt werden, haben wir alle Zusagen erhalten. Unser Buch des Taliesin wird der Mittelpunkt der Ausstellung, alles andere können wir absprechen.« Mit gewichtiger Miene ließ Iorwerth sie durch die Sicherheitstür eintreten.

Ein bewaffneter Wachmann grüßte sie, und auch sonst stand der Sicherheitsstandard dem am Flughafen in nichts nach. »Ist das hier ein Hochsicherheitstrakt? Was wird denn hier aufbewahrt? Die Kronjuwelen liegen doch im Tower«, flachste Ally.

»Bücher und alte Manuskripte bedeuten Ihnen vielleicht nicht viel, aber einige der hier lagernden Artefakte sind mehr wert als die Kronjuwelen, Mrs Carter«, bekundete Iorwerth herablassend.

Ally biss sich auf die Lippen und verfluchte ihr ungezügeltes Mundwerk. Sie ließ den Blick über die roten Teppiche gleiten, die über weiße Treppen und Parkettböden in beeindruckende Lesesäle führten. Ein Gemälde, das eine märchenhafte Ritterszene vor der Abteiruine von Strata Florida zeigte, zog Ally in seinen Bann. Rebecca war mit Iorwerth in einen Nebenraum gegangen, wo verschiedene Manuskripte in Glasvitrinen lagen.

David trat neben sie. »Wir könnten im Red Lion zu Mittag essen. Vielleicht treffen wir dort auf Miller. Ich bin neugierig, was er zu der Geschichte mit Angel sagt.«

»Das ist eine gute Idee.« Er schien zu spüren, wenn ihre Gedanken wieder einmal in die Vergangenheit wanderten, und sie war ihm für seine Hilfe dankbar. Ohne ihn hätte sie wahrscheinlich längst aufgegeben, sich wieder in ihr Schneckenhaus aus Schmerz und Einsamkeit verkrochen und wäre weiter auf der Stelle getreten.

Nachdem Rebecca das Wesentliche mit Iorwerth geklärt hatte, führte sie Ally und David durch die Bibliothek, musste sich aber bald verabschieden. Doch man wollte in Kontakt bleiben.

»Nette Person«, stellte David auf dem Weg zum Red Lion fest. »Hoffentlich findet ihr Mann bald eine Möglichkeit, von London nach Aberystwyth zu wechseln. Diese Pendelei ist sicher nervig.«

Rebeccas Mann war Professor für angewandte Physik und wartete seit zwei Jahren auf eine freie Stelle an der University of Wales.

»So eine Wochenendbeziehung kann die Liebe auch frisch halten«, meinte Ally und kraulte Henrys Ohr.

»Eine Weile sicher, aber auf die Dauer ist das anstrengend, und London ist ja nicht eben um die Ecke.« David warf ihr einen skeptischen Blick zu, schien etwas sagen zu wollen, entschied sich aber dagegen.

Miller war nicht im Red Lion, und sie sprachen wenig während des Essens. David wirkte nachdenklich, und Ally hatte Angst, ihn nach dem Grund für sein Schweigen zu fragen. Sie ahnte, dass er sich Gedanken über die Zeit nach dem Urlaub machte. Doch dafür war es noch zu früh. Carpe diem, dachte sie. Wir haben das Jetzt und das Hier. Als sie den Pub verließen, sagte sie: »Ich würde gern ins Hotel und meinen Koffer packen.«

Sie spazierten an den Dünen entlang, und Henry machte sich einen Spaß daraus, die Möwen aufzuscheuchen.

»Ally, ich weiß nicht, was ich sagen soll … Warum willst du packen?« David blieb stehen und nahm sie bei den Schultern, damit sie seinem Blick nicht ausweichen konnte.

Lächelnd sagte sie: »Ich kann natürlich weiter im Hotel wohnen, aber irgendwie ist das unpraktisch, weil ich ja nicht weiß, was du mit mir vorhast und welche Kleidung ich vielleicht …«

Sein Mund erstickte weitere Worte in einem zärtlichen Kuss.

»Hm, ich glaube, du machst das absichtlich, mich dauernd so zu verführen, damit ich den Verstand verliere«, murmelte sie.

David drückte sie an sich. »Die pure Berechnung. Na komm,

ich fahr noch mal zu Connor und hole dich in einer Stunde ab. Reicht das?«

»Lieber zwei, vielleicht sehe ich Paige, und wir reden noch. Weißt du was, ich rufe dich an, wenn ich so weit bin. Dann haben wir keinen Stress.«

»Sehr gut, so machen wir es.«

29

David wollte noch einmal mit Connor sprechen. Vielleicht konnte der ihm mehr zu Angel sagen. Man musste Connor in der richtigen Stimmung erwischen. Wenn der eigenwillige Bootsführer nicht reden wollte, redete er nicht. Dann war er verschlossener als eine Auster.

Er parkte den Wagen vor dem alten Dock, winkte Dotti zu, die gerade einen Müllsack in einen Container vor Jerry's stopfte, und spazierte mit Henry weiter zu den Lagerhallen am Hafen. Einem Impuls folgend rief er seine Eltern an. Sein Vater war am Telefon.

»Junge, das ist ja eine schöne Überraschung. Wir haben vorhin über dich gesprochen und uns überlegt, ob wir dich mal in Wales besuchen kommen sollen.«

»Ihr wisst, dass ich mich immer freue, euch zu sehen, aber eigentlich würde ich lieber rauf nach Mull kommen. Ich habe Sehnsucht nach unserem nebligen Inselhaufen.«

Beide lachten, und Andrew Gowans hustete, bevor er antworten konnte: »Jederzeit. Wann kommst du?«

»Geht es dir auch gut, Dad? Und Mum?« David machte sich sofort Sorgen, wenn sein Vater Zeichen von Unwohlsein zeigte, obwohl das sicher übertrieben war, aber die schwere Krankheit hatte ihre Spuren hinterlassen.

»Unkraut vergeht nicht. Wir sind munter und überlegen, ob wir einen der Welpen aus Maureen McMillans Wurf nehmen. Sie hat eine hübsche Gordon-Setter-Hündin und noch zwei Welpen zu verkaufen, eine Hündin und einen Rüden. Fiona ist für die Hündin, ich kann mich noch nicht entscheiden.«

»McMillan? Von ihr habe ich doch Henry! Macht das!« David war begeistert, denn er wusste, wie sehr sein Vater Hunde liebte.

»Woran arbeitest du denn jetzt, David? Bist du zufrieden dort unten?«

Andrew hatte immer an der Richtigkeit von Davids Entscheidung gezweifelt, den gut bezahlten Job in Edinburgh für eine unsichere freie Arbeit mit Robert aufzugeben. Außerdem hielt er nicht viel von Robert, der sie zweimal auf Mull besucht hatte. Er hatte ihn in seiner typischen Art als »Windhund« bezeichnet.

»Man hat mir eine halbe Dozentenstelle an der Universität von Glasgow angeboten. Es wäre für ein Jahr, und ich denke, ich werde es machen.«

»Sohn, das ist eine großartige Neuigkeit! Ich werde das gleich deiner Mutter erzählen. Wann kommst du? Sollen wir uns nach einer Wohnung für dich umsehen und …« Andrews Stimme war voller Begeisterung und Freude.

»Halt, Dad, wir besprechen das alles noch. Ich würde euch im Sommer gern besuchen und jemanden mitbringen.«

Er hörte seinen Vater bedeutungsvoll durch die Zähne pfeifen. »Eine Frau.«

»Ja, eine ganz besondere Frau, Ally Carter. Erinnerst du dich an die Geschichte damals mit dem ertrunkenen Jungen hier in der Bucht?«

»Aber ja, das hat dich sehr mitgenommen.«

»Sie ist seine Schwester.«

Einen Moment war es still in der Leitung. »Ich werde es deiner Mutter erzählen, David. Sag uns rechtzeitig Bescheid, wann ihr kommt.«

Innerlich musste David lächeln. Das war sein Vater. Wenn es darauf ankam, stellte er nicht zu viele Fragen, sondern war einfach da. »Danke, Dad. Gib Mum einen Kuss von mir.«

»Mache ich, Junge. Wir vermissen dich!« Andrew legte auf.

Zufrieden steckte David sein Handy in die Tasche und marschierte weiter. Natürlich hatte er gehofft, dass Ally zu ihm ins Cottage ziehen würde, aber er hätte sie nicht gefragt. Dass sie es nun von sich aus vorgeschlagen hatte, war mehr, als er erwartet hatte, und er würde sie nicht mit weiteren Zukunftsplänen bedrängen.

Das Wasser stand bis zur Hafenkante, und viele Boote waren schon ausgelaufen. Vielleicht zeigte Connor ein paar Touristen die Bucht. Das Wetter war die beste Voraussetzung für ein lukratives Geschäft. »Henry, komm hierher!«

Der Setter konnte seine Nase einfach nicht aus den dunklen Ecken halten, in denen Dreck und Unrat herumlagen. Connor war nicht an seinem Segelboot, das noch immer aufgebockt stand. Der Rumpf war halb gestrichen. David ging an Kisten und Tauen vorbei hinunter zum vorgelagerten Yachthafen, wo Connors Ausflugsboot lag, doch er sah den leeren Liegeplatz schon von weitem.

»Tja, da kann man nichts machen.« Er sah sich nach Henry um, der auf einen Mann zulief, welcher vom Hafen auf sie zukam.

David erkannte den Mann nicht sofort, doch als er das bärbeißige Gesicht und die kräftige Gestalt sah, winkte er. »Stan! Na, das nenne ich mal einen glücklichen Zufall!«

Der Expolizist wurde von Henry umkreist, doch er machte keine Anstalten, den Hund zu streicheln. Stanley Millers Miene wirkte noch grimmiger als bei ihrer ersten Begegnung. Die kurzen grauen Haare standen borstig von seinem Kopf ab, und die wässrigen Augen wanderten lauernd umher.

»Zufall? Du hast doch im Red Lion nach mir gefragt.« Stanley Miller stand jetzt vor ihm.

»Wir müssen uns gerade eben verpasst haben. Ja, ich wollte mit dir sprechen, Stan.«

Miller kam leicht wankend auf ihn zu, lehnte sich Halt suchend an ein Gerüst und wischte sich die Stirn. Eine Dunstwolke aus Schweiß, Alkohol und Pfefferminz umgab den ehemaligen Detective, und David bedauerte den Mann, der dem Leben keine Freude mehr abzugewinnen schien.

»Verflucht!« Miller würgte und übergab sich direkt neben das Holzgerüst, auf dem ein halbfertiger Bootskörper ruhte.

David sah sich nach einer Sitzgelegenheit um, entdeckte eine Holzkiste und lotste Miller dorthin, nachdem er ihm ein Taschentuch gegeben hatte.

»Danke. Ich kann mich selbst nicht ertragen, so wie ich jetzt bin, aber ohne meinen Schnaps überstehe ich den Tag nicht mehr. Und weißt du …«, er stützte die Hände auf die Knie und sah David von unten aus müden, desillusionierten Augen an, »… ich kann's auch nicht mehr ändern. Ich gehe meinen Weg jetzt so zu Ende. Irgendwann nageln sie den Deckel über mir zu, und dann habe ich meine Ruhe.«

»Bis dahin hast du noch eine Weile, Stan, und könntest mir mit deiner Erfahrung als Polizist helfen.«

»Hm?«, brummte Miller und drückte sich das Taschentuch an die Stirn.

David berichtete von Angel und ließ kein Detail aus. »Und jetzt ist er verschwunden. Das ist doch seltsam! Da muss es einen Zusammenhang geben!«

Miller kratzte sich den stoppeligen Bart. »Bei solchen Galgenvögeln weiß man nie, warum sie plötzlich verschwinden. Und dieser Angel ist ein Früchtchen, wie es im Buche steht. Mit siebzehn hatte er bereits ein ellenlanges Strafregister – Diebstahl, Betrug, Prostitution, aber gewalttätig war er nie!«

»Hat er mal mit Kinderprostitution zu tun gehabt?«

»Nein. Jedenfalls nicht zu meiner Zeit. Du denkst, dass er den Jungen damals missbraucht hat, nicht wahr?« Miller kramte eine Zigarettenschachtel hervor und hielt sie David hin, doch der schüttelte den Kopf. »Angel ist nicht der Typ, der sich an kleine Jungs ranmacht. Transvestiten sind sehr selten gewalttätig. Er ist ein bemitleidenswerter Paradiesvogel, einer, der im falschen Körper zur Welt gekommen ist und nie wirklich eine Chance hatte. Er hat genommen, was er kriegen konnte, aber wenn, dann wurde er misshandelt oder verprügelt, nicht umgekehrt.«

»Aber er soll mit Drogen dealen. Und was ist, wenn Simon ihn zufällig bei irgendeiner illegalen Aktion beobachtet hat?«

Stan Miller hustete und stieß den Rauch aus. »Selbst wenn … Ich halte es für höchst unwahrscheinlich, dass er dem Jungen etwas angetan hat. Ich werde mir seine Akte ansehen, vielleicht fällt mir etwas auf.«

»Du bekommst noch Akteneinsicht?«, fragte David ungläubig.

»Es gibt noch Jungs bei der Truppe, die mir einen Gefallen schulden. Gib mir deine Nummer, David. Ich ruf dich an. Jetzt hast du mich alten Bluthund auf die Fährte gesetzt.« Er grinste, die Zigarette in den zittrigen Fingern, und David zückte ohne Zögern seine Visitenkarte.

Ally stand in ihrem Hotelzimmer und zog die blauweißen Vorhänge für eine bessere Sicht auf das Meer zur Seite. Da sie kaum etwas ausgepackt hatte, brauchte sie nicht lange, um die wenigen Sachen, die noch herumlagen, in ihren Koffer zu legen. Ihr Notebook stand auf dem Tisch, und sie kontrollierte ihre E-Mails. Meg hatte ihr geschrieben, was in der Redaktion passierte, und wollte wissen, ob es ihr gut ging. Ally schmunzelte und schrieb ihrer Freundin einige Zeilen, in denen sie andeutete, dass David ihren Teenagerträumen mehr als entsprach.

Chloe Parker schickte eine ganze Liste mit Orten, die für die Reiseroute in Australien in Frage kämen. Sie sollte sich mit Nick absprechen. Seufzend lehnte Ally sich in ihrem Stuhl zurück. Das Leben ging weiter. Ihr altes Leben in London verlief in seinen gewohnten Bahnen, ob sie nun hier war oder nicht. Man erwartete sie zurück. Heute schoss ihr zum ersten Mal der Gedanke durch den Kopf, dass sie vielleicht gar nicht in ihr altes Leben zurückwollte. Sie hatte Angst davor, in ihrer kleinen Wohnung wieder von Einsamkeit und Albträumen überfallen zu werden.

Ally stand auf und trat auf den Balkon. »Ach, Simon …«

Der Wind trug ihre Worte über den Strand hinaus aufs Meer. Ally umklammerte die Brüstung und lauschte dem Rauschen der Wellen. Wovon sprachen die ewig rollenden Zungen des Meeres? Wussten sie von den Sehnsüchten und Schmerzen der Menschen, die sich ihnen anvertrauten und die sie tröstlich umfingen? Ein Schauer durchlief Ally. Und wenn Simon absichtlich zu weit hinausgeschwommen war, weil er Angst gehabt hatte? Angst vor wem? Oder war er nur übermütig gewesen, hatte sich überschätzt?

Bevor sie sich quälenden Spekulationen hingab, die, wie sie nur zu gut wusste, zu nichts führten, wollte sie nach Paige fragen. Als sie vorhin durch die Lounge gegangen war, hatte sie Rosie gehört und hoffte, dass auch ihre Mutter noch im Hotel war. Ally klappte das Notebook zu und verließ mit ihrem Gepäck das Zimmer. Jennifer hatte Dienst an der Rezeption.

»Hallo, Mrs Carter. Sie wollen uns schon wieder verlassen?«

»Nein, ja …« Ally legte die Karte auf den Tisch. »Ich bleibe noch ein wenig in Aberaeron.«

Jennifer lächelte. »Es gibt viele Gäste, die immer wieder herkommen. Ich glaube, Wales hat etwas Magisches.«

»Ganz sicher. Ist Mrs Darby in ihrem Büro?«

»Ja. Möchten Sie sie sprechen?«

»Wenn es passt, sehr gern.«

Jennifer verschwand in den hinteren Räumen, kam zurück und winkte Ally. »Nehmen Sie doch einen Augenblick hier in Erins Büro Platz. Mrs Darby hat gleich für Sie Zeit.« Jennifer blieb in der Tür stehen. »Ihr Kollege, der Fotograf, ist wohl diesmal nicht mitgekommen?«

»Nein.« Ally lächelte. »Er ist in London und bereitet eine Australienreportage vor.«

»Oh, schade … Gut für ihn. Sie haben wirklich einen tollen Job!« Mit leicht geröteten Wangen entfernte sich die junge Rezeptionistin und überließ Ally ihren Gedanken.

Doch aus dem Nachbarbüro ertönten laute Stimmen, und Ally wurde unfreiwillig Zeugin einer ehelichen Auseinandersetzung.

»Das hat mein Vater nie gesagt!«, rief Paige.

»Das denke ich mir doch nicht aus! Natürlich hat dein sauberer Vater das gesagt, und sogar noch viel mehr, aber das werde ich in Gegenwart unserer Tochter nicht wiederholen«, donnerte Robert.

Rosie weinte, und Paige schien sie zu beruhigen.

»Ach ja, und wo wir schon dabei sind, eine Rechnung aufzumachen: Sag deiner Tochter, dass sie ihre Nase aus meinen Sachen halten soll. Hast du das verstanden, Fräulein Naseweis? Daddy hat dir verboten, in seinen Sachen herumzuschnüffeln!« Roberts Stimme war schneidend.

Dabei hatte er sich gestern noch solche Mühe mit einem teuren Geschenk gemacht. Was für ein Heuchler, dachte Ally. Kaum gibt es Probleme mit seinem Kind, dreht er durch.

»Es reicht, Robert. Verschwinde. Siehst du, was du mit deinem Zorn anrichtest? Willst du das? Ich dachte, du wolltest nicht so werden wie dein Vater … Lass uns allein und komm erst wieder, wenn du dich im Griff hast, Robert Darby!«

Eine Tür wurde aufgestoßen, und Ally konnte von ihrem Stuhl aus sehen, wie Robert mit hochrotem Kopf durch den Gang stürmte. Mit großem Unbehagen erhob Ally sich und lugte vorsichtig um die Ecke.

»Ally, komm rein. Tut mir leid, dass du schon wieder mit anhören musstest, wie wir uns angiften. Ach, meine Kleine. Daddys sind manchmal so. Das legt sich wieder, und er war nicht böse auf dich, sondern auf Mummy.« Paige saß auf einem Sofa und hielt ihre weinende Tochter im Arm.

»Ich will nicht stören, Paige, wollte mich eigentlich nur verabschieden und bedanken«, begann Ally vorsichtig. »David und ich …«

Paige winkte ab. »Verstehe schon, Ally.« Sie zwinkerte ihr zu. »Aber, einen Kaffee trinken wir noch zusammen, ja? Bitte, das wäre das Mindeste, was ich tun kann.« Paige strich ihrer Tochter eine Locke aus der Stirn. »Schokoladenkuchen, Engelchen, was sagst du dazu?«

»Ja, den mag ich«, schluchzte die Kleine, deren Wangen tränennass waren. Die großen blauen Augen auf ihre Mutter gerichtet sagte sie sehr ernst: »Ich war in Daddys Büro, aber ich habe nicht geschnüffelt. Ich wollte mir die Glaskugel ansehen, die mit dem Schmetterling drin! Wenn Daddy da ist, zeigt er sie mir, und ich wollte nachsehen, ob der Schmetterling noch drin ist!«

»Ach, Schätzchen, nächstes Mal fragst du mich einfach, in Ordnung? Daddy hat jetzt viel um die Ohren, und da ist er dann nervös und reagiert sehr dumm.« Langsam hob Paige ihre Tochter von ihrem Schoß und küsste sie liebevoll auf die Wangen. »Lauf doch schon mal vor und sieh nach, ob noch genug Schokoladenkuchen da ist.«

Rosies Augen leuchteten. Sie schlang die kleinen Arme um den Hals ihrer Mutter. »Ich hab dich lieb, Mummy.«

»Ich dich auch, Schätzchen, und jetzt ab mit dir. Wir kommen gleich nach.« Als Rosie verschwunden war, brachte Paige ein wenig überzeugendes Lächeln zustande. »Du willst uns also verlassen?«

»Ich mag das Talbot sehr …«

»Aber ein Hotel ist nur ein Hotel, egal, wie komfortabel es ist. Du musst dich nicht entschuldigen, ich freue mich für euch.« Paige warf einen letzten Blick in ihren Terminkalender. »Was ist denn das überhaupt für eine Geschichte mit diesem Angel? Robert wollte mir nichts darüber sagen.«

Warum sollte sie es Paige nicht erzählen? Ihr Mann wusste Bescheid, da war es nur fair, es ihr ebenfalls zu erzählen. In knappen Worten schilderte Ally, wie sie David vor zehn Jahren kennengelernt hatte. »Und David und ich sind davon überzeugt, dass Simon nicht durch einen dummen Unfall ertrunken ist. Es ist einfach nicht stimmig.«

Paige hatte ihr aufmerksam zugehört. »Wie furchtbar, Ally. Ich habe keine Geschwister, aber allein der Gedanke, dass Rosie etwas zustoßen könnte, macht mich ganz irre. Ich kann deine Zweifel verstehen. Leider war ich damals noch nicht hier, sonst könnte ich dir vielleicht helfen. Robert ist ja immer unterwegs.« Sie hob ergeben die Hände. »Vielleicht muss ich ihn einfach so nehmen.«

»Kann doch auch sein, dass er sich wieder beruhigt. Finanzielle Sorgen können einen Menschen zermürben.« Vor allem, wenn man vor einem erfolgreichen Schwiegervater bestehen muss, dachte Ally.

Bevor Paige sich der Tür zuwandte, sagte sie: »Du musst mich für eine schrecklich egoistische Person halten. Dauernd rede ich nur von mir und meinen Problemen. Es ist mir nur so unangenehm, dass Robert so laut wird und alle von unseren Streitereien erfahren. Ich bin das einfach nicht gewöhnt. Manchmal sollte man auf seine Eltern hören, aber wer tut das schon ...« Sie hielt die Tür auf. »Bitte, Ally, du sollst das Talbot mit dem Geschmack der köstlichsten Schokocremetorte auf der Zunge verlassen, die du je gekostet hast.«

Und Paige hatte tatsächlich nicht zu viel versprochen. Ally aß ein ganzes Stück Schokoladenkuchen und bereute nicht einen Krümel. Sie saßen in der Bar, die am Nachmittag als Café und Bistro fungierte, und Rosie schleckte sich die klebrigen Finger ab.

»Mrs Darby, die Gäste aus York, die gestern gekommen sind ...« Jennifer stand mit unglücklichem Gesicht hinter ihnen.

»Sie behaupten, dass das Wellnessangebot auch das Abendessen beinhaltet, und sie wollen andere Zimmer, weil die Betten nicht gut sind, und … sie waren nicht höflich zu mir, haben mich als dämliche kleine …«

Paige schüttelte energisch den Kopf. »Oh nein, so nicht! Es steht alles genau in dem Angebot. Und die Betten sind neu! Sind das die Herrschaften, die ich vorhin in der Lobby gesehen habe?«

Jennifer nickte.

»Ich regle das. Ally, entschuldige mich bitte.« Paiges Gesicht nahm einen kühlen, professionellen Ausdruck an.

Rosie versuchte, sich die Hände an ihrer Serviette abzuwischen, doch das Papier klebte in Fetzen an ihren Fingern. »Kannst du mir helfen, Ally?«

»Natürlich. Wo sind denn die Toiletten?«

Rosie hüpfte von ihrem Stuhl. »Zeig ich dir. Nimmst du meinen Rucksack?«

Ein kleiner pinkfarbener Rucksack hing über der Lehne von Rosies Stuhl. Ally nahm ihn mit und ging mit dem kleinen Mädchen durch die Bar. Hinter der Theke führte eine Treppe zu den Toiletten hinunter. Rosie lief voraus.

»Ich kann das allein. Wartest du hier auf mich?«

»Ja, mache ich.« Ally lehnte sich an das Treppengeländer und hielt den Kinderrucksack in den Händen. Er war mit bunten Blumen bestickt, einige Miniplüschtiere hingen an einem Band heraus, und auf einer Klappe steckten verschiedene Buttons, die Ally an Simon erinnerten. Allerdings waren das hier keine Sportabzeichen, sondern Smileys und dergleichen.

Es dauerte nicht lange, und Rosie kam die Treppen heraufgehüpft. »Danke, dass du auf meine Teddys aufgepasst hast.« Sie hängte sich den Rucksack über die Schultern. »Die sind nicht gern allein.«

»Und du auch nicht, oder? Ich hatte einen kleinen Bruder, der mich auch oft gefragt hat, ob ich ihn begleite.«

»Und was macht der jetzt? Ist er schon groß?« Unschuldige Kinderaugen sahen sie neugierig an.

Sanft strich Ally über die blonden Locken. »Nein, ist er nicht. Na komm, wir suchen deine Mama.«

»Wenn er nicht groß ist, was macht er dann? Ich wachse ziemlich schnell!«, plapperte Rosie weiter.

»Er ist jetzt ein Engel, Rosie. Weißt du, was das bedeutet?«

»Na klar weiß ich das. Granny Esme hat mir gesagt, dass Grandpa ein Engel ist. Wenn man nicht mehr hier auf der Erde ist, kommt man in den Himmel.«

Obwohl Ally eher nach Weinen als nach Lachen zumute war, konnte sie nicht umhin, die Kinderlogik anzuerkennen. Allerdings bezweifelte sie, dass Robert Darbys Vater in den Kreis der Engel aufgenommen worden war. Aber wer konnte schon wissen, was nach dem hier kam …

»Ally?«

»Ja?« Sie verscheuchte die trüben Gedanken und sah das kleine Mädchen an.

»Kommst du morgen wieder? Ich will dir was zeigen.«

»Wie wäre es morgen Nachmittag so um drei Uhr?«

»Okay!«

»Hier steckst du, Rosie!« Robert Darby trat plötzlich um die Ecke, und Ally konnte sich des Gefühls nicht erwehren, dass er schon länger dort gestanden und sie belauscht hatte. Wie hieß es doch gleich, Lauscher an der Wand hört die eigene Schand?

»Robert, ich habe mich gerade mit deiner Tochter unterhalten. Du kannst sehr stolz auf sie sein.«

Die missmutige Miene des Hotelbesitzers hellte sich ein wenig auf. »Bin ich doch auch. Nur ich …« Liebevoll küsste er Rosie auf die Stirn. »Daddy ist manchmal ein Idiot. Ich habe mit Mummy gesprochen. Was hältst du davon, wenn wir uns das Schmetterlingshaus ansehen?«

Rosies Augen wurden groß. »Oh ja! Das ist toll!«

Robert, der übernächtigt und sorgenvoll wirkte, erklärte: »Es gibt eine kleine Anlage aus Gewächshäusern bei Aberporth. Grüß David von mir. Ich rufe ihn noch an. Bis dann, Ally.«

30

David gestand sich ein, dass er seit Allys Umzug in sein Cottage wesentlich lieber dort war. Henry war zwar ein ausgezeichneter Begleiter, aber es gab Dinge, die konnte ihm nur Ally bieten.

»Was grinst du so? Du hast an etwas Unanständiges gedacht.« Ally rollte sich auf ihn und setzte sich auf. »Es ist beinahe elf Uhr, und wir haben noch nichts getan.«

»Das würde ich nicht sagen …« Er legte die Hände um ihre Hüften und bewegte sie so, dass sie leicht die Lippen öffnete und den Hals zurückbog. Ihre langen Haare fielen über ihren geschmeidigen Körper, und allein der Anblick entfachte seine Begierde aufs Neue.

Ihre Augenlider senkten sich, und sie ließ ihre Hände über seine Brust gleiten. Sonnenstrahlen fielen durch das Oberlicht auf ihr Bett und tanzten über ihre nackten Körper. Ihre wilden dunklen Locken verliehen Ally etwas Ungezügeltes, das ihrem Wesen entsprach, obwohl er das nie erwartet hätte. Aber er hatte sie nicht gekannt. Und jetzt, da er sie endlich gefunden hatte, wollte er jeden Zentimeter ihres wundervollen Körpers und jede Facette ihres faszinierenden, widersprüchlichen Charakters ergründen. Nein, korrigierte er sich, alles würde er nie über sie wissen, und das war gut so. Jeder hatte eine geheime Ecke seines Herzens, eine Kammer, in der Gedanken verschlossen waren, die nur einen selbst etwas angingen. Das hatte ihn an Susan gestört, sie kannte keine Grenzen, zerredete alles und war beleidigt, wenn er schwieg.

Allys Augen waren so unergründlich wie ein schottischer

Bergsee, und als sie sich vorbeugte und ihn küsste, dachte er an gar nichts mehr.

Nach einem ausgiebigen Frühstück gingen sie zum Strand, wo Henry sich austoben konnte und sich zur Strafe für die morgendliche Vernachlässigung in einem toten Fisch wälzte. Als der Setter begeistert mit einer glibberigen Schwanzflosse zu ihnen kam, rief David: »Nein, stinkendes Monster! Such dir ein neues Zuhause!«

Ally lachte und hielt sich die Nase zu. »Wow, das ist unglaublich. Ich wusste nicht, dass alter Fisch derartig übel riechen kann!«

»He, ihr Turteltäubchen!«, rief eine vertraute Stimme von den Dünen, die an dieser Stelle flach waren und unterhalb der auslaufenden Hafenmauer begannen.

David scheuchte seinen Hund weg, der das für ein großartiges Spiel hielt. »Connor!«

Die silbergraue Mähne seines Freundes schimmerte im wechselhaften Licht des bedeckten Himmels. Am Nachmittag waren Wolken aufgezogen, mit dem Sommerwetter war es vorerst vorbei. Connor stand breitbeinig und mit den Händen in den Hosentaschen im Dünengras und wartete. Erst als sie ihn erreichten, bemerkten sie seine düstere Miene.

»Was ist passiert? Ist was mit Alfie?«, fragte David.

»Nein.« Connor gab Ally die Hand. »Dachte mir, dass du wiederkommst. Nicht so schnell, aber das spricht für dich, David.«

David legte seinem Freund die Hand auf die Schulter. »Mach's nicht so spannend.«

»Angel ist tot. Man hat ihn heute Morgen bei den Klippen von Dinas Head gefunden.«

Bestürzt sahen sich David und Ally an. »Wie ist er gestorben?«, fragte David.

»Das wollten sie mir nicht sagen. Ich hab's von Miller, der dich übrigens sprechen will. Er faselte etwas von einer alten Sache und dass Angel ein Erpresser war. Macht das für dich Sinn?« Connor drehte sein zerfurchtes Gesicht dem Hafen zu. »Alfie ist mal wieder auf Sauftour. Der letzte Fischzug war eine Katastrophe, danach hat er sich zugeschüttet und seinen Sohn hängen lassen. Verdammt, manchmal möchte ich den Kerl verprügeln, aber das hat bisher auch nichts genutzt.«

»Weiß man, wann er gestorben ist?«, fragte Ally und packte Davids Arm. »Vielleicht ist es unsere Schuld! Wir haben Fragen nach damals gestellt, und plötzlich ist er tot!«

David nahm sie in den Arm und gab seinem Freund ein Zeichen, das Thema nicht weiter zu verfolgen. »Ally, nein, denk nicht an so was. Miller hat sicher etwas über ihn herausgefunden. Wir sollten mit ihm sprechen, dann sehen wir weiter. Wir tragen keine Schuld an seinem Tod!«

Er drückte sie an sich, während sie verzweifelt gegen ihr Schluchzen ankämpfte. Sein Handy klingelte. »Ach verflucht ...«

Ally machte sich von ihm los. »Geh schon ran. Ist okay.«

»Professor Nowell! Wie geht es Ihnen?«

Connor stand fest wie ein Fels in der Brandung im Sand. Er schien mit der Landschaft verwachsen und strahlte eine unerschütterliche Ruhe aus.

»Das lässt sich einrichten. In einer Stunde. Ich danke Ihnen!« David beendete das Gespräch. »Ich muss kurz nach Aberystwyth. Es geht um die Lehrstelle. Danach gehen wir zu Miller. Wo finden wir ihn? Hast du seine Nummer, Connor?«

Connor Hewett nickte und wollte Henry streicheln, rümpfte jedoch die Nase. »Uhh, der Köter stinkt!«

Ally sah auf ihre Uhr. »Oh nein! Beinahe drei, und ich hatte Rosie versprochen, sie heute zu treffen, sie wollte mir unbedingt etwas zeigen.«

»Das ist doch kein Problem. Ally, ich fahre jetzt nach Aberystwyth, und dann treffen wir uns später im Talbot, oder du rufst mich an. Ich hätte dir Henry hiergelassen, aber ich muss ihn erst waschen. So kann er nirgends hinein. Schon gar nicht ins Hotel. Da bekommt Paige einen Schlag!« David grinste.

Gemeinsam gingen sie zurück. Connor verabschiedete sich am Bootssteg, wo eine Touristengruppe auf ihn wartete. Nur ungern ließ David Ally jetzt allein, aber sie schien Rosie gern zu haben, und die Ablenkung würde ihr guttun. Wer wusste, was noch auf sie zukam, wenn Stan tatsächlich einen Hinweis auf eine Verwicklung von Angel in Simons Tod hatte. An der Hafenbrücke nahm er sie in den Arm. »Ich bin nicht lange weg, und dann sehen wir weiter. Unternimm nichts auf eigene Faust, Ally. Versprichst du mir das? Miller ist ein hartgesottener Kerl.«

Ally schnaufte. »Musst du nicht betonen. Ich war damals so wütend auf ihn!« Sie gab David einen Kuss und betrat die Brücke. »Bis später!«

Er sah ihr nach, wie sie mit geradem Rücken und ernster Miene über die Brücke eilte. Eine zierliche Frauengestalt, bei deren Anblick er das Gefühl hatte, sie beschützen zu müssen. Seufzend machte er sich auf den Weg zu seinem Haus. »Komm, Henry. Auf dich wartet der Gartenschlauch.«

Ally mochte die kleinen bunten Häuser, die sich um die Kirche am Ende des Hafens versammelt hatten. Die strahlend bunten Fassaden verliehen dem Ort etwas Lebendiges, und die grünen Hügel im Hintergrund sowie die Hafenanlage mit den Segelbooten taten ein Übriges. Der Ort hatte sich verändert, genau wie sie, und das war gut so. Für ein Gespräch mit ihrer Mutter fühlte sie sich noch immer nicht stark genug. Später, dachte sie, später, wenn ich Antworten habe, dann kann ich mich deinem vorwurfsvollen Blick stellen, Mutter. Was auch immer sie einander sagen würden, es würde nie wieder wie früher sein. Sie hatte das unerschütterliche Vertrauen, das Kinder in die Liebe ihrer Eltern haben sollten, verloren. Dieses Gefühl nagte kaum weniger heftig an ihr als Simons Tod.

Sie trat auf der anderen Seite der Brücke auf den Fußweg, ließ einen Fahrradfahrer vorbei und ging an der Kaimauer entlang. Der Geruch von Seegras und Schlick stieg ihr in die Nase. Ein ramponiert aussehendes Fischerboot lag vor Anker, wahrscheinlich Alfies Boot. Für die meisten Fischer war es fast unmöglich geworden, ihrem über Generationen ausgeübten Beruf nachzugehen. Es war traurig, dass die Großunternehmen alles aufkauften und die Fanggründe ausbeuteten.

Als Ally eine Gruppe fröhlich plaudernder Touristen sah, die aus dem Talbot kamen, schob sie die negativen Gedanken beiseite und hielt nach Rosie Ausschau. Das Hotel wachte in stolzer blau-weißer Pracht über den Hafen. Auf der Terrasse waren die meisten Tische besetzt. Unter den Gästen entdeckte sie das kleine Mädchen nicht und wollte nach drinnen gehen. Vielleicht hatte Rosie auch vergessen, dass sie verabredet waren.

Sie war im Begriff, die Eingangstür aufzudrücken, als sie Robert hinter sich hörte: »Hallo, Ally!«

»Robert, wie geht es dir?« Sie wandte sich um und stand Paiges Ehemann direkt gegenüber. Er wirkte blass und angespannt.

Nervös spielte er mit seinem Autoschlüssel. »Nicht so gut. Wo ist David?«

»In Aberystwyth. Er bespricht etwas mit Professor Nowell.«

»Ach ja?«

»Du weißt es noch nicht, oder? David wird ab September für ein Jahr eine Lehrtätigkeit übernehmen, nicht hier, in Glasgow. Ich glaube, er freut sich darauf. Manchmal dauert es, bis man findet, was einem wirklich Spaß macht.« Sie biss sich auf die Lippen, als sie Roberts verstimmte Miene sah. »Es ist eine halbe Stelle, soweit ich das verstanden habe.«

»Eine halbe Stelle?« Hoffnung glomm in Roberts Blick auf. »Versteh mich nicht falsch, aber ich brauche ihn. Glasgow ist nicht aus der Welt, ist nicht ideal, aber … Wir sind ein gutes Team, und ohne seine Ideen wäre ich aufgeschmissen.«

Aus dem Hotel drängte eine Gruppe Gäste nach draußen, und Robert und Ally traten zur Seite. Ein Regentropfen fiel auf ihre Hand, und Ally schaute nach oben. Der Himmel bot ein beinahe unwirkliches Schauspiel. Durchdringend helles Blau auf einer Seite und graue bis schwarze Wolken auf der anderen.

»Das Wetter schlägt so schnell um an der See, das ist direkt unheimlich!«, sagte sie.

Robert nickte abwesend. »Es wird Gewitter geben. Irgendwann wird es krachen …«

Seine Stimme klang gepresst, und Ally fragte sich, welche Sorgen ihn plagten. »Aber irgendwann scheint auch die Sonne wieder«, wagte sie eine zaghaft tröstliche Prognose.

»Ja? Ist das so? Ich hoffe es. Ally, es gibt etwas, was ich dir sagen möchte. Ich … es ist wegen … Wartest du auf jemanden?«

»Auf Rosie! Sie wollte mir etwas zeigen. Es klang sehr geheimnisvoll. Sie ist ein großartiges Mädchen.« Hatte er gestern nicht dabeigestanden, als sie sich verabredet hatten? Oder war er danach gekommen? Aber Robert wirkte so abwesend und mit anderen Dingen beschäftigt, dass er solche Nebensächlichkeiten sicher vergessen hatte.

»Ja, ja, natürlich, das ist sie.«

»Wäre es nicht schön, wenn man die Welt noch einmal mit unschuldigen Kinderaugen betrachten könnte? Wenn wir die Magie eines Holzkelchs spüren könnten? Mein Bruder hat an solche Dinge geglaubt. Er wollte ihnen wissenschaftlich auf den Grund gehen.« Sie lächelte und spürte erste Regentropfen auf ihrem Gesicht. »Er war besessen von der Legende um den Heiligen Gral und ist auf der Suche nach dem Kelch, der ewiges Leben schenken soll, gestorben. Ist das nicht zynisch?«

»Warum erzählst du mir das, Ally?« Robert stand dicht vor ihr, und sie spürte seinen schnellen Atem.

Ally fühlte Wut in sich aufsteigen, Verzweiflung und Ohnmacht. »Ich weiß es nicht. Vielleicht kann ich nicht verstehen, dass du dein Glück mit Füßen trittst. Du hast eine Frau und eine wundervolle kleine Tochter und behandelst sie wie lästige Anhängsel. Du hast sie nicht verdient, Robert.«

»Wenn du wüsstest, wie recht du hast … Sie sind besser dran ohne mich«, sagte er düster.

Ein Blitz zuckte durch die Wolken, die dunkle Schatten auf die Erde warfen, und der Himmel öffnete seine Schleusen. Bald darauf grollte in einiger Entfernung der Donner. Ally starrte Robert an, dessen Gesicht im weißen Licht des folgenden Blitzes zu einer Maske verzerrt schien. Sie wusste nicht, ob sie Mitleid oder Angst haben sollte, doch als eine Sturmbö um die Ecke fegte und Roberts Sakko aufschlug, ergriff sie blankes Entsetzen, denn sie erblickte den Griff eines Revolvers.

31

Professor Nowell begrüßte David freundlich und bot ihm einen Stuhl an. »Tee oder Kaffee?«

»Danke, Kaffee bitte. Tut mir leid, Professor, aber ich werde mich wohl für Glasgow entscheiden.«

Der kleine Mann mit den krausen Haaren zupfte an seiner Fliege und reichte ihm eine Espressotasse. »Es hätte mich gefreut, Sie für uns gewinnen zu können, aber ich kann Sie verstehen. Zumindest haben Sie mich auf die Idee gebracht, einen interdisziplinären Kurs anzubieten.«

Er setzte sich David gegenüber, holte ein Notizbuch hervor und schrieb etwas auf. Dann schob er David den Bogen zu. »Ich hätte Ihnen die Daten auch mailen können, aber so ist es persönlicher.« Nowell lächelte. »Die Nummern von Professor MacNulty und Sarah Cameron. Grüßen Sie besonders Sarah von mir. Sie wird Ihnen eine große Hilfe beim Zurechtfinden am Institut sein. Ist nicht so überschaubar wie hier bei uns.«

»Sie haben wirklich Glück mit dem Gebäude und der Lage.«

Nowell nickte. »Wir haben lange darum gekämpft, aber es hat sich gelohnt.«

Sie unterhielten sich noch einige Minuten, bis Nowell sagte: »Nun, ich wünsche Ihnen viel Erfolg, und vielleicht melden Sie sich bei Gelegenheit. Und wenn wir Expertenrat in Bezug auf Nash benötigen, hören Sie von uns.«

Der Professor entschuldigte sich, denn das Telefon läutete, und vor der Tür warteten Studenten. David war glücklich, wie sich alles entwickelt hatte, und verließ zufrieden das Büro. Wenn nur Ally endlich mit ihrer Vergangenheit abschließen könnte, dachte er. Er wünschte sich, dass sie die Antworten auf ihre Fragen erhielt, die ihr den Frieden schenken würden, nach dem sie sich sehnte, der ihre zerrissene Seele trösten könnte.

Dass sie gern mit ihm zusammen war, spürte er. Wenn sie sich leidenschaftlich liebten, vergaß sie alles andere. Aber auf die Dauer würde das nicht genügen. Es war wunderschön, und er genoss jede Minute mit ihr, aber er wollte, dass sie mit sich selbst glücklich war. Wenn ihr das nicht gelang, würde sie ihn irgendwann verlassen.

Als er die Tür öffnete, fegte eine Böe zwischen den Säulen hindurch, und er konnte es bereits donnern hören. Die Warmfront forderte ihren Tribut. Bedrohlich schwarz ballten sich die Wolken über Constitution Hill, dem Hügel am Ende der Bucht von Aberystwyth, zusammen.

Als erste dicke Regentropfen auf das Pflaster klatschten, nahm David drei Stufen mit einem Sprung und sprintete zu seinem Geländewagen. Er setzte sich hinter das Steuer, nahm sein Telefon und wählte die Nummer, die Connor ihm gegeben hatte.

»Stan? Hier ist David, der Architekt.«

»Ich weiß, wer du bist. Ich bin zwar oft besoffen, aber mein Gehirn funktioniert noch einwandfrei. Wieso meldest du dich erst jetzt?« Stan Miller klang ungehalten, aber seine Aussprache war klar.

»Tut mir leid, es kam etwas dazwischen. Hast du Neuigkeiten zu Angels Tod?«

»Und was für welche. Meine Güte, wäre ich doch damals meinem Instinkt gefolgt … Aber diesmal kann sich der Bürgermeister auf den Kopf stellen, das Ding kommt an die Presse!«

»Was denn, Stan? Was?« Ungeduldig trommelte David auf sein Lenkrad.

»Angel wurde von den Klippen gestoßen und ist dann ertrunken!«

»Ertrunken?« Es überlief David eiskalt. Wie Simon!

»Ich stelle mir das so vor, dass Angel seinen Mörder kannte, die beiden sich gestritten haben, und dann hat der ihn die Klippe hinuntergestoßen. Vielleicht hat der Mörder unten nachgesehen, ob sein Opfer auch tot ist. Die Verletzungen vom Sturz waren erheblich, aber nicht sofort tödlich. Es war Flut. Das Wasser war dicht, aber nicht dicht genug an den Klippen, dass ein Körper direkt hineingefallen wäre. Der Mörder müsste also nachgeholfen haben, indem er Angels Kopf einfach unter Wasser gedrückt hat, oder Angel war bewusstlos und ist im steigenden Wasser ertrunken.«

»Aber Simon ist nicht von der Klippe gefallen oder gestoßen worden. Könnte es dennoch einen Zusammenhang geben?«

»Meine Erfahrung sagt mir, dass es zwischen diesen beiden Vorfällen eine Verbindung gibt. Es sind Kleinigkeiten, auf die ich noch nicht den Finger legen kann, aber ich hab's im Urin – das ist derselbe Täter.«

Das Gewitter kam näher, es donnerte jetzt lauter, der Regen prasselte auf die Windschutzscheibe, und ein Blitz zerriss den dunklen Sommerhimmel.

»Ich höre dich kaum!«

»Bin noch in Aberystwyth, und das Gewitter ist direkt über mir!«, rief David, um den Lärm zu übertönen. »Und was können wir jetzt tun? Wie gehen wir vor?«

»Du hast genug getan. Du und deine Freundin, ihr solltet euch bedeckt halten. Fahrt weg. Wir wissen jetzt, dass der Kerl gefährlich ist, zu allem bereit. Ich werde meine ehemaligen Kollegen von meiner Theorie überzeugen müssen, aber das ist auf einem guten Weg. Peter Kyffin, der Cousin meiner verstorbenen Frau, ist zum Detective befördert worden. Bei ihm habe ich einen Stein im Brett.« Miller hustete. »Glaub es oder nicht, aber der Kerl hat mal gesagt, dass er viel von mir gelernt hat.«

Auch wenn Miller heute ein Wrack war, er hatte ein Gespür

für Verbrechen, und David meinte es zutiefst ehrlich, als er erwiderte: »Davon bin ich überzeugt, Stan. Danke für deine Mühe. Besonders für Ally bedeutet das eine Menge.«

»Ja, verdammte Sache. Es gibt ungeklärte Fälle, die liegen einem bis zum Ende auf dem Magen. Aber diesen hier, den knacken wir!«

»Hattest du denn damals jemand in Verdacht?«

Es blieb einen Augenblick still, und David meinte, den Expolizisten denken zu hören, doch Miller sagte: »Es gab einige aus der Homosexuellenszene, die ich auch vernommen habe, aber alle Spuren verliefen im Sand. Dann war da ein Typ wie dieser Kerl aus dem Caravanpark, ein reicher Farmer aus der Nähe von Tregaron. Der steckte bis zu seinem schmutzigen Hals in Kinderpornographie. Aber der hatte ein Alibi und ist inzwischen verstorben. Wenn es uns gelang, solche Dreckschweine einzubuchten, war das für mich die Bestätigung, dass ich den richtigen Beruf hatte. Alle Verbrechen sind widerwärtig, aber Verbrechen an Kindern sind in meinen Augen das Verabscheuungswürdigste, wozu der Mensch fähig ist.«

»Aber es gab doch keine Spuren von Missbrauch an Simon?« David hatte so gehofft, das wäre Simon erspart geblieben.

»Nicht direkt, aber David, diese Mistkerle vergnügen sich auf so verschiedene Arten an kleinen Jungen, das möchte ich dir ersparen. Das Perfide ist dabei, dass oft keine Spuren zurückbleiben. Deshalb kann diese Art von Missbrauch oft über Jahre unentdeckt innerhalb von Familien stattfinden. Es gab Druckstellen, die auf Verletzungen durch die Felsen zurückgeführt wurden. Ich muss jetzt Schluss machen. Die Akte von Tom Paskin will ich mir noch ansehen.«

»Von Tom?« Doch die Verbindung wurde schlechter. »Morgen Mittag zum Lunch im Red Lion?« David musste brüllen, weil der Regen so heftig niederging.

»In Ordnung. Bis dahin weiß ich vielleicht schon mehr.«

David startete den Motor. Er hatte den nassen Henry zu Hause gelassen und wollte Ally von dort anrufen. Vielleicht war sie sogar schon dort. In Vorfreude auf das Wiedersehen summte er einen Song von Dougie MacLean mit, der gerade im Radio lief – *Caledonia*, was nichts anderes als Schottland bedeutete und eine Hymne auf seine Heimat war.

Weil der Regen während der gesamten Rückfahrt wie ein dichter Vorhang die Sicht behinderte, benötigte er doppelt so lange für die Strecke. Die steile Straße, die zu seinem Haus hinunterführte, hatte sich in eine schlammige Schotterpiste verwandelt, und David brachte seinen Wagen nur mit Mühe auf dem winzigen Parkplatz zum Stehen. Das Gewitter hatte auch Aberaeron erreicht, und ein Blitz schoss durch die dunkle Wolkendecke. Im aufglimmenden Licht sah David eine dunkle Gestalt unter dem Vordach seines Hauses stehen.

Da er Ally einen Schlüssel gegeben hatte, konnte sie es nicht sein. Sie würde sich nicht im Regen dorthin stellen, und Henry würde nicht wie ein Irrer im Haus bellen. Er warf die Wagentür hinter sich zu und rannte zum Eingang. Nach dem Gespräch mit Miller war er alarmiert und neugierig zugleich. Die Gestalt drehte sich um, und er erkannte das finstere Gesicht von Tom Paskin.

»Tom! Was bringt dich denn her?«, sagte David, um einen normalen Ton bemüht. Nichts anmerken lassen, dachte er.

Doch bei näherem Hinsehen wirkte der durchnässte Mechaniker so bedrückt wie jemand, dem man zwei Mahlsteine auf den Rücken gebunden hat. Ein hinterhältiger Mörder sah anders aus.

»Ich muss mit dir reden.«

»Aber nicht hier draußen. Komm rein!«

»Ich bin nass und schmutzig«, erwiderte Tom stur.

»Wenn du mir etwas zu sagen hast, komm rein!« David schloss die Tür auf und ging zuerst hinein, um Henry mit einem Knochen abzulenken. Der Setter war bei Gewitter nervös, und Tom kannte er nur vom Sehen.

Dann zog David seinen feuchten Pullover aus, trocknete sich mit einem Handtuch Gesicht und Haare und ging in die Küche. Aus dem Kühlschrank nahm er zwei Bierflaschen. Er hielt Tom, der seine nasse Jacke an die Garderobe gehängt hatte, eine Flasche hin.

»Danke.« Tom Paskin nahm einen tiefen Schluck und schaute auf seine derben Arbeitsschuhe. »Ich bleib hier stehen, komme gerade aus der Werkstatt. Connor hat seinen Pick-up vorbeigebracht und erzählt, dass Angel gestorben ist.«

David sagte nichts und beobachtete den Mechaniker.

»Du weißt, warum die Leute im Ort mich schneiden?«

»Es gibt Gerüchte. Missbrauch an deiner Stieftochter?«

»An meinem Stiefsohn.« Es fiel Tom offensichtlich sehr schwer, darüber zu sprechen, denn er schien nach jedem einzelnen Wort zu suchen. Bevor er weitersprach, leerte er die Bierflasche und stellte sie auf die kleine Bar. In seinem dunklen Bart und dem von grauen Strähnen durchzogenen Haar hingen noch Wassertropfen. »Ich habe drei Jahre für etwas gesessen, das ich nicht getan habe. Allerdings werde ich meine Unschuld nie beweisen, meinen Ruf nie wiederherstellen können. In den Köpfen der Leute bin ich der Kerl, der seinen Stiefsohn missbraucht hat.«

»Warum bist du wieder hier? Du hättest weggehen, woanders neu anfangen können.« David öffnete eine neue Bierflasche und schob sie Tom zu. Es donnerte und blitzte jetzt beinahe gleichzeitig. Das Gewitter entlud sich direkt über der Bucht. Warum meldete sich Ally nicht? Er legte sein Handy auf den Tisch. Wahrscheinlich spielte sie mit Rosie, oder sie unterhielt sich noch mit Paige. Obwohl er eigentlich keine Lust dazu hatte, sollte er mit Robert sprechen. Immerhin kannten sie einander schon lange genug, um offen miteinander reden zu können.

Tom starrte auf das Etikett der Bierflasche. »Das hätte ich tun können, aber das wäre wie ein Eingeständnis meiner Schuld gewesen. Jetzt müssen sich die Leute jeden Tag mit mir auseinandersetzen. Ob es ihnen gefällt oder nicht. Ich hab die Frau geliebt und wollte es versuchen, obwohl die Zwillinge mich von Anfang an abgelehnt haben. Aber wenn du verliebt bist, denkst du, dass du alles schaffen kannst.« Er setzte die Flasche an die Lippen und ließ den Gerstensaft in seinen Mund laufen. »Die Zwillinge waren hinterhältige, verlogene Bälger. Ihre Mutter wusste überhaupt nicht, was die beiden trieben. Jill und Jayden. Mir wird jetzt noch übel, wenn ich an die beiden Ratten denke.«

Sympathisch hatte David den Mechaniker nie gefunden, wie auch, so mürrisch, wie er sich gab. Und die Art, wie er über die Kinder seiner Ex sprach, gefiel ihm noch weniger, auch wenn Toms Wut womöglich berechtigt war. Ein Restzweifel bestand. Er kannte den Mann nicht weiter, konnte sich kein Urteil erlauben, nur er und die Kinder kannten die Wahrheit. Eine fatale Situation.

»Jill war ein frühreifes kleines Früchtchen und wollte mich verführen. Wie die Lolita aus dem Film, sagte sie immer und zeigte mir ihre festen kleinen Titten.« Paskin nahm einen weiteren Zug aus der Bierflasche. »Aber ich habe sie nicht angerührt. Ich bin doch nicht verrückt! So ein kleines Luder! Die wollte einen Keil zwischen ihre Mutter und mich treiben. Als ihr das so nicht gelang, hat sie sich diese verdammte Lüge mit ihrem Bruder ausgedacht. Gegen die beiden hatte ich keine Chance. Die haben ihre Geschichte einstudiert wie ein Theaterstück und sie perfekt gespielt. Ich glaube, Jayden hat das richtig Spaß gemacht, sich in aller Ausführlichkeit vor Gericht darüber auszulassen, was ich ihm angeblich getan habe. Er und seine Schwester waren verdorbene Früchtchen.«

»Warum erzählst du mir das ausgerechnet heute?« David horchte in das Unwetter hinaus, doch nur das Grollen der Elemente war zu hören.

Paskin rieb sich den Bart, und seine eng stehenden Augen

fixierten David. »Jill hat sich auch an Robert rangemacht, aber der wollte nichts von ihr wissen.«

»Sie war minderjährig! Da hätte er sich strafbar gemacht. Was …?« Worauf wollte der Kerl hinaus?

Paskin sah ihn scheel an, beinahe lauernd. »Robert war an Jayden interessiert. War ein hübscher Junge, schmächtig, sah viel jünger aus, als er war. Ich kann nicht sagen, was da tatsächlich gelaufen ist, vielleicht nichts. Robert ist schlau und würde sich nicht in Schwierigkeiten bringen.«

»Das ist doch Unsinn! Robert ist verheiratet! Er war immer ein Frauentyp!« Doch plötzlich erschien das, was Connor über die von Robert eingefädelte Verführung Jerrys durch Angel erzählt hatte, in einem ganz anderen Licht. In David stieg eine furchtbare Ahnung auf.

Nun war es an Tom, David zu beobachten, und wissend verzog er die Lippen und bleckte schiefe Zähne. »Sitzt du auf der Leitung, oder was? Robert hat was für kleine Jungs übrig.«

Sein Mund war plötzlich trocken, und David stützte sich Halt suchend an der Spüle ab. »Was noch? Was weißt du noch?«

»Ich weiß von der Geschichte mit Jerry und Angel. Armes Schwein, Jerry tut mir leid. Das war fies von Robert, aber es passt zu seinem Charakter. Ich weiß, dass ihr befreundet seid, aber ich weiß auch, dass du anders bist. Du bist mit dieser Journalistin aus London zusammen, nicht? Sie ist hübsch.«

Es donnerte erneut mit aller Macht, doch der Blitz folgte erst später. Das Gewitter verzog sich langsam.

»Tom! Zum Teufel, komm zur Sache!«

»Ja, ja, was wollte ich sagen, ich habe Robert ein paarmal mit Angel gesehen und mich gewundert, dass Robert sich mit so einem abgibt. Dann dachte ich bei mir, warum nicht, denn Angel vermittelt alles. Na ja, was gehen mich die sexuellen Neigungen anderer an? Vielleicht hat er sich auch nur Stoff bei Angel besorgt. Angel hatte immer irgendwas dabei. Wir alle rauchen doch ab und zu einen Joint. Wenn du wüsstest, was ich schon alles in den Luxusschlitten der englischen Touristen gefunden habe ...«

David war fassungslos. Er vermutete seit langem, dass Robert Affären hatte, aber dass es in die Richtung ging, hätte er beim besten Willen nicht für möglich gehalten. War Robert deshalb so unzufrieden, so aggressiv? Arme Paige, dachte David. »Aber das allein bedeutet doch nicht, dass Robert etwas mit Angels Tod zu tun hat. Darauf willst du doch hinaus, oder?«

»Ich habe gesehen, dass sie sich gestritten haben.« Tom stellte die zweite leere Bierflasche auf den Tisch.

»Aber das muss doch auch nichts heißen!«

»Vorgestern. Angel wollte Geld von Robert, und es ging um irgendwas von damals ...«

David zitterte am ganzen Körper. »Gott, nein, lass das nicht wahr sein, lass es nicht wahr sein ...« Robert war sein Freund, sie kannten sich seit über zehn Jahren! Und nie, nie hatte er bemerkt, dass Robert sich zu Männern hingezogen fühlte. Wenn das stimmte, was Tom andeutete, dann waren es ja auch keine Männer, sondern Jungen, an denen Robert interessiert war. Oh, lieber Himmel, nein, das durfte nicht wahr sein!

»Als ich das von Angel gehört habe, da kam alles zusammen, ich habe eins und eins zusammengezählt. Ich meine, es muss ja trotz allem nicht stimmen, dass Robert was mit den Sachen zu tun hat, aber ich wollte es dir sagen. Robert Darby ist jetzt ein großer Mann hier in Aberaeron. Er hat sich was erarbeitet, und wenn man schlecht über ihn redet, dann denken die Leute, man gönnt es ihm nicht. Und wenn ich zur Polizei ginge, was sollte ich denen sagen? Dass ich Robert und Angel im Pub gesehen habe? Ich habe ja den Wortlaut nicht mitbekommen. Vielleicht ging es um Erpressung, vielleicht auch nicht ... Zu wem sollte ich sonst gehen? Keiner glaubt einem wie mir«, sagte Tom Paskin mit heiserer Stimme.

David räusperte sich. »Ich glaube dir, Tom.«

Alles passte jetzt! Roberts seltsames Verhalten in den letzten Tagen und Wochen, seit Ally aufgetaucht war. Seine Flucht vor Paige, dass er sich ständig betrank, aggressiv und unkontrolliert war, das hing nicht mit seinen finanziellen Sorgen zusammen, zumindest nicht in erster Linie. Wenn es doch nur so wäre! Hastig griff David nach seinem Telefon und wählte Allys Nummer. Sie nahm nicht ab. Nur die Mailbox schaltete sich ein. Er versuchte es noch einmal, mit dem gleichen Erfolg. Nun wählte er Paiges Nummer.

Sie meldete sich nach einigem Warten. »Hallo?«

»Paige, ist Ally bei dir?«, fragte er atemlos.

»Wieso? David? Was ist denn mit dir los?« Paige klang irritiert.

»Sag mir einfach, ob sie bei dir ist!«

»Ja! Ja, sie ist hier. Sie ist mit Rosie in der Bibliothek!«

»Stimmt das auch? Weißt du das ganz sicher? Wo ist Robert?«

»Du machst mir Angst, David. Robert war vorhin kurz hier. Ich weiß nicht, wo er hinwollte. Wir haben uns gestritten und kommunizieren im Moment nicht sehr viel. Aber irgendetwas stimmt nicht mit ihm.«

Wenn sie wüsste, wie nahe sie der Wahrheit war, dachte David. Ausgerechnet jetzt, nachdem er mit Ally überall Fragen nach der Vergangenheit und Angel gestellt hatte, wollte der Geld wegen einer alten Geschichte von Robert? »Geh doch bitte nachsehen, ob Ally und Rosie dort sind. Bitte, Paige. Ich fahre jetzt los und bin gleich bei dir.«

»Aber …«

»Tu es einfach!« David legte auf und wählte Roberts Nummer, doch die Leitung war tot. »Verdammt.«

Tom hatte sich bereits seine Jacke angezogen.

»Komm, Henry!« David packte Handy und Autoschlüssel und verließ hektisch das Haus.

32

Als Robert bemerkte, dass sie auf sein Sakko starrte, knöpfte er es zu. »Geh hinein, Ally. Das gibt ein richtiges Unwetter.«

»Robert, was hast du mit der Waffe vor?«, rief sie in den Wind.

»Ich habe eine Verabredung, Ally, mit einem Geist ...« Das Brausen des Meeres verschluckte Roberts hysterisches Lachen, als er über die Straße zu seinem Auto rannte.

Mit durchdrehenden Reifen brauste er davon und ließ Ally ratlos und verängstigt zurück. Dicke Regentropfen prasselten aus den dunklen Wolken, und Ally eilte in die Lounge des Talbot Hotels. Dort wurde sie von Rosie erwartet, die mit ihrem pinkfarbenen Rucksack in einem Sessel saß und aufsprang, als sie Ally sah.

»Hallo, Ally! Du hast mich nicht vergessen!« Das kleine Mädchen strahlte.

»Aber nein! Versprochen ist versprochen.« Sie lächelte. »Was wolltest du mir denn Wichtiges zeigen, Rosie?«

»Siehst du die Anstecker an meinem Rucksack?« Sie hielt Ally die kleine Tasche hin. »Die sammle ich. Da kommen nur besonders schöne dran. Von Grandpa habe ich den hier bekommen, als ich meinen Freischwimmer gemacht habe, und den hier von Mummy.« Sie zeigte auf zwei neue Anstecker mit Wappen, einem Drachen, und auf einem war ein Schmetterling zu sehen. »Der mit dem Schmetterling ist von Daddy. Wir waren gestern im Regenwald! Es war ganz feucht und warm in den Glashäusern, und ganz viele riesengroße Pflanzen mit langen Armen wuchsen bis über unsere Köpfe. Und sie hatten so viele Schmetterlinge, so viele habe ich noch nie gesehen. Komm, wir gehen in das Zimmer mit dem Kamin. Da gibt es ein dickes Buch mit Tieren drin. Ich zeig dir die Schmetterlinge, weil ich die Namen vergessen habe.«

Rosie ergriff ihre Hand und zog sie mit sich durch die Lounge, in der sich inzwischen alle Gäste eingefunden hatten, die auf der Terrasse gesessen hatten.

»Oh, hallo, Ally! Ich wollte gerade nachsehen, ob du gekommen bist. Wir mussten uns so beeilen, pünktlich hier zu sein, weil Rosie dich nicht verpassen wollte.« Paige sah ihre Tochter an und schüttelte den Kopf. »Von mir hast du den Dickschädel nicht …« Aber sie lachte.

»Wir gehen jetzt zu den Büchern, Mummy. Ally soll die Schmetterlinge sehen, die ich gestern mit Daddy angeschaut habe«, sagte die Kleine.

»In Ordnung, aber wenn Ally losmuss, darfst du kein Theater machen«, warnte Paige.

»Phh, ich bin doch kein Baby.« Erhobenen Hauptes ging Rosie vorweg.

Ally zögerte. Sollte sie Paige von Roberts merkwürdigem Verhalten erzählen? »Paige, ich muss mit dir sprechen, wenn du kurz Zeit hast?«

Paige wirkte gehetzt. »Gleich, ich bin gleich bei dir.«

»Gut. Es ist wirklich wichtig. Ich bin bei Rosie.«

Die Wände des kleinen, behaglichen Kaminzimmers waren mit Bücherregalen bedeckt. Gemütliche Clubsessel und ein Schachtisch standen vor einem offenen Kamin. Rosie hatte den Rucksack abgelegt und stand vor den Regalen. »Du musst das da oben für mich rausholen!«

Als Ally das gewünschte Buch, einen großen Tieratlas, gefunden hatte, legte sie es auf einen Couchtisch. Bevor Rosie sich jedoch ans Heraussuchen der Schmetterlinge machte, kramte sie in ihrem Rucksack und holte einen kleinen Stoffsack hervor. Sie kippte den Inhalt auf das Buch. »Guck mal! Hast du solche Spielsteine schon mal gesehen? Die habe ich in Daddys Arbeitszimmer zu Hause gefunden. Ich darf da nicht rein, aber manchmal schleiche ich mich heimlich hinein und finde so tolle Sachen!«

Ally nahm eine der winzigen Figuren in die Hand, um sie genauer zu betrachten, und stutzte. Das Material war grüne Jade und die Figuren nackte Jungenkörper. Sehr detailgetreu, wie Ally fand. Sie nahm eine Figurengruppe in die Hand, die aus zwei ineinander verschlungenen männlichen Körpern bestand.

»Was machen die denn? Das wollte ich dich fragen, Ally. Mummy wird immer gleich böse, wenn ich was von Daddys Sachen anfasse.«

»Hast du denn schon einmal ähnliche Figuren oder Bilder bei deinem Daddy gefunden?« Ally war geschockt. Entweder hatte Robert einen sehr ausgefallenen Kunstgeschmack oder perverse Neigungen. Was das bedeuten mochte, wollte sie sich gar nicht ausmalen. Aber sie ahnte, dass Robert weitaus größere Probleme als seine maroden Finanzen haben musste.

»Nein! Ich habe nur mal eine kleine Vase kaputtgemacht. Da waren auch Figuren drauf. Daddy hat gesagt, dass die sehr teuer gewesen ist, und deshalb durfte ich nicht mehr in sein Zimmer. Aber ich bin jetzt größer und mache nichts mehr kaputt. Ich lege die Spielfiguren ja auch zurück. Aber Daddy ist sowieso immer unterwegs. Das merkt er gar nicht.«

Ally legte die eindeutig erotischen Miniaturskulpturen wieder in den Stoffsack und steckte den in ihre Handtasche. »Rosie, die müssen wir deiner Mutter geben, damit sie die schnell zurückbringt. Ich verspreche dir, dass dein Dad nicht erfährt, dass du sie genommen hast. Und du darfst nicht darüber sprechen. Das ist jetzt unser Geheimnis.«

Die Augen des Mädchens wurden groß. »Ja? Ich kann ganz toll Geheimnisse haben. Mit meiner Freundin Alice habe ich auch welche.«

»Rosie.« Ally nahm die Schultern des kleinen Mädchens und sah es ernst an. »Das hier ist eine ganz wichtige Sache. Die darf sonst niemand wissen, auch Alice nicht.«

Die blonden Locken wippten, als Rosie ernsthaft nickte. »Gut. Oh, guck mal! Den habe ich auch gefunden!«

Ihre kleinen Finger wühlten in einem Reißverschlussfach des Rucksacks und brachten einen Anstecker zum Vorschein, bei dessen Anblick Allys Herzschlag aussetzte. »Nein, das kann doch nicht …«

In Zeitlupe streckte sie die Finger nach dem daumennagelgroßen Anstecker aus, auf dessen emailliertem Kopf das Wappen der Greenwood High prangte – Simons Schule!

»Woher hast du das?«, fragte Ally mit heiserer Stimme.

»Das lag ganz hinten in einer Schublade von Daddys Schreibtisch. Hätte ich das nicht nehmen dürfen? Ist das was Schlimmes, Ally?« Ängstlich beobachtete Rosie die Erwachsene neben sich, die plötzlich kreidebleich war und deren Lippen zitterten.

»Doch, Rosie. Du bist ein schlaues Mädchen. Du hast nichts Falsches getan, aber …« Ihre Gedanken überschlugen sich. Die erotischen Figuren, der Tod des Transvestiten und jetzt Simons Sportabzeichen – alles deutete auf Robert. Robert Darby, der Vater von diesem unschuldigen Kind, das sie ängstlich und voller Vertrauen ansah und auf Antworten wartete. Antworten, die sie nicht geben konnte, die sie Rosie ersparen wollte! Warum Robert? Er hatte eine schöne, intelligente Frau und eine süße Tochter. Nein, nein, vielleicht war das alles nur vorschnell gedacht, und es gab eine vernünftige Erklärung. Aber die Waffe, die sie vorhin bei ihm gesehen hatte?

»Ist dein Vater eigentlich Jäger, Rosie?«

»Also, Grandpa geht auf die Jagd, und Daddy war schon mal mit. Aber er schießt nicht gerne, sagt er.« Rosie zeigte auf das Hirschgeweih über dem Kamin. »Das hat Grandpa geschossen. Daddy mag das nicht, aber Grandpa sagt, dass ein Mann auch sein Essen töten muss. Das ist aber nicht schön, oder? Ich will mein Essen nicht töten.«

»Nein, Rosie, das muss man auch nicht. Du darfst Tiere lieb haben und musst sie nicht umbringen.« Während sie mit dem Kind sprach, überlegte sie fieberhaft, wohin Robert mit der Waffe gefahren sein könnte. Es gab tausend Möglichkeiten, und es gab eine. Eine Verabredung mit einem Geist. Sie musste es darauf ankommen lassen, denn es kam auf jede Minute an. Zumindest dann, wenn ihre Vermutung richtig war.

»Rosie, ich muss jetzt ganz schnell weg. Aber du gehst zu deiner Mummy, okay? Sag ihr, ich komme gleich wieder.«

Ally nahm ihre Handtasche und verließ das Hotel, ohne auf die Gäste zu achten, die ihr ausweichen mussten. Sie hatte den Schlüssel ihres Mietwagens dabei, und der Wagen stand noch auf dem Hotelparkplatz, da sie ihn seit ihrer Ankunft nicht bewegt hatte. Nun, jetzt war der Moment gekommen, an dem er sich bewähren konnte.

Es regnete noch immer, doch es blitzte mehr über den Hügeln als am Meer. Der Kirchturm wurde vom gleißenden Licht erhellt, und das Gewitter schien sich ins Land zu verziehen. Ally fand den Wagen, warf ihre Tasche auf den Beifahrersitz und startete den Motor. Ohne zu murren ließ sich das wendige kleine Auto durch Schlamm und Schlaglöcher auf die Straße lenken. Das Stoffsäckchen mit den erotischen Figuren lag in ihrer Handtasche. Ally konnte es immer noch nicht glauben und hoffte, dass Robert eine plausible Erklärung dafür hatte. Vor allem aber hoffte sie, dass er keine Dummheiten anstellte. Sie wollte Antworten von ihm!

Ihr Handy war aus der Tasche auf den Sitz gerutscht, und sie sah es blinken. Zwei Anrufe waren eingegangen, einer von Nick und der andere von David. Während sie viel zu schnell durch den Ort raste, drückte sie auf Rückruf.

»David?« Die Verbindung riss immer wieder ab, was wohl an dem Gewitter lag.

»… wo … hin …«, war alles, was sie verstand.

»Morlan House«, rief sie ins Telefon. »Ich fahre nach Morlan House, David! Robert hat sich seltsam benommen, und er hat einen Revolver! Ich glaube, dass er sich etwas antun will!« Es kam keine Antwort, nur das Besetztzeichen. Ally warf das Handy auf den Sitz und gab Gas. Gewiss war es unüberlegt und vollkommen verrückt, jetzt dorthin zu fahren, aber sie hatte vielleicht nur diese eine Chance, nur diesen Moment, um Robert zu fragen, was damals geschehen war. Rosie hatte Simons Sportabzeichen bei ihm gefunden! Robert musste etwas wissen!

Simon hatte den Anstecker stolz an seinem Rucksack getragen, genau wie Rosie. Was musste man für ein Mensch sein, um einen kleinen Jungen zu … Sie schlug mit der Faust auf das Lenkrad und fuhr schneller. Es war erst Nachmittag, doch es war so dunkel, dass sie die Scheinwerfer einschalten musste. Der Regen war noch immer heftig, und die Scheibenwischer hatten Mühe, die Wasserfluten im Takt von der Windschutzscheibe zu kehren. Halb auf dem Mittelstreifen fahrend kam ihr ein Lastwagen entgegen und drängte Ally auf die Seite.

»Mistkerl!«, fluchte sie und brachte den schlingernden Wagen wieder auf die Spur. Und jetzt wollte sich Robert einfach aus dem Staub machen. Auf einmal brach sein Kartenhaus aus Lügen und Täuschungen zusammen. Ihr Auftauchen hatte alles ins Rollen gebracht. Sie und David hatten begonnen, Fragen zu stellen, die Vergangenheit wurde plötzlich wieder lebendig. Dazu Roberts Schulden. Wie musste er sich gefühlt haben? Eiskalt hatte er sie begrüßt, mit ihr geplaudert, all die Jahre den liebenden Ehemann und Familienvater gespielt.

War sie schon vorbeigefahren? Ally fuhr langsamer. Ein umgestürzter Baum lag an der Straße. Die Äste wehten hin und her, doch es gelang ihr, darüber hinwegzufahren. Das Auto wackelte, ruckte und kam mit einem scharrenden Geräusch wieder auf dem Asphalt auf. Der Motor klang lauter und knatterte, aber sie konnte sich auch täuschen. Draußen peitschten Sturmböen den Regen gegen alles, was sich ihm entgegenstellte. Zwei Blitze in dichter Reihenfolge erhellten die Straße, und sie sah das Schild hinter den Zweigen einer Eiche aufleuchten. Mit der aufgeweichten Zufahrt zum Herrenhaus hatte der Leihwagen zu kämpfen und kapitulierte nach dem dritten tiefen Schlagloch.

Die Lichtmaschine ging noch, und in den Kegeln der Scheinwerfer sah Ally die Umrisse eines Sportwagens vor dem Gatter stehen. Sie fingerte Simons Anstecker aus ihrer Hosentasche und befestigte ihn an ihrer Bluse. Dann knöpfte sie ihre Wolljacke zu und sprang in den Gewittersturm hinaus. So schnell es der steinige Feldweg zuließ, lief sie zu Roberts Wagen. Einmal trat sie in ein Schlagloch und versank knöcheltief im Morast. Doch sie verletzte sich nicht und rannte weiter. Als sie den silbernen Sportwagen erreichte, schlug ihr das Herz bis zum Hals, doch Robert war nicht darin.

Machten Täter das so? Gingen sie an den Ort des Verbrechens zurück, um sich in den Erinnerungen zu suhlen? Wie sie ihn hasste, diesen Mann, der das Leben ihrer Familie zerstört hatte. Aber er sollte ihr ins Gesicht sehen und ihr sagen, was mit Simon geschehen war. Das war er ihr schuldig!

»Robert! Robert Darby!«, brüllte sie in den Wind. Die Bäume schlugen Ally ihre Äste entgegen, als sie um das Gatter lief, wollten sie mit knorrigen Armen festhalten. Dornengestrüpp zerkratzte ihre Hände, das Gesicht, ihre Haare verfingen sich im Geäst. Sie riss sich los, fiel zu Boden, und als sie sich aufgerappelt hatte, die Hände nass und dreckig, bot sich ihr ein Szenario, das sie niemals wieder vergessen würde. Der Himmel hatte sich violett verfärbt, und durch die Wolkenberge stieß ein Strahlenbündel und verlieh Morlan House einen überirdischen Lichterkranz. Es schien so, als würde das alte Gemäuer von innen heraus leuchten. Als leuchtender Gral und zeigte ihr den Weg, dachte Ally und blieb nach Luft ringend stehen.

Es grollte noch einmal in der Ferne, und ein Blitz durchzuckte den violettschwarzen Himmel. Der Wind schien sich mit einem Seufzer zu legen, und es regnete nun still und gleichmäßig. Ally erwartete jede Sekunde, einen Schuss zu hören, doch das furchtbare, todbringende Geräusch blieb aus. Sie lief weiter und erreichte endlich das Herrenhaus, das sich in seine Hülle aus Efeu und Weinlaub schmiegte und seine Geheimnisse mit aller Macht behütete. Etwas raschelte vor ihr, doch es war nur eine Taube, die im dichten Blattwerk mit den Flügeln schlug. Ally war nass bis auf die Haut. Nervös strich sie sich die Haare aus dem Gesicht und suchte nach einer männlichen Gestalt. Die Wolken verschoben sich, und nur noch ein winziger Lichtstrahl fiel auf den Garten und die Terrasse, die sie nun zögernd betrat.

Die Türen waren verschlossen, an den Fenstern perlten die Regentropfen herab. Ally stand schwer atmend an der Treppe und legte eine Hand auf einen verwitterten Löwenkopf. Das Wasser tropfte ihr von den Haaren in die Wimpern, und sie musste immer wieder blinzeln und sich die Augen wischen, um überhaupt etwas erkennen zu können. Etwas berührte sie an der Hand. Sie fuhr herum, doch da war nichts, nur Zwielicht und Regen.

»Simon?«, flüsterte Ally. Sie wurde verrückt. Und war das ein Wunder? Doch dann sah sie ihn. Robert verschwand zwischen den Bäumen am Ende der Rasenfläche. Er wollte zu den Klippen!

Ally sprang die Stufen hinunter und rannte über den weichen Rasen, in dem ihre Schuhe tief einsanken. Im Halbdunkel sah sie die Beete und die kleinen Steinfiguren nicht, stürzte über eine Kugel und landete mit den Händen voraus auf einer steinernen Bank, die hinter einer Buchshecke stand. Der Schmerz durchfuhr ihren linken Arm mit solcher Heftigkeit, dass sie ohnmächtig zu werden glaubte. Doch jetzt war keine Zeit für solche Nebensächlichkeiten. Ally biss die Zähne zusammen, stützte den Arm mit der anderen Hand und rannte weiter.

»Robert! Bleib stehen, verdammt! Ich will es wissen! Robert!«, brüllte sie.

Blindlings lief sie in die Bäume hinein, genau dort, wo sie Robert gesehen hatte. Jetzt folgte sie nur noch ihrem Instinkt, denn durch das dichte Blattwerk drang kein Licht. Ihre Schuhe fanden kaum Halt auf den nassen Blättern, rutschten über Wurzeln, und es gelang ihr kaum, ihr Gesicht vor entgegenschlagenden Ästen zu schützen. Als sie das Tosen der noch immer aufgewühlten See hörte, wusste sie, dass die Klippen nahe waren, und motivierte ihre letzten Kraftreserven.

»Robert!«

Eine männliche Gestalt zeichnete sich gegen den Unwetterhimmel ab. Er stand am Rand der Klippe oberhalb der Badebucht. Die Umrisse des Treppengeländers ragten wenige Meter vor ihm gegen blauviolette Wolkenberge auf. Er wandte ihr den Rücken zu, und seine Arme hingen schlaff an seinem Körper herab. In einer Hand hielt er die Pistole.

Ally ging langsam auf ihn zu. Als sie nur noch fünf Schritte von ihm trennten, blieb sie stehen und sagte leiser: »Robert, bitte, sag es mir! Ich kann so nicht leben. Es zerreißt mir das Herz, nicht zu wissen, was mit Simon passiert ist. Du weißt es, oder nicht?«

Es dauerte einen unendlich langen Moment, dann drehte Robert Darby sich zu ihr um. Sein Gesicht war bleich und gezeichnet von dem Grauen, das sich in seinem Kopf abspielte. Matte Augen blickten sie leer an und schienen um Vergebung zu flehen, wo er keine erwarten konnte. Sie wollte noch einen Schritt auf ihn zumachen, doch er hob die Hand mit der Pistole, ohne sie auf sie zu richten. »Nein. Bleib, wo du bist! Ich bin der letzte Dreck, der Abschaum, vor dem anständige Eltern ihre Kinder warnen …«

Ein verzweifeltes Schluchzen entrang sich seiner Kehle, und er hob das Gesicht dem Regen entgegen. Ally wartete. Der weinende Mann ekelte sie an.

»Wem gelten deine Tränen, Robert? Dir selbst oder meinem Bruder?« Sie hielt ihre Bluse so, dass er den Anstecker sehen konnte. »Willst du es immer noch leugnen? Das gehörte Simon!«

Er starrte sie an, die Augen rot unterlaufen, das Gesicht verzerrt von Angst, Schuld und Verzweiflung. »Da ist es. Hat Rosie es gefunden? Sicher hat sie das. Ich hatte ihr verboten, in meinen Sachen herumzuschnüffeln, aber sie kann es nicht lassen. So sind Kinder eben. Neugierig. Ihre Neugier bringt sie in Gefahr.« Er hob den Blick.

Ally fürchtete sich vor dem, was er jetzt sagen würde. »Simon war ein wissbegieriger Junge. Ein intelligenter kleiner Junge, der keiner Seele ein Leid zugefügt hätte!«

»Ich habe ihn nicht umgebracht, Ally! Ich habe ihn nicht angerührt!«, rief Robert und trat dichter an den Klippenrand.

»Dann sag mir, was geschehen ist! Du warst doch mit ihm hier!« Der Arm schmerzte, und Ally biss die Zähne zusammen, um nicht selbst in Tränen auszubrechen.

Der Regen ließ nach, tröpfelte nur noch, und über dem Meer riss die Wolkenwand auf und ließ die Strahlen der Abendsonne auf die Bucht fallen.

»Und Angel? Hat er euch gesehen?« Allys Stimme war heiser und ihre Knie zittrig. Sie versuchte, die Finger des verletzten Armes zu bewegen, und stöhnte schmerzvoll auf. Etwas war gebrochen.

Doch Robert nahm davon keine Notiz. Er stand wie erstarrt, eine große dunkle Gestalt vor dem Flammeninferno des glühenden Himmels.

»Die nackten Knabenfiguren, Robert. Rosie hat sie mir gezeigt.« Sie musste ihn zum Sprechen bewegen, bevor er sich zum letzten Schritt entschloss.

Er schüttelte langsam den Kopf. »Das hätte sie nicht tun dürfen. Sie hätte nicht in mein Arbeitszimmer gehen dürfen. Ich hatte es verboten!«

»Das Verbotene ist immer das Verlockendste«, sagte Ally.

Robert gab ein hartes Lachen von sich. »Nicht immer, Ally. Die Verlockungen sind teuflisch, und ich kämpfe dagegen an, aber es gelingt mir nicht, und ich hasse mich dafür. Ich hasse mich, wenn ich den Computer einschalte und an nichts anderes denken kann als an die zarten Knabenkörper, die sich gleich vor meinen Augen rekeln werden. Ich bin ekelhaft! Aber ich kann nicht anders.«

Er sah sie an und schien auf eine Reaktion zu warten, doch Ally atmete nur schwer und wartete.

»Ich weiß nicht, wann ich zum ersten Mal Gefallen daran fand, kleine, schwächere Jungen zu quälen. Ich kannte nichts anderes als Schläge und Demütigung. Mein Vater war ein Säufer und ein Schläger, aber das Schlimmste waren seine Verbalattacken und seine miesen Tricks. Damit zwang er jeden in die Knie. Zuerst war es nur ein Spiel. Ich hatte immer viele Freunde, die Kleineren bewunderten mich, weil ich der tolle Robert war, dem die Mädchen hinterherliefen. Mit der Zeit fand ich Gefallen daran. Es ist ein großartiges Gefühl, Macht auszuüben.« Er fuchtelte mit der Waffe in der Luft herum. »Schließlich mussten mir die Jungs Gefallen tun, wenn sie etwas wollten. Ich konnte alles besorgen, Drogen, Alkohol, Zigaretten. Ein Pub, vor allem so einer, wie mein Vater ihn hatte, ist ein Paradies für Dealer. So habe ich Angel kennengelernt. Für Geld machte der Kerl alles. Und jetzt wollte er mich verraten.«

Robert machte einen Schritt, kam ins Rutschen, fing sich wieder und brachte ein Grinsen zustande. »Ist nicht hoch genug. Knochenbrüche und Quetschungen, mehr würde dabei nicht herauskommen.«

»Wie bei Angel? Hast du ihn die Klippe bei Dinas Head hinuntergestürzt?« Sie durfte ihn nicht drängen, aber er sollte endlich preisgeben, worauf sie seit zehn Jahren wartete – die Wahrheit.

»Das war ein Unfall! Genau wie mit Simon! Nur glauben wird mir das niemand!« Er lachte irre, verzog die Lippen, dass man seine Zähne aufblitzen sah. »Wer glaubt denn einem Pädophilen, der mit einem kleinen Jungen allein zum Morlan House gegangen ist? Und das Furchtbare ist, dass ich in meinen Gedanken schuldig bin. Ich wollte deinen Bruder verführen! Ich wollte sein zartes junges Fleisch spüren, aber ich habe es nicht getan! Ich konnte es nicht, weil ich mich so schämte und vor mir selbst ekelte.«

Ungläubig und mit einem Funken Hoffnung hörte Ally zu, hielt ihren schmerzenden Arm und nahm im Hintergrund das Geräusch knackender Zweige wahr.

»Ich war in jenem Sommer in Aberaeron. Simon fragte mich zufällig nach Morlan House und dem Gral. Ich besorgte ihm die Broschüre, die Iorwerth, dieser arrogante Bücherwurm, gerade gedruckt hatte. Dein Bruder war so begeistert von dem Haus und der Geschichte um den Holzkelch, dass es mir wirklich Spaß gemacht hat, ihm alles zu zeigen. Du warst ja damals ganz vernarrt in David und hast gar nicht mitbekommen, wenn ich mich mit Simon traf. Es ist so erschreckend einfach, ein Kind irgendwohin zu locken. Viel zu einfach!«

Er ging zum Treppengeländer und schlug leicht mit dem Pistolenknauf dagegen. »Aber ich glaube, dass Paige ihre Tochter gut beschützt. Sie braucht mich nicht. Ihr Vater hat gewusst, dass ich nicht gut für sie bin, aber sie wollte mich! Ha! Ist das nicht Ironie des Schicksals? Da setzt sich das verwöhnte Töchterchen gegen den Willen vom reichen Daddy durch und greift so tief in die Güllegrube, dass sie selbst mit hinuntergezogen wird.« Er hob die Waffe, und Ally schrie auf.

»Nein, Robert! Bitte, sie brauchen dich, und du hast mir nicht gesagt, was dann mit Simon war. Wieso ist er allein zum Strand gegangen?«

Robert zögerte, setzte die Waffe ab und sagte tonlos: »Ich

habe ihn durchs ganze Haus geführt, ihm den Keller gezeigt und das Geheimfach, in dem der Kasten mit dem Kelch war. Er sog alles auf wie ein Schwamm, aber dann veränderte er sich. Ich glaube, er spürte, dass etwas mit mir nicht stimmte. Plötzlich lief er auf die Terrasse und sagte, er wolle jetzt schwimmen gehen. Ich wollte ihm noch das Eishaus zeigen, auf das er so neugierig war, aber davon wollte er nichts mehr hören. Ich gehe zum Strand, sagte er und rannte zur Treppe. Sein Rucksack verfing sich, und dabei flog der Anstecker ab. Ich habe ihn aufgesammelt und in die Tasche gesteckt.«

Er hatte ihn nicht gequält und missbraucht, war alles, was Ally denken konnte. Tränen der Erleichterung liefen ihr über die Wangen. »Und dann? Simon war ein guter Schwimmer!«

Robert nickte, die Waffe an seine Brust drückend. »Es war ein sehr heißer Tag und windstill, aber die Strömungen in der Bucht sind tückisch, und ich weiß noch, dass gerade Gezeitenwechsel war. Es gab eine starke Unterströmung, gegen die der beste Schwimmer nicht ankommt. Simon ist weit hinausgeschwommen. Ich blieb am Strand stehen, denn ich hatte das Gefühl, dass er vor mir floh, und wollte ihn nicht bedrängen, aber dann sah ich ihn plötzlich im Wasser schlagen. Er kämpfte gegen die Strömung, vielleicht hatte er auch einen Krampf. Ich kann es nicht sagen. Jedenfalls kam ich zu spät. Ich konnte ihm nicht helfen und habe ihn an den Strand gelegt. So war es, bei meinem Leben, das nicht viel wert ist, zugegeben …«

»Du hättest den Notarzt rufen müssen!«, rief Ally.

»Und dann? Er atmete nicht mehr. Sie hätten seinen Tod festgestellt und mich befragt, und dann hätten sie Fragen gestellt und rausgefunden, was ich sonst gern mit kleinen Jungs mache.« Er fletschte die Zähne. »Oh nein, das Risiko konnte ich nicht eingehen. Ich bin abgehauen.«

»Vielleicht hätte er leben können, wenn du den Arzt gerufen hättest!«

»Er war tot! Ich habe ihn geschüttelt und versucht, ihn zu beatmen. Er war tot, Ally! Ich habe ihn nicht umgebracht!«

»Aber du bist schuld an seinem Tod«, flüsterte Ally mit brüchiger Stimme. »Du bist schuld …«

Robert holte tief Luft. »Und dann tauchst du nach all den Jahren hier auf! David und du, ihr habt alles durcheinandergebracht und seid herumgefahren und habt Fragen gestellt. Ich hatte mir ein Leben aufgebaut, und ihr habt die Leute verrückt gemacht und Angel aufgescheucht. Diese Ratte hat mich damals vom Strand weglaufen sehen. Jedenfalls hat er das behauptet und wollte mich erpressen. Vielleicht hat er auch nur einen blinden Versuch gestartet, aber wir haben uns auf Dinas Head gestritten, sind handgreiflich geworden … Und Angel ist gestürzt«, sagte Robert, sah sie dabei aber nicht an.

»Du hast ihn gestoßen und ihm nicht geholfen. Das ist Mord, Robert! Du bist ein Mörder!«

Als sie ihn ansah, gefror ihr Innerstes, denn in Darbys grauen Augen las sie kein Mitgefühl, nur Gleichgültigkeit. Nicht einmal Hass schien noch in ihm zu sein, er wirkte wie tot, sein Blick erloschen. Er hatte nichts mehr zu verlieren, was auch? Robert Darby hatte sein Leben schon vor langer Zeit aufgegeben.

33

Sie hätte die Geräusche aus dem Waldstück hinter sich fast vergessen, wenn es nicht erneut geraschelt und geknackt hätte. Jemand rief ihren Namen. Das musste David sein! Sie hielt ihren verletzten Arm, wagte aber nicht, den Blick von Robert zu wenden, dessen Augen sich erschrocken weiteten. Langsam hob er die Pistole. Er stand mit dem Rücken zum Meer, nur ein Schritt trennte ihn vom Abgrund. Wenn er nicht richtig traf, konnte er sich mit etwas Glück immer noch das Genick brechen.

»Sie werden mich nicht lebend bekommen. Weißt du, was man mit Kinderschändern im Gefängnis macht?« Seine Hand zitterte, als er sich die Pistole an die Schläfe setzte.

Und dann ging alles ganz schnell! Er hatte einen Schritt nach hinten gemacht, rutschte aus, und der Schuss fiel genau in dem Moment, in dem Robert Darby in die Tiefe stürzte. Obwohl sie es hatte kommen sehen, schrie Ally entsetzt auf. Im selben Augenblick brach David hinter ihr durch die Bäume und fing sie auf, bevor sie weinend zu Boden sinken konnte.

»Oh Gott, Ally, ich habe mir solche Sorgen gemacht!« David hielt sie an sich gedrückt und drückte seine Lippen gegen ihre Stirn. Vorsichtig berührte er ihre Wangen, strich ihr die nassen Haare aus dem Gesicht. »Du blutest!«

»Keine Sorge, das war nicht Robert. Im Dunkeln habe ich die Äste nicht gesehen.« Sie ließ den Kopf an seine Brust sacken und atmete seinen vertrauten Geruch ein. Es war vorbei. »Wie lange bist du schon dort gewesen? Hast du gehört, was er gesagt hat?«, murmelte sie und fror plötzlich erbärmlich.

David legte ihr seinen Pullover um, doch als er ihren Arm berührte, zuckte sie zusammen und sog scharf die Luft ein. »Du bist verletzt. Dieser Dreckskerl! Ich hätte ihn umgebracht, wenn er nicht die Klippe …« Er drückte die schluchzende Ally an sich, und sie spürte, wie seine Brust ebenfalls von Weinkrämpfen geschüttelt wurde.

»David? Wo bist du? Ist alles in Ordnung?« Stan Miller kam seitlich von ihnen durch das Unterholz und sah sich prüfend um. »Geht es ihr gut?«

»So weit, ja. Robert ist dort unten. Hoffentlich hat er sich das Genick gebrochen«, knurrte David und deutete mit dem Kopf Richtung Klippe.

Stan lief sofort nach vorn und starrte hinunter. »Er liegt da unten und bewegt sich!«, rief er zurück.

»Verflucht«, murrte David und löste sich von Ally, die aufschrie, als er ihren verletzten Arm berührte. »War er das? Dann gehe ich da runter und mache ihn fertig!«, sagte er und wischte sich über die Augen.

»Nein, nein«, versicherte Ally. »Ich bin gefallen und habe mich mit der Hand abgestützt.« Vorsichtig streckte sie den linken Arm und schrie leise auf. »Ist wohl gebrochen.«

Stan Miller kam zu ihnen und legte David die Hand auf die Schulter. Mitfühlend betrachtete er Ally. »Ihr Freund hat mir die Hölle heißgemacht. Schneller ging es wirklich nicht. Eh, Leute, hier rüber!«, rief Stan in Richtung des Hauses.

Scheinwerfer blitzten auf, und kurz darauf kamen mehrere Polizisten und zwei Sanitäter samt Notarzt zu ihnen.

»Der Mann liegt dort unten!« Stan war ganz in seinem Element und gab routiniert Anordnungen, die auch von allen widerstandslos befolgt wurden.

»Du hast ja die gesamte Polizei von Wales mitgebracht«, sagte Ally mit schmerzverzerrtem Lächeln zu David.

»Und das war auch nötig, wie du siehst, Ally Carter. Du hättest niemals allein fahren dürfen! Warum hast du nicht auf mich gewartet – und dann habe ich dich kaum verstehen können! Ally, ich bin fast umgekommen vor Sorge!« David streichelte ihr über den nassen Kopf und winkte dem Notarzt. »Er hätte ja auch dich erschießen können. Mein Gott, ich kann es nicht glauben. Robert! All die Jahre kannten wir uns, und dieser Kerl hat ein zweites Gesicht.« David raufte sich die Haare. »Wir waren Geschäftspartner, Freunde, ich bin bei ihm ein und aus gegangen.«

Der Arzt sah sich Allys Arm an und wollte die Knöpfe des Blusenärmels öffnen.

»Einfach aufschneiden. Die ist sowieso ruiniert, und behalten möchte ich sie auch nicht«, sagte Ally.

Der Arzt, ein junger Mann mit kurzem blondem Haar und sanften Augen, nickte und machte sich an die Arbeit.

Stan maß Ally mit anerkennendem Blick. »Vor so viel Mut zieh ich den Hut, Lady!«

Einer der Sanitäter kam atemlos die Treppen herauf. »Doc, der Mann ist schwer verletzt. Wirbelsäule, würde ich sagen.«

Der Arzt hob kurz den Blick. »Ich bin sofort bei euch.« Mit ernster Miene wandte er sich an Ally. »Sie müssen ins Krankenhaus. Das sieht mir nach einer Fraktur aus. Ich lege den Arm in ein Tuch, mehr kann ich hier nicht für Sie tun.«

Ally biss die Zähne zusammen und nickte. Dann sagte sie zu Miller: »Ich habe gar nicht groß nachgedacht, sondern bin einfach losgefahren, weil es nur diese Möglichkeit gab. Entweder oder. Wäre er woanders hingefahren, hätte er es zu Ende gebracht, und ich hätte nie erfahren, was mit meinem Bruder geschehen ist.« Ally wies mit dem freien Arm auf den Anstecker an ihrer Bluse. »Das hat Simon gehört. Da wusste ich es sicher. Was ist mit Rosie? Ich wollte sie nicht erschrecken.«

»Alles in Ordnung. Sie ist bei Paige, die schon Böses ahnt. Aber sie scheint gefasst. Der Anstecker, Ally?« David schaute das kleine Sportabzeichen an.

Leise sagte Ally: »Das ist ein Ehrenabzeichen der Greenwood High. Simons Schule. Er hat es bekommen, als er Schulmeister der Schwimmstaffel wurde.« Sie berührte die glatte Oberfläche. »Er war so stolz darauf und hatte es immer dabei. Autsch!«

Miller musterte sie nachdenklich. »Darby hat das all die Jahre aufbewahrt? Das ist typisch für …«

David schüttelte den Kopf, ohne dass Ally sehen konnte, wie die Männer sich verständigten. Einer der Beamten, dessen Abzeichen ihn als Detective auswiesen, trat zu ihnen.

Stan rieb sich das stoppelige Kinn. »Na, Peter? Glaubst du mir jetzt?«

»Detective Peter Kyffin.« Der Beamte nickte David und Ally zu. »Ich gebe zu, dass ich manchmal an Stan gezweifelt habe, aber er hat mich eines Besseren belehrt. Was genau ist passiert, Madam?«

Ally schüttelte den Kopf. Sie wollte jetzt nicht mit einem Polizisten sprechen. »Muss ich jetzt alle Fragen beantworten? Kann das nicht warten?«

Kyffin zögerte, doch dann gab er einem seiner Leute einen Wink. »Fahren Sie mit Mrs Carter ins Krankenhaus!«

»Ja, Sir«, antwortete der junge Beamte.

David nahm Allys gesunde Hand. »Ich komme mit.«

Als die Sanitäter mit der Trage kamen, sagte Miller: »Sehen Sie nicht hin, Mam. Na los, schafft ihn weg von hier!«

Die Neonfarben der Rettungsleute leuchteten in der Abendsonne, deren rötliches Licht Bucht und Klippen zu erfassen begann. Mit Roberts Sturz hatte sich auch das Unwetter verzogen. Ein Korsett stabilisierte Darbys Hals. Der Rest seines Körpers wurde von einer Plane verhüllt. Robert wandte den Kopf ab und schloss die Augen, als sie ihn an Ally vorbeitrugen.

David drückte ihre Hand, doch Ally wurde von einer seltsamen Ruhe erfasst. »Es ist vorbei. Endlich vorbei.«

Langsam gingen sie zum Herrenhaus hinunter. Bevor sie

um die Ecke bogen, drehte Ally sich um und betrachtete den Abendhimmel, der in dramatischen Rot- und Violettschattierungen erstrahlte. Die dunklen Wolken trieben weiter ins Land, und es hatte aufgehört zu regnen. Nur ab und an wehte eine Bö über Morlan House hinweg.

»Als ich herlief, donnerte es, und ein Blitz zuckte über dem Haus, so als sollte ich Robert sehen, wie er zu den Klippen lief. Es war alles so unwirklich, David. Ist das nicht merkwürdig, dass ausgerechnet heute so ein Unwetter niederging?« Ally drehte sich dem Haus zu und packte Davids Arm. Hinter den Terrassenfenstern bewegte sich ein Schatten. »Hast du das gesehen?«

»Nein. Was denn?« Er legte ihr beruhigend den Arm um die Schulter. »Ally, du hast viel durchgemacht.«

Sie starrte auf die milchigen Fenster und war sicher, dass sie dort ein blasses Jungengesicht sah. Ihre Lippen formten stumm seinen Namen: Simon. Er lächelte und war verschwunden.

»Simon«, flüsterte sie und fühlte einen Lufthauch, ein zärtliches Streifen ihrer Wange. Sie streckte die Hand aus, doch der Luftzug entschwand mit dem Seufzen des Windes. Und als sie sehnsüchtig von den Fenstern in den Garten schaute, konnte sie ihn lachen hören.

Ally war unendlich traurig, und gleichzeitig fühlte sie sich von einer zentnerschweren Last befreit. Als hätte er ihr die Bürde von den Schultern genommen, die sie all die Jahre getragen hatte. Vielleicht hatte er hier auf sie gewartet, auf diesen einen Moment. »Ich liebe dich, Simon, ich liebe dich!«, flüsterte sie.

Kurz darauf saßen sie im Streifenwagen. David konnte noch immer nicht begreifen, wie Robert es fertiggebracht hatte, seine Fassade über die Jahre so perfekt aufrechtzuerhalten. Allys Kopf sackte an seine Schulter, und sie murmelte mit geschlossenen Augen: »Warum hat er den Anstecker aufbewahrt? Das war doch ein Beweis …«

»Schsch, nicht denken … Ruh dich aus, Ally. Wir haben noch so viel Zeit.« Er streichelte ihre Hand. Seine stummen Tränen sah sie nicht.

Stan hatte ihm einiges über Täter mit ähnlichen Profilen erzählt, und dazu gehörte, dass solche Kerle gern Trophäen ihrer Opfer behielten. Er würde dafür sorgen, dass Ally nie davon erfuhr, jedenfalls nicht, wenn es sich vermeiden ließ. Es bestand die Möglichkeit, dass Robert tatsächlich die Wahrheit gesagt hatte, und davon sollten sie ausgehen. Immerhin hatte er den Tod vor Augen gehabt. In einem solchen Moment würde man nicht lügen.

Zärtlich streichelte David über Allys Haare. Ihre Augen waren geschlossen, und ihr Atem ging gleichmäßig. Ein tiefer Riss klaffte unterhalb ihres rechten Ohres, und über Nase und Stirn verliefen blutige Kratzspuren, doch das würde rasch verheilen. Auch der Arm würde heilen. Selbst wenn der Bruch kompliziert war, würde er irgendwann vergessen sein. Größere Sorge bereitete ihm Allys Seele. Würde sie jemals über die traumatischen Ereignisse hinwegkommen? Robert war schwer verletzt. Der Arzt hatte angedeutet, dass die Wirbelsäule angebrochen und eine dauerhafte Lähmung möglich war. Wann ihm der Prozess gemacht werden konnte, stand in den Sternen.

David dachte an Paige und Rosie. Ob Paige etwas vom Doppelleben ihres Mannes geahnt hatte? Wenn ja, würde sie es kaum zugeben. Der Streifenwagen fuhr ohne Blaulicht durch die einbrechende Dämmerung. Im Bronglais Hospital wurden sie sofort in die Notaufnahme gebracht, und eine Ärztin kümmerte sich um Allys Schrammen und tastete den mittlerweile geschwollenen Unterarm behutsam ab.

»Nach einer Röntgenaufnahme können wir mehr sagen.«

David und der junge Polizeibeamte gingen in den Warteraum und holten sich einen Becher Kaffee.

»Nathan Parry«, stellte sich der Beamte David vor. »Was für

eine Geschichte! Ihre Freundin hat mächtig Glück gehabt. Bei solchen Typen weiß man nie, wozu die fähig sind.«

»Hm.« David nippte an dem heißen Kaffee. Obwohl Robert sich zu seinen perversen Neigungen bekannt und zwei Menschen in den Tod getrieben hatte, glaubte David nicht, dass er Ally etwas angetan hätte. Robert war am Ende gewesen und hatte sich selbst töten wollen. Was hatte er überhaupt über diesen Mann gewusst, der ihm nun wie ein Fremder erschien? Hätte er irgendwelche Anzeichen erkennen müssen? David schluckte schwer und trank rasch einen Schluck Kaffee.

»Wie konnte ich nur so blind sein«, murmelte David und schluchzte. Es war die Enttäuschung über einen Menschen, der ihm nahegestanden hatte, und die Wut über seine eigene Unfähigkeit, hinter dessen Fassade zu sehen. Robert hatte eine anmaßende Art, die ihm nie gefallen hatte. Er raufte sich die Haare. Aber das?

»Sir, Sie dürfen sich keine Vorwürfe machen. Sie waren mit dem Täter bekannt, nicht wahr?«

David brachte eine heisere Zustimmung heraus.

»Ganz ehrlich, Sir. Solche Leute leben ganz normal, und niemand kann sich vorstellen, was die heimlich am Computer oder in einschlägigen Etablissements treiben. Das ist eine verschworene Gemeinschaft. Deshalb ist es ja so schwer, sie zu finden. Und wenn sie auffällig werden, ist meistens etwas …«

David brachte den jungen Beamten mit einem Blick zum Schweigen und war erleichtert, als die Ärztin die Tür öffnete. »Mr Gowans? Ihre Freundin ist jetzt im Gipsraum.«

»Sie muss nicht operiert werden?«, fragte David und stand auf.

»Es handelt sich um einen Unterarmbruch, eine Radiusfraktur, die oft durch einen Sturz auf die ausgestreckte Hand verursacht wird. Das ist sehr schmerzhaft, vor allem weil Ellenbogen und Schulter ebenfalls betroffen sind. In den Bereichen ist nichts gebrochen, aber die Stauchung verursacht Schmerzen.«

»Wie lange wird sie den Gips tragen müssen?«

»Etwa sechs Wochen.« Die Ärztin lächelte mitleidig. »Im Sommer ist das nicht besonders angenehm. Aber Sie können zumindest die frische Luft genießen. Also, machen Sie sich keine Sorgen. In einer halben Stunde können Sie Mrs Carter mitnehmen.«

»Danke, Doc.«

Nathan Parry stand ebenfalls auf. »Soll ich Sie nach Hause fahren? Wir können auch dort das Protokoll aufnehmen.«

»Protokoll? Muss das denn heute sein?« Verärgert runzelte David die Stirn. Ally brauchte Ruhe.

»Ich fürchte, ja, Sir.«

Stan Millers Cousin erwies sich als einfühlsamer Ermittlungsbeamter und erklärte sich einverstanden, Allys Aussage in Davids Cottage aufzunehmen. In knappen Sätzen schilderte Ally, wie sie durch Rosie auf Roberts schreckliches Geheimnis gestoßen war. Detective Kyffin stellte nur wenige Fragen und beendete die Vernehmung nach kurzer Zeit.

Nathan Parry und Stan waren anwesend, hielten sich aber gänzlich im Hintergrund. Ally saß zart und blass neben David im Sofa und sprach mit leiser Stimme. Mit dem eingegipsten Unterarm und den Blessuren im Gesicht sah man ihr die Strapazen deutlich an. David spürte, dass Ally am Ende ihrer Kräfte war, und befürchtete, dass sie jeden Moment einem Nervenzusammenbruch oder einem Weinkrampf erliegen könnte. Sie hatte eine erhebliche Dosis Schmerztabletten eingenommen. Henry hatte sich zu ihren Füßen niedergelassen.

»Ich danke Ihnen, Mrs Carter. Sie waren sehr tapfer. Wenn Sie dann morgen noch einmal aufs Revier kommen und Ihre Aussage unterschreiben, haben wir die Sache abgeschlossen«, sagte Kyffin und schaltete sein Aufnahmegerät aus.

Ally blinzelte erschöpft. »Nur eine Sache noch, Detective. Rosie muss doch nicht erfahren, was ihr Vater für ein Mensch ist?«

Kyffin und Stan Miller wechselten einen Blick. »Wir werden alles tun, damit die Hintergründe nicht an die Öffentlichkeit gelangen.«

»Tom Paskin!«, fiel es David ein. »Ihn müssen wir einweihen, aber ich denke, er wird den Mund halten.«

Stan nickte. »Auf Tom ist Verlass, armes Schwein, hat selbst genug durchlitten.«

»Gut, dann lassen wir Sie jetzt endlich in Frieden.« Detective Kyffin erhob sich, und David begleitete die Männer zur Tür.

Als er zurückkam, war Ally eingeschlafen.

34

Isle of Mull, Juli 2012

Die Bergkuppen schimmerten rötlich im Licht der Mittagssonne. Weiter unten wurden sie von sattem Grün, braunroten Flechten und Gräsern bedeckt und gingen auf einer Seite über in einen feuchten, moosbewachsenen Eichenwald, der so typisch für Mull war. Der riesige Garten des Cottages grenzte an einen Weidezaun, hinter dem Schafe grasten. Von dort waren es nur wenige Meter bis zur Bucht, dem Loch na Keal. Die Aussicht war spektakulär. Ulva, eine unbewohnte Insel, war nicht weit entfernt, genau wie einige kleinere Felseninseln, zu denen man mit dem Boot segeln konnte. Ally konnte sich nicht sattsehen an der Schönheit der schottischen Landschaft. Sie war jetzt zwei Wochen hier und hatte noch immer nicht alles entdeckt.

Die ersten Tage nach Roberts Geständnis an den Klippen waren furchtbar gewesen. Jede Nacht wurde sie von Albträumen heimgesucht, in denen sie vor Robert auf der Klippe stand und in seine verzerrte Fratze starrte. Da sie genug von Psychopharmaka, Schlaftabletten und dergleichen hatte, setzte sie die Schmerzmittel ab, sobald der Arm sich beruhigt hatte. Sie hatte Glück im Unglück gehabt, wie die Ärzte ihr bestätigten, denn der Bruch war zwar schmerzhaft, heilte jedoch gut ab.

Ein besonders schwerer Tag war die Begegnung mit Paige gewesen. Sofort nach dem schrecklichen Vorfall hatte Paige Rosie zu ihren Eltern nach Cardiff gebracht. Ally war einige Tage darauf am Hafen entlangspaziert und hatte Paige getroffen.

»Ally, ich weiß gar nicht, was ich sagen soll. Es tut mir so unendlich leid, was Robert … Ich wusste doch nicht, dass er …«, hatte Paige begonnen.

»Du kannst nichts dafür. Es wird schwer genug für dich und Rosie.« Ally hatte sie einfach in den Arm genommen, und weiterer Worte hatte es nicht bedurft.

Die Leitung des Talbot hatte Paige bis auf weiteres Erin übergeben. Ally fühlte mit Paige, die mit vielem, aber nicht damit gerechnet hatte, und sie glaubte der so schrecklich hintergangenen Ehefrau, dass sie nicht die leiseste Ahnung von Roberts pädophilen Neigungen gehabt hatte. Paige war zu stark, als dass sie sich damit abgefunden hätte. Und diese Stärke würde ihr nun helfen, ihr Leben neu zu ordnen und Rosie eine möglichst unbeschwerte Zukunft zu ermöglichen. Sie hatte die Scheidung beantragt, und ihre Eltern unterstützten sie mit guten Anwälten.

»Ach, hier bist du! Na, Süße, du sollst nicht allein traurigen Gedanken nachhängen. Heute wird gefeiert!« Meg schlang ihr einen Arm um die Schulter und drehte sie zum Cottage. »Was für ein paradiesisches Fleckchen Erde!«

Das Cottage gehörte Andrew und Fiona Gowans und wurde normalerweise an Feriengäste vermietet. Doch wenn David länger auf Mull blieb, wohnte er fast immer im Cottage. Meg war vor zwei Tagen angekommen, um die Abnahme des Gipses mit Ally und David zu feiern. Es tat gut, ihre beste Freundin hier zu haben, denn in der nächsten Zeit würden sie sich wenig sehen. Nick war allein nach Australien geflogen, hatte aber versprochen, sie nach seiner Rückkehr zu besuchen.

»Ich werde dich in London so sehr vermissen, Ally, aber ich kann dich verstehen! Mit David hast du den Richtigen gefunden, und du wärst verrückt, wenn du ihn jetzt gehen ließest.« Meg nahm Allys Hand, die bis heute Morgen im Gips gesteckt hatte. »Klein und blass. Nimm dir ein Ruderboot und raus aufs Meer.

Oder einen von diesen riesigen Hunden! Die sind mir zu stürmisch! Oh Gott, da kommen sie schon!«

Lautstarkes Bellen kündigte an, dass David mit seinen Eltern und den beiden Hunden im Anmarsch war. Seine Eltern hatten sich ebenfalls für einen Rüden entschieden, den Henry jetzt unter seine Fittiche genommen hatte. Der Gordon Setter mit Namen Bobby rannte als Erster um die Hausecke. Ein schwarzbraunes Energiebündel, das weder vor Weidezäunen noch vor Besuchern aus London Halt machte.

»Bobby, du Wilder!« Ally umarmte den jungen Hund, der an ihr hochzuspringen versuchte, aber zur Seite ging, als Henry dazukam.

Meg blieb stocksteif stehen und wartete den Ansturm einfach ab. »Also erst mal bleibt ihr in Glasgow, und dann?«

»Mal sehen. Ein Freund von Davids Vater hat ein Architekturbüro in Oban und will bald in den Ruhestand. David spielt mit dem Gedanken, es zu übernehmen. Ich mag die Gegend hier und könnte mir vorstellen herzuziehen. Zumindest für eine Weile. Weg von allem, und die Ruhe tut mir gut. Ich habe eine Buchidee, die ich ausarbeiten werde. Nebenbei ein paar Reportagen … Hugo war so verständnisvoll! Ich kann es nicht fassen!« Ally hatte ihre feste Anstellung beim Inside-Travel-Magazin gekündigt und um Weiterbeschäftigung als freie Mitarbeiterin gebeten. Lakefield hatte wider Erwarten eingewilligt, denn die Ausgabe mit dem Bericht über Morlan House erzielte eine hervorragende Auflage. »Bringen Sie mir mehr solcher Geschichten, und wir bleiben im Geschäft«, hatte er in seiner unnachahmlich direkten Manier gesagt.

Im Juli war es selbst auf Mull öfter sonnig als regnerisch, und heute war einer der schönen Tage. Nur wenige Wolken zogen über den blauen Himmel. David war größer als sein Vater, neben dem er nun über den Rasen auf sie zukam. Es versetzte Ally immer einen Stich, wenn sie David mit seinen Eltern sah.

Die Gowans waren eine großartige Familie, eigenwillig, aber mit Respekt und Liebe füreinander. Es wurde viel gelacht und über alles offen gesprochen. Davids Mutter Fiona war die Seele der Familie und sorgte dafür, dass die Männer nicht zu hitzig wurden, wenn es um brisante Themen wie die Unabhängigkeit Schottlands ging. Die Abspaltung des Landes vom Empire wurde in letzter Zeit wieder heftig in der Öffentlichkeit diskutiert. Andrew Gowans war ein Befürworter der Abspaltung, David dagegen. Ally hielt sich aus den politischen Diskussionen heraus. Ein Stoßseufzer entfuhr ihr, als sie David und Andrew entgegensah. »Sie stehen sich so nah …«

Meg schubste Bobby zur Seite. »Lass das, die Schuhe haben mich ein Vermögen gekostet! Süße, du denkst an deine Eltern, nicht wahr? Aber immerhin hast du mit ihnen telefoniert, und sie wissen jetzt alles. Das ist doch schon etwas.«

Ally schnaufte verärgert. »Weißt du, was meine Mutter gesagt hat? Sie will das alles gar nicht wissen. Ich solle ihr nicht wehtun!«

»Sie braucht Zeit, um diese Neuigkeit zu verarbeiten. Ich bin mir sicher, dass sie auf dich zukommt. Vergiss nicht, dass sie schon den ersten Schritt gemacht hatte.«

Vielleicht hatte Meg recht, vielleicht auch nicht. Sie wünschte sich nichts sehnlicher, als endlich wieder mit ihren Eltern sprechen zu können, ohne diesen stummen Vorwurf, der zwischen ihnen stand.

»Hey, Ally, Meg!« David kam zu ihnen.

Andrew lächelte. »Beim Anblick von zwei so schönen Frauen fühle ich mich gleich wieder jung. Magst du eigentlich Haggis, Meg?«

Das schottische Nationalgericht war nicht jedermanns Geschmack, und Andrew schien es großen Spaß zu machen, jeden Besucher damit aufzuziehen.

»Ist da Fleisch drin?«, fragte Meg vorsichtig.

»Kaum«, grinste Andrew. Er war die ältere Version von David, nur dass er strahlende blaue Augen und graue Haare hatte.

»Hör schon auf damit, Dad. Nein, keine Sorge, Meg. Das muss hier niemand essen. Meine Mutter hat für jeden etwas vorbereitet.« Er griff nach Allys Hand. »Die ist plötzlich so leicht. Ich glaube, mir fehlt der Gips«, sagte er und drückte sie sanft.

»Mir nicht! Du kannst dir nicht vorstellen, wie das Ding gestunken hat, als sie es runtergeschnitten haben.« Ally rümpfte die Nase. »Ich hätte deiner Mutter gern geholfen. Sie soll nicht immer alles allein machen.«

»Sie macht das gern, was, Dad? Mum ist in der Küche wie ein General, der niemanden neben sich duldet. Und wenn wir nicht gleich antanzen, gibt es Ärger!«

Meg flog nach einer Woche zurück nach London, wo sie sich um einen Untermieter für Allys Wohnung kümmerte. David und Ally verließen Mull Anfang August. In Eaglesham, einem ländlichen Ort im Süden von Glasgow, fanden sie ein Cottage mit Garten und Wanderwegen in unmittelbarer Nähe. In dreißig Minuten erreichte man Glasgow mit dem Auto und war mitten in der Metropole. Ally und David genossen es, die Stadt gemeinsam zu erkunden, mehr noch zog es sie jedoch in die nahen Kilpatrick Hills und zum Loch Lomond.

Es war ein warmer Samstagnachmittag, und sie waren drei Stunden um den See herumgewandert. Henry liebte die Ausflüge zum Loch Lomond und trottete noch nass vom letzten Sprung ins Wasser neben ihnen her.

»The Bonnie Banks of Lochmond, wer hätte gedacht, dass ich mich hier einmal so wohlfühlen könnte«, sagte Ally verträumt und schaute auf den ruhigen Wasserspiegel, der von kleinen Inseln durchzogen war. »Dass ich mich überhaupt einmal so zufrieden fühlen könnte«, fügte sie leise hinzu.

David nahm ihre Hand und hob sie an seine Lippen. »Du vermisst London nicht?«

»Ein wenig. Meg und Nick, aber sonst? Nein. Schottland ist herrlich, ich verstehe, warum du so gern hier bist. Die Natur ist so eigen, die Farben, das Licht.«

»Ah, es ist also unsere unvergleichliche Landschaft, die dich hier hält, immerhin …« Er wollte ihre Hand loslassen, doch Ally umfasste sie fester.

»Du alberner Schotte. Ohne dich wäre ich nicht hier, würde ich mich noch immer in meinem einsamen Schneckenhaus in London vergraben. Die Dinge sind geschehen, daran kann ich nichts ändern. Aber ich kann zumindest akzeptieren, dass ich keine Schuld an Simons Tod trage. Das ist viel, weißt du.«

Er stellte sich vor sie, so dass sie ihm direkt in die Augen sehen musste. »Schuldig ist nur Robert. Er und Gott allein wissen, was damals wirklich geschehen ist. Simon war ein kluger, liebenswerter Junge, und er hätte gewollt, dass du dein Leben lebst, Ally.«

»Er fehlt mir so sehr, David, so sehr …« Sie drückte die Stirn gegen seine Brust.

»Mir auch, Ally.«

Die Worte bohrten sich direkt in ihr Herz, weil sie wusste, dass er es genauso meinte. Mit der Zeit würden der Schmerz und die Wut auf Robert verblassen. Nicht vergehen, aber sie und David verband so viel mehr als bloße Leidenschaft. Durch den Tod zurück ins Leben, dachte Ally und schlang die Arme um David.

35

ABERYSTWYTH, SEPTEMBER 2012

Henry kratzte an einem umgestürzten Topf. Wahrscheinlich hockte eine Maus darunter.

»Lass das, du bist hier nicht zu Hause. Außerdem müssen wir heute sauber aussehen. David?«, rief sie zur offenen Haustür des kleinen Ferienhauses.

Die Einladung war überraschend gekommen, denn Ally hatte nicht mehr an Rebecca Kent und die Ausstellung in der National Library gedacht. Es war so viel geschehen in den letzten Monaten, dass Ally die sympathische Literaturdozentin aus Wales beinahe vergessen hätte. Doch diese hatte sie keineswegs vergessen, sondern ihr im Gegenteil eine besondere Überraschung versprochen. Ein feierlicher Akt, hatte die Dozentin gesagt und um festliche Kleidung gebeten. Ally hatte lange überlegt und sich für ein dunkelrotes Kleid aus fließendem Stoff entschieden. Ihre dichten Locken fielen offen über den Rücken, und sie zupfte etwas nervös an ihrem Schultertuch. Doch als David aus dem Haus kam und sie seine Augen aufblitzten sah, lächelte sie.

In seinem dunklen Anzug sah er ebenfalls ungewohnt elegant aus. Seine Haut war noch gebräunt von langen Sommertagen im Freien, und ihr Herz schlug schneller, als er zu ihr trat und ihr über den Arm strich. »Du siehst wunderschön aus, Ally Carter.« Er zog sie an sich und küsste sie. »Ich liebe dich. Habe ich dir das schon gesagt?«

»Du zeigst es mir jeden Tag, und ich danke dir dafür, denn

ohne dich wäre ich heute nicht hier und nicht so glücklich. Ich liebe dich auch, David.« Ihr Herz quoll über vor Emotionen, und sie hätte ihm noch so viel mehr zu sagen, aber das musste warten.

»Na dann los! Du nicht, Henry.« David brachte den beleidigten Hund ins Haus und schloss die Tür ab. »Ich weiß nicht, wie lange es dauern wird, und hier ist er besser aufgehoben als im Auto.«

Als sie auf den Parkplatz der National Library of Wales fuhren, konnte David sich ein vielsagendes Grinsen nicht verkneifen. »Es wird dir gefallen, Ally. Rebecca hat wirklich etwas auf die Beine gestellt.«

»Aber was denn? Du weißt es schon?« Die Nervosität kehrte zurück, als sie an Davids Seite die Treppen zur Library hinaufstieg.

Der gesamte untere Saal war festlich geschmückt, es gab ein Buffet, und aufmerksame Kellner boten Sekt und andere Getränke auf silbernen Tabletts an. Gedämpftes Gelächter und Stimmengemurmel füllte den Saal. Zwischen den Säulen und Exponaten in Glasvitrinen flanierten Gäste in festlichen Roben. Honoratioren, Dozenten, Ehrenbürger der Stadt und ein Minister, hatte Rebecca gesagt. David und Ally hatten sich gerade ein Glas genommen, als sie Rebecca Kent mit ihrem Ehemann entdeckten.

Rebecca kam mit einem geheimnisvollen Lächeln auf sie zu, umarmte und küsste Ally, drückte David kurz und sagte: »Wart ihr schon hinten bei dem Taliesin-Manuskript?«

»Nein, wir sind gerade erst gekommen«, antwortete David.

»Gut. Dann kommt mit. Ich möchte, dass ihr es seht, bevor der ganze Trubel losgeht. Ally, du siehst zauberhaft aus.« Rebecca selbst trug ein schwarzes Kostüm und hochhackige Pumps.

»Danke, aber Rebecca, was …« Plötzlich stockte Ally der Atem, und sie griff nach Davids Hand. »Warum hast du mir das nicht gesagt?« Ihre Stimme erstarb, als sie ihre Eltern nebeneinander an einer Vitrine stehen sah.

Es war so lange her, dass sie ihre Eltern zusammen gesehen hatte. So lange, dachte Ally. Und da standen sie nebeneinander und sahen sie an. Ihr Vater wischte sich die Augen, und sie konnte sehen, dass die Lippen ihrer Mutter zitterten.

»Schau dir die Vitrine neben dem Manuskript an, Ally«, sagte David an ihrem Ohr, nahm ihr das Glas ab und strich ihr aufmunternd über den Rücken.

Ally schluckte und ging langsam in Richtung der beleuchteten Glasvitrine. Auf dunkelgrünem Samt lag der Holzkelch von Morlan House. Die Inschrift auf einer Tafel sagte:

Der Heilige Gral von Morlan House
eine Stiftung der Familie Morlake
zu Ehren von Simon Carter

»Für Simon …«, flüsterte sie und schluchzte. Langsam hob sie den Blick und sah ihre Mutter zögernd auf sich zukommen.

»Ally, Liebes!« Grace Carter umarmte ihre Tochter und hielt sie lange fest an sich gedrückt.

Immer wieder streichelte Grace ihrer Tochter über Wangen und Haar und sagte schließlich: »Es tut mir so leid. Ally, kannst du mir verzeihen, dass ich vergessen hatte, was es bedeutet, Mutter zweier Kinder zu sein?«

Ally schüttelte den Kopf. »Es war meine Schuld. Ich kann …«

Doch jetzt trat Harold zu ihnen, nahm seine Tochter ebenfalls in die Arme und sagte fest: »Nein, Ally. Niemand war schuld. Und wenn, dann wir. Wir sind eure Eltern. Es lag in unserer Verantwortung, dafür zu sorgen, dass euch nichts zustößt. Nicht in deiner, Ally. Du warst selbst noch ein Kind.«

»Aber ich hatte immer das Gefühl, dass ihr mir aus dem Weg geht, dass ihr meinen Anblick nicht ertragen könnt, weil ich lebe und Simon nicht«, sagte Ally und sah ihren Eltern seit vielen Jahren wieder direkt in die Augen.

Während Grace noch zerbrechlicher schien, wirkte Harold müder, kleiner, was an seinen hängenden Schultern lag. Früher war er ein Energiebündel gewesen, heute stand ein älterer Mann vor ihr, dessen Züge vom Kummer gezeichnet waren. Wie hatte sie nur annehmen können, dass er nahtlos ein neues Leben aufnehmen und fröhlich weitermachen konnte?

»Ich hasse dich nicht, das könnte ich gar nicht!« Grace sah hilfesuchend zu ihrem Exmann, der zustimmend nickte.

»Nein, es war unser Versagen«, bestätigte Harold. »Wir hätten euch nicht allein lassen dürfen. Wir wussten doch, wie unternehmungslustig Simon war. Und du warst ein Teenager, der eigene Träume hatte. Verliebtsein gehört dazu. Glaubst du, wir haben nicht bemerkt, dass du nur noch Augen für einen gewissen jungen Mann hattest?«

Verlegen schlug Ally die Augen nieder. »War das so offensichtlich?«

Grace lächelte und strich ihrer Tochter eine Locke aus der Stirn. »Du bist so hübsch, Ally. Mein kleines Mädchen. Ich hatte den Eindruck, dass du uns aus dem Weg gingst, allein mit deinem Kummer klarkommen wolltest.«

»Das war falsch!« Harold schaute auf die Vitrine. »Wir hätten mit dir sprechen müssen. Wir alle hätten uns zusammensetzen und darüber sprechen müssen. Aber sieh uns an, nicht einmal deine Mutter und ich konnten mehr miteinander reden. Und als du dich immer mehr von uns entfernt hast, kamen wir nicht mehr an dich heran.«

»Es war, als hätten wir euch beide verloren, Ally. Als wärst du mit Simon gegangen«, ergänzte Grace.

»Und ich dachte, immer wenn ihr mich anseht, macht ihr mir zum Vorwurf, dass ich lebe und Simon nicht«, sagte Ally leise.

»Um Himmels willen, nein! Aber es war schon so, dass wir dich ansahen und Simon noch mehr vermissten. Nur hätten wir dir zeigen müssen, wie sehr wir dich lieben! Deine Mutter und ich, wir waren so sehr mit unserem Schmerz beschäftigt, dass wir unsere wichtigste Aufgabe vernachlässigt haben – deine Eltern zu sein.« Harold Carter wischte sich die Nase. »Und nun lernen wir diesen Jungen, der dir damals den Kopf verdreht hat, trotzdem noch kennen. David?«

David hatte sich während des Wiedersehens zurückgehalten und trat jetzt zu ihnen. »Ich hoffe, du verzeihst mir, dass ich deine Eltern einfach so eingeladen habe. Aber ich dachte, es wäre eine gute Gelegenheit, dass ihr euch endlich einmal aussprecht.«

»Das war schon ziemlich eigenmächtig von dir, David, aber ich glaube, in diesem speziellen Fall kann ich dir verzeihen.« Ally blinzelte, räusperte sich und genoss den Anblick der wiedervereinten Familie.

Aus einem schrecklichen Ende war ein neuer Anfang geworden. Was sie daraus machten, lag ganz allein bei ihnen. Aber sie wusste, dass sie es diesmal besser machen würden. Sie schaute zur Vitrine und meinte, im Glas das Spiegelbild eines kleinen Jungen zu erkennen.

»Das gefällt dir, mein kleiner Professor.« Der Junge lachte und verschwand.

»Hast du etwas gesagt, Ally?« David berührte ihre Hand.

»Was? Nein, alles in Ordnung.« Ally lächelte und fühlte, wie die Wärme, die sie so lange vermisst hatte, ihren Körper durchflutete.

Nachwort

Manchmal gelangt man auf Reisen an einen Ort, von dem man glaubt, ihn zu kennen, schon einmal dort gewesen zu sein, oder man hat das Gefühl, endlich angekommen zu sein. So ging es mir, als ich das erste Mal nach Wales kam. An einem stürmischen Septembertag stand ich vor Jahren auf den Klippen oberhalb von Aberystwyth, schaute auf die malerische Bucht mit den viktorianischen Häusern und den bunten Feriencottages und wusste, dass ich dort bleiben würde.

Die kleine Universität erwies sich als Glücksgriff, und auch das Umfeld hätte schöner nicht sein können: Freundliche Waliser und ein buntes Gemisch internationaler Studenten belebten das Küstenstädtchen. Auf einem unserer zahlreichen Streifzüge durch die grünen Hügel kamen wir an ein verlassen wirkendes Herrenhaus. Der Name auf einem verwitterten Schild ließ meine Phantasie sofort Kapriolen schlagen: »Nanteos.« Meine englische Freundin erklärte, dass Nanteos so viel wie Nachtigallenhain bedeutet.

Die Räder unseres Wagens auf dem Kies hatten uns verraten, und ein Mann öffnete die massive Tür hinter den Säulen. Es gab damals einen Hausverwalter, der nach undichten Stellen im Dach und den Stromleitungen sah. Er erzählte uns, dass gelegentlich Filmcrews anrückten, die das verwunschene Anwesen als Drehort gemietet hatten. Der freundliche Verwalter zeigte uns die einstmals prächtigen herrschaftlichen Räume, die riesige alte Küche mit den Utensilien vergangener Jahrhunderte und die Kellergewölbe. Ob er es war, der uns auch von der Gralslegende berichtete, kann ich nicht mehr sagen, aber das verlassene, efeuumrankte Haus habe ich nie vergessen.

Bei meinem letzten Aufenthalt in Wales besuchte ich Nanteos erneut und war überrascht, ein Luxushotel in dem nun gepflegten Anwesen vorzufinden. Einen Besuch ist das Hotel noch immer wert, vor allem der Park rund um einen See ist traumhaft schön. In meinem Roman jedoch spielt die Geschichte zu jener Zeit, in der die leeren Räume vom Seewind und den Geistern ehemaliger Bewohner durchzogen wurden.

Aberaeron sollte man besuchen, wenn man nach Wales kommt – die kleine Hafenstadt liegt idyllisch an der Cardigan Bay. Und folgt man der Küstenstraße weiter gen Süden, kommt man durch all die zauberhaften Ferienorte, die im Sommer von Touristen bevölkert werden und in der Nebensaison verträumt zum Wandern einladen.

Llanerchaeron, das historische Landgut ganz nah bei Aberaeron, lädt zum Eintauchen in eine vergangene Epoche ein. Steht man in den cremefarbenen Räumen, in denen viktorianische Zeitungen auf dem Sofa liegen, das Badezimmer mit frischen Handtüchern bestückt ist und ein älterer Herr im Tweedjackett einem das Leben in den Gesinderäumen erläutert, scheint das Haus wieder zum Leben zu erwachen. John Nash (1752–1835), bedeutender englischer Architekt, hat den klassizistischen Bau entworfen. Erholen kann man sich von langen Spaziergängen durch den Park bei Scones und Tee. *Don't miss out on this marvellous occasion!*

Ohne die Unterstützung vieler wunderbarer Menschen wäre auch dieses Buch nicht entstanden. Mein besonderer Dank gilt Harry Olechnowitz, meinem Agenten, der für alle Fragen stets ein offenes Ohr hat, Barbara Heinzius vom Goldmann Verlag und den lieben Goldfrauen Manuela Braun, Barbara Hennig und Katrin Cinque. Die Zusammenarbeit mit Regine Weisbrod, meiner Lektorin, war wieder eine Freude. Danke für die vielen hilfreichen Fragen, die mich auf die richtige Spur brachten. Und Alessa Schmelzer danke ich herzlich für die wundervollen Webdesigns und Seiten zu meinen Büchern.

Mein herzlicher Dank gilt meiner Familie, die mich geduldig und nachsichtig während all meiner Schreibphasen erträgt, aufmuntert und liest. Und was wäre das Schreiben ohne meine kleinen fellnasigen Freunde, die mich daran erinnern, dass manchmal die besten Ideen entstehen, wenn man alles loslässt und einfach nur mit ihnen über den Strand tobt.

Autorin

Constanze Wilken, geboren 1968 in St. Peter-Ording, wo sie auch heute wieder lebt, studierte Kunstgeschichte, Politologie und Literaturwissenschaften in Kiel und promovierte an der University of Wales in Aberystwyth. Als Autorin ist sie sowohl mit großen Frauen- als auch mit historischen Romanen erfolgreich. Weitere Titel von Constanze Wilken sind bei Goldmann in Vorbereitung.
Weitere Informationen unter constanze-wilken.de

Constanze Wilken im Goldmann Verlag:

Die historischen Romane:
Die Tochter des Tuchhändlers. Roman
Die Malerin von Fontainebleau. Roman
Die Lautenspielerin. Roman
Blut und Kupfer. Historischer Roman

(alle als E-Book erhältlich.)

Die Wales-Romane:
Der Duft der Wildrose. Roman
Ein Sommer in Wales. Roman
Sturm über dem Meer. Roman
Das Erbe von Carreg Cottage. Roman
Die Klippen von Tregaron. Roman

(alle auch als E-Book erhältlich.)

Die Italien-Romane:
Die Frauen der Villa Fiore. Giulias Geschichte. Roman

(auch als E-Book erhältlich.)

GOLDMANN
Lesen erleben

Unsere Leseempfehlung

ca. 480 Seiten
Auch als E-Book erhältlich

Seit Generationen ist das toskanische Weingut Villa Fiore im Besitz der Familie Massinelli. Nach Jahren der Misswirtschaft leiten nun die zerstrittenen Brüder Lorenzo und Salvatore die Geschäfte. Als Lorenzos älteste Tochter Giulia nach langer Abwesenheit nach Hause zurückkehrt, erfährt sie, dass ein Unbekannter Sabotage betreibt, um die Massinellis zu ruinieren. Gemeinsam mit dem kalifornischen Weinexperten Paul Reed versucht sie verzweifelt, das Familiengut zu retten. Paul ist von ihr fasziniert. Doch Giulia zweifelt und steht bald vor der schwersten Entscheidung ihres Lebens …